IMPITOYABLE RÉDEMPTION

JILL RAMSOWER

LES FRÈRES BYRNE
Vœux de silence
Péchés secrets
Une union dépravée
Impitoyable rédemption
Dangereuse séduction

IMPITOYABLE RÉDEMPTION

JILL RAMSOWER

1

Présent

CHAQUE POIGNÉE DE MAIN ÉTAIT COMME UN JEU DE ROULETTE russe. Quand je disais que je travaillais dans un club de strip-tease, on finissait inévitablement par me demander comment je supportais d'être auprès des mecs flippants qui s'amassaient dans ces endroits-là.

Ma réponse ? Au moins, ceux-là ne faisaient pas semblant d'être autre chose que ce qu'ils étaient.

Pour moi, les caméléons, les adeptes du camouflage étaient beaucoup plus effrayants. Rien n'était plus terrifiant qu'un beau psychopathe avec de bonnes manières.

J'avais appris à mes dépens qu'on ne savait jamais ce qui

était dissimulé derrière un visage avenant. Cet homme charmant qui avait lancé la conversation au bar pourrait être celui dont la balle vous atteindrait.

Chaque jour, nous tournions le chargeur, nous nous élancions dans le monde et nous appuyions sur la détente.

Une discussion avec votre chauffeur Uber.

Un déjeuner commandé dans un petit café.

Les vêtements récupérés chez le blanchisseur.

Chaque interaction avait le potentiel pour devenir catastrophique.

Heureusement, le canon était généralement vide, car la plupart des gens, bien qu'ils semblent étranges, étaient inoffensifs. Et si ça n'était pas le cas, nous serions tous agoraphobes et nous planquerions chez nous. Au contraire, nous saluions nos nouvelles connaissances avec un sourire et de l'espoir dans le cœur – même ceux parmi nous qui avaient joué un jeu et avaient perdu.

Il était inutile de vivre si je restais dans une peur constante.

Et de plus, quelles étaient les chances pour qu'une fille se retrouve avec deux psychopathes dans une seule vie ? Le destin ne serait sûrement pas aussi cruel.

Je ne disais pas pour autant que j'étais naïve. J'aimais attendre le meilleur, mais prévoir le pire. Et j'aimais également m'entourer de personnes qui ne se cachaient pas derrière des faux-semblants.

D'où le club de strip-tease.

La plupart de nos clients étaient des gens ordinaires qui voulaient simplement se détendre. Les fauteurs de trouble étaient facilement repérables et en général, ils étaient inoffensifs. Si j'avais été danseuse, je n'aurais peut-être pas ressenti la même chose, mais j'étais serveuse et il y avait relativement peu d'altercations que je n'arrivais pas à gérer.

Bien que ce soit un club de strip-tease, le *Moxy* était devenu mon chez-moi en dehors de mon appartement. C'était l'équilibre parfait entre « assez bien » pour ne pas inclure les parties les plus miteuses de la société, et « pas assez chic » pour attirer les personnes répugnantes qui cachaient leurs âmes malintentionnées derrière des vêtements élégants et des voitures tape-à-l'œil.

J'étais peut-être un peu blasée.

Généralement, j'adorais être au boulot et j'appréciais même mon patron – sans doute un tantinet plus que je ne l'aurais dû. Techniquement, j'avais deux patrons, tous les deux incroyablement beaux, avec des yeux d'un bleu si profond qu'ils auraient dû être illégaux. Ce bleu chaleureux me rappelait la plage, la crème solaire et les glacières remplies de friandises. Mais ce qui m'attirait le plus, c'était leur beauté rustre. Ces mecs étaient franchement louches, mais ils n'étaient pas comme ces types rasés de près portant des costumes qui se masquaient sous un air raffiné. Ces Irlandais étaient des gens bien et ils se moquaient de savoir ce que les autres pensaient d'eux. Ils étaient éhontément transparents sur leur nature.

Selon mes critères, ce genre d'honnêteté l'emportait clairement sur une apparence trompeuse.

Keir Byrne était cool, mais d'une manière déroutante qui nous poussait à nous demander s'il ressentait de quelconques émotions. Son plus jeune cousin, Torin, pouvait passer pour aussi calme, car ils étaient tous les deux relativement réservés, mais il ne ressemblait en rien à Keir. Si l'impassibilité de celui-ci venait d'un stoïcisme sincère, je sentais que le détachement de Torin était dû à de grands efforts. Il travaillait dur pour éloigner le reste du monde, ce qui me fascinait.

Alerte info.

Torin Byrne était le dernier homme sur cette planète que j'aurais dû trouver intéressant. Et pourtant…

Mes yeux dévièrent vers l'endroit où il était assis avec Keir et une de leurs cousines, une femme du nom de Shae qui passait occasionnellement. Ils semblaient tous les trois de bonne humeur alors qu'une luxueuse bouteille de whisky circulait entre eux. Ce fut suffisant pour piquer ma curiosité. Aucun de mes patrons n'était du genre à célébrer quoi que ce soit.

Ils avaient eu une réunion de famille au bar, deux jours plus tôt. Elle avait été très secrète, alors je savais qu'il se tramait quelque chose. Peu importait ce dont il s'agissait, cela avait dû bien se terminer. Ils discutaient tous les trois aisément et je ne pus m'empêcher d'écouter leur conversation tandis que je me rapprochais pour entrer des commandes dans l'ordinateur principal.

— Flynn a eu plus qu'il ne le méritait. Plus qu'il n'aurait eu si j'avais mis la main sur lui en premier.

Ce commentaire nonchalant de Torin suscita mon intérêt, mais je savais qu'il valait mieux ne pas intervenir. Les hommes comme les Byrne préféraient garder les choses pour eux. Ils n'auraient rien dit dans ce cadre si cela avait été confidentiel, mais ça ne signifiait pas pour autant qu'ils acceptaient les questions.

— Eh bien, au moins, tu étais là, lui lança Shae. Certains parmi nous ont été exclus de la chaîne téléphonique et n'ont jamais reçu le coup de fil. Comme si je ne pouvais pas battre chacun de vous dans un échange de tirs ou dans un combat à mains nues.

— Tu étais occupée par autre chose et tu le sais bien.

— Pas *si* occupée que ça, pesta-t-elle.

Keir me lança un sourire narquois lorsque nos regards se croisèrent. Il hocha ensuite la tête dans ma direction.

— Bonsoir, Stormy.

— Salut, Keir. Vous passez tous une bonne soirée ?

— On essaie. Celle-ci a le string tendu et tu sais comme ce rayon de soleil est amusant.

Il fit un signe de la main vers Torin avant de m'adresser un clin d'œil.

Ce fichu Keir Byrne me faisait un *clin d'œil* tout en se moquant de son cousin. J'éclatai de rire.

Ces trois-là buvaient clairement depuis un moment.

Torin grommela et jeta un coup d'œil brûlant en direction de Keir.

— Bon, les réprimandai-je malicieusement. C'est mon boulot de lui en faire baver. N'empiète pas sur mon territoire.

— Connaissant ce salopard maussade, il y en aura largement pour tout le monde.

Mon regard se riva brièvement sur les yeux ardents de Torin. L'alcool avait dû interférer avec ses intentions, car l'irritation que je m'attendais à trouver ressemblait plus à une voracité. À un tel point que cela déclencha une cascade de picotements électriques dans ma colonne vertébrale. Je rendais cet homme fou avec mes provocations. S'il savait que le regard qu'il m'avait lancé s'était avéré brûlant plutôt que glacial, il en aurait été humilié.

— Tu as certainement raison, murmurai-je d'un air distrait tout en levant mon plateau rempli de boissons sur ma paume droite.

Il était temps de m'échapper rapidement.

— Amusez-vous bien, tous les trois.

Je gratifiai Shae d'un bref sourire et fuis vers le milieu du club.

C'était quoi ce délire ?

Tor ne m'avait jamais regardée comme ça. Je m'en serais souvenue, car ce seul coup d'œil me donna l'impression qu'il m'avait déshabillée et qu'il était à quelques secondes de me dévorer.

Cela était forcément dû à l'alcool, n'est-ce pas ? Ses paupières alourdies par l'enivrement pouvaient aisément être confondues avec du désir. Et si l'alcool l'avait excité, ça n'avait indubitablement pas de rapport avec *moi*. J'étais sûrement la première femme qui n'était pas de sa famille à l'avoir approché depuis qu'ils avaient ouvert la bouteille de whisky.

Je devais me faire à cette idée', car le fait que Torin me témoigne de l'intérêt, tout en me tentant éhontément, était si problématique que je ne pouvais tout énumérer. Obnubilée par la situation, je n'avais pas remarqué que le club était bondé. Un groupe de clients bruyants venus pour un enterrement de vie de garçon occupait l'un de mes box. Ils attendaient leurs boissons et ne se gênaient pas pour me le faire savoir. J'avais repéré deux mecs potentiellement louches dans leur bande, à la minute où ils étaient entrés, et ceux-ci agitaient leurs bras dans ma direction.

Je me hâtai vers eux et déchargeai mon plateau de leur prochaine tournée. Ils m'avaient donné des pourboires généreux, ainsi qu'aux danseuses alors je faisais de mon mieux pour ignorer les individus les plus détestables.

— Tout va bien pour le moment, messieurs ? demandai-je après avoir distribué la dernière boisson.

— J'imagine, pour le moment... dit le jeune homme assis

à une extrémité du box juste avant de m'asséner une fessée bruyante.

Bingo.

Un type louche.

Ses potes réagirent en écarquillant les yeux et en s'esclaffant. Seul l'un d'eux eut la décence d'avoir l'air embarrassé.

Je ne lui offris nullement d'exclamation choquée ou de rire, comme il l'avait certainement anticipé. Ce n'était pas la première fois ou même la vingt et unième fois qu'un homme essayait de prendre des libertés avec moi. Je lui lançai plutôt un regard que j'aimais appeler l'Assassin souriant – un large sourire de fille du Sud, avec un regard qui tue.

— Bon, bon, *Chad*. Tu ne voudrais pas gâcher la soirée amusante de tes amis en vous faisant virer tous les six, n'est-ce pas ? Et tu n'as certainement pas envie que tout le monde sache que tu es trop puéril pour connaître les règles d'un tel endroit. Tu ne touches pas les filles – n'importe laquelle – à moins qu'elle te donne son expresse permission. Compris ?

Je prononçai ce dernier mot d'un ton condescendant et l'accentuai par le haussement d'un unique sourcil.

Il leva les mains dans un geste de supplication, comme s'il voulait me convaincre de son innocence.

— Je m'amuse juste un peu.

— Eh bien, si tu essaies encore de t'amuser, ce sera au tour de Blaze de se marrer un peu avec toi.

Son regard suivit le mien en direction de la montagne de muscles qui se tenait contre le mur, près de la scène. Je frottai mes articulations contre la table.

— Profitez bien, les garçons. Je reviens dans un moment pour voir comment ça va.

Quand on travaillait dans un tel endroit, il ne fallait pas

longtemps pour apprendre qui étaient les clients problématiques. Chad et ses potes étaient loin de l'être. Maintenant que j'avais remis les choses au clair, ils rentreraient dans le rang et blablateraient le reste de la nuit du fait qu'ils avaient failli se faire virer du club de strip-tease.

Après avoir vérifié comment allaient deux autres groupes, je remarquai que nous étions à court de serviettes à cocktail, derrière le bar. Je m'échappai donc vers la réserve, à l'arrière. Tandis que je scrutais les étagères, je sentis que quelqu'un m'avait rejointe dans la petite pièce.

Torin.

Pourquoi semblait-il toujours si imposant dans les espaces restreints ? Sa présence dominatrice emplissait le peu de place que son corps laissait inoccupée jusqu'à ce qu'il ne reste plus une trace d'oxygène dans la pièce.

— Salut, dis-je en soupirant d'un air tremblant. Tout va bien ?

— C'est ce que je voulais te demander. Ce mec a posé les mains sur toi ? s'enquit-il d'une voix grave et sereine.

S'il m'avait posé ce genre de question une semaine plus tôt – ou même plus tôt dans la soirée – j'aurais supposé qu'il protégeait simplement son employée. Mais désormais, après ce coup d'œil qu'il m'avait lancé, je commençais à m'interroger. Me protégeait-il plus que les autres filles ? Ce genre de choses s'était-il déjà produit sans que je m'en rende compte ? Et pourquoi diable cette perspective agitait-elle une nuée de papillons dans mon ventre, plutôt que de me mettre mal à l'aise ?

Bien sûr, il était plus que beau. Il savait enflammer mes sens avec quelques mots simples... et aucune intention. J'avais beau me creuser la cervelle, je ne trouvais aucun moment où il m'avait montré qu'il était un tant soit peu intéressé. Pas même lorsqu'il avait fait montre d'un soupçon de flirt, le jour où j'avais commencé. À vrai dire, j'avais cru que je le soulais à mort.

Rapidement, je m'étais convaincue que c'était mieux ainsi, parce que je n'avais certainement pas besoin de m'impliquer avec un homme comme lui. Ou avec n'importe quel homme d'ailleurs. De plus, il était mon *patron*. Selon mes critères, c'était le plus grand des non. J'adorais travailler au *Moxy* et je ne voulais pas menacer mon emploi en rendant la situation gênante.

Alors pourquoi le monde semblait-il s'incliner sur son axe quand il était près de moi ?

Parce qu'il fait attention à toi, même si ce n'est que par sens du devoir, et à une époque, tu recherchais désespérément ce genre de sécurité.

Effectivement. Néanmoins, cela changeait-il quelque chose si ça n'était pas motivé par un aspect professionnel ? Cette idée ne devrait-elle pas éteindre les flammes qu'il avait allumées en moi ? Je ne savais pas franchement ce que je devrais ressentir, alors je fis ce que je faisais depuis ces six derniers mois, depuis que j'avais commencé au *Moxy* : je fis semblant de ne pas être affectée.

— Inutile d'en faire tout un plat, lui indiquai-je. Il est inutile de faire fuir ces gens pour un voyou qui se croit tout permis.

— J'ai bien conscience que je ne suis pas *obligé* de faire quoi que ce soit et je suis sûr que ce n'est pas ce que je t'ai demandé.

Il avança vers moi d'un pas lent et mesuré, tandis que l'intensité de la pièce m'embrasait.

— A-t-il posé les mains sur toi ?

Chaque mot était contrôlé, concis, et débordait pourtant de chaos.

Mais que se passait-il, bon sang ?

Je n'avais jamais vu Torin si énervé. Il était perpétuellement indifférent, du moins, en apparence. Même quand il malmenait des clients indisciplinés, rien ne semblait mettre à l'épreuve cette maîtrise à laquelle il se cramponnait. Il était si maître de lui-même, si impassible que je m'étais demandé si ma théorie sur son courant émotionnel avait été juste. Qu'est-ce qui avait changé, alors ? Ou alors, ce côté de sa personnalité était-il toujours tapi dans l'ombre ?

— Rien qu'une fois, répondis-je doucement. Mais Blaze le surveille.

— Tu en as parlé à Blaze ?

— Oui, je l'ai prévenu, au cas où.

J'aurais juré qu'un éclair illumina ses yeux tempétueux. Je l'avais peut-être imaginé, mais je vis clairement la contraction des muscles de sa mâchoire alors qu'il serrait les dents.

— La prochaine fois, viens directement me voir.

— Je ne pensais pas qu'il était nécessaire de vous déranger, Keir et toi.

— Et si tu me laissais en juger, d'accord ?

Je hochai la tête, trop stupéfaite pour parler.

— Des mots, Stormy. J'ai besoin de les entendre.

— Oui. La prochaine fois, je te le dirai.

Il grogna.

— Bon, tu as besoin de quelque chose ?

— Oh... euh, oui.

Je m'extirpai de mon brouillard et me tournai vers les étagères.

— Je venais chercher d'autres serviettes. Elles sont là.

Je repérai le carton bleu et blanc sur l'étage supérieur et retournai rapidement un seau devant moi pour m'en servir comme marchepied.

— Je peux l'attraper…

Torin tendit la main vers le carton au moment même où je faisais un pas sur le seau.

— Non, je peux…

Nous nous heurtâmes, ce qui me déséquilibra alors que je criais. Torin enroula ses bras autour de mon ventre et m'attira contre lui avant que je m'écrase par terre.

— Nom de Dieu, ma belle, grommela-t-il en me reposant sur le sol.

Nous restâmes plantés là, ses bras toujours fermement passés autour de moi, mon dos contre son torse. Ni l'un ni l'autre, nous ne respirions vraiment. Le temps se figea également et nous n'entendions que le tambourinement de la musique qui filtrait derrière les murs.

Je savais déjà que mon corps était un traître, en réagissant pour des hommes que je ne devais pas désirer. Je n'aurais donc pas dû être surprise quand je me détendis instinctivement contre son corps musclé, tel du miel sur une brioche chaude.

Je n'avais jamais été si proche de lui, par le passé.

Si la sensation de sa force autour de moi n'avait pas été elle-même grisante, son parfum de bois de santal fumé fut plus que suffisant pour embrouiller mes pensées.

J'étais une masochiste de la pire espèce.

Je pris une inspiration haletante et lui tournai le dos comme si je remontais à la surface après avoir été emportée dans un courant vicieux.

Torin continuait de détourner les yeux. Il attrapa le carton et me le donna.

— Si tu as besoin de quelque chose, demande-le-moi.

Il avait retrouvé chaque once de son sang-froid, et parla avec une indifférence parfaitement construite avant de quitter la pièce avec sa démarche habituellement tranquille.

Pendant ce temps, d'infimes parties de mon cerveau se court-circuitèrent dans de petites volutes de fumée et des étincelles.

Cela ne pouvait être le fruit de mon imagination. Mais qu'était-ce exactement ? Quelle importance cela avait-il que je le prévienne, lui ou Blaze ? Pourquoi ses mains s'étaient-elles attardées sur mon corps quand il avait interrompu ma chute ? D'où cela venait-il et qu'étais-je censée faire à ce sujet, bon sang ?

J'étais franchement ravie que nous soyons bien occupés, autrement, j'aurais passé chaque minute de mon service à réfléchir excessivement à notre échange. Cependant, quand le *Moxy* ferma pour la nuit, mes inquiétudes réapparurent, et non sans raison.

Le changement de comportement de Torin aurait été troublant, sans être déconcertant, s'il ne m'avait pas suivie jusque chez moi après le travail, chaque nuit, dans le mois qui venait de s'écouler.

Le vieillard adorable qui gérait la boutique de fleurs du coin de la rue m'avait laissée regarder ses caméras de sécurité pour que je confirme mes suspicions, lorsque j'avais remarqué une ombre derrière moi pour la première fois. J'avais été choquée, quand j'avais vu de qui il s'agissait. J'avais ensuite commencé à flipper, jusqu'à ce que je me souvienne d'un incident au cours duquel un homme avait eu les mains baladeuses avec moi au club. Tor l'avait jeté sur le trottoir et m'avait certainement suivie jusque chez moi pour être certain que j'étais en sécurité. C'était à ce moment-là que j'avais eu la sensation d'être pistée, pour la première fois.

Cette succession d'événements avait été logique. J'avais supposé qu'en constatant que je vivais si près, il avait décidé qu'il était plus facile de faire le tour de ces quelques pâtés de maisons plutôt que de gérer les conséquences de l'agression d'une de ses serveuses. Après tout, il n'avait jamais montré que je l'intéressais d'une quelconque façon. À vrai dire, il était logique qu'il préfère me suivre, plutôt que d'en faire tout un plat en m'escortant.

Ma panique s'était estompée, à ce moment, même si je commençais à réfléchir sérieusement à me trouver un autre boulot et même à déménager. Toutefois, à chaque jour qui passait, ses actions semblaient de plus en plus inoffensives. Et d'une manière tordue, j'appréciais plus ou moins de savoir qu'il était là. Cela faisait affreusement longtemps que personne n'avait fait attention à moi.

Mais désormais, je devais me demander où se situait la frontière entre se préoccuper d'une personne et la harceler. Parce qu'il était là. Je sentais son regard sur moi, là où il se tapissait dans l'ombre.

Mes pas me menèrent jusque chez moi plus vite qu'habituellement. J'arrivai devant mon immeuble sans incident et mon soulagement redoubla quand je vis que le pavé numérique pour taper le code d'entrée avait enfin été remplacé. J'avais embêté le concierge avec cela pendant une semaine. Les boutons du dernier clavier étaient tombés depuis un bail. Quelques nuits auparavant, j'avais presque abandonné l'idée de déverrouiller cette fichue porte. Dans les moments comme ceux-là, il était étrangement rassurant de savoir que je n'étais pas seule.

Je montai l'escalier jusqu'à mon appartement du

deuxième étage et me demandai si je m'étais complètement trompée sur le compte de Torin. J'avais eu confiance dans le fait qu'il n'était pas une menace. Mais cela avait peut-être été l'expression de mes hormones. Était-il possible de le considérer comme un harceleur, si vous étiez attiré par l'homme en question ?

Nom de Dieu, Stormy. Tu fais peine à voir.

Ne le savais-je pas déjà ?

— Comment s'est passée ta journée, Blue Bell ?

Je pris mon précieux chaton entre mes mains et glissai un pouce le long de son museau pendant qu'il ronronnait. Les caresses sur le nez étaient ses préférées.

— Y a-t-il eu quelque chose de palpitant, aujourd'hui ?

Il miaula. C'était en partie la raison pour laquelle il était un si bon compagnon. Il était étonnamment doué pour la conversation, pour un chat.

— Ah oui ? *Deux* oiseaux sur l'escalier de secours ? J'espère que tu ne leur as pas fait peur.

Miaou.

— Bien. Moi aussi, ma journée a été assez mouvementée.

J'avançai vers les rideaux et les tirai presque entièrement. Je regardai fixement l'espace entre les pans alors qu'une sensation de culpabilité me rongeait.

Je les laissais légèrement entrouverts, chaque nuit, depuis que je m'étais rendu compte que Torin me suivait. C'était stupide et imprudent. Je ne pouvais nullement expliquer pourquoi j'agissais de façon répétée contre mes propres convictions.

De la rue, les passants ne pouvaient pas voir grand-chose, même s'ils le souhaitaient, mais ça n'avait pas d'importance. Je n'aurais pas dû accepter que qui que ce soit regarde chez moi.

Pas avec mon passé.

Lorsque je me disais que Torin faisait attention à moi, la sensation était trop agréable pour que je la repousse. Je n'avais pas envie de briser ce lien. Toutefois, si les motivations de Torin n'étaient pas purement protectrices –

s'il voulait… *plus* de ma part – j'aurais dû tirer instantanément les rideaux. L'idée qu'un homme aussi dangereux que lui s'intéresse à moi d'une quelconque façon aurait dû me révulser.

Alors, pourquoi ne pouvais-je obliger ma main à glisser le tissu sur encore quelques centimètres ?

— Blue Bell, qu'est-ce qui ne va pas chez moi ?

J'embrassai mon adorable chat sur le front et m'assis en tailleur sur le canapé.

Ma réticence avait beau être irrationnelle, je n'y arrivais toujours pas. Je ne parvenais toujours pas à me couper du fantasme d'un protecteur impitoyable qui ferait attention à moi. À me couper du sentiment de réconfort que je ressentais quand je pensais simplement à Torin. Il avait pris soin de moi et des autres filles, au boulot, et curieusement, mon cerveau s'était verrouillé sur cette association.

Mes sentiments n'auraient-ils pas dû changer quand j'avais compris qu'il me harcelait peut-être réellement ?

Nom de Dieu.

La réponse était troublante, non pas à cause de ma peur extrême, mais du contraire. Un élan d'euphorie picota mes paumes et l'arrière de mes jambes.

— C'est mauvais, Blue. C'est vraiment, *vraiment* mauvais.

Je n'aurais pas dû répondre de cette manière. Ce n'était pas normal.

Tu penses qu'après tout ce que tu as traversé, tu es normale ?

Effectivement. Malgré mes efforts, mon passé m'avait

changée. J'étais fière de la femme que j'étais devenue. Elle était futée, résiliente et conservait une certaine compassion qui aurait pu aisément se perdre. Elle avait remarquablement bien survécu, malgré son passé, mais parfois, la folie laisse une tache qui ne pourra jamais être blanchie.

Elle m'avait apparemment marquée, à l'intérieur comme à l'extérieur.

2

Par le passé : six ans plus tôt

JE ME PINÇAI LES LÈVRES POUR ÉVITER DE VOMIR. L'AVION DANS lequel j'étais atterrit violemment, mais ce n'était pas la raison pour laquelle j'étais nerveuse. J'étais plus inquiète en me demandant ce que j'allais trouver une fois que j'allais débarquer de cet avion.

Honey aurait dit que la nervosité était une bonne chose et qu'elle nous permettait de garder les pieds sur terre. J'adorais ma grand-mère et la plupart de ses conseils tombaient dans le mille, mais je n'étais pas certaine d'être d'accord avec elle sur ce point.

Que tu sois d'accord ou non, tu ne peux plus t'enfuir, maintenant.

Je ravalai une nouvelle vague de nausées.

Je savais que ce ne serait pas facile, pour bien des raisons, mais j'avais pris la décision d'essayer, alors je n'allais pas me dégonfler. Quelle importance si je n'avais jamais mis un pied en dehors de la frontière de l'État de Géorgie depuis que j'étais arrivée pour la première fois, à l'âge d'un an ? Quelle importance si mon premier voyage en solo était à deux mille ou vingt mille kilomètres ?

Un pays anglophone aurait été sympa.

Bon, d'accord. C'était vrai. Mais ce n'était pas une destination quelconque. J'étais arrivée dans l'un des endroits les plus froids et les moins accueillants de cette planète. Le lieu de ma naissance, Moscou, en Russie.

C'était un voyage vers mon passé, une exploration de ma culture d'origine, et une occasion de rencontrer ma mère biologique. Je savais que ce serait bien compliqué, mais si je ne tentais jamais ma chance, mes perspectives resteraient nulles.

Honey avait agi comme si elle allait faire une attaque, lorsque je lui avais parlé de mes plans.

— Ma douce enfant, je sais que ton cœur souffre, mais ça n'est pas la chose à faire. Tu ne connais absolument personne, là-bas, sans parler de la langue ou de quoi que ce soit d'autre à cet endroit, m'avait-elle expliqué en commençant à s'éventer. Bon sang, j'ai besoin d'un petit verre. Tu m'as noué l'estomac, c'est violent.

Elle avait sorti une bouteille de schnaps à la pêche, cachée en bas du vaisselier, et s'était servi une bonne dose dans une tasse en porcelaine.

Elle avait bu dans cette même tasse en porcelaine fleurie pendant toute ma vie. Je n'avais découvert que lorsque j'étais plus vieille que le contenu n'était pas toujours du thé. Cette porcelaine chérie était passée de génération en génération jusqu'à ma grand-mère. Ma mère aurait dû en hériter ensuite, puis moi. Néanmoins, elle sauterait une génération quand j'en prendrais possession.

— Je sais qu'il n'y a aucune garantie, mais je dois essayer. Et oui, je comprends tout à fait que même si je retrouvais ma mère biologique, elle n'arrangerait pas tout comme par magie.

Rien ne pourrait jamais combler le trou béant dans mon cœur, creusé par la perte inattendue de mes parents.

— Personne ne prendra jamais leur place, mais ça ne veut pas dire pour autant qu'en apprendre plus sur mes racines ne m'intéresse pas.

— Tes racines sont ici, sous ces chênes, drapées de mousse et agitées par la brise chaude de l'océan. Tu n'es pas plus enracinée dans cet iceberg géant que Miss Scarlet.

Nous avions toutes les deux regardé son caniche blanc qui faisait la sieste dans un rayon de soleil, sur l'un des fauteuils confortables de Honey.

Les gens pensaient toujours que Miss Scarlet tenait son nom du personnage épique de Scarlett O'Hara dans *Autant en emporte le vent*. Cette hypothèse était logique, à moins que vous connaissiez l'obsession de Honey pour le jeu Cluedo[1]. Son compagnon précédent avait été Professeur Violet – ou Professeur, pour faire court.

Miss Scarlet refusait de faire un pas dehors quand les températures passaient sous les dix degrés. Je n'avais pu m'empêcher de sourire en l'imaginant sous les différentes couches de vêtements pour chiens et en train de japper furieusement dans le froid russe. Elle aurait été déchaînée.

Lorsque je m'étais tournée vers Honey, mon regard s'était adouci. Elle était la seule famille qui me restait au monde et j'adorais vraiment tout, chez elle, même son penchant consistant à s'inquiéter pour rien.

J'avais réduit la distance entre nous et pris ses mains ridées et tordues entre les miennes.

— Ça ne durera que quelques semaines, Honey. Je reviendrai te donner du souci et t'obliger à fermer ta porte à clé, comme toujours, avais-je dit en luttant contre un tremblement de mon menton, alors que mes émotions menaçaient de me submerger. Je dois le faire et je n'ai certainement pas envie de me disputer avec toi avant de partir.

Elle m'avait attirée dans une étreinte d'ours plus forte qu'elle n'aurait dû l'être pour une femme de quatre-vingts ans.

— Tu es aussi têtue que la journée est interminable.

J'avais ri lorsque nous nous étions éloignées l'une de l'autre.

Honey avait hoché la tête.

— J'imagine que je devrais commencer à cuisiner. Je ne vais pas t'envoyer là-bas sans une tonne de friandises et le ventre plein.

— Avec tous les pulls dont je vais avoir besoin, je n'aurai plus beaucoup de place dans mon sac, l'avais-je prévenue.

— N'importe quoi. Il y a toujours de la place pour une boîte de biscuits aux pralines.

Hmm, les pralines. Elles étaient mes préférées. J'imaginais que ça ne ferait pas de mal de laisser cette vieille femme remporter au moins une bataille.

— Je vais chercher les noix de pécan, avais-je dit en souriant.

Cette discussion s'était déroulée une semaine et presque vingt mille kilomètres auparavant.

Tu peux le faire, ma Stormy. Tu peux faire tout ce que tu as en tête. La voix de mon père s'insinua dans mon esprit. Il m'appelait toujours « sa Stormy[2] », car il y avait eu une tempête, le soir où ils avaient appris que l'adoption avait été approuvée.

Mon cœur se serra, mais je ne laissai pas l'émotion prendre le dessus. Je ne le pouvais pas. Elle était trop paralysante. Tous les trois, nous avions formé une équipe, nous faisions tout, ensemble. Plutôt que de prévoir d'aller à la fac dans un autre État, j'avais été le genre de gamine qui imposait un rayon strict de cent soixante kilomètres pour les universités potentielles. Mama m'avait dit que je devais sortir de Savannah pour être indépendante. Je n'avais jamais compris pourquoi je ne pouvais pas étudier de l'autre côté de la ville et poursuivre la tradition des tacos du mardi avec eux.

Bien sûr, comme j'étais enfant unique, j'avais été gâtée, mais de la meilleure des manières. Mes parents avaient été compréhensifs, et pourtant fermes et inconditionnels concernant leur amour pour moi. La vie sans eux me paraissait insignifiante. Dénuée de couleurs et cruelle. J'avais passé deux mois à m'agripper à ce trou dans ma poitrine, me demandant si je pourrais un jour respirer à nouveau.

À l'arrivée du troisième mois, l'idée de ce voyage avait pris racine et j'avais entrevu un mince espoir du bon côté des choses. Le chagrin était toujours présent, mais il était gérable. À certains moments, je me sentais encore comme une flaque de tristesse. Je n'avais pas le temps pour ça, actuellement. Je devais avoir les idées claires et avoir confiance en moi pour naviguer dans ce paysage inconnu. Et pour être honnête, avoir une raison de m'éloigner de ce chagrin était une partie conséquente de ce qui m'avait incitée à me lancer dans ce voyage. J'aurais pu attendre, j'aurais pu tout planifier et prendre mon temps, mais je préférais être distraite. Et bon sang, ça avait fonctionné comme un charme.

Avec la planification, ainsi que le trajet lui-même, j'avais à peine eu le temps de penser à mes parents. Il n'en fut pas autrement quand je trouvai mon chemin jusqu'à mon hôtel. Trois heures exténuantes après mon atterrissage à Moscou, je tombai sur le lit de ma chambre d'hôtel et remerciai Dieu d'en être arrivée là.

J'avais l'impression d'être restée éveillée pendant des jours. Il n'était que 16 h, heure locale, mais je m'en moquais. Mes yeux brûlants exigeaient que je dorme. Je ne retirai même pas les leggings que j'avais portés pour le voyage avant de me glisser sous les couvertures et de m'endormir. Ma recherche débuterait le lendemain, mais pour l'instant, je me plongeais dans un oubli paisible.

◆

JE N'AVAIS JAMAIS VRAIMENT SONGÉ à la langue russe avant qu'elle m'entoure. Comparé à la douce étreinte de l'accent traînant du Sud, tout le monde ici paraissait remarquablement hostile. Ils avaient même l'air un peu effrayants.

Après tout, c'était peut-être simplement l'allure des gens de cette ville et leur manière de parler. Comment pouvais-je le savoir ? J'avais passé la majeure partie de ma vie dans la banlieue de Savannah. Bon, si je devais vivre constamment dans ce froid infernal, je serais sûrement grincheuse aussi, donc je ne pouvais leur en vouloir. Pas même à la mi-octobre et quand le soleil luttait pour s'infiltrer à travers les nuages épais et ce froid glaçant. Je frissonnai en songeant à ce que le mois de février pourrait réserver à un tel endroit.

Malgré l'environnement inhospitalier, je réussis à rejoindre la localisation qui m'avait obnubilée pendant des semaines – l'adresse de l'orphelinat où l'on m'avait laissée quand j'étais bébé. J'avais trouvé les papiers de l'adoption quand j'avais trié les affaires de ma mère et de mon père, environ un mois après l'accident. Ils avaient toujours été francs au sujet de mon adoption. Ils étaient de merveilleux parents et je n'avais donc jamais ressenti l'envie de m'attarder sur mes origines. Enfin, j'avais songé à mon héritage russe. J'avais consacré beaucoup de temps à me poser des questions sur mon passé, mais je ne m'étais pas sentie obligée de chercher des réponses.

Tout cela avait changé quand mon monde s'était creusé d'un cratère autour de moi. Mes parents étaient mon monde. Sans eux, je dérivais dans un vide insignifiant. Partir en quête de ma famille biologique m'offrait une distraction et un but. Cela me donnait l'espoir que le chagrin mordant qui pesait sur chacun de mes pas puisse être gérable, un jour.

Au début, j'avais seulement tapé l'adresse sur Google Maps afin de regarder le bâtiment et voir s'il existait toujours. Je m'étais dit que ce n'était que de la curiosité. Une fois que j'avais posé les yeux sur l'image du grand bâtiment de briques, il avait été impossible de ne pas me demander ce que je pouvais découvrir d'autre sur les personnes qui y logeaient.

L'histoire que je m'étais racontée, en grandissant, était que ma mère, en difficulté, m'avait déposée là dans l'espoir de m'offrir une vie meilleure. Je me disais qu'elle était gentille et altruiste, si elle avait fait un tel sacrifice, et plus important encore, qu'elle était quelque part et pensait à moi.

C'était une perspective romantique et elle me convenait. Pourquoi vous autoriser à envisager le pire quand vous pouvez choisir de croire au meilleur ? D'après mon imagination, je pouvais avoir une autre famille tout entière qui attendait mon retour. Je n'avais jamais eu de frère ni de sœur. Je n'avais pas cru en vouloir, jusqu'à ce que je songe réellement à la possibilité de leur existence.

Une fois que les questions avaient commencé à bourdonner dans mes oreilles, elles avaient été pires que des mouches lors d'un repas en plein air. J'avais été obligée d'essayer, au moins, de trouver des réponses. Si mes recherches menaient à une impasse, qu'il en soit ainsi. Au moins, je saurais que j'avais essayé.

La première chose que j'avais faite avait été de téléphoner au numéro inscrit en ligne. Je ne comprenais pas le message enregistré qui se déroulait à l'autre bout du fil, mais la mélodie furieuse qui pulsait dans le fond sonore me donnait l'impression que le numéro n'était plus attribué. Loin d'être découragée, j'avais envoyé un e-mail à cet établissement. Aucune réponse. L'e-mail avait-il été supprimé ? Avaient-ils été réticents à l'idée de faire une rapide traduction ou de trouver quelqu'un qui savait lire l'anglais ? L'e-mail était-il dans la boîte de réception d'un employé qui ne travaillait plus pour l'agence ? Je n'avais aucun moyen de savoir ce qui était arrivé, mais j'avais poursuivi mes efforts.

J'avais contacté trois autres orphelinats trouvés sur une liste en ligne. Lorsque je les avais appelés tous les trois, j'étais tombée sur... quelqu'un qui ne parlait pas anglais. Après plusieurs échanges vains, les appels s'étaient achevés dans la futilité.

Le seul endroit avec lequel j'eus un semblant de succès fut le ministère du Travail et de la Protection sociale lorsque je leur avais envoyé directement un e-mail. On m'avait dit, de façon on ne peut plus claire, que j'avais plus de chance de mourir d'une insolation en Sibérie que d'obtenir des informations, à moins que je leur présente des documents originaux, en direct et en couleurs. Et même dans ce cas, j'allais sans doute avoir besoin d'un miracle.

J'avais donc décidé de faire le grand saut. L'alternative était de rester embourbée dans le chagrin et cela perdait de son attrait. Mon affliction rendait mes épaules douloureuses. J'étais prête à ôter cette chape de plomb et à redécouvrir les nombreuses raisons pour lesquelles la vie valait la peine d'être vécue.

Ce voyage émotionnel épuisant m'avait menée à ce moment. Je me tenais devant ce bâtiment de briques que j'avais cherché sur Google la première fois. J'aurais dû savoir que quelque chose clochait, puisque le numéro de téléphone ne fonctionnait pas. Dans ma fuite précipitée, je m'étais agrippée à l'optimisme. Je m'étais convaincue que le numéro avait été mal recopié ou qu'il avait changé. Mais désormais, une méfiance inattendue ancrait mes pieds sur le trottoir bétonné.

Le bâtiment qui s'élevait devant moi semblait aussi abandonné que les enfants qui avaient un jour vécu ici. Je voyais qu'il s'agissait bien de la bâtisse figurant sur l'imagerie satellite, mais la dureté de nombreuses années impardonnables s'était abattue sur lui. Je n'avais pas imaginé que la photo brouillée serait datée. L'absence de pancarte indiquant l'orphelinat sur la façade de briques sales était encore plus déconcertante. Si quelqu'un n'avait pas bougé à l'intérieur, j'aurais supposé que ce bâtiment serait bientôt condamné.

Plusieurs vitres étaient fissurées et une couche de saleté m'empêchait de voir de quelconques détails à l'intérieur. Une section de gouttière, le long du toit, pendait n'importe comment de l'édifice. Comparé aux vitrines des magasins bien tenus de chaque côté, ce bâtiment en ruine semblait abandonné. La désolation devait être contagieuse, car je la sentais s'installer lourdement sur mes épaules.

Ce n'est pas la fin. Peut-être que la personne qui se trouve dedans' sait ce qui est arrivé à l'orphelinat.

Même si l'institut était fermé, les registres avaient dû être archivés quelque part. Assurément, même en Russie, des dossiers d'une telle importance étaient rangés à plusieurs endroits. Je n'étais pas venue jusqu'ici pour abandonner maintenant. La personne qui était à l'intérieur pouvait peut-être me guider vers un bureau central ou vers le nouveau bâtiment de l'orphelinat. Poser la question pouvait être utile.

Je pris mon courage à deux mains et m'approchai de la porte d'entrée. Levant mon poing, je marquai une pause pour m'assurer que la zone était convenablement peuplée, afin de limiter le risque d'être directement assassinée. Je frappai ensuite à la porte et attendis.

Pas de réponse.

J'étais certaine d'avoir vu au moins une personne bouger à l'intérieur, je vérifiai donc la poignée. Ce n'était pas fermé à clé.

Hésitante, j'ouvris la porte, suffisamment pour y passer la tête'.

— Bonjour ? Il y a quelqu'un ?

À nouveau, pas de réponse.

Ma vision d'un coin salon, à la droite de l'entrée, piqua

ma curiosité. Le salon poussiéreux était meublé comme à une époque oubliée depuis longtemps. Le papier peint se décollait et était couvert de toiles d'araignée. Le parquet éraflé était peut-être aussi vieux' que l'immeuble, mais il était d'une qualité assez correcte pour être resté intact pendant des années.

Je m'aventurai d'un pas hésitant quand je vis ce qui ressemblait à une photo de groupe d'anciens résidents, accrochée au mur. Me demandant de quelle époque datait ce portrait, je fis deux pas à l'intérieur avant que mon regard dérive vers la gauche, où quatre hommes en cercle étaient en train de m'observer.

Je m'exclamai et ma main s'éleva vers ma poitrine.

— Mon *Dieu*, vous m'avez fait une peur bleue. Je ne m'étais pas rendu compte que… J'ai appelé, mais personne n'a répondu et la porte n'était pas fermée à clé. J'espère que je ne dérange pas.

Je réalisai soudainement que je radotais et à en juger par leur visage incrédule, ils ne comprenaient pas un mot de ce que je disais.

Une fois que je pris une seconde pour voir qui se tenait véritablement devant moi, mon malaise s'intensifia. Ces gars semblaient bien plus méchants qu'une bande de pitbulls. Ils avaient des cicatrices et un air narquois, ainsi que des tatouages parsemés sur le peu de peau que j'apercevais sous leurs couches de vêtements hivernaux épais.

Je compris alors que j'étais entrée sur une propriété privée.

J'avais fait irruption au milieu d'une sorte de réunion et ces mecs n'étaient pas du genre à s'intéresser à mon histoire larmoyante. Du moins, c'était le cas pour trois d'entre eux. Le quatrième se détachait des autres par bien des aspects. Son manteau en laine sur mesure collait parfaitement à ses épaules et descendait jusqu'à ses genoux. Un costume luxueux dépassait en dessous. Il était bien rasé et un éclat curieux scintillait dans les yeux les plus époustouflants que j'avais jamais vus – ils étaient si pâles qu'ils me rappelaient les hortensias que Honey faisait pousser dans son jardin.

Cet homme n'était pas un voyou. Il était sophistiqué. Impérial. Cette importance irradiait tant que j'avais du mal à ne pas le dévisager.

Je focalisai mon attention sur lui, espérant qu'il était aussi raffiné qu'il le montrait, et j'affichai mon plus beau sourire de concours de beauté.

— Je suis désolée de vous interrompre. Par le plus grand des hasards, parleriez-vous anglais ? Je ne parle pas un mot de russe.

L'une des brutes grommela, mais l'Adonis aux yeux bleus l'interrompit avec un mouvement fluide de la main. Nos regards restèrent rivés l'un sur l'autre. Lorsque les commissures de ses lèvres se relevèrent et que l'amusement brilla dans ses yeux céruléens, j'eus l'impression que le soleil s'était tracé un chemin à travers la lourde couverture nuageuse au-dessus de Moscou et qu'il me baignait de son éclat radieux. La chaleur teinta mes joues et s'accumula dans mon ventre.

— Comment une beauté si charmante pourrait-elle nous déranger ?

Sa voix profonde était réconfortante, malgré son accent russe grave et rocailleux. Il contourna les autres, passa devant eux et réduisit le fossé entre nous avec quelques pas tranquilles.

— Que puis-je faire pour vous, s'il vous plaît ?

Mes pensées m'abandonnèrent. Sa proximité aspira l'air

dans la pièce et me fit tourner la tête, tandis que mon cerveau ne restait qu'une bulle vide.

Allez, ma Stormy. Reprends-toi.

— Oui, euh… merci. Je cherchais l'orphelinat qui se trouvait ici, auparavant.

— Ah, oui, je crois que vous avez raison. Il y avait un orphelinat, ici, il y a des années.

— J'imagine que vous ne savez rien sur ce qui lui est arrivé ?

— Non, je n'en sais rien, mais je suis sûr que nous pouvons le découvrir.

J'écarquillai les yeux lorsqu'il posa une main dans le creux de mes reins et me guida vers la porte.

— Combien de temps pouvons-nous compter sur le plaisir de votre présence en ville ?

Venais-je de tomber sur le plateau de tournage d'un film Disney grandeur nature ? Tous les signes révélateurs étaient là. Une jeune femme, hors de son élément, est sauvée par le prince incroyablement beau. Étais-je actuellement en train d'esquiver le fait qu'il était accompagné de trois voyous classiquement vilains ? Cela ressemblait assurément à ça.

Je lui jetai un coup d'œil et fus soufflée par le sourire éclatant qu'il m'adressa en guise de réponse.

Oui. J'ignorai totalement les hommes de main. Pour ce que j'en savais, ils pouvaient travailler pour une entreprise de construction engagée ici.

— Deux semaines. Je suis arrivée hier.

— C'est une merveilleuse nouvelle.

Il sourit.

— Ah bon ?

Un sourire timide se dessina sur mes lèvres.

— Absolument. Cela nous laissera le temps de trouver les

informations que vous cherchez et pour le moment, je peux vous faire visiter la ville.

Je me figeai.

— Je ne pourrais pas vous demander une telle chose. Je suis sûre que vous êtes un homme très occupé.

Il leva la main pour glisser tendrement son pouce le long de ma mâchoire.

— Je n'ai jamais rencontré de créature aussi enchanteresse que vous. Je ne me le pardonnerais jamais si je ne passais pas chaque moment disponible en étant à vos côtés.

Nom d'un petit bonhomme.

Je n'arrivais pas à bouger un seul muscle. Pas même à cligner des yeux.

Qui était cet homme énigmatique ? Il était incroyable – trop bon pour être vrai – et pourtant mon cœur dévasté ne voulait rien de plus que de céder au confort rassurant qu'il offrait. Recevoir l'aide d'un habitant du coin serait un soulagement immense. Il pouvait être celui qui influencerait le résultat de mon retour à la maison, que ce soit en succès ou en défaite. Qui étais-je pour cracher dans la soupe ?

— Qu'aviez-vous en tête ? demandai-je d'une voix essoufflée.

Nous franchîmes la porte pour arriver sur la terrasse, dehors.

— Mon chauffeur est là-bas, me dit-il en me montrant l'autre côté de la rue. Nous pourrions commencer par un petit tour pour que vous preniez vos repères avant d'aller déjeuner. Je connais l'endroit parfait, au cœur de la ville, où vous pourrez manger le meilleur bœuf Stroganoff. D'autres pourraient dire qu'ils préparent le meilleur, mais il n'y a aucune comparaison possible.

Je scrutai le SUV noir avec des vitres extrêmement teintées. J'avais peut-être eu du mal à gérer mon chagrin, je n'étais pas complètement folle pour autant.

— On m'a appris à ne pas monter en voiture avec des inconnus, répondis-je en souriant en espérant ne pas le vexer. Accepteriez-vous de me rencontrer ailleurs ?

Il inclina la tête.

— Bien sûr. Et c'est très sage de votre part. Une qualité admirable.

— La paranoïa ? le taquinai-je.

— La prudence. Je ne serais pas l'homme que je suis aujourd'hui si je n'avais pas entretenu une bonne dose d'instinct de survie. Accepteriez-vous au moins que je vous raccompagne à pied jusqu'à votre hôtel et que je vous donne mon numéro de téléphone ? Vous pourrez m'appeler si vous souhaitez me revoir pour dîner, peut-être.

Je le gratifiai d'un sourire radieux et soulagé, contenant à peine mon enthousiasme.

— J'imagine que je ne pourrais pas refuser une offre si attentionnée.

— Merveilleux ! Cependant, je vais avoir besoin d'une chose de votre part, pour commencer.

Mon sourire se figea.

— Quoi ?

— Un nom. Ainsi, nous ne serons plus des inconnus l'un pour l'autre.

Je mordis ma lèvre inférieure pour m'empêcher de sourire.

— Alina. Alina Shelton.

Il prit ma main dans la sienne et effleura mes articulations avec ses lèvres.

— Alina. C'est un joli prénom russe, constata-t-il en haussant un sourcil.

— Ma vie a commencé à l'orphelinat, ici, mais j'ai été adoptée par mes merveilleux parents américains quand j'étais bébé. Ils adoraient le nom qu'on m'avait donné, alors ils l'ont gardé.

— Ils ont respecté vos origines. Je les adore déjà.

— Mes parents étaient merveilleux.

Je fus incapable d'empêcher la tristesse de s'insinuer dans mes paroles.

— Étaient ? demanda-t-il doucement.

— Oui, c'est la raison pour laquelle je suis là, à vrai dire. Ils sont morts il y a quelques mois et j'ai décidé qu'il était temps d'enquêter sur mes origines.

— *Sladkaya* ange, toutes mes sincères condoléances.

Je ne compris nullement son premier mot et je n'avais pas envie que notre conversation devienne morose. Je repoussai donc sa réplique d'un geste de la main.

— Je suis sûre qu'ils seraient ravis de savoir que je suis venue et j'ai hâte de voir ce que je peux apprendre, dis-je en jetant un coup d'œil au vieux bâtiment. Enfin, je m'attendais à trouver l'orphelinat encore en état de fonctionnement.

— Ne vous inquiétez pas, dit-il en agitant la main d'un air dédaigneux vers l'immeuble. Nous trouverons les informations que vous cherchez.

— Eh bien, il ne reste plus qu'une chose, alors, dis-je en luttant contre un sourire.

— Et quelle est-elle ?

— Je ne connais toujours pas *votre* nom.

Ses yeux étincelèrent, ravis, comme s'il attendait que je lui pose la question.

— Damyon Karpova, à votre service.

Il fit une révérence, cette fois à partir de la taille, et il ouvrit largement un bras.

Mon cœur battit la chamade avant de se liquéfier dans mon estomac. J'étais venue en Russie pour avoir des réponses, mais j'avais la sensation que ce voyage dévoilerait bien plus de choses que ce à quoi je m'attendais.

3

Présent

NE SE RENDAIT-ELLE PAS COMPTE QUE N'IMPORTE QUEL MEC timbré dans la rue aurait pu la regarder ? Je suivais Stormy jusque chez elle, après le boulot, depuis des semaines et chaque fois, j'étais agacé qu'elle ne ferme pas totalement ses rideaux. Elle était franchement naïve. Chaque fois qu'elle ouvrait la bouche, il était clair qu'elle pensait que le monde était fait de bonbons et d'arc-en-ciel. C'était contre nature.

Je me disais que c'était la raison pour laquelle j'étais là, nuit après nuit, avec une curiosité morbide. J'étais fasciné, comme d'autres personnes qui ne pouvaient détourner les yeux de la scène d'un désastre.

Je devais mettre un terme à tout cela, peu en importait la cause.

Une centaine de femmes différentes étaient venues travailler pendant les années durant lesquelles j'avais bossé au club. Je ne m'étais jamais intéressé à l'une d'elles et elle n'aurait pas dû être différente. Des cheveux blonds et des yeux marron ordinaires. Des traits doux et féminins et des jambes qui s'étiraient sur des kilomètres. Elle était attirante, mais j'aurais pu décrire ainsi la moitié des filles ayant bossé pour le *Moxy*.

En revanche, une qualité intangible, chez Stormy, enfonçait ses serres en moi et il était difficile de m'en débarrasser. Comme si cette femme m'avait jeté un foutu sort vaudou sudiste. Je n'avais pas agi de façon aussi imprudente depuis mes seize ans.

Cette pensée me rappela que je devais m'éloigner de ce mur de briques froides et déguerpir. Je jouais à un jeu dangereux. Je m'étais réprimandé toute la nuit à cause de l'épisode dans la réserve. Je continuais de me dire de garder mes distances, mais bon sang, elle me tapait sur les nerfs. Je ne lui faisais pas confiance pour demander de l'aide quand elle en avait besoin et ça m'irritait. Elle était si optimiste et polie qu'elle essayait de tout gérer toute seule. J'avais déjà vu cela se reproduire à plusieurs reprises, ce qui était une autre raison pour laquelle je la surveillais d'aussi près. Si elle était plus dégourdie, je n'aurais pas besoin de le faire.

Tu es un putain d'idiot si tu crois que ça t'arrêterait.

Je donnai un coup de pied dans une bouteille vide laissée sur le trottoir, brisant le verre et la quiétude de la nuit'. Lorsque j'arrivai au club, l'une des danseuses était dehors et fronçait les sourcils en regardant son portable. Sa veste légère ne compensait aucunement la tenue minuscule qu'elle portait en dessous. J'ignorais pourquoi elle était toujours ici et je m'en moquais. Je hochai sévèrement la tête dans sa direction et avançai vers ma moto garée sur le trottoir.

— Salut, Tor ! dit-elle en m'offrant un sourire exagéré. J'espérais que tu te pointerais. Mon chauffeur m'a laissée tomber et au cas où tu ne le remarquerais pas, je ne suis pas franchement habillée pour rentrer chez moi à pied. Tu pourrais me ramener ?

— Non.

— Ce n'est qu'à quelques kilomètres, me supplia-t-elle.

— Je m'en fous. Je ne ramène personne.

C'était l'une des raisons pour laquelle j'adorais ma moto. Cette raison était mineure, mais elle jouait tout de même. Les autres étaient moins enclins à me demander de les raccompagner chez eux, même si cela arrivait occasionnellement.

— Tu vas t'attirer un karma merdique, tu le sais ça ? me lança-t-elle. Personne ne t'aidera quand tu auras besoin d'un coup de main, si tu ne fais pas la même chose.

— Rien ne me garantit qu'ils le feraient, si je les aidais.

— Tu aurais plus de chance.

J'enjambai ma Ducati et allumai le contact avant de regarder la fille.

— Non, c'est faux. Les gens t'entuberont chaque fois qu'ils en auront l'occasion. Tu es assez âgée pour le savoir, maintenant.

C'était exactement le comportement que j'aurais dû avoir vis-à-vis de Storm. Il me venait si facilement, quand il s'agissait de quelqu'un d'autre. Pourquoi était-elle différente ?

Je démarrai la moto et le bruit de son moteur noya presque le « trouduc » furieux que la danseuse cria dans mon dos. Je souris narquoisement, bien qu'elle ne le voie pas. Quelques secondes plus tard, j'avais déjà parcouru la moitié du pâté de maisons.

♦

— DES NOUVELLES DE ce salopard de Russe taré ? demanda Bishop en levant ses pattes d'ours pour que mon cousin Conner travaille ses enchaînements.

Bishop bossait pour la famille et était le meilleur ami de Conner, mais il n'était pas de notre sang. Shae et lui étaient mes partenaires d'entraînement les plus fréquents.

Aujourd'hui, Conner et Bishop effectuaient leurs exercices pendant que Shae et moi combattions pour nous entraîner. J'adorais travailler avec elle, car j'étais obligé de rester sur le qui-vive à cause de ses mouvements de jujitsu. Elle avait atteint un niveau si haut que cela compensait presque notre différence de taille. Presque.

Nous reprenions nos souffles pour le moment, tandis que les deux autres continuaient l'entraînement.

Conner donna quelques coups mesurés avant de répondre.

— Rien, depuis qu'il a ouvert Flynn d'une oreille à l'autre.

— J'aimerais bien savoir ce que ce salaud mijote.

Bishop était essoufflé alors qu'il se stabilisait pour encaisser les coups de Conner.

— J'ai parlé à Oran, hier, poursuivit Conner. Il a dit que certains des hommes qui accompagnaient Damyon étaient prêtés par Boris.

— Mais pourquoi ces deux-là travaillent ensemble, bordel ? intervint Shae.

Boris Mikhailov, dit Biba, était aux commandes de la plus

grande équipe russe de New York et ces gars n'étaient pas tendres les uns avec les autres. Je ne pouvais concevoir qu'il soit prêt à fournir quelques-uns de ces hommes à une personne extérieure.

— Je ne sais pas, dit Conner entre deux frappes, mais les Italiens ont des liens avec les Russes. Je vais leur passer un coup de fil aujourd'hui, et voir ce que je peux apprendre.

— Ils sont prêts à te donner des infos comme ça ? demandai-je.

Conner avait peut-être des gènes italiens qui lui avaient permis d'épouser une femme de la mafia, mais je ne pouvais imaginer que les Genovese le considéraient réellement comme l'un des leurs. Nous ne communiquerions jamais de renseignements sensibles à quelqu'un de son statut et ce serait stupide de penser le contraire, de leur côté.

— Je ne sais pas, tant qu'on ne le demande pas, me fit justement remarquer Conner. Boris n'est pas du genre à partager le pouvoir et il n'a pas facilement peur. Je dirais qu'il a obtenu quelque chose dans une sorte d'arrangement. Je dirais aussi que ça me pousse à croire que Damyon disait la vérité quand il a affirmé qu'il n'avait aucun intérêt dans cette ville. Boris n'aiderait pas n'importe qui, s'il pensait que cette personne allait devenir son rival.

— C'est vrai, confirmai-je. Alors, qu'est-ce qu'il fout, là ?

— Je n'en ai aucune idée.

Il donna deux coups de poing de la main droite, avant de croiser rapidement avec un coup du gauche et d'enchaîner sur un uppercut droit. Il laissa ensuite retomber ses bras et recula, son torse se soulevant difficilement.

— La pause est finie, annonça Shae. Tu ne peux pas te permettre d'être paresseux, avec un combat la semaine prochaine.

Conner acquiesça, de la sueur coulant sur son front.

— Tu es prêt ?

— Tu plaisantes ? demanda Bishop. Ce salopard furieux est toujours prêt à se battre.

Shae mit son protège-dents en place avec un éclat malicieux dans le regard. J'imitai sa position pour me préparer et tentai de me reconcentrer sur le combat.

Trois secondes plus tard, elle avait curieusement réussi à grimper sur moi comme si j'étais un arbre et elle avait enroulé ses cuisses autour de ma tête. Je m'effondrai donc sur le sol rembourré du ring. Cette fichue femme me coupa le souffle. Je fis à nouveau rentrer de l'air dans mes poumons tandis qu'elle se penchait au-dessus de moi et qu'un sourire diabolique apparaissait quand elle retira son protège-dents.

— Prêt à *perdre*, me provoqua-t-elle.

— Va te faire foutre, Shae, lui soufflai-je.

J'étais agacé d'avoir l'air si pathétique. Ça ne serait jamais arrivé si songer à Storm et à ce fichu Russe ne m'avait pas distrait.

Une fois que je me relevai, nous débutâmes un autre round et cette fois-ci, Shae fut encore aussi douée que possible. Je m'obligeai à subir ensuite une séance de sport punitive pour chasser Stormy de mon esprit. J'avais beau essayer de me concentrer sur les affaires familiales et les questions entourant le Russe, mes pensées dérivaient toujours vers des yeux marron candides et un accent nasillard sudiste.

Quelque chose, chez elle, avait fait grandir une infection vicieuse dans mon cerveau – une addiction maladive dont je ne pouvais me débarrasser. Je détestais cette impression de ne pas avoir le contrôle. Et quand il s'agissait de Storm, j'étais sur le siège passager alors que je devais rester focalisé sur ma conduite. Je devais trouver un moyen de sortir de cette fichue voiture, car sa trajectoire s'achevait dans une boule de flammes explosives.

4

Présent

Un rythme familier frappé sur la porte dessina un immense sourire sur mon visage. J'avais l'habitude de passer mes jours de congés seule, mais depuis que j'avais déménagé à New York, ma vie était remarquablement plus remplie.

J'ouvris la porte et découvris Micky en train de discuter avec Luke, notre ami commun qui habitait de l'autre côté du couloir, face à mon appartement.

— Salut, vous deux ! Vous avez pris un café sans moi ?

Je regardai le gobelet fumant dans la main de Luke et haussai les sourcils en faisant semblant d'être vexée.

— Mon budget est trop serré, cette semaine, pour un café, grommela Micky. On a juste eu un bon timing, à vrai dire.

Je les observai malicieusement.

— J'imagine que vous êtes sortis d'affaire… cette fois-ci.

— Sortis d'affaire ! On n'a rien fait, me taquina Micky.

— En plus, ajouta Luke, on dirait que c'est vous deux, qui en laissez un de côté. Vous avez prévu quelque chose d'amusant, aujourd'hui ?

— C'est peu probable, grommela Micky. Ma colocataire a invité un *ami* et il faut que j'étudie.

— Elle va rester ici pendant que je vais à la laverie, expliquai-je.

Le sourire de Luke se transforma en une grimace digne d'un dessin animé.

— Génial, c'est beaucoup trop fun, je ne peux le supporter.

— Oh, bonjour ! nous lança une autre voix familière, bien moins accueillante. Je suis ravi de vous croiser.

Nous nous tournâmes tous vers Ralph, l'intendant de l'immeuble, alors qu'il sortait de la cage d'escalier à notre étage. Il semblait sincèrement enthousiaste à l'idée de nous voir, ce qui était déconcertant. Ralph faisait généralement de son mieux pour éviter tout contact avec les résidents. Crétin.

Avec son mètre cinquante-deux, il faisait plusieurs centimètres de moins que moi, ce qui m'offrait une vue parfaite sur le spray noir dont il se servait pour cacher la calvitie au sommet de sa tête. Ou alors, il avait une gangrène. Dans les deux cas, c'était une mauvaise nouvelle.

— Je voulais m'assurer que vous aviez vu le nouveau pavé numérique en bas, les jeunes. Il a été installé hier.

— Oui, je l'ai vu, en effet. Il fonctionne à merveille, merci.

Je tentai d'avoir l'air sincère, car j'étais heureuse de

pouvoir entrer dans l'immeuble, mais son comportement étrange me perturbait.

— Bien, bien. Désolé que ça ait pris autant de temps…

Il nous observa tour à tour.

— Vous savez, je dois toujours jongler avec beaucoup de choses, dans ce genre d'endroit.

— Ouaaais. Merci.

Bon, ça devenait sérieusement bizarre.

Luke intervint pour se joindre à ce cercle gênant.

— Nous apprécions vraiment, Ralph. Si vous voulez bien nous excuser, nous nous apprêtions à rentrer.

Il posa une main dans le creux de mes reins.

Je lui étais reconnaissante de me sauver et j'adressai donc un rapide signe de la main à Ralph, avant de m'engouffrer dans mon appartement, mes deux amis sur mes talons.

— Passez une bonne journée, tous les trois, nous dit Ralph avec son lourd accent comique de Brooklyn.

À la seconde où la porte fut fermée, nous laissâmes éclater nos gloussements silencieux qui redoublèrent au moment où nous collâmes nos mains sur nos bouches.

— Non, mais c'était quoi, ça ? fit Luke lorsque nous eûmes repris notre calme. La dernière fois que je lui ai demandé de faire remplacer l'ampoule du couloir, il s'est plaint pendant dix minutes de la jeunesse – ou des d'jeunz, comme il dit – d'aujourd'hui qui se croient tout permis.

— Il a peut-être trouvé Jésus ? suggéra Micky, ce qui nous fit ricaner une nouvelle fois.

— Je me fiche de savoir s'il a commencé à vénérer les sept cercles de l'enfer, si cela signifie qu'il commencera à arranger les choses par ici, grommela Luke.

— Je le croirai quand je le verrai, répondis-je en secouant la tête. Chassez le naturel, il revient au galop.

Micky me lança un coup d'œil incrédule.

— Tu es l'optimiste la plus cynique que j'ai jamais rencontrée.

Je haussai les épaules.

— La vie est bien meilleure quand tu as une bonne attitude et que tu te concentres sur le positif. Ça ne veut pas dire que je ne sens pas la merde de taureau quand j'en ai aux pieds. Je choisis simplement de sourire quand je passe à côté.

— Amen, répondit Luke en souriant. Bon, je vous laisse rejoindre vos livres et vos lessives. Venez me chercher si vous voulez manger un morceau tout à l'heure.

— On le fera ! dis-je à l'unisson avec Micky.

Nous discutâmes ensuite pendant un moment du travail et d'un examen qu'elle devait bientôt passer. Passer du temps avec elle me mettait toujours à l'aise. Je me rendis compte, alors que nous bavardions, que je me sentais plus chez moi ici que lorsque mes parents étaient encore en vie. C'était un soulagement de m'autoriser enfin à me rapprocher des gens qui m'entouraient.

Quand j'avais quitté Chicago pour emménager ici, six mois plus tôt, je m'étais dit que si je déménageais à New York, je pourrais m'y installer de façon permanente. Je ne déménagerais plus. Il m'avait fallu toute ma force pour partir de Chicago, mais savoir que ce serait mon dernier déménagement m'avait donné la motivation dont j'avais eu besoin. Je m'étais autorisée à rester ici une année entière – deux fois plus longtemps que n'importe où ailleurs, ces cinq dernières années – pour m'obliger à recommencer de zéro une ultime fois. J'avais su dès le début que je ne pouvais passer ma vie entière à fuir. Ce genre de style de vie avait eu de lourdes conséquences sur moi. J'étais prête à rentrer chez moi, à avoir des amis et peut-être même… une relation amoureuse.

Cette perspective m'enthousiasmait tout autant qu'elle m'effrayait.

Je m'assurerais que cette fois-ci, je trouverais un homme gentil et affectueux, et j'irais lentement. Je trouverais quelqu'un de gentil et de compréhensif. Quelqu'un qui était l'exact opposé de Torin Byrne. Il était passé de menaçant à imprévisible – les deux comportements étant des signaux d'alerte potentiels. Je savais mieux que quiconque qu'il ne fallait pas rendre un homme dangereux romantique.

Alors pourquoi le trouvais-je encore si séduisant ?

La raison était-elle importante ? Il n'était simplement pas une option. Si je restais à Manhattan, je devais poser des limites avec lui, afin de ne pas être obligée encore une fois de quitter mon chez-moi. Je devais convaincre Torin de laisser tomber l'intérêt qu'il pourrait avoir pour moi.

Une idée commença à bourgeonner.

L'une des quelques petites choses qu'un homme comme lui respectait était le territoire d'un autre homme. Avoir un petit ami à mes côtés était peut-être tout ce dont j'avais besoin pour désamorcer la situation, même si cet autre homme était un écran de fumée. Au moins, cela m'aiderait à comprendre à quel point le problème était sérieux.

Un espoir prudent m'emplit d'énergie. J'avais un plan et cela me donnait un sentiment de contrôle sur cette situation autrement incertaine.

— Il vaudrait mieux que j'aille à la laverie avant que toutes les machines soient prises.

Le dimanche, la laverie était toujours bondée, mais je voulais aussi découvrir si mon plan était faisable.

— Oui, et je devrais commencer à étudier. Envoie-moi un

message si tu veux que je passe et surveille tes affaires le temps que tu fasses une pause.

— Je le ferai, merci !

Je sortis le sac de linge de mon panier et glissai la bretelle sur mon épaule.

— Bonne chance pour tes révisions.

Je souris à cause de la grimace de Micky et m'engageai dans le couloir. Cependant, au lieu de partir vers l'escalier, je frappai à la porte de Luke.

Il m'ouvrit avec un sourire illuminant son visage.

— C'était rapide. Tu as besoin de quelque chose ?

Luke était vraiment quelqu'un de bien. J'avais eu une tonne de mauvais voisins, alors je savais à quel point j'étais chanceuse de vivre sur le même palier que lui. Il était aussi très beau.

— Je n'ai qu'une petite question. Ça te dérange si j'entre ?

— Bien sûr que non, entre.

Il se décala afin de me laisser passer avec mon sac.

— Qu'y a-t-il ?

— J'ai un service à te demander et c'est un gros service, donc je comprendrai si tu n'es pas partant.

— Là, tu as piqué ma curiosité.

Il me scruta d'un air amusé.

— Que penserais-tu de l'idée de venir au club quand je sors du travail, demain, et de me raccompagner chez moi ?

Je fis une grimace pour m'excuser, sachant que sortir à quatre heures du matin, pour quelqu'un qui travaillait aux heures diurnes habituelles, était beaucoup demander.

La bonne humeur de Luke s'évapora tandis que la nervosité se peignait sur son visage.

— Tu ne te sens pas en sécurité, la nuit ?

— Non, pas exactement. C'est assez difficile à expliquer.

Mon patron s'inquiète pour moi et je veux lui montrer que c'est inutile. C'est un peu fallacieux, mais je crois qu'il arrêtera de s'en faire s'il pense que j'ai un petit ami.

Était-ce insensible de ma part ? Je réalisai subitement que je n'avais pas pris les sentiments de Luke en compte. Faire semblant d'être mon petit ami n'était pas du tout la même chose que lui demander de me raccompagner chez moi.

Luke n'était pas simplement un mec bien avec un beau visage. Il était aussi intelligent. Sceptique, il plissa les yeux.

— Comment ça, il s'*inquiète* pour toi ?

— Je sais que ça a l'air douteux, mais ça n'est pas le cas, dis-je en exprimant ma parfaite sincérité dans mon regard – chose que j'avais perfectionnée au lycée quand je devais trafiquer la réalité pour mes parents. Il envisage de me faire travailler moins d'heures pour que je n'aie pas besoin de rentrer à la maison si tard, mais j'ai besoin de ces heures-là. Je me fais le plus d'argent quand les clients dépensent au petit matin.

Pourquoi ne racontai-je pas la vérité à Luke ?

Parce qu'il s'inquiéterait et parce que partager mes problèmes avec lui rendait les choses compliquées. Quand une personne s'ouvre ainsi, elle devient vulnérable. Je préférais gérer les choses seule. À ma façon.

Si la situation changeait, je pourrais toujours lui avouer la vérité plus tard, quand j'aurais réellement besoin d'aide, mais je n'en étais pas encore là.

Il n'eut pas l'air totalement convaincu, mais n'insista pas.

— Oui, je serai ravi de t'aider. Tu sais que je suis toujours là pour toi.

Je lui adressai un sourire radieux.

— Merci, mon sucre, dis-je en le gratifiant d'une étreinte

reconnaissante. Bon, ça devient lourd, ce truc. Je t'enverrai un message tout à l'heure.

— Amuse-toi bien à tout trier.

Je levai les yeux au ciel d'un air malicieux.

— Ne me le rappelle pas.

Opération anti-harceleur lancée.

J'ignorais ce qu'il y avait dans la tête de Torin, mais je n'allais pas répéter mes erreurs passées, en aucune circonstance. Je préférais transmettre un message clair dès le début plutôt que de risquer de m'empêtrer avec un autre homme dangereux.

5

Passé

LA VIE ÉTAIT TEL UN PENDULE. PARFOIS, IL ÉTAIT BAS ET SE balançait lentement, avec peu de conséquences, et à d'autres moments, son élan accumulait tant de force que les mouvements détonants étaient inévitables.

En moins de deux semaines, j'étais passée des jours les plus sombres et les plus désespérés de ma vie à une nouvelle stratosphère d'existence où chaque journée était emplie de plus de joie que je ne pouvais en encaisser. Le désespoir lui-même avait fait briller si intensément ma nouvelle situation. La lumière du jour pouvait être aveuglante quand on émergeait de l'ombre. Dieu savait peut-être que j'avais traversé l'enfer et sentait que je méritais une pause. Ou peut-être que Damyon était simplement si incroyable qu'un bonheur euphorique était une conséquence inévitable lorsque j'étais avec lui.

Peu importait l'explication, je passai les deux semaines les plus fabuleuses de ma vie et je ne voulais plus qu'elles s'arrêtent.

Je vérifiai ma robe de satin rouge dans le miroir en pied doré de l'hôtel. J'avais toujours eu l'impression d'être quelque peu dégingandée avec mon mètre soixante-treize, car la majeure partie de ma silhouette se résumait à des jambes d'un blanc pâle – mon teint clair ne bronzait jamais bien –, mais dans la robe que m'avait achetée Damyon pour notre soirée, j'avais le sentiment' d'être une star de cinéma.

Cette chambre d'hôtel chic ne faisait qu'amplifier le fantasme. Une fois que j'eus passé une semaine avec lui, Damyon avait insisté pour me faire sortir de l'hôtel défraîchi que j'avais réservé et pour m'emmener dans une suite, dans ce qui devait être l'un des plus beaux palaces de Moscou. J'avais tenté de refuser, mais cet homme était plus têtu qu'une mule et plus riche que Dieu.

Oui, vous avez bien lu.

Damyon était riche. Pas fortuné. Pas aisé. Cet homme était incroyablement pété de thunes et plus généreux que je n'aurais pu l'imaginer. Entre les cadeaux qu'il faisait pleuvoir sur moi et sa dévotion inflexible à me rendre heureuse, j'avais l'impression de vivre dans un conte de fées.

Mais comme toutes les bonnes choses, notre temps passé ensemble avait une fin. Mon départ était suspendu au-dessus de moi comme un nuage de tempête qui grondait à l'horizon. Encore un jour et je retournerais en Géorgie. Nous nous connaissions depuis si peu de temps, mais l'idée de supporter une autre perte si tôt après la mort de mes parents rendait la perspective de le quitter plus paralysante qu'elle ne l'aurait été en d'autres circonstances. Et je n'étais pas la seule à avoir du mal. Une envie urgente d'arrêter le temps vibrait dans l'air autour de nous, un peu plus lourdement chaque jour. Les regards de Damyon s'attardaient un peu plus longtemps et il commençait à s'agiter quand la nuit tombait.

Il m'avait invitée à plusieurs dîners incroyables, mais ce soir, c'était différent. Le poids de mon départ imminent ajoutait une intensité douce-amère, comme lorsqu'on s'approche du point culminant d'un film spectaculaire. Vous ne voulez pas qu'il s'arrête, mais vous avez hâte de voir ce qu'il se passera ensuite, le frisson et l'envie se liant inextricablement.

Si la mort inattendue de mes parents m'avait bien appris une chose, c'était qu'il fallait profiter de chaque moment qu'on m'accordait. Il fallait trouver le bon côté des choses et ne jamais perdre de vue ce qui était le plus important pour moi. La vie était bien trop courte pour faire autrement.

Le temps passé avec Damyon était trop précieux pour que je cède un autre instant à la peur. Je me concentrerais sur le cadeau qu'on m'avait donné et apprécierais chaque seconde où nous étions ensemble.

Je souris à mon reflet afin de renforcer cette idée quand on frappa à la porte de ma suite. Me hâtant pour aller saluer mon rencard, j'ouvris brusquement la porte avant de découvrir que seul le concierge de l'hôtel se trouvait de l'autre côté.

— Oh ! Bonjour.

Complètement ébahie, je m'exprimais comme une empotée'. Non seulement je ne m'attendais pas à lui, mais il portait également une bouteille de champagne et des fraises sur un plateau d'argent.

— C'est pour moi ?

— Excusez-moi pour le dérangement, madame, dit-il en baissant la tête. Ceci vous a été envoyé, ainsi qu'un petit mot.

Il me présenta le plateau afin que je puisse voir l'enveloppe ivoire avec mon nom inscrit dessus.

Je tendis la main vers le petit billet avant d'ouvrir la porte pour laisser l'homme entrer.

— Vous pouvez le poser où vous le souhaitez, merci.

Je brisai le sceau et parcourus les mots de Damyon, craignant qu'il annule notre rendez-vous. Mais je n'aurais pas dû m'inquiéter. Il était trop mignon pour ça.

Moy ange, *j'ai une demi-heure de retard. S'il te plaît, pardonne-moi et profites-en pendant que tu m'attends. D*

Une chaleur envahit mes joues alors qu'un sourire s'étirait sur mon visage. Il m'avait accordé tant de son temps, ces deux dernières semaines, malgré la vaste entreprise de développement immobilier qu'il gérait. Le fait qu'il ne soit pas plus souvent en retard était une preuve de son attention et de son dévouement. Le moins que je puisse faire était de me montrer compréhensive en retour.

Un bruit de cliquètement me tira de mes pensées. La flûte remplie de champagne pétillant s'était inclinée quand l'homme avait essayé de poser le plateau sur une petite table et le liquide rose avait coulé sur la moquette en dessous.

L'homme me jeta un regard horrifié et écarquilla les yeux, apeuré.

— Comme c'est idiot de ma part. Je ne sais quoi dire pour m'excuser. Je vous en prie, *je vous en prie*, laissez-moi arranger ça.

Ses paroles hâtées et frénétiques reflétèrent ses actions

quand il se dépêcha d'aller chercher une serviette dans la salle de bains.

— Ce n'est rien, vraiment. Ça arrive, les accidents.

À quatre pattes, il attaqua le liquide renversé avec vigueur.

— Vous devez me pardonner. S'il vous plaît, je vous rapporte un autre verre. Inutile de lui raconter ce qui est arrivé. Je vous en supplie.

J'avais franchement du mal à comprendre sa réaction. Pourquoi cet homme flippait-il ? Damyon pouvait être passionné, mais il n'était pas un monstre.

— Ce n'est rien. Je vous en prie, ne vous inquiétez pas.

Je posai une main sur son dos, espérant le calmer.

Il s'assit sur ses talons et leva des yeux suppliants dans ma direction. Il finit par hocher la tête, curieusement vaincu, et par se redresser.

— Je vous apporte un autre verre et je vais remplacer la serviette.

Il sortit de la pièce à reculons et me fit plusieurs révérences en partant.

Il devait s'agir de l'une des rencontres les plus étranges de ma vie. Je ne savais pas vraiment si je comprendrais un jour véritablement la culture russe. Ici, les gens me surprenaient à chaque coin de rue.

Haussant les épaules, je goûtai les fraises pendant que j'attendais le champagne. L'homme avait dû courir jusqu'à la cuisine, car il réapparut en quelques minutes. Je pris le verre sur le plateau, cette fois-ci, espérant éviter une autre scène. Il s'excusa une nouvelle fois, avant de me laisser savourer ma boisson. C'était le complément parfait pour le goût sucré du fruit. Le geste de Damyon avait été incroyablement attentionné et je le lui fis savoir à l'instant où il arriva, une demi-heure plus tard.

— C'était le moins que je puisse faire, *Sladkaya* ange. J'ai détesté te faire attendre.

Il déposa un baiser sur mes lèvres avant de s'éloigner de moi pour laisser son regard parcourir langoureusement mon corps.

— Tu es de toute beauté, Aline. Tu me coupes totalement le souffle.

— Et tu es horriblement doué avec les mots.

Mes joues rougissantes devaient avoir la même teinte que ma robe en satin. Comment trouvait-il toujours le mot parfait ? J'avais connu des charmeurs du Sud, par le passé, mais Damyon était dans sa propre ligue.

— Avec toi, c'est facile. Je n'ai jamais rencontré de femme qui me capture comme tu le fais.

Il leva ma main vers sa bouche et déposa un baiser ardent sur mes articulations.

— Bon, allons dîner avant que je te dévore à la place.

S'il te plaît, mon Dieu. Oui.

Les mots ne franchirent jamais ma gorge subitement sèche, mais je les sentis jusque dans mon cœur éploré. J'avais si désespérément envie de cet homme. Mon corps avait douloureusement envie de lui. Cependant, j'avais été éduquée avec des valeurs sudistes traditionnelles, alors je ne me précipitais jamais vers les relations physiques. Je n'étais pas vierge, mais je préférais former une connexion émotionnelle avant d'avoir une quelconque intimité avec un homme.

Nous avions discuté de tout sous le soleil. Nous avions passé des couchers de soleil et des levers de soleil ensemble. Nous avions ri ensemble et une fois, quand j'avais vu un tableau dans un musée dont ma mère avait une reproduction dans sa chambre, il m'avait serrée contre lui pendant que je pleurais.

La connexion est signée, scellée et livrée.

Mon cœur agitait le drapeau vert avec suffisamment de force pour déséquilibrer mon corps entier. Cette révélation me faisait presque tourner la tête. Voulant m'assurer que la nuit soit parfaite, je laissai Damyon m'aider à mettre mon manteau et m'emmener dîner.

Il m'escorta jusqu'à un charmant restaurant français, qui était désert, mis à part pour un petit nombre d'employés qui nous saluèrent tous les deux comme les membres d'une famille royale. Je souris et gardai mes questions pour moi jusqu'à ce que nous soyons assis.

— Je ne comprends pas. Pourquoi n'y a-t-il personne d'autre ?

— Parce que j'ai réservé le restaurant pour nous. Comme ça, je peux t'avoir pour moi tout seul. Pas de distraction.

Il nous servit un verre de vin à tous les deux avec la bouteille débouchée qui nous attendait sur notre table.

— C'est adorable de ta part, mais c'est inutile, dis-je d'une petite voix, un tantinet dépassée par ses gestes pompeux. J'espère que tu sais que tout ce dont j'ai réellement envie, c'est de passer du temps avec toi.

Sa main couvrit la mienne, ce qui attira une nouvelle fois mon regard vers le sien.

— *Moy* ange, je n'ai jamais rien voulu de plus que toi, de toute ma vie. Je veux être avec toi et dire que tu es mienne.

Il marqua une pause à cause d'un sentiment qui ressemblait plus à de l'intensité qu'à de l'hésitation. Il voulait souligner l'importance de ce qu'il s'apprêtait à dire ensuite, et j'attendais avec le souffle coupé.

— Dis-moi que tu resteras à Moscou avec moi. Dis-moi que tu ne partiras pas.

— Tu… tu veux que je reste ? demandai-je dans un soupir.

J'étais trop optimiste pour croire mes propres oreilles. J'avais même imaginé ce scénario, mais je ne m'étais pas du tout attendue à ce qu'il se produise. Ces choses n'arrivaient pas dans la vraie vie, n'est-ce pas ?

Elles étaient la raison pour laquelle les hommes stéréotypés évitaient l'engagement et mettaient du temps pour avouer leurs sentiments. Ce genre d'homme était plus ordinaire que leur contraire, mais Damyon était l'exception à la règle. Il était agréablement transparent quant à ce qu'il éprouvait pour moi. Il pouvait être tendre et affectueux sans perdre une once de cette bravoure masculine qui émanait de lui. J'aurais été folle de le laisser glisser entre mes doigts.

— C'est incroyablement rapide. Tu es sûr de le vouloir ?

Je ne pouvais m'empêcher de lui donner une nouvelle occasion d'y repenser.

Il se pencha davantage, ses yeux aussi pâles que le ciel d'hiver, et il soutint mon regard sans vaciller.

— Je n'ai jamais été plus sûr de quoi que ce soit dans ma vie.

Concis et sans équivoque. Damyon voulait que je reste en Russie avec lui.

Un cocktail d'exaltation et de soulagement filtra dans mes veines.

La logique me dictait que cette importante décision valait la peine d'être prudemment réfléchie, mais la logique et la raison étaient enracinées dans la réalité qui avait été assez dure avec moi, dernièrement. Ce voyage avait pour but de me découvrir moi-même et de guérir mon âme. Qui pouvait dire que ce n'était pas le chemin exact que j'étais censée prendre ? Si mon cœur me suppliait de dire oui, ne serait-ce pas contre-productif de refuser ?

Le seul problème était Honey.

Mes amis avaient tous quitté notre ville pour aller à l'université et sans mes parents pour m'aider, j'avais dû annuler mon inscription à la fac où j'avais prévu de me rendre. Pour être honnête, je n'avais pas de boulot qui m'attendait, ni même d'animal de compagnie ou autre. L'unique mauvais côté des choses était la souffrance extrême de mon cœur si je restais loin de Honey. Cependant, la connaissant, elle insisterait pour que je suive mon cœur. Je n'en doutais nullement. Honey avait un faible pour les bonnes histoires d'amour et elle avait toujours voulu que je sois heureuse.

— J'ai eu des nouvelles du ministère des Affaires familiales.

La déclaration de Damyon interrompit mes pensées.

Mon cœur battant la chamade se cogna contre mes côtes.

— Ah bon ?

Il acquiesça.

— Nous n'avons pas encore ton dossier, mais ils ont localisé les archives de cet institut. Ils pensent nous envoyer le dossier la semaine prochaine. Reste, Alina. Tu n'as pas à décider si tu veux rester pour toujours, mais reste pour l'instant. Nous pouvons passer un peu plus de temps ensemble et tu peux en apprendre plus sur tes origines.

Il n'avait pas tort. Rallonger mon séjour ne signifiait pas que je ne pouvais pas rentrer chez moi. J'avais la double nationalité, alors je pouvais aller et venir à ma guise.

Je réfléchissais peut-être un peu trop à propos de cela. De tout cela.

Je jetai un coup d'œil de l'autre côté de la table éclairée par des bougies et lui offris un doux sourire.

— J'imagine que deux semaines de plus ne feront pas de mal.

Si je n'étais pas déjà certaine de ma décision, le sourire que me lança Damyon en guise de réponse scella mon destin.

— Ça vaut vraiment la peine de fêter ça.

Je dus retenir le large sourire digne d'un gamin le matin de Noël.

— Mais à une condition, dis-je en m'obligeant à insinuer autant d'autorité que possible dans mes mots.

Son corps se raidit face à cette' détermination résolue avant qu'il me fasse signe de poursuivre.

— Je dois trouver un endroit où rester. Je ne suis pas à l'aise à l'idée de te laisser payer cet hôtel encore deux semaines.

Je levai subrepticement la main et baissai les yeux.

— Inutile de me contredire. Ma conscience ne te laissera pas faire.

Comme mes mots ne rencontrèrent aucune opposition, je lui lançai un coup d'œil hésitant. Damyon arborait un sourire narquois triomphant et ses yeux étaient presque argentés sous cette lumière tamisée.

— Je suis d'accord, tu ne vas plus à l'hôtel.

Je plissai les yeux.

— C'était trop facile. Quel est le piège ?

J'adorais cet homme, mais il avait l'habitude d'obtenir ce qu'il voulait. Il avait cédé trop facilement et je devais savoir pourquoi.

Damyon se pencha en avant et tendit la main pour attraper la mienne de l'autre côté de la petite table.

— Je pensais que si tu acceptais de rester plus longtemps,

tu envisagerais de rester chez moi. Tu pourrais être mon invitée.

Il laissa son offre s'imprégner de l'éclat chaud de la bougie vacillante entre nous.

— Tu veux que je reste avec toi ?

Je n'étais jamais allée chez lui.

— Viens avec moi après le dîner. Laisse-moi te faire visiter et tu pourras te décider ensuite.

Il leva ma main vers ses lèvres pour m'offrir un baiser délicat.

— D'accord, soufflai-je.

Il se leva brusquement et m'aida à en faire de même avant de déposer un baiser sur mes lèvres et une promesse dans mon cœur.

— Tu étais faite pour moi, *Sladkaya* ange, et ce soir, je vais te le prouver.

Damyon était un homme de parole. Il passa la nuit entière à vénérer mon corps jusqu'à ce que je ne puisse plus supporter l'idée de me séparer de lui. Sa dévotion me donna l'impression d'être à nouveau entière et je ne voulais plus jamais perdre cette sensation.

Présent

— Je n'arrive pas à croire que nous n'ayons jamais songé à ce type d'endroit auparavant. C'est parfait, dit Keir en observant le boulot que nous avions fait afin de nous préparer au combat de cette semaine.

Le bâtiment inhabité avait eu besoin de quelques ajustements, mais rien de drastique.

— Sans déconner.

Je tirai sur l'une des cordes afin de tester sa tension.

— Et étant donné le nombre de vieilles pistes de rollers qui ont été abandonnées depuis les années quatre-vingt-dix, nous aurions le choix pour la liste de nos rotations.

— J'avais prévu de venir te voir ce soir, mais je ne vais pas pouvoir. Je ne suis pas prêt à laisser Rowan seule, après la semaine qu'elle a passée.

Je balayai son inquiétude d'un geste de la main.

— Non, mec. Elle est clairement plus importante. Comment va sa mère ?

Je n'aurais jamais cru que Keir serait du genre à se marier, mais en l'espace d'un mois, ce mec était sérieusement tombé amoureux. Je ne l'avais jamais vu aussi proche de la folie que lorsque son épouse avait été attaquée, quelques jours auparavant. Sa mère avait pris une balle, lors de ce calvaire.

— Elle va bien. Elle est toujours à l'hôpital, mais ils devraient la faire sortir bientôt.

— Ravi de l'entendre. Ce mec était une vraie merde. Il a tenu combien de temps ?

J'avais aidé Keir à monter la garde pour l'assaillant de sa femme, mais il ne m'avait pas laissé participer à la punition. Il avait insisté pour gérer cette partie-là lui-même.

— Il respire encore, techniquement.

— Sans déconner ?

Keir riva son regard sur moi, avec un mélange inquiétant de malice sereine. Cet homme était une putain de légende. Enfant, je n'avais jamais rien voulu d'autre que d'être comme mes cousins plus âgés. Le fait qu'ils me fassent assez confiance pour participer aux affaires familiales était un honneur que j'emporterais jusque dans ma tombe.

— Tu sais, songea, Keir, Oran fait des recherches sur cette famille et sur leurs affaires.

— Ah bon ? demandai-je, bien que je ne sois pas très surpris. Il peut sans doute faire des recherches sur ce Russe, pendant qu'il y est. Je n'aime pas la manière dont les choses se sont terminées avec lui.

— Je l'ai vu une fois, en dehors de la nuit du combat.

Mon dos et mes épaules se crispèrent comme si je me préparais à recevoir un coup.

— Tu es sérieux ?

— Je crois que c'était une coïncidence. Qui sait ? Il vaut mieux rester sur nos gardes, au cas où.

— Je prévoyais de le faire, de toute manière.

J'eus envie de demander pourquoi il ne nous l'avait pas déjà dit, mais j'y réfléchis ensuite.

— Conner t'a parlé de lui ?

— Voyons voir ça.

Keir sortit son portable et le posa en mettant le haut-parleur.

— Tu as un genre d'aptitude psychique ou quelque chose comme ça ? s'enquit Conner en décrochant.

— Qu'est-ce que tu veux dire ?

— Je suis avec les Genovese. Je me suis dit que tu voudrais savoir ce qu'ils avaient à dire. Ils ont un ami, du nom de Michael Garin, et il fait partie de l'équipe de Boris.

— Je ne suis pas en haut-parleur, si ? demanda Keir.

— Non, mais j'ai l'impression que c'est mon cas, répliqua Conner d'un ton tranchant.

— Tor est avec moi. Je voulais qu'il t'entende.

— Salut, mec, dis-je à Conner.

— Ça marche. Je n'aurai pas besoin de me répéter.

Keir reconcentra la conversation sur le sujet.

— Ils font confiance à ce mec, ce Michael ?

— Oui, c'est une longue histoire, mais il a des liens avec la famille. D'après Boris, Damyon gère la moitié de Moscou.

L'agitation visible de Keir était semblable à la mienne.

— Mais qu'est-ce qu'il est censé faire là, alors ?

Nous savions que l'arrivée de ce Russe était une mauvaise

nouvelle, mais nous ne nous étions pas attendus à ce qu'il ait autant de pouvoir.

— Je n'en suis pas sûr, poursuivit Conner. Mais si Moscou devait un service à Boris, l'occasion était trop bonne pour la laisser passer. En revanche, il n'y a aucune chance qu'ils pactisent. Ces mecs ne se font pas confiance, pas même un petit peu.

— J'imagine que c'est bon à entendre, dit Keir alors que la nervosité était toujours perceptible dans sa voix. Merci d'avoir vérifié.

— Pas de problème. Michael dit qu'il nous préviendra, s'il entend parler d'autre chose.

— Transmets-lui notre reconnaissance.

Dans notre monde, une phrase comme celle-ci était aussi importante que de l'or. Michael nous avait rendu un sérieux service et nous lui rendrions la pareille, s'il le demandait. J'espérais que les Genovese ne nous égaraient pas sur une fausse piste.

— Je le ferai.

Il raccrocha.

Keir glissa son portable dans sa poche et un soupçon de renfrognement étira ses lèvres.

— J'imagine que si Boris ne s'inquiète pas, nous ne devrions pas nous inquiéter non plus, mais je préférerais apprendre que ce salopard est en route pour la Russie, là où est sa place.

— C'est exactement ce que je me dis. Tant que ça ne sera pas le cas, on reste en alerte maximale.

— Je suis d'accord.

Nous finîmes ce que nous avions à faire sur la piste de rollers, puis nous partîmes chacun de notre côté. Les préparations pour la soirée de combat me préoccupèrent la majeure partie de la journée et comme nous étions dimanche, je n'avais pas besoin de passer au *Moxy*.

Le lendemain, je me levai suffisamment tôt pour une dernière séance de sport avant de me reposer pour le combat de mercredi. Quand je veux dire tôt, je veux dire midi. Superviser le club opposait mon planning à celui des autres personnes. Je préférais vivre ainsi. Cela me donnait une excuse pour être antisocial.

Après ma séance de sport, je consolidai ma résolution consistant à ignorer Stormy Lawson. Elle était inscrite sur le planning et je voulais me pointer en étant mentalement préparé. Je devais arrêter de penser à elle et de la suivre comme un fichu chiot. Peu importait ce que les clients lui disaient ou dans quel danger idiot elle se mettait, ce n'était pas ma responsabilité. *Elle* n'était pas ma responsabilité.

Je ne pouvais céder à la tentation, sans exception, de m'engager avec elle, car je n'avais aucun sang-froid la concernant et ça n'était pas une option. Maintenir le contrôle dans tous les aspects de ma vie était primordial. Sans discipline et prévisibilité, le chaos survenait. Ni elle ni personne en dehors de ma famille ne valait la peine que je prenne ce genre de risque.

♦

J'eus un succès remarquable en évitant Stormy lors de la première moitié de la soirée. Pas de contact visuel. Pas de salutation. Aucune interaction.

Je commençais à croire que l'affaire était dans le sac pour le premier jour quand une nuée d'exclamations attira mon attention. Je regardai la scène principale. Micky avait entrepris son numéro, mais au lieu de danser, elle pointa quelqu'un dans la foule et lui fit signe de la rejoindre.

— C'est ta chanson, chérie. Viens me montrer ce que tu as dans le ventre ! cria-t-elle d'une voix plus forte que la musique.

Mais que faisait-elle ? Elle savait aussi bien que nous que lorsque la clientèle finissait sur la scène, c'était le chaos. Mon irritation s'embrasa en fureur au moment où je vis Storm monter gracieusement les marches sous le feu des projecteurs.

Bordel de merde, non.

La basse devint un grincement palpitant et les deux femmes commencèrent à bouger à l'unisson. Chaque muscle de mon corps se contracta intensément, prêt à se déchaîner.

Alors si tu me veux,

Ne me quitte pas.

Micky leva les bras et Storm s'accroupit lentement, comme si elle vénérait le corps de la danseuse. Ses jambes largement écartées et son short minuscule offraient une vue bien trop plaisante sur ses fesses. J'aurais pu m'en délecter si trente autres cons n'étaient pas en train d'enregistrer cette image dans leur propre banque virtuelle de fantasmes.

Au diable ce moment et au diable ma résolution. Je ne pouvais pas tout supporter.

Bondissant au milieu de la foule, je me frayai un chemin jusqu'à la scène.

— Descends de là, putain, dis-je d'une voix tonitruante par-dessus la musique.

Les deux femmes marquèrent une pause pour me dévisager tandis que chaque homme aux alentours me huait.

Mon regard brûlant transperça ses yeux marron innocents.

— Descends. *Tout de suite.*

Confiant dans le fait que mon message avait été reçu, je me dirigeai vers l'escalier.

Stormy haussa les épaules en parcourant la foule, lança des baisers et se glissa hors de la scène. Micky reprit sa routine sans accroc. Ses mouvements gracieux et érotiques adoucirent le public en peu de temps, ce qui me permit de me reconcentrer sur mon travail.

Vous voyez, je pouvais interagir avec elle sans perdre complètement l'esprit. C'était possible.

Ou bien, ça l'aurait été si les choses s'étaient arrêtées là. Malheureusement, Storm avait d'autres idées en tête.

Le sourire insouciant qu'elle arborait quelques secondes plus tôt disparut lorsqu'elle fonça dans ma direction.

— C'est quoi ton délire, Torin ? Pourquoi tu as fait ça ?

Merde. Je n'avais pas franchement réfléchi à ça. Ce soir, ce n'était pas la première fois qu'une serveuse finissait sur la scène et je n'avais jamais eu de problème avec ça par le passé. Les clients n'avaient jamais le droit de le faire, car cela provoquait le chaos, mais la foule aimait, généralement, quand l'une des filles du bar tournait autour d'une barre. Tout ce qui rendait les clients heureux était communément une bonne chose. Alors, quelle était mon excuse ?

— Inutile que les hommes pensent que tu es au menu.

Elle n'aurait pas mieux que ça. Ce n'était pas mon boulot de m'expliquer devant elle ou devant quiconque.

— Je dirai que je suis au menu, si j'ai envie de l'être, répliqua-t-elle en posant les mains sur ses hanches.

Cette insolence sudiste était comme un drapeau rouge agité devant la tête d'un taureau. Je me penchai vers elle et rapprochai mon visage à quelques centimètres du sien, me délectant de la manière dont elle écarquilla les yeux à cause de l'éclat possessif qui brillait dans les miens.

— Le seul homme qui a le droit de te goûter dans mon club, c'est *moi*. Alors, à moins que tu aies envie de chevaucher ma queue, la discussion est terminée.

Je reculai et mon regard se posa sur ses lèvres entrouvertes durant la plus brève des secondes avant que je m'éloigne.

Nom de Dieu.

Une nuit. J'avais essayé de me contrôler pendant une nuit et je n'avais pas seulement échoué, j'avais plutôt fait un cent quatre-vingts degrés vers la folie.

Je passai les deux heures suivantes dans mon bureau, attendant l'heure de fermeture. Je devais m'éclaircir les idées et n'eus nullement l'envie de gérer Jolly quand il me reprocha mon comportement.

Une fois que je sus qu'il était parti et que les derniers clients allaient s'en aller, je descendis au rez-de-chaussée et m'assis près de la porte d'entrée. Je maintins mon regard rivé sur mon portable pour m'assurer que personne n'essaierait de me parler. Pour le bien de tout le monde.

Je levai finalement les yeux quand quelqu'un entra, plutôt que de sortir. Un jeune homme qui semblait trop sobre et propret pour se rendre ici à cette heure.

— Nous fermons. Vous allez devoir revenir demain.

L'homme leva le menton comme pour me saluer.

— Je viens juste pour Storm.

Il me regarda d'un air dédaigneux, mais j'étais désormais en alerte.

Qui était ce salopard ?

Storm arriva vers nous avant que je puisse demander le nom de ce gars.

— Salut, Luke. Je suis prête.

Elle passa un bras autour de l'un des siens et lui lança un sourire loyal alors qu'il l'accompagnait dehors.

Mon portable fut en pièces avant que je me rende compte de ce que j'avais fait.

Merde alors.

Je bondis avant de me figer, les yeux rivés sur la porte.

J'avais envie de les suivre. J'avais tant envie de les suivre que rester en place était physiquement douloureux, mais c'était exactement la raison pour laquelle je ne devais pas bouger. Je devais me contrôler. Je n'avais pas envie de la désirer. Je n'avais surtout pas envie de laisser des personnes extérieures entrer dans ma sphère de contrôle. De mauvaises choses se produisaient quand nos vies étaient influencées par les caprices des autres. La seule manière de combattre cela était de garder une distance stricte entre moi et quiconque ne portait pas le nom de Byrne.

Je ne pouvais faire confiance à personne d'autre.

Ce crédo m'avait bien servi pendant une bonne décennie, mais chaque fois que je me retournais, *elle* était là, immunisée contre mes efforts comme du putain de Téflon.

Je regardai fixement la porte arrière brillante, puis baissai les yeux vers mon portable cassé avant de le jeter à l'autre bout de la pièce. Le téléphone s'écrasa contre l'un des grands miroirs biseautés. Il se brisa en un millier de morceaux qui s'éparpillèrent lourdement par terre.

Merde. Alors.

Présent

J'ÉTAIS SI ANXIEUSE À L'IDÉE DE VOIR TORIN LE LENDEMAIN que je faillis ne pas remarquer le miroir manquant dans l'entrée. Il avait été accroché à côté du couloir menant aux toilettes, près de l'entrée, afin de refléter la lumière au plus profond du club, quand quiconque ouvrait la porte avant le coucher du soleil. Aujourd'hui, la seule chose qui scintillait sous la lumière était une fine pellicule de poussière décrivant un rectangle parfait là où se trouvait auparavant le miroir.

— Que s'est-il passé, là-bas ? demandai-je à Jolly en parlant plus fort que la musique qui sortait déjà des haut-parleurs.

Il était assis au bar et faisait défiler l'écran de son téléphone. Il ne tourna pas la tête quand il me répondit.

— L'équipe de nettoyage.

— Bon sang, qu'ont-ils fait ? Ils l'ont nettoyé avec une brique ?

Nos miroirs survivaient toujours aux rencontres nocturnes avec des ivrognes chahuteurs. J'ignorais franchement comment l'équipe de nettoyage avait réussi à le casser.

Jolly se contenta de grogner.

— Tu sais quoi, Jolly ? Je travaille ici depuis six mois et je commence à penser que ton surnom n'est pas une ode à ton chatoiement.

Cela me valut un coup d'œil en biais.

Je lui lançai un sourire radieux.

— Vas-y, dis-moi comment tu as obtenu ce nom. Je veux entendre l'histoire.

Il prit une inspiration lasse et s'enfonça sur sa chaise.

— Comme je sais que tu ne me laisseras pas tranquille jusqu'à ce que je te le dise… J'ai eu ce surnom quand je travaillais dans un centre de détention pour mineurs.

— Tu as travaillé avec des jeunes en difficulté ?

— Je ne suis pas sûr qu'on puisse le formuler ainsi. J'étais agent correctionnel pour les jeunes. C'est là que j'ai rencontré Torin, la première fois.

L'avais-je bien entendu ? Il avait rencontré Torin dans un centre de détention juvénile ? Je tournai la tête pour que mon oreille droite soit plus proche de lui.

— Tu as dit que tu avais rencontré Torin dans un centre de détention ?

Il me regarda comme si j'étais idiote.

— C'est ce que j'ai dit, non ?

— Mon audition dans l'oreille gauche n'est pas terrible. Je pensais t'avoir mal entendu. Je ne m'étais pas rendu compte que vous vous connaissiez depuis aussi longtemps.

J'avais tant de questions, mais je n'avais pas envie de fouiner.

Jolly choisit d'ignorer mes interrogations anodines sur Torin et son passé. Il se pencha en arrière et posa le bras sur le dossier de sa chaise afin d'avoir une meilleure vue sur moi.

— Tu es un peu jeune pour la perte d'audition.

— J'ai eu une mauvaise infection à l'oreille, quand j'étais gamine, dis-je comme c'était à mon tour d'être évasive. Tu vas m'en dire plus sur ce centre de détention ?

— Il n'y a pas grand-chose à dire.

Il me lança un regard de défi et se reconcentra sur son portable.

Message reçu. Si je voulais en apprendre plus sur Torin en centre pour mineurs, j'allais devoir demander à la personne concernée. Ça n'arriverait pas de sitôt, surtout après notre échange.

Le seul homme qui a le droit de te goûter dans mon club, c'est moi. *Alors, à moins que tu aies envie de chevaucher ma queue, la discussion est terminée.*

J'avais rejoué ces mots dans mon esprit des centaines de fois pour les graver dans mon cerveau. Ils étaient rustres, difficiles et horriblement inattendus, mais ils m'avaient aussi rendue si mouillée que j'avais été obligée de me nettoyer aux toilettes quelques minutes plus tard. Toute cette situation me déconcertait.

— C'est toujours un plaisir de discuter avec toi, Jolly.

Je le tapotai dans le dos et continuai ma route vers le vestiaire des femmes. Mick était déjà assise devant une coiffeuse, en soutien-gorge et culotte, mais elle consultait son portable plutôt que de se préparer.

— Salut, Mick. Comment ça va ?

— Oh mon Dieu. Dis-moi que tu es de repos demain.

— Je suis de repos demain.

Elle écarquilla ses yeux et se mit face à moi.

— Attends, tu dis ça uniquement parce que je t'ai demandé de le dire ?

Je ris et levai les yeux au ciel.

— Non, Micky. Je suis vraiment de repos demain.

— Génial. Tu sors avec moi.

— Ah bon ?

— Oui. Il y a un combat, demain, et j'ai eu envie d'en voir un depuis que Blaze m'en a parlé. Torin a un match et je *tuerais* pour le voir sur le ring. Quelque chose me dit qu'il sera incroyable.

Elle se mordit la lèvre, ce qui me fit étonnamment l'effet d'un coup de poignard. Je décidai de ne pas prêter attention à cette étrange réaction.

— Je ne suis pas sûre que ce soit mon genre d'endroit.

Je n'avais jamais compris comment les gens pouvaient aimer regarder deux hommes se battre et se réduire en chair à pâté.

Micky se leva et posa les mains sur mes épaules comme un coach motivant son joueur star pour qu'il rapporte la coupe à la maison.

— *S'il te plaît*, Storm. Je ne veux pas y aller seule et j'ai vraiment *vraiment* envie d'y aller.

— Ces combats ne sont-ils pas illégaux ?

Je ne pouvais pas prendre le risque de me faire arrêter et il était tout aussi important que Torin ne pense pas que j'étais venue le voir se battre, même si je devais admettre que cela suscitait une certaine curiosité.

Elle inclina impatiemment la tête.

— D'après ce que j'ai entendu dire, des *tas* de gens s'y rendent. Et ils sont experts en la matière : il n'y a presque aucun risque de se faire choper.

— Des tas de gens ?

Ce n'était pas la chose à dire. Je réalisai mon erreur à la seconde où mes mots furent prononcés et où les lèvres de Micky s'étirèrent dans un sourire étourdi.

— *Oui* !

Elle passa les bras autour de moi.

— Tu ne le regretteras pas. On va tant s'amuser à regarder ces muscles onduler.

Techniquement, je n'avais pas accepté, mais j'étais visiblement incapable de la contredire. Elle était si enthousiaste et sa mention de muscles ondulants avait fait apparaître une image mentale de Torin qui m'assécha subitement la gorge. Bien sûr, s'il y avait un tas de gens, il ne nous remarquerait pas dans la foule. Je pouvais assouvir ma curiosité et faire plaisir à mon amie. Il était si bon d'avoir à nouveau des amis que j'avais envie de faire ce qu'il faudrait pour les garder.

— D'accord, d'accord. Tu élabores le plan et tu m'envoies un SMS. Il faut que j'installe la barre avant que Jolly vienne me chercher.

— Merde, oui. Je n'ai même pas mis mes cils et je dois me faire de l'argent pour parier sur les combats, demain. C'est beaucoup plus marrant quand tu as un petit enjeu dans le match.

Elle me fit un clin d'œil avant de se retourner vers son miroir, un sourire illuminant toujours son visage.

J'allai travailler sans jamais croiser Torin. Une petite part de moi s'était inquiétée de sa réaction quand il verrait Luke, mais lorsqu'il était passé brièvement au club, il n'avait même pas regardé dans ma direction. D'après ce que je constatais, mon stratagème avait payé. Il n'y eut aucune interaction gênante et je ne détectai aucune ombre en train de me suivre lorsque je rentrai chez moi.

La tournure positive que prirent les événements me rassura sur le fait qu'une nuit de combats ne serait pas un problème. Mon père avait l'habitude de regarder des combats à la demande. Je n'avais jamais été fan de violence, mais je pouvais supporter une soirée pour une amie.

♦

— J'IGNORAIS que tu aimais les perruques ! dit Micky en passant les doigts dans les longues mèches de cheveux auburn retombant sur mon épaule.

— Pas vraiment.

Ce qui me plaisait réellement, c'était de ne pas être vue par mon patron harceleur.

— J'en ai juste quelques-unes, pour m'amuser.

— J'y ai pensé, mais elles sont chères. Peut-être que j'en achèterai quand je quitterai l'école et que je ne surveillerai pas chacun de mes centimes.

— Comme ceux que tu prévois de parier ce soir ? rétorquai-je en haussant un sourcil d'un air malicieux.

Elle imita mon attitude en me jetant un regard en biais moqueur.

— Nous devons tous avoir nos priorités.

Nous nous dévisageâmes une longue seconde avant d'éclater de rire.

Trente minutes et trois stations de métro plus tard, nous pénétrâmes dans un vieux bâtiment en ruine avec une petite pancarte indiquant Pistes de Roller Electric Avenue. Le voisinage tout entier semblait figé dans le temps. C'était l'endroit parfait pour une soirée de combat éphémère.

L'entrée était filtrée par une paire de voyous renfrognés. Chaque personne qui entrait était ensuite fouillée, à la recherche d'armes, dans ce qui était auparavant l'accueil de la piste. Le parquet original, datant des années soixante-dix, était toujours présent, bien qu'il soit déformé à certains endroits. Le sol était en damier, avec ce qui ressemblait à des plaques d'amiante. Quant au faux plafond moucheté, il lui manquait quelques sections. À part cela, cet endroit n'était pas dans un horrible état. Des impressions vivement colorées étaient encore accrochées dans leur cadre tandis qu'une lumière décorative qui me rappelait le vieux dessin animé *Les Jetson* était suspendue au-dessus de nos têtes.

Cependant, l'ambiance fut différente une fois que nous entrâmes dans la partie principale du bâtiment. La piste avait été vidée. La pièce ne conservait presque rien, en rapport avec son utilisation originale, mise à part une boule disco gigantesque pendant du plafond. Un ring de boxe surélevé avait été installé directement en dessous, au milieu de la pièce, et plusieurs centaines de personnes étaient soit entassées autour du ring soit alignées devant les rangées de box accueillant les bookmakers le long d'un mur.

L'air était alourdi par l'humidité et l'impatience. Et le bruit… Il y avait tant de bruit que la pression montait dans mes oreilles. Un annonceur faisait des commentaires dans un micro, mais il était tout de même difficile d'entendre quoi que ce soit par-dessus la cacophonie de cris et la musique.

L'énergie était écrasante.

Mon cœur tambourinait dans ma poitrine alors que je regardais un combat déjà entamé. Je savais, car j'avais vu quelques affrontements professionnels avec mon père, qu'une série de petits combats se déroulaient en introduction du principal événement. J'ignorais totalement où Torin se situerait dans cet enchaînement. Pour ce que j'en savais, son match était peut-être déjà terminé.

Cette possibilité fit monter une vague de déception inattendue. Je repoussai cette émotion dans un adorable petit bocal et fermai hermétiquement ce petit salopard. Je n'avais aucun droit de vouloir voir Torin se battre ou de le voir autrement que pour obtenir mon chèque.

C'est la raison pour laquelle tu portes cette perruque ridicule, tu te souviens ? On ne s'implique pas avec les hommes dangereux.

Suffisamment honteuse, je m'installai consciencieusement dans la file d'attente avec Micky. Dès qu'elle eut placé ses paris, nous nous frayâmes un chemin à travers cette foule de corps.

Micky dit quelque chose par-dessus son épaule, mais je ne distinguai aucun mot. Entre les problèmes d'audition de mon oreille gauche et le vacarme, ce n'était que bruits assourdissants.

— Quoi ?

Je tirai sur son haut pour attirer son attention.

— Rapprochons-nous, me dit Micky d'une voix plus forte.

— Tu en es sûre ? Il vaudrait peut-être mieux rester en retrait.

Ce serait plus facile de fuir. J'avais formulé cette suggestion, sachant que c'était vain.

— Tu plaisantes ? Nous ne sommes pas venues jusqu'ici

pour rester derrière ! Je veux voir la testostérone suinter de leur peau.

C'est ce que j'avais deviné.

Elle s'installa enfin à mi-chemin du ring. Nous assistâmes à trois combats, les deux heures suivantes. Je fus soulagée de constater qu'un combat illégal ne signifiait pas nécessairement qu'il était monstrueux. Les boxeurs semblaient suivre les règles qui s'appliquaient au professionnel et l'arbitre ne tolérait aucun comportement abusif. J'avais été un tantinet inquiète à l'idée qu'il s'agisse d'un genre de combat à mort dans le style Mad Max.

Tandis que cette peur particulière s'apaisait, ma nervosité à l'idée de regarder Torin se décuplait chaque minute. C'était une chose d'être spectatrice quand deux inconnus se rouaient de coups. Voir quelqu'un que je connaissais se faire potentiellement assommer paraissait de plus en plus horrifiant. Je voulais établir des limites entre nous, je ne souhaitais pas voir cet homme mourir.

Et pour ne rien arranger, la foule nageait dans l'alcool. L'absence de buvette n'avait empêché personne de boire. Même Micky avait sorti une flasque incrustée de bijoux au début du deuxième combat. Les souffles chargés d'alcool étaient tout autour de moi. Tout le monde devenait de plus en plus bruyant et animé. Lorsque Torin Byrne dit « l'Éclair » fut annoncé, ma poitrine se comprima, menacée par une véritable crise de panique.

La foule s'éveilla tandis que Torin et son adversaire, Joe Roman dit « le Rasoir », avançaient vers le ring. Les exclamations. Les insultes furieuses. Les poings agités en l'air pour de nombreuses raisons. Micky s'en délectait. Elle sautait sur la pointe des pieds et mêlait sa voix au brouhaha alors que je restais plantée là, choquée, et que mon cœur se logeait entre mes côtes.

De la terreur, de la fascination et une dose entêtante de désir se combinèrent dans un cocktail d'émotions qui contamina mon sang jusqu'à ce que la salle se mette à tourner autour de moi.

Je n'avais jamais vu Torin sans chemise. Son corps musclé était parfait, mais tous ceux qui le croisaient dans la rue pouvaient déjà le constater. En revanche, le tatouage irrégulier dans son dos, représentant un éclair, me rendait muette. Je m'étais attendue à ce que les tatouages sur ses bras se poursuivent sur le reste de son corps, mais ce n'était pas le cas. Cette unique œuvre d'art sur une peau immaculée me rappelait une statue grecque marbrée d'une fissure catastrophique.

— Je savais qu'il serait canon, mais *Seigneur* ! hurla Micky à côté de mon oreille. Tu vas bien ? Tu as une tête bizarre.

— Oui, répondis-je d'un air distrait.

Je ne pouvais détacher mon regard du spectacle offert par Torin, alors qu'il se détendait et que ses muscles contractés devenaient visibles, même pour ceux d'entre nous qui étions à une dizaine de mètres.

— L'intensité est juste… insupportable, tu vois ?

— Je te comprends. Ça m'excite tellement.

Je me retournai pour la dévisager, bouche bée, mais elle hurlait déjà à l'un d'eux de « lui arracher ses putains de bras ».

À quoi pensais-je quand j'avais accepté cela ? Venir ici avait été une terrible erreur.

Je voulais partir, mais nous étions coincées par les corps qui nous entouraient. Je plissai les yeux et priai pour que cela se termine rapidement. Je paniquai ensuite parce que je n'avais pas mentionné de gagnant. Je répétai donc ma prière en précisant que je souhaitais la victoire de Torin.

Et s'il ne gagne pas ? Et si je dois rester là et le voir se faire tabasser, round après round ?

Mon estomac plongea dans mes talons et roula comme une minuscule chaloupe bravant un océan de tempête.

Un unique coup de cloche transperça l'air.

Mes paupières s'ouvrirent brusquement.

Les deux hommes se tournèrent autour, comme chaque paire de combattants l'avait fait précédemment. Néanmoins, leurs mouvements prédateurs me causèrent cette fois la nausée. L'adversaire de Torin faisait la même taille que lui, mais ses épaules et ses bras étaient plus solides en matière de masse et de muscles. Il était couvert de tatouages, son crâne était complètement rasé et il toisait Torin avec une haine palpable.

Torin inclina légèrement la tête vers lui, ce qui poussa le Rasoir à le frapper. Ils se jaugèrent tous les deux, avec de petites frappes aisées. Je commençai à ressentir un infime soulagement avant que Torin prenne un uppercut violent dans le ventre, suivi par un horrible crochet du droit. Il tituba sur le ring alors que l'arbitre se mettait entre eux.

Chaque fois que les poings de Rasoir entraient en contact avec Torin, de minuscules bribes de souvenir m'assaillaient. Des yeux bleus furieux. Des poings aux articulations blêmes. De la peur. Tant de peur paralysante.

Je fermai les paupières et suppliai le contenu de mon estomac de rester en place.

Pendant trois rounds, ils s'attaquèrent l'un à l'autre et, chaque minute, la foule se faisait de plus en plus féroce. Je me demandais si leurs cris enragés consumaient tout l'oxygène présent dans la pièce, car je jurais qu'il était de plus en plus difficile de respirer.

Malgré les corps échauffés autour de moi, mes mains étaient froides et poisseuses. L'arène était-elle devenue plus calme ou était-ce un sifflement dans mes oreilles ?

Je devais désespérément me ressaisir.

Concentre-toi sur Tor. Il va bien. Il est en vie. Tout ira bien pour lui.

Je le dévisageai, là où il était assis dans un coin, comme si ce lien entre nous allait nous protéger tous les deux, d'une manière ou d'une autre. Je le regardai avec tant d'intensité que j'eus presque l'impression de le toucher. Je le faisais peut-être, par télépathie.

J'ignorais comment expliquer autrement la façon dont le regard de Tor se leva du sol pour entrer directement en collision avec le mien. Il n'avait pas parcouru toute la foule et ne s'était pas perdu dans un brouillard. Son regard perçant, empli d'intention, se riva instantanément sur le mien et s'y bloqua avec la précision d'un sniper repérant sa cible.

La perruque avait été inutile.

Il savait exactement qui j'étais.

La fureur assombrit son visage lorsqu'il bondit à l'instant où la cloche résonna.

8

Présent

Je n'en croyais pas mes yeux.

Stormy était là, au combat. Et cet air sur son visage ? Je ne l'effacerais jamais de ma mémoire. Son désespoir et son tourment me transformèrent en un être primitif et mon instinct m'ordonna de la rejoindre. Le combat n'avait pas d'importance. Les paris, les spectateurs, les obligations… rien n'avait d'importance. Rien de tout ça ne s'inscrivait dans mon cerveau. Il n'y avait que Storm et son besoin d'aide.

La cloche sonna alors que je bondissais. Rasoir commit l'erreur de s'en prendre à moi. Il réussit à m'asséner un coup au moment où j'étais distrait. Ce fut le coup de grâce. Je reçus un coup à la mâchoire que mon cerveau ne comprit même pas.

La bête qui enrageait en moi ne comptait pas laisser ce salopard entraver mon chemin. Je l'attaquai avec une succession de frappes sauvages et impitoyables, sans jamais lui laisser l'occasion de se défendre ou de contre-attaquer.

Lorsqu'il s'effondra sur le sol, l'arbitre vint vers moi, comme s'il s'attendait à devoir me retenir, mais je n'avais pas envie de passer une seconde plus que nécessaire sur ce ring. Je n'avais qu'une chose en tête.

Sautant de la plate-forme, je fonçai dans la foule qui était désormais folle furieuse. L'assaut inattendu les avait rendus frénétiques et il fut donc plus difficile de me frayer un chemin à travers le chaos. Certaines personnes voulaient me féliciter, d'autres étaient clairement déchaînées.

Je me foutais totalement d'eux.

Arrachant mes gants et les laissant tomber par terre, je poussai les spectateurs hors de mon chemin jusqu'à ce que Stormy soit enfin à portée de main. L'unique manière de la faire sortir en toute sécurité était de la prendre dans mes bras. Je m'exécutai donc dans un rapide mouvement et poursuivis mon élan vers la sortie. La foule devenait plus clairsemée autour du périmètre. Accélérant l'allure, je passai devant tous ceux que je connaissais et ne m'arrêtai pas avant que Storm et moi soyons à l'abri dans le vestiaire. Seuls.

Je la reposai et claquai la porte derrière nous. Ce ne fut qu'à ce moment-là que je pus regagner un semblant de contrôle sur ma respiration irrégulière et mon cœur battant à tout rompre. Il ne me fallut pas si longtemps, à vrai dire, car je devais savoir ce qui n'allait pas.

Me tournant pour être face à elle, je posai mes mains de chaque côté de son visage et l'inclinai pour que son regard rencontre le mien. Mes doigts empestaient, sous leur bande adhésive trempée de sueur, mais je m'en moquais. Tout ce qui comptait, c'était de m'assurer que Storm allait bien.

— Il s'est passé quelque chose ? Quelqu'un t'a fait du mal ?

Elle secoua la tête dans de minuscules mouvements hésitants.

— Je vais bien.

Sa voix était si inaudible que cela ne lui ressemblait même pas – ce n'était pas la Stormy que je connaissais. Que s'était-il passé pour qu'elle soit autant en colère ? Si elle n'était pas blessée, alors quoi ?

J'arrachai la perruque de sa tête et la jetai sur le côté. Elle retira un bonnet et laissa ses cheveux dorés retomber sur ses épaules. Un élancement douloureux me poignarda en pleine poitrine. Elle était tellement belle… un ange.

Mon ange.

— Mais qu'est-ce que tu fous là, Storm ?

Mes mots parurent brusques. J'étais déjà sur les nerfs auparavant, mais ces deux mots continuaient de faire écho dans mon esprit et de provoquer ma colère. Je n'avais aucun droit de la considérer comme étant mienne.

Si elle n'est pas à toi, alors à qui est-elle ?

Ma poitrine se comprima encore davantage quand je la revis quitter le club avec cet homme. Quelqu'un d'aussi vivace que Storm finirait avec une bague au doigt tôt ou tard. Étais-je prêt à l'accepter ?

— Micky. Elle voulait venir.

J'avais été si préoccupé que je n'avais même pas vu Micky. Storm poursuivit.

— Nous venions te voir combattre, mais… je n'ai pas pu… les autres, c'était différent. Je ne supportais pas…

Ses yeux désormais vitreux se rivèrent sur ma pommette

ouverte, avant de parcourir chaque ecchymose et chaque égratignure, comme si elle faisait l'inventaire de mes blessures. Était-elle en train de se rassurer sur le fait que j'allais bien ?

Seigneur, cette femme.

C'était mauvais. J'étais trop nerveux et elle était trop fragile. Nous allions faire quelque chose que nous regretterions ensuite.

Je devais m'éloigner, mais il n'y avait aucune chance que je le fasse. Je devais la sentir. La goûter. Me rassurer en me disant qu'elle était entière, en bonne santé et mienne.

Merde.

J'avais besoin de la *posséder*.

Peut-être qu'une fois que je l'aurais eue, l'obsession s'amenuiserait. Une grande partie de ce problème était certainement ma faute, car je m'étais dit qu'elle était interdite. Si c'était le cas, je pouvais sans doute me libérer avec une baise rapide. Je verrais qu'elle n'avait rien de spécial et je passerais à autre chose.

Ma verge était déjà dure comme de la pierre, prête et impatiente. Elle se moquait de savoir quel genre de rationalisation j'employais, tant que cela lui permettait de s'enfoncer où elle avait envie d'être.

Storm se mordit la lèvre avant de me jeter un coup d'œil à travers une forêt de cils noirs.

L'air autour de nous changea alors que le dernier lambeau de mon sang-froid craquait.

Je la poussai en arrière et arrachai les bandes autour de mes mains. Je ne voulais pas que quoi que ce soit interagisse avec ma possibilité de la toucher. Je voulais sentir son corps frissonner et trembler sous le mien. Avec son dos contre les casiers en métal froid, elle était à moi et je n'avais qu'à la prendre. La porte s'ouvrit alors derrière nous.

Mon regard restait rivé sur celui de Stormy.

— Dégagez ! aboyai-je.

— Tout va bien là-dedans ?

Bishop. Ce salopard me tapait sur les nerfs.

— Tout ira bien pour nous, tant que tu disparais, grondai-je en retour.

La porte se referma et je sus qu'il avait compris le message. Il ne laisserait plus personne nous interrompre.

Je maintins la veste de Stormy sur ses épaules avant de la laisser tomber sur le sol. Brisant finalement notre contact visuel, je baissai lentement les yeux vers sa poitrine, qui se soulevait péniblement sous son haut en coton fin. Comme un papillon de nuit attiré par une flamme, ma main se leva pour saisir ses seins. Ce fut involontaire. C'était aussi nécessaire pour moi que de respirer.

Je fermai les yeux en me délectant de la sensation de son corps chaud sous ma poigne. Combien de fois avais-je imaginé ce moment ?

Stormy haleta après mon contact initial, mais ne m'arrêta pas. À vrai dire, sa poitrine se gonfla sous ses lourdes respirations, ce qui la colla encore davantage contre ma paume.

— Je ne comprends pas. Je croyais que tu ne…

Elle marqua une pause, comme si elle était réticente à l'idée de partager ses pensées.

Je me figeai, voulant savoir ce qu'elle pensait.

— Je ne quoi ?

— Tu ne voulais rien avoir à faire avec moi. Tu agis comme si j'étais une emmerdeuse.

— Tu *es* une emmerdeuse.

Ma voix était aussi tendue et impitoyable que mon besoin de la posséder.

— Ça ne veut pas dire pour autant que je n'ai pas envie de plonger ma queue en toi.

Elle écarquilla légèrement les yeux et ses pupilles se dilatèrent. Elle aimait ça, quand je parlais de façon obscène. Seigneur, elle ne pouvait être plus parfaite.

— Retire. Ton. Pantalon.

Elle commença à obéir et alla jusqu'à baisser sa braguette, avant de marquer une pause. Elle fronça les sourcils.

— J'ai besoin de savoir pourquoi, Torin.

— Pourquoi je veux te baiser ?

— Pourquoi tu es venu me chercher ?

La vulnérabilité adoucit sa voix et durcit mon membre.

La réponse était simple.

— Parce que tu avais besoin de moi.

J'en avais eu conscience jusque dans ma moelle. Elle avait eu besoin de mon aide et aucune force sur Terre n'aurait pu m'arrêter après ça.

Je coinçai mes pouces dans son pantalon et le baissai. Elle pouvait me dire d'arrêter, mais je ne lui demandais pas la permission.

Merci, mon Dieu, elle retira ses chaussures. Voilà tout le consentement dont j'avais besoin.

Je la soulevai contre moi et me délectai de la sensation de ses longues jambes encerclant mes hanches. Appuyant son dos contre le casier et mon regard transperçant le sien, je libérai ma verge et trouvai son entrée.

— Merde, Stormy. Tu es déjà trempée pour moi.

Je me glissai à trois reprises entre ses plis, en décrivant de lents va-et-vient. Pour la taquiner. Pour me taquiner. Pour tester mon sang-froid et recouvrir mon sexe de son liquide. Lorsque je m'appuyai contre elle, elle se crispa.

— Mon Dieu, *putain*, tu es serrée.

Je fermai les yeux en sentant ses parois intimes serrer l'extrémité de mon membre, ce qui envoya des vagues de plaisir s'entrechoquer dans ma colonne vertébrale.

— Ça fait longtemps, dit-elle en laissant échapper un soupir tremblant.

Longtemps ? Plutôt des années. Je me serais délecté de cette découverte si toute ma concentration n'avait pas été dévouée à ma maîtrise de moi-même. Je n'étais entré qu'à moitié quand je dus mettre un frein à mon besoin écrasant de m'enfoncer plus profondément, jusqu'à être entièrement entouré de sa chaleur. Ce genre de force aurait brisé une femme en deux. Je me balançai plutôt lentement pour franchir les portes du paradis.

Storm s'agrippa à mes épaules. Ses petites exclamations et ses gémissements taquinèrent mon oreille et provoquèrent mon membre jusqu'à ce que la sensation devienne atroce. Elle était tellement parfaite. Si j'avais su. *Seigneur*, si seulement j'avais su.

Je l'aurais fait plus tôt.

Je ne me serais jamais autorisé à aller aussi loin.

Soit l'un soit l'autre. Les deux. Je n'en étais pas sûr, mais j'étais convaincu d'une chose. Il n'y avait pas de retour en arrière possible.

— Je ne peux pas être doux, Storm.

— Ne le sois pas.

Ses mots haletants furent comme le signal du départ.

Je cédai au désir. À chaque fantasme dans lequel elle était apparue et à chaque rêve tourmenté dans lequel j'étais coincé depuis le jour où elle était entrée dans mon club. Ils s'unirent tous dans un moment parfait de sauvagerie.

Je pris Stormy contre les casiers et enfonçai mon sexe si profondément en elle qu'elle me sentirait pendant des jours. Elle se cramponna à mes épaules comme si sa vie en dépendait. Coup de reins après coup de reins régulier, nous nous regardâmes. Elle se délecta de ma fascination irréfléchie et je mémorisai la parfaite manière dont ses lèvres s'entrouvrirent sous l'effet du plaisir.

Je ne tins pas longtemps et je m'en moquais. Elle me faisait tant bander tous les jours que je sus que je serais prêt pour un second round. Peut-être même un troisième et un quatrième. Je la prendrais jusqu'à ce que ma verge tombe, si je le pouvais.

Un vif élan de picotements contracta mes testicules avant qu'un éclair blanc explose à travers mes veines. Mon dos se cambra quand je jouis et mon corps fit un dernier effort afin de l'atteindre aussi profondément que possible.

J'appuyai mon front contre son épaule tout en me remettant de mes émotions. Je n'avais jamais été aussi étourdi après le sexe.

Tu l'as presque baisé à mort. Vous êtes tous les deux passés à deux doigts de la mort.

Et je recommencerais en un clin d'œil.

En parlant de ça… Je baissai les yeux par terre et posai Storm sur le dos. Elle me regarda avec un éclat curieux dans les yeux. Lorsqu'elle comprit mon intention, alors que j'approchais mon visage de ses cuisses écartées, elle tenta de s'asseoir.

— Mais ton sperme… protesta-t-elle d'un air méfiant.

— Est exactement où il devrait être, lui assurai-je fermement.

Et le plus tordu, c'était que je le pensais. Je n'avais pas mis de préservatif et je n'arrivais pas à m'en préoccuper – ni du fait que j'allais me goûter sur elle ni de la possibilité d'une grossesse.

Je n'avais jamais fait cette connerie de ma vie – pas même quand j'étais totalement ivre – mais Storm était différente. Elle l'avait toujours été et le serait toujours.

— Nous ne sortirons pas d'ici jusqu'à ce que ces cuisses essaient de m'étrangler.

J'écartai ses jambes et fis le tour de son entrée avec ma langue avant de lécher son clitoris. Son goût était enivrant, ne serait-ce que parce qu'elle avait *mon* goût.

Je tirai sur les bonnets de son soutien-gorge et taquinai ses tétons avec mes doigts pour qu'ils durcissent. J'aurais aimé que ma bouche puisse être à deux endroits en même temps. J'avais envie de glisser mes lèvres sur chaque centimètre de son corps. De lécher le sel de chacune de ses délicieuses courbes.

Si une personne pouvait être faite pour une autre, alors je ne doutais nullement que Storm était faite pour moi. Tout, chez elle, était follement parfait. Elle captiva chacun de mes sens jusqu'à ce qu'il n'existe rien d'autre qu'elle. Et à en juger par l'excitation qui suintait de son sexe, son corps répondait au mien de la même manière.

Elle était déjà excitée après avoir chevauché mon membre et son corps mourait d'envie de se lâcher. J'enfonçai profondément mes doigts en elle tout en glissant ma langue sur son clitoris gonflé. Ses genoux s'écartèrent davantage, comme si elle me suppliait silencieusement de lui en donner plus. Elle était si réactive. J'adorais la sensation de sa main serrée autour de mes cheveux et du picotement occasionnellement douloureux. Tout cela me poussa vers une poursuite désespérée, jusqu'à ce que je la voie se briser.

Lorsque ses jambes commencèrent à palpiter et à tressauter, je sus qu'elle était au point de jouissance. Je maintins mes doigts en elle et décrivis des cercles implacables autour de cette boule de nerfs interne.

— Oh mon Dieu. *Ouuui.*

Son corps se cambra sur le sol en béton quand sa jouissance explosa. Je me dis alors que j'aurais aimé voir la courbure de sa colonne vertébrale de derrière. Je voulais la voir jouir de toutes les façons possibles, dans toutes les positions et sous chaque angle. J'en voulais plus d'elle, de toutes les manières possibles. Mon cerveau rejetait violemment l'hypothèse que je ne la retouche jamais.

Consumé par le désir d'en avoir plus, j'apaisai lentement mes caresses et la laissai s'en remettre, mais uniquement parce que je voulais la préparer à en avoir plus. Cependant, je n'avais jamais été un homme patient.

Dès que je retirai mon short, je pris Stormy dans mes bras et l'emportai vers la vieille table de toilette en Formica.

— Les mains sur le lavabo, lui ordonnai-je après l'avoir posée face à un miroir poussiéreux.

— Encore ?

Elle écarquilla les yeux et me regarda dans la glace.

— Cette fois-ci, on jouit ensemble.

Sa tête fit un petit mouvement tressautant d'avant en arrière.

— Je ne peux pas. Je n'ai jamais…

— Tu n'as jamais quoi ?

— Joui… pendant la pénétration.

Je me penchai pour que mes lèvres soient proches de son oreille et que ma verge taquine ses fesses.

— Il n'y a aucune règle, ici, Stormy. Je veux te pénétrer à nouveau. Je veux regarder tes lèvres d'allumeuse s'entrouvrir quand je m'enfoncerai en toi. Si ta chatte rose et divine veut sentir à quel point tu me fais bander, pose les mains sur ce lavabo et laisse-moi t'aider à te faire du bien.

Hésitante, elle se pencha en avant. C'était le plus beau spectacle que j'avais jamais vu. Je m'appuyai contre ses fesses rondes et pulpeuses qui me suppliaient de leur prêter attention. Ma main caressait sa peau lisse d'un air absent. L'idée de la marquer de ma main fut une impulsion à laquelle je ne pus résister. Une claque bruyante transperça l'air quand ma paume entra en contact avec sa fesse droite.

Un soupçon d'inquiétude se manifesta à l'idée que je lui ai fait mal. Cependant, il fut vaincu par une intense satisfaction lorsqu'elle se cambra encore davantage et laissa échapper un gémissement guttural.

— *Merde*, tu serais incroyablement belle avec mon sperme sur ton dos.

Je frôlai sa peau réchauffée d'une caresse.

— Tu te touches, quand tu es seule ?

— Oui.

— Montre-moi.

J'adorais sa façon de m'obéir immédiatement, mais elle baissa les yeux vers le lavabo.

— Regarde-moi.

Dès que son regard croisa le mien, je m'enfonçai en elle. Elle était si bonne que mes mains se refermèrent autour de ses hanches avec une telle poigne que je lui laisserais une marque. Je pris une profonde inspiration, inspirant et expirant, tentant de garder le contrôle de moi-même et de ne pas la baiser comme un putain d'animal.

Lorsque je commençai à bouger en elle, Storm entrouvrit

les lèvres et sa main accéléra la cadence. Elle ne suivait pas simplement mes instructions, elle les ressentait. Elle était perdue dans ce moment avec moi.

Merde alors, la retenue, c'était surfait.

Je posai le plat de ma main sur le haut de son dos et la penchai davantage vers l'avant.

— Tu me rends complètement fou.

Mes paroles essoufflées furent le seul avertissement qu'elle reçut avant que je m'écrase en elle et que je décrive des va-et-vient incessants à la poursuite de ma santé mentale. Comme si quelque part, au fond d'elle, j'allais peut-être trouver un remède à la folie qui me rongeait.

Stormy ne se stabilisa pas seulement après mon assaut, elle s'appuya contre mes coups de reins de toutes ses forces, comme si c'était *elle*, qui me prenait. Elle chevaucha mon membre sans jamais me quitter des yeux. Ce spectacle déroula mon ADN jusqu'à ce que je ne sois plus que l'expression primaire de mes instincts de base. Mon corps se crispa, alerte, pour lutter contre mes rivaux. Mes lèvres s'entrouvrirent quand je jouis dans un rugissement sauvage. Alors que ce cri possessif résonnait dans l'air, les muscles internes de Storm se contractèrent comme un poing autour de mon sexe. Elle laissa échapper un gémissement licencieux alors que sa jouissance prenait le dessus. Vague après vague, son corps tressaillait et se resserrait, ce qui m'emmena au bord de l'orgasme avec elle.

Jamais de ma vie, je n'avais vécu quoi que ce soit de plus fondamentalement brut.

Je dus prendre Storm dans mes bras et l'étreindre, afin qu'elle reste debout, tant son corps tremblait. Nos poitrines se soulevaient difficilement en tandem alors que nous retrouvions notre équilibre et encaissions ce qui s'était passé entre nous. Non pas que cela puisse être complètement encaissé ou compris. Nous étions dans le même chaos indiscriminé que celui provoqué par une tornade qui frappe sans explication. Cette alchimie dévorante nous rendait impuissants.

Une fois que j'eus récupéré un semblant de santé mentale, je relâchai ma prise autour de Storm et l'autorisai à me regarder en face. Ses cheveux emmêlés et trempés de sueur tombèrent en vagues épaisses sur le côté de son visage. Je les balayai sur son épaule, ce qui me fit remarquer que sa poitrine était toujours exposée. Ses poumons se figèrent une seconde alors que j'insinuais un doigt dans le bonnet de son soutien-gorge et le faisais glisser sur ses seins.

Je vis son tatouage entier pour la première fois et me rendis compte qu'il avait été dessiné au-dessus d'une cicatrice. Seul le bord supérieur était normalement visible et dépassait de son haut. Trois fleurs écloses au-dessus desquelles bourdonnait une abeille. J'aurais dû savoir que ce serait quelque chose de simple et féminin à la fois. C'était tellement… *elle*. Mais la cicatrice était une surprise. Elle ressemblait à une brûlure, même si l'ombre noire la rendait difficile à discerner.

— Que s'est-il passé ?

Je commençai à effleurer le contour de la zone, mais Storm se décala loin de moi et remit son haut en place.

— Accident de voiture.

Elle ne cessait de détourner le regard. J'aurais pu dire que c'était la conséquence de la gêne occasionnée par une première fois, mais quelque chose me disait que c'était plus que ça. Elle n'aimait pas parler de la cicatrice. Pourquoi ? Que s'était-il passé ? J'avais envie de le savoir. J'avais envie de tout savoir, la concernant.

J'avais espéré vainement, pour notre bien à tous les deux, que cette soirée la chasserait de mon univers. Que je pourrais la laisser tranquille et ne pas assombrir l'éclat qui émanait d'elle, mais le destin avait d'autres plans. Alors que nous nous relevions et nous préparions à partir chacun de notre côté, l'attrait gravitationnel que j'éprouvais ne fit que s'intensifier.

Nous étions tous les deux dans de beaux draps.

— Laisse-moi prendre mes affaires et je te raccompagne chez toi, dis-je d'une voix bourrue.

— Je ne peux pas. Je suis venue avec Micky et je ne veux pas qu'elle soit obligée de rentrer seule.

J'avais envie de retarder notre séparation autant que possible et il était certain que je ne comptais pas la laisser déambuler dans les rues avec Micky, dans cette partie merdique de la ville. J'ouvris la porte et passai la tête dans le couloir, tout en déroulant mes bandes. Bishop se tenait à bonne distance. Cet homme était intelligent.

— Tu as vu une fille du nom de Micky, qui a essayé de venir ici ?

À point nommé, la femme gracile arriva dans mon champ de vision, les bras sévèrement croisés, et un air d'accusation suprême durcissant ses traits féminins.

— Tu vas me laisser reprendre ma copine ?

— Non.

Je reportai mon attention sur Bishop.

— Trouve quelqu'un qui ramènera Micky chez elle.

— C'est quoi ce *délire* ?

Sa voix me suivit jusque dans le vestiaire.

— Je m'en suis occupé, dis-je à Stormy.

J'enfilai une chemise et un pantalon, puis je jetai le reste de mes affaires dans le sac.

— Viens.

Je lui pris la main et la menai hors de la pièce.

— Storm, chérie. Tu vas bien ? l'appela Micky de là où Bishop la maintenait à distance.

— Tout va bien, Mick. Je te le promets, lança l'intéressée par-dessus son épaule. On se parle demain, d'accord ?

Je continuai d'avancer, me contrefoutant de la réponse de la jeune femme.

J'avais possédé des motos toute ma vie d'adulte et je n'avais jamais ressenti le besoin d'acheter un casque jusqu'à maintenant. J'étais partagé entre l'idée de faire monter Storm sur mon engin et ne pas la protéger, ou l'envoyer chez elle accompagnée de quelqu'un d'autre. C'était peut-être égoïste, mais j'avais confiance en mes capacités sur une moto, plus qu'en un autre salopard à qui je la confierais. Demain, j'achèterais un fichu casque.

— Tu es déjà montée sur une moto ?

— Je suis déjà montée sur une Harley, mais rien de tel. Il y a de la place pour moi, au moins ?

Techniquement, elle était équipée pour emporter un passager, même si ça n'allait pas être confortable. Et je ne laissais personne s'installer à l'arrière de ma moto. Je ne proposais jamais de raccompagner qui que ce soit, sauf la famille et dans les situations d'urgence.

Jusqu'à maintenant.

Cela allait devenir mon nouveau putain de mantra.

Stormy déchiquetait chaque soupçon de structure que j'avais péniblement instauré dans ma vie. Tout ça en l'espace de quelques jours.

Tu pourrais y mettre fin. Éloigne-toi et laisse la vie reprendre sa routine.

Hors de question.

Je passai ma jambe au-dessus de la moto et positionnai mon sac en travers de mon torse.

— Mets un pied ici, sur cette béquille, et tiens-toi à mes épaules.

Une fois qu'elle fut assise, j'allumai le moteur. Storm enroula ses bras autour de mon ventre, passant outre son hésitation. *Seigneur*, comme c'était agréable !

— C'est au croisement de la cinquante-cinquième et de Michigan, me dit-elle d'une voix plus forte que le grondement de l'échappement.

Merde, j'avais presque oublié de le lui demander. Nous aurions eu une conversation intéressante quand je me serais garé devant son immeuble. Je me réprimandai en m'intimant de me reconcentrer.

Le trajet fut juste assez long pour que la réalité s'insinue en moi. J'avais baisé Stormy. La femme qui m'obsédait plus ou moins depuis des mois. Mon employée.

Je n'imaginais même pas à quel point la situation pouvait devenir compliquée.

Je n'arrivais pas à regretter d'avoir passé du temps avec elle, mais je savais que cela avait été une erreur. Qui pouvait deviner les attentes qu'elle avait désormais ? Peu importait ce qu'elles étaient, j'étais condamné à la décevoir. Mes problèmes avaient eux-mêmes des problèmes. Elle ne le comprendrait jamais et je ne m'attendais pas non plus à ce qu'elle le fasse, sans un aperçu de mon passé qu'elle n'aurait jamais. C'était exactement la raison pour laquelle j'avais toujours insisté pour dire que j'étais mieux tout seul. Mon obsession pour Storm ne devrait pas changer cela.

Lorsque nous arrivâmes, je m'attendis à ce qu'elle s'attarde sur ma moto ou à ce qu'elle me demande de monter. Cela se serait passé ainsi avec la plupart des femmes, mais

Stormy n'était *pas* la plupart des femmes. J'aurais déjà dû le savoir.

J'avais à peine arrêté la moto qu'elle en bondit et me remercia de l'avoir raccompagnée dans un murmure. Elle disparut ensuite dans son immeuble. J'aurais dû être soulagé.

Alerte info.

Je ne l'étais pas. Pas même un peu.

9

Passé

Où était passé mon portable, bon sang ? J'avais cherché partout. Et puisque nous n'étions pas beaucoup sortis, pendant les deux mois depuis mon emménagement avec Damyon, j'étais certaine qu'il devait être dans la maison.

Je me relevai, après m'être agenouillée pour chercher une nouvelle fois sous le lit, et j'avançai vers le bureau de Damyon. Nous nous étions installés dans une nouvelle routine. Une prolongation de deux semaines s'était transformée en quatre, puis j'avais pris la décision de repousser mon retour à l'infini. J'étais ravie d'être restée, mais je commençais à avoir un peu le mal du pays, surtout maintenant que l'hiver s'était installé.

— Salut, mon sucre. Tu as vu mon portable quelque part ?

Il prit une seconde pour me répondre, le regard rivé sur l'écran de son ordinateur.

— Non, je ne l'ai pas vu, murmura-t-il d'un air distrait.

— J'ai cherché partout et je ne comprends pas ce qui est arrivé à ce maudit truc.

Il me regarda enfin, un soupçon d'agacement froissant son visage. J'avais remarqué le changement ces dernières semaines et j'étais presque certaine que c'était à cause de son travail. Néanmoins, je ne pouvais m'empêcher de m'inquiéter à l'idée d'être la source de son irritation. Sans aucun ami ni boulot ici, à Moscou, je n'avais aucune interaction sociale en dehors de lui. Il essayait de tout équilibrer, mais il était constamment occupé.

— On ira t'en acheter un nouveau demain matin, mon ange. Pour l'instant, j'ai du travail.

Déçue, je me pinçai les lèvres, mais j'acquiesçai et m'éloignai pour ne pas le déranger davantage. Un nouveau téléphone, c'était génial, sauf que je ne connaissais le numéro de personne. Comment étais-je censée récupérer toutes mes anciennes données ? Je ne pensais pas qu'ils aient les mêmes opérateurs, ici, à Moscou.

J'étais déjà isolée de mon ancienne vie. Perdre mon portable me donnait l'impression qu'une porte claquait derrière moi et que le verrou se mettait en place. Ma vie en Géorgie ne serait plus jamais la même, après la mort de mes parents, mais ça ne signifiait pas pour autant que j'avais envie de tourner le dos à cet endroit pour toujours.

Ne réagis pas excessivement. Les gens perdent constamment leur portable.

J'allai dans le salon et fermai les yeux, tentant de me calmer. Je pouvais toujours me servir de mon e-mail pour contacter mes amis et demander les numéros de téléphone. Mes photos récentes auraient disparu, mais j'avais mis tous mes messages vocaux et photos de maman et papa sur mon *cloud* après l'enterrement. J'avais failli supprimer un message de maman, un jour, et j'avais paniqué. Je ne voulais pas la perdre encore plus que je ne l'avais déjà perdue.

Penser à cela m'aida à relâcher le nœud qui s'était formé dans mon estomac. Néanmoins, rien que pour être sûre, je poursuivis mes recherches, certaine que ce maudit objet allait bien finir par réapparaître.

Deux jours plus tard, je n'avais toujours pas trouvé mon portable et je n'en avais pas eu de nouveau. J'essayais d'être patiente, mais c'était une bataille perdue d'avance. Après mon plongeon quotidien dans la grande piscine intérieure, je me douchai et me dirigeai vers le bureau de Damyon afin d'évoquer une nouvelle fois le sujet.

Je ne m'étais pas rendu compte qu'il avait de la compagnie, jusqu'à ce que j'entre dans la pièce par la porte ouverte. Je me figeai en voyant deux hommes siroter de la vodka de chaque côté du bureau en bois majestueux de Damyon.

— Je suis vraiment désolée. Je ne voulais pas vous interrompre.

L'homme inconnu me sourit en me montrant une dent en or avant de marmonner quelque chose en russe en direction de Damyon. Avec un regard et quelques mots inintelligibles, il avait réussi à me faire sentir sale de l'intérieur comme de l'extérieur. Je n'avais pas besoin de comprendre le russe pour savoir que ses paroles avaient été obscènes.

Damyon fit tourbillonner le liquide translucide dans son verre, ses yeux polaires semblant réellement glacials.

— *Nyet*, dit-il à son invité alors que son regard restait rivé sur moi. Je suis occupé, pour l'instant.

Il venait enfin de s'adresser à moi.

— Oui, bien sûr. Encore désolée.

Je m'excusai maladroitement et quittai la pièce, légèrement blessée par la manière dont il avait géré la situation. Il m'avait chassée comme si j'étais l'un de ses employés. Je ne m'attendais pas à ce qu'il en fasse toute une histoire ou même qu'il me présente, mais je n'avais pas non plus envie d'être sèchement renvoyée.

Je me rendis dans la bibliothèque, où je passais le plus clair de mon temps, et je regardai par la fenêtre le froid intolérable qui s'attardait sur le paysage aride autour de nous. J'enroulai mes bras autour de mon corps, alors qu'un frisson parcourait ma peau. Ou peut-être était-ce l'incertitude qui me glaçait les veines.

Tout, dans l'idée de venir ici, m'avait donné l'impression d'être dans un rêve, quand j'avais emménagé. Mais chaque jour, je me sentais de plus en plus seule. Damyon travaillait beaucoup. Je savais que quelqu'un d'aussi riche que lui aurait peu de temps libre, mais je ne m'étais pas rendu compte que ce serait à ce point-là. Je n'étais pas sûre d'être intéressée par la richesse, si elle était synonyme de solitude – d'autant que je vivais loin de tout et de tous ceux que je connaissais. J'ignorais quoi faire à propos de cette situation. Je pouvais dire à Damyon que j'avais commencé à me sentir seule ou évoquer une possible visite chez moi, mais je détestais le surcharger de boulot alors qu'il était déjà très stressé.

Je ne l'entendis pas arriver derrière moi, ce qui me

choqua particulièrement quand sa main se resserra autour de mon bras et qu'il me retourna pour que je sois face à lui.

— Mais merde, qu'est-ce qui t'a pris ?

Ses yeux crachaient des flammes bleues furieuses.

— *Quoi* ? m'exclamai-je, ébahie par son attaque soudaine.

— Tu sais à quel point c'est dangereux de t'exhiber devant un homme comme lui ? Comment peux-tu être si stupide ?

— Damyon, tu me fais mal, geignis-je.

J'aurais des lignes violettes, là où ses doigts s'étaient trouvés, même si sa poigne douloureuse n'était rien comparée au coup de fouet provoqué par ses mots.

Il baissa les yeux avant de retirer brusquement sa main et d'avancer vers le milieu de la pièce. Il passa une main dans ses cheveux et prit plusieurs inspirations profondes. Lorsqu'il se retourna, il était plus calme, mais toujours sinistrement froid.

Des larmes me brûlaient les yeux.

Pourquoi avait-il été si rude ? La porte était ouverte. Comment étais-je censée savoir qu'il était dangereux d'entrer ? Des pensées tourbillonnèrent dans ma tête, mais comme je voyais qu'il était à deux doigts de craquer, je gardai mes lèvres scellées.

— Je suis vraiment désolé, Alina.

La méfiance le fit froncer les sourcils.

J'avais appris, pendant le temps que nous avions passé ensemble, que Damyon avait douze ans de plus que moi, ce qui lui faisait trente-deux ans. Ce fossé m'avait semblé à peine visible… jusqu'à maintenant. J'avais l'impression d'être une enfant se faisant disputer par son père en colère.

— Tu sais que je m'inquiète pour toi. S'il t'arrivait quelque chose par ma faute…

Il ne poursuivit pas sa déclaration, comme si cette pensée

lui était insupportable. Il saisit plutôt mon visage entre ses mains chaudes.

— Je ne me le pardonnerais jamais.

Je hochai la tête, l'émotion obstruant ma gorge.

— Je t'ai négligée, continua-t-il. Viens, on va t'acheter un nouveau portable et te sortir de la maison, *da* ? Après quelques heures dans ce froid misérable, nous serons tous les deux heureux de revenir ici.

Je lui adressai un sourire tremblotant.

— Ça me va.

Nous fîmes un pas vers la porte quand il se figea.

— *Der'mo.* Je n'arrive pas à croire que j'ai oublié.

Il me gratifia d'un demi-sourire.

— Hier, j'ai appris par mon contact au ministère du Travail et de la Protection sociale qu'il avait trouvé ton dossier. Tu aimerais connaître le nom de ta mère biologique ?

Je n'arrivais pas à croire ce que j'entendais. J'avais failli perdre espoir, après avoir attendu si longtemps sans aucune opportunité. Un cocktail d'émotions intenses me submergea au point que je ne savais plus ce que je devais ressentir'.

— Tu as un nom ?

Cette question était presque fragile, tout comme moi.

Damyon essuya la larme qui menaçait de tomber de mes cils.

— Oui. Et si elle est encore vivante, je te jure que je la trouverai pour toi.

Je l'enlaçai, si reconnaissante de l'avoir dans ma vie. Qu'était un petit emportement quand il essayait tant, de toutes les manières, de me rendre heureuse ?

10

Présent

LES SOUVENIRS DU PASSÉ DÉTOURNÈRENT MON CERVEAU ALORS que je m'agrippais à Torin, à l'arrière de sa moto. J'essayai de les combattre, mais une succession d'images apparut dans mon esprit dans un cercle vicieux. Lorsque nous arrivâmes devant mon immeuble, j'étais submergée par une vague de doute poisseux et putride.

J'avais vécu des ébats époustouflants avec Torin Byrne. Un mafieux irlandais. Un boxeur. Un potentiel harceleur. Et mon patron.

Mon patron.

Seigneur, Stormy. Quand apprendras-tu de tes erreurs ?

J'offris quelques caresses à Blue Bell avant de me diriger vers la douche. Je voulais tout laver – les souvenirs et l'incertitude, tout ce qui concernait le passé. Et le présent, également. Je voulais me débarrasser du désir qui palpitait toujours dans mes veines. De la sensation du corps de Torin sur le mien, qui faisait chantonner mon cœur.

On dit que tout est clair, avec du recul, mais à chaque minute qui passait, je devenais plus confuse que jamais. Le sexe avec Torin était incroyable. Je n'avais jamais été autant emportée par le contact d'un homme, de toute ma vie. C'était aussi une erreur gargantuesque. Cela aurait dû être évident, à mes yeux, maintenant que j'étais libérée du désir écrasant qui embrouillait mon cerveau quand il était dans les parages. Alors pourquoi ne pouvais-je éprouver aucun regret ?

Parce que tu as besoin de moi.

Quand il avait prononcé ces mots, mon cœur s'était brisé. La logique s'était évaporée. Car j'*avais* effectivement eu besoin de lui. Désespérément. J'avais eu besoin qu'il ne soit pas blessé et j'avais eu besoin de quitter cette foule. Sans un mot de ma part, il avait su. Il était venu à ma rescousse avec une férocité impitoyable. Pourquoi était-ce une mauvaise chose ?

Je savais pourquoi. Les signaux d'alerte commençaient en étant plus petits que ces adorables ombrelles qu'on mettait dans les cocktails, mais rapidement, ces mêmes drapeaux rouges devenaient suffisamment longs pour qu'on les tresse en une corde qui se serrerait autour de votre cou.

Il était dangereux, ne serait-ce que parce qu'il me rendait imprudente. J'avais laissé cet homme jouir en moi non pas une fois, mais *deux*, et je n'avais jamais dit un mot. J'aurais pu. Je l'avais envisagé. Mais pour être franchement honnête, j'avais voulu le sentir en moi, sans rien entre nous.

L'éventualité d'une grossesse n'était pas un problème, mais qui pourrait savoir le genre de maladies que je pouvais contracter ?

Stupide. *Stupide, stupide, stupide.*

Je ne l'avais pas confronté sur le fait qu'il m'avait suivie. Je lui avais donné l'adresse de mon appartement pour éviter toute suspicion. Bon sang, j'avais laissé mes rideaux légèrement ouverts telle une invitation pour qu'il me regarde. Je n'avais pas réellement compris ses motivations à ce moment-là, mais que j'aie ignoré le danger évident était un problème suffisant.

Manifestement, je n'arrivais pas à prendre de bonnes décisions quand il s'agissait de lui, et je savais ce que cela signifiait. Si je ne pouvais rester loin de lui, j'allais devoir forcer les choses et partir. Il n'y avait qu'une chose encore plus repoussante que l'idée d'un nouveau déménagement : revivre mon passé. Je refusais d'être la victime d'un autre homme abusif.

Je n'étais pas certaine que Torin me ferait du mal et je ne pouvais garantir qu'il était en sécurité également. C'était un combattant et un gangster. Les probabilités jouaient en sa défaveur, ce qui signifiait que le risque était trop grand. Je ne pouvais me laisser aveugler par les dangers. Pas encore.

11

Présent

IL N'Y AVAIT RIEN DE PLUS DÉSESPÉRÉMENT VAIN QUE D'ESSAYER de deviner les pensées d'une personne. J'étais bien placé pour le dire. J'avais passé les douze dernières heures à m'efforcer de le faire, et je n'avais pas avancé depuis que j'avais commencé.

Quelque chose avait changé pour Stormy entre le moment où elle s'était placée à l'arrière de ma moto et quand elle était arrivée à son appartement. Je voulais savoir ce que c'était. Plus que tout, je souhaitais savoir qu'elle ne regrettait pas de m'avoir laissé la baiser.

Était-ce une erreur ? Oh que oui, c'en était une. Ça n'aurait jamais dû se produire.

Souhaitais-je qu'elle le regrette ? Oh que non !

Trois problèmes surgirent dans mon esprit et ils expliquaient très probablement les sources de conflit en elle. Tout d'abord, elle fréquentait quelqu'un et se sentait mal à l'idée d'être infidèle. Si c'était le cas, elle s'en remettrait. Je n'éprouverais certainement aucun remords à interférer dans leur relation, et j'irais même jusqu'à dire que j'espérais qu'il ne la toucherait plus jamais.

Cela laissait deux circonstances plutôt compliquées : le fait que j'étais son patron et le fait que je n'avais pas mis de préservatif. Ces deux hypothèses étaient parfaitement raisonnables. Pour ce qui était de son boulot, je pourrais la rassurer avec quelques mots brefs que rien ne devait nécessairement changer. Je n'allais pas la renvoyer ni la traiter différemment parce que nous avions couché ensemble.

Le souci du préservatif était un peu plus épineux. J'étais clean, alors ça ne devrait pas l'inquiéter, mais j'ignorais quoi faire de la possibilité d'une grossesse. Bon sang, je ne savais même pas ce que je ressentirais à cette idée. Je n'avais jamais eu l'envie particulière d'avoir des enfants. Il était trop difficile de m'imaginer, m'installant avec quelqu'un, pour envisager cette possibilité. Pourtant, maintenant que j'étais forcé de concevoir ce scénario, il ne me semblait pas si horrible. Une nouvelle vie qui nous lierait pour toujours ? Je trouvais ça rassurant, ce qui était troublant.

Je n'avais pas décidé d'un plan d'action quand le club ouvrit, mais il s'avéra que je n'en avais pas besoin. Stormy refusait de croiser mon regard.

Une heure plus tard, je m'obligeai à aller la voir.

— Je peux te parler une seconde ?

J'aurais aimé que ce ne soit pas nécessaire, mais je ne voyais aucun autre moyen de désamorcer la tension gênante qui empoisonnait l'air autour de nous.

— À vrai dire, Jolly avait besoin de mon aide avec les filles.

Elle me sourit et son regard effleura le mien pendant la plus brève des secondes.

— Il vaudrait mieux que j'y retourne, conclut-elle.

Je la laissai s'en aller, malgré l'irritation grandissante qui grondait sous ma peau. Le fait que je sois si dérangé par son comportement ajoutait de la frustration à ce nuage tempétueux et gonflé qu'était mon humeur. Je m'étais dit qu'il vaudrait mieux que nous restions éloignés. Elle m'épargnait la peine d'ériger une barrière entre nous, alors pourquoi étais-je si énervé ?

Je laissai cette pensée bouillonner et suppurer pendant une heure avant de croiser intentionnellement son chemin dans le couloir des toilettes. Les affaires ralentissaient à cette heure de la nuit. Si je voulais lui parler, c'était le moment.

— Viens dehors avec moi. Il faut qu'on parle.

J'adoptai mon ton autoritaire afin qu'elle soit plus susceptible de m'écouter.

— Les toilettes des femmes sont bouchées, me dit-elle avec un sourire empli de remords. Il va falloir que ça attende.

Elle tenta de passer à côté de moi. Je tendis le bras et lui bloquai la sortie.

— Dehors. *Maintenant.*

Ses épaules s'affaissèrent et elle haussa vivement la tête, comme si elle acceptait enfin l'inévitable. Je baissai lentement le bras, notant la réticence de mon corps à s'éloigner. Elle était si proche et pourtant, elle était totalement inatteignable. J'avais envie de l'envelopper dans mes bras et de refuser de la relâcher jusqu'à ce qu'elle cesse de me repousser.

Nous sortîmes dans l'air nocturne frais à l'avant du club. Je nous menai sur le côté, là où les clients sortaient peu à peu.

Une fois que nous fûmes hors de portée de voix, je pris une profonde inspiration.

— Je voulais que tu saches que je suis clean.

Subtil, salopard. Très subtil.

Je passai une main dans mes cheveux décoiffés.

— Et je ne sais quoi te dire à propos de l'autre… si tu prends la pilule ou non… mais je peux t'acheter une pilule du lendemain, si tu en as besoin. Ou pas. Je ne voulais pas te forcer à… *Putain.*

Les mots franchirent mes lèvres sans tact ni intention. Je n'avais pas su quoi dire et ce que je pensais avait donc été mal formulé.

Storm soupira, une ombre gâchant son sourire habituel.

— La grossesse n'est pas un problème, Torin. Et moi aussi, je suis clean.

Elle me gratifia d'un léger sourire qui me tapa sur les nerfs.

— Alors, on dirait que ni l'un ni l'autre, nous n'avons besoin de nous inquiéter.

Elle se balança d'avant en arrière sur ses talons avant de se retourner et de se glisser à l'intérieur du club.

Je ne fis pas un seul geste pour l'arrêter. J'en étais incapable. J'étais trop occupé à éviter de péter une durite. Non, mais c'était quoi, ce bordel ? Venait-elle tout juste de m'envoyer balader ?

Prends ça pour un cadeau, abruti.

Merde.

Pourquoi diable était-ce un tel problème ? Depuis que j'avais perdu foi en la décence humaine, lors de l'année que j'avais passée au centre de détention pour mineurs, je préférais maintenir les gens à distance. J'aurais dû être soulagé que Storm n'ait aucune attente me concernant. Cela aurait dû être ma carte « vous êtes libéré de prison », mais son indifférence nonchalante envers moi me donnait plutôt l'impression qu'on frottait du sel sur une plaie ouverte.

La frustration et la colère gonflaient sous ma peau.

Sans aucun débouché possible, je frappai dans un caillou qui atterrit sur une voiture garée avant de retourner dans le club, juste le temps d'attraper ma veste et mes clés. Je devais déguerpir d'ici.

🔥

Je passai une heure à la salle de sport, pour me défouler, puis je retournai au bureau au-dessus du club afin de ranger des papiers. Aucune activité ne m'offrit le soulagement que j'attendais.

Lorsque l'heure de la fermeture arriva, je me surpris à m'esquiver du club quelques minutes après Storm et à rôder derrière elle, dans l'ombre. J'avais clairement espéré que me la taper mettrait fin à cette fichue obsession, mais comment pouvais-je la laisser tomber quand quelque chose clochait nettement ?

Comme si c'était l'unique raison, espèce de taré.

J'avais besoin de savoir qu'elle rentrait chez elle en toute sécurité. Je voulais le voir de mes propres yeux.

Tu veux être près d'elle.

Ce que je souhaitais, c'était mettre en sourdine cette satanée mégère dans mon esprit. Je portais déjà suffisamment de honte sur mon dos, je n'avais pas besoin d'en rajouter.

Storm entra et, comme d'habitude, j'attendis de voir les lumières s'allumer dans son appartement du deuxième étage. Mon angle, depuis la rue, me donnait une très faible visibilité sur son appartement, au loin.

Voilà désormais le moment difficile. Je devais m'obliger à partir.

Chaque nuit, c'était une bataille que je ne remportais pas toujours. Mais ce soir, elle ne me donnait pas le choix. Pour la première fois depuis que j'avais commencé cette pratique masochiste, Storm ferma totalement ses rideaux.

Elle avait toujours laissé un espace entre les deux, auparavant. Toujours. Pourquoi pas aujourd'hui ? Le changement dans sa routine pouvait-il être une coïncidence ?

Venais-je subitement d'accorder du crédit à l'existence irréaliste des coïncidences ? Non, j'étais bien trop cynique pour avoir des croyances si fantaisistes. Mais cela signifiait que la façon dont elle tirait les rideaux était une extension de cette barrière entre nous. Ça ne pouvait être la véritable raison, car cela voudrait dire qu'elle était au courant depuis le début. Elle était au courant que je la regardais… et elle m'avait laissé faire. Et désormais… elle y mettait un terme.

Hors de question.

Je n'aimais pas la direction que prenait cette situation. À vrai dire, je détestais ça. Je détestais sa façon de s'éloigner. Je détestais qu'un autre homme l'ait raccompagnée chez elle, deux nuits auparavant. Je détestais que quelque chose la trouble si clairement, alors que j'ignorais ce que c'était. Je ne l'avais pas obligée à coucher avec moi, le soir du combat. Voilà une chose dont j'étais certain. Elle avait voulu m'avoir en elle, tout comme je l'avais souhaité. Alors quel était le problème ?

Couchait-elle avec cet autre mec ? Étaient-ils ensemble ?

Je me dis que je pouvais me pointer chez elle et voir s'il y avait la trace de quelqu'un d'autre. Là, j'empiétais clairement sur le territoire des harceleurs.

M'en préoccupais-je ?

Pas suffisamment pour m'arrêter.

J'attendis que le soleil commence à illuminer le ciel avant de m'introduire dans le bâtiment. Je voulais m'assurer qu'elle était parfaitement endormie. L'un des avantages, après avoir forcé son concierge obséquieux à mettre à jour l'entrée sécurisée, était que j'avais accès au code. Pénétrer chez elle ne fut pas un problème. J'avais un double de sa clé depuis une éternité. Je ne m'en étais pas servi jusqu'à maintenant, mais bon sang, cela avait été tentant.

La fascination m'envahit lorsque je fis l'inventaire de son espace personnel. Le studio en forme de L permettait de créer l'illusion d'une chambre et d'un salon, centré autour d'un minuscule canapé, d'une table avec deux chaises et d'une kitchenette moderne. Elle avait entassé un sacré nombre de choses dans cet appartement, mais rien de nature personnelle. Je ne voyais pas une photo, pas un mémo accroché au mur ou affiché sur le rebord de la fenêtre. Il n'y avait qu'un vase en céramique vide.

Je jetai un coup d'œil dans la salle de bains, mais ne vis pas grand-chose dans l'obscurité. Je m'assurai simplement que seule une brosse à dents était posée au bord du lavabo. Pas de tondeuse pour barbe. Pas de boxer d'homme par terre. Rien n'indiquait qu'un homme venait chez elle de façon régulière.

Mon soulagement fut atténué par une impression étrange

et persistante' que je ne pouvais expliquer. Je projetais peut-être sur elle des sentiments qu'elle ne ressentait pas. Toutes les femmes n'étaient pas passionnées de photographie ou de mémo. Pourtant, il semblait qu'elle était le genre de personnes qui exposait ses souvenirs afin de les garder près de son cœur, même dans un espace limité.

Ce casse-tête allait devoir rester sans réponse.

Incapable de partir sans la voir, je contournai le coin et sentis un morceau de mon âme soupirer quand je la vis, comme un voyageur las qui rentrait à la maison. Quelque chose, chez elle, m'appelait à un niveau élémentaire. J'avais passé ma vie d'adulte constamment sur la brèche, mais avec elle, je ressentais une sensation de paix qui m'était inconnue.

Il n'était pas étonnant que j'aie développé une addiction pour elle.

Même maintenant, je mourais d'envie de la goûter. Si je ne pensais pas qu'elle me fuirait, je la réveillerais avec ma langue et lui rappellerais à quel point nous étions bons, tous les deux. Pas aujourd'hui. Pas quand elle se méfiait déjà de moi.

Je la regardai longuement, une dernière fois, avant de me tourner vers la porte. Ce fut à ce moment-là que je remarquai les aimants sur son frigo. Elle avait ces lettres multicolores, faites pour les enfants afin qu'ils apprennent les lettres et s'entraînent à former des mots. Elle avait également des mots imprimés sur de petits aimants – le genre de babioles qu'on utilisait pour faire de la poésie de frigo. Néanmoins, ce qui attira mon attention, malgré le désordre, fut mon nom que je distinguai au milieu. Les lettres n'étaient pas placées ensemble et elles n'étaient même pas dans le bon sens, mais elles étaient là. T. O. R. I. N.

Avant que je comprenne ce que je faisais, mon doigt les

guida doucement jusqu'à ce qu'elles soient toutes droites. Quelles étaient les chances pour que ces lettres se retrouvent près les unes des autres ? Avait-elle écrit mon nom sur son frigo, un jour ?

Même si elle ne l'avait pas fait, j'aimais savoir qu'il y était inscrit, désormais. Ce fut la raison pour laquelle, malgré toute ma raison, je les laissai ainsi avant de sortir aussi discrètement que j'étais entré.

Présent

Il était peut-être temps d'essayer les montagnes au sud. J'avais vu de belles photos du Montana en été. Je ne m'étais pas aventurée autant au nord, à cause du froid, mais il était peut-être temps. Laisser les grandes villes derrière moi était peut-être exactement ce dont j'avais besoin.

Si c'était le cas, pourquoi avais-je envie de pleurer ?

Chaque visite d'un site internet dévoilant les aménagements d'une destination potentielle resserrait l'étau autour de ma poitrine, de plus en plus fort, jusqu'à ce que mon cœur se loge dans ma gorge. Je n'avais pas envie de partir. Non, c'était pire que ça. L'idée de partir rouvrait les croûtes éparpillées à la surface de mon cœur.

J'avais des amis pour la première fois depuis des années. J'avais un appartement que j'aimais et un boulot que j'appréciais quand mon patron ne me donnait pas l'impression d'être une tempête d'émotions. Comment étais-je censée laisser tomber Micky et disparaître sans un mot ? J'avais été si prudente, par le passé, afin de ne pas me rapprocher des autres, pour cette raison-là. Partir serait beaucoup plus facile.

Cette fois-ci devait être différente.

J'étais supposée me sentir libre de m'enraciner, mais tout cela s'était effrité. Non seulement j'envisageais de partir, mais ce serait dix fois pire que tous mes déménagements précédents. Je ne pouvais pas laisser de trace. J'allais devoir laisser Micky dans le flou. C'était si cruel pour nous deux que c'en était insupportable. Elle me manquerait jusqu'aux orteils et appellerait sûrement la garde nationale quand ma disparition serait constatée.

Je fermai mon ordinateur portable, car j'avais besoin d'une pause. Mon pauvre cœur ravagé ne pouvait pas tout endurer. Aller chercher mon courrier n'était pas particulièrement agréable, puisqu'il n'y avait jamais que des factures et des pubs, mais c'était une distraction dont j'avais horriblement besoin. J'attrapai donc mes clés et me dirigeai vers l'ascenseur.

Ralph se trouvait dans le hall, là où se situaient les boîtes aux lettres. Quelle chance ! Je gardai la tête baissée, espérant l'éviter.

— Salut, Stormy. Ça fait un bail !

Je grimaçai.

— Bonjour, Ralph. Comment allez-vous ?

— Bien, bien. J'ai vu votre ami partir ce matin. J'espère qu'il a remarqué le nouveau pavé numérique de l'entrée. Il n'a plus besoin de s'inquiéter.

Ralph se rapprocha, mais je le vis à peine. J'étais trop confuse, essayant de comprendre de quoi il parlait.

Quel ami avait-il vu partir ce matin ? Parlait-il de Torin qui m'avait déposée devant ?

— Ce matin ? Ou voulez-vous dire hier soir ?

— Non, ce matin. Il était quoi… environ six heures trente, je crois, dit-il avant de gonfler le torse. Je ne vais pas dormir toute la journée, j'ai un tas de choses à faire.

Ce n'était pas Torin. Alors, qui ?

Un frisson glacial me submergea.

— À quoi ressemblait cet ami, exactement ?

— Grand avec des cheveux bruns bouclés. Des yeux bleus. On dirait qu'il a reçu un ou deux coups de poing, récemment.

Il se pencha en avant d'un air de conspirateur.

— Je dois dire que ce n'est pas le genre d'hommes avec qui tu aurais envie de passer du temps.

De nouvelles alarmes sonnèrent dans mon crâne. C'était Torin. Mais que faisait-il dans l'immeuble, des heures après m'avoir déposée ?

— Par curiosité, était-il dans l'immeuble quand vous l'avez vu ?

Ralph plissa les yeux, soupçonnant de plus en plus cet homme de ne pas vraiment être mon ami.

— Oui, il partait vers la porte d'entrée quand j'ai descendu l'escalier. Je ne voulais pas l'appeler et réveiller tout le monde.

Mais que faisait Torin dans mon immeuble ? Comment était-il entré ?

— Attendez, pourquoi vouliez-vous savoir s'il avait vu le pavé numérique ? demandai-je en tentant d'avoir l'air indifférente. Vous en a-t-il parlé ?

Un ricanement fugace étira sa lèvre supérieure.

— Oui, il sait vraiment s'y prendre avec les mots, celui-là.

Ralph porta sa main droite à son coude gauche, comme si Torin l'avait brutalisé.

Merde alors ! Torin avait-il menacé Ralph de ma part ?

C'était peut-être une coïncidence. Ou alors il connaissait quelqu'un dans l'immeuble.

Sérieusement, Storm ? Tu crois qu'il harcèle deux personnes dans le même immeuble ?

— C'est un mec assez passionné.

Je le gratifiai d'un sourire maladroit.

— J'ai laissé le four allumé, donc il vaudrait mieux que je remonte.

Je me hâtai d'ouvrir ma boîte aux lettres, attrapai son contenu et fis un signe de la main à Ralph pour lui dire au revoir.

Mais qu'étais-je censée penser de cette nouvelle information ? Chaque fois que je me retournais, Torin était en train de m'observer –au combat, avec des clients et désormais avec mon concierge –, mais il le faisait de la manière la moins conventionnelle et la plus autoritaire. Et si ses actes protecteurs devenaient possessifs ? Je savais trop bien comment ce genre de choses pouvait se transformer sous nos yeux.

J'entrai dans mon appartement, et refermai la porte derrière moi. Je me demandais pourquoi Torin s'était trouvé dans l'immeuble ce matin. Pourquoi était-il revenu ?

Triant la poignée d'enveloppes, je ne découvris rien qui sortait de l'ordinaire. Il n'avait pas déposé de mot dans ma boîte aux lettres. Rien n'avait été glissé sous la porte et le verrou ne montrait aucune trace d'effraction. Que mijotait-il ?

Observant longuement l'intégralité de la pièce, je vis mon environnement avec un œil nouveau. Torin avait-il pu entrer chez moi pendant que je dormais ? Tout était à sa place. Je parcourus lentement mon appartement et ce fut à ce moment-là qu'un élément attira mon attention. Je n'étais pas convaincue que je l'aurais remarqué, si je n'avais pas été à l'autre bout de la pièce. C'était le genre de choses qui était plus facile à voir de loin que de près.

Le nom de Torin était inscrit sur mon frigo. Ce n'était pas évident. Les lettres aimantées n'étaient pas proches l'une de l'autre, mais elles étaient toutes droites. Je savais qu'elles n'étaient pas ainsi auparavant, car je les avais intentionnellement bougées avant la dernière visite de Micky. Je n'avais aucune envie d'expliquer pourquoi le nom de mon patron était écrit sur mon frigo.

Il n'y avait pas de coïncidence. Il était venu ici, dans mon espace personnel, pendant que je dormais et que j'étais vulnérable.

Oui, mais a-t-il fait quoi que ce soit de vraiment mauvais ?

Si j'avais pu asséner une claque à mon optimiste intérieur, je l'aurais fait. Étais-je censée attendre qu'il fasse quelque chose de dérangé avant de couper les ponts ? Et avais-je totalement oublié le fait qu'il était mon *patron* ?

Allez, Stormy, tu es plus intelligente que ça.

New York était une grande ville. Et si je trouvais un nouveau boulot, mais que je déménageais pour qu'il ne me trouve pas ? Ainsi, je pouvais garder mes amis et continuer de me protéger.

Cette idée avait du mérite. Après tout, il n'y avait aucune

raison de supposer qu'il essaierait de me pister. Une fille ne pouvait pas finir avec deux harceleurs psychopathes en même temps, n'est-ce pas ? Quelles étaient les chances ?

Je n'avais pas envie de le découvrir.

Une question me hantait : devrais-je déménager à Manhattan ou était-il vraiment nécessaire de quitter l'État ? Mon cœur et ma raison s'affrontaient pour me donner la réponse.

♦

JE FIS TOURNER les engrenages de mon cerveau jusqu'à ce que j'aie le vertige et que je me résolve à regarder des rediffusions de *Big Bang Theory*. La simplicité de cette série était cathartique. Lorsque je dus me pointer au travail, j'avais fait appel à une cape de détermination froide, afin de me protéger par tous les moyens. Fin de l'histoire.

Je fus agréable, mais professionnelle, avec Torin. Je ne voulais pas le provoquer avant d'avoir la chance de faire avancer mes pions, mais je souhaitais également m'assurer de ne pas lui envoyer des signaux contraires.

À en juger par les regards noirs de sa part, il sentait ce changement en moi et n'en était pas ravi. Au milieu de la nuit, il m'attira vers la réserve et ferma la porte. Il avait été si furtif dans ses gestes que je n'avais pas eu l'occasion de protester.

— Que se passe-t-il ? demandai-je en le dévisageant, les yeux écarquillés.

Je ne savais pas vraiment si je devais m'inquiéter.

Tor posa les mains sur ses hanches et me scruta.

— C'est quoi, cette attitude ?

Quelque chose craqua en moi.

Comment osait-il me lancer des accusations quand il savait bien ce qu'il faisait pendant son temps libre ? Qu'est-ce qui donnait aux hommes le droit de penser qu'ils pouvaient faire tout ce qu'ils voulaient sans conséquence ?

Je n'avais pas prévu de le confronter, mais je voulais des réponses. Je souhaitais qu'il s'explique. Si j'allais lui reprocher son comportement, il valait mieux le faire sans témoin.

Je plissai furieusement les yeux.

— Tu veux me poser des questions ? Et pourquoi pas celle-ci... étais-tu dans mon immeuble ce matin ?

— Oui.

Aucune hésitation.

N'était-il pas embarrassé d'avoir été pris la main dans le sac ? Ne voyait-il pas à quel point son attitude était inappropriée ?

Déterminé à comprendre le fond de ses intentions, je continuai d'insister.

— Es-tu entrée chez moi par effraction ?

— Non, je me suis servi de la clé, répondit-il calmement.

— Où as-tu trouvé une clé ?

— J'ai un double de celle que tu as dans ton sac.

Mes lèvres s'entrouvrirent, avant de se recoller l'une à l'autre sans qu'un véritable mot les ait franchies.

— Mon sac à main est toujours dans le casier, fermé à clé, quand je suis ici. Comment aurais-tu pu obtenir ma clé pour la reproduire ?

Le regard qu'il me lança fut passablement insistant.

La rancœur gâta mon humeur.

— Pourquoi ferais-tu une telle chose ? Que pensais-tu réussir ?

Torin se pencha en avant, son visage devenant de plus en plus indéchiffrable.

— Qui était le mec qui t'a raccompagnée chez toi ?

Luke ? Torin était-il jaloux ?

Je grinçai des dents.

— Un ami.

— Les *amis* masculins ne se pointent pas à quatre heures du matin pour raccompagner une femme, à moins qu'ils s'attendent à quelque chose en retour.

— Même si c'était le cas, ça ne te regarde pas.

J'appuyai un doigt contre son torse, tout instinct de survie ayant été anéanti par une indignation justifiée.

Prédateur. C'était le meilleur mot pour décrire la manière dont il se pencha au-dessus de moi.

— À la seconde où je suis entré là-dedans…

Sa main se posa fermement, mais tendrement sur mon sexe.

— C'est devenu mon affaire.

La sensation de son contact possessif me réchauffa à des endroits où je n'aurais rien dû ressentir. Le sang dans mes veines coulait comme des rivières déchaînées. Mes pensées devinrent hors de contrôle.

Et avant ? Tu me harcelais avant que je te laisse me toucher.

Ces mots étaient sur le bout de ma langue, coincés comme des mouches sur du papier collant. Pourquoi ne lui avouai-je pas que je savais ce qu'il faisait ? Pourquoi n'insistais-je pas pour avoir plus de réponses ?

Tu as peut-être peur qu'il arrête.

C'était absurde. Totalement et complètement ridicule. Bien sûr, je souhaitais qu'il arrête.

Alors, dis-le. Dis-lui que tu connais la vérité.

Silence.

Cette dispute interne ne dura qu'une seconde et ce qui suivit fut le silence le plus parlant que j'avais jamais connu.

Je le savais. Torin également.

Il leva sa main et la posa sur ma nuque, appuyant nos fronts l'un contre l'autre. Et bon sang, je sentais mon odeur sur lui. À travers ma culotte et mes leggings, mon excitation s'était attardée sur sa main. Nos visages étaient trop proches l'un de l'autre. Si je pouvais la sentir, alors il le pouvait aussi.

Frustrée, je fermai les yeux.

— Je vais te reposer la question, Stormy. C'est quoi, cette attitude ?

Cette fois-ci, ses mots furent comme une caresse encourageante. Je la sentis se frayer un chemin autour de mon cœur durci.

— Il faut que j'érige quelques barrières, chuchotai-je alors que mes paupières étaient toujours closes.

Torin demeura silencieux trop longtemps. Je cédai et lui jetai un coup d'œil. L'intensité dans ses iris turquoise me coupa le souffle.

— Les barrières me font penser que tu n'aimes pas ce qu'il se passe entre nous.

Il rapprocha ses lèvres de mon oreille, effleurant mon lobe de ses dents.

— Ça me fait croire que tu n'as pas apprécié ce que nous avons fait.

Il m'embrassa dans le cou, en signe de respect serein et langoureux. Son poing se referma autour de mes cheveux et il inclina ma tête pour s'offrir un meilleur accès.

Son contact était à la fois assuré et dévoué. Mon souffle devint hésitant et mon corps se cambra contre le sien, car j'avais désespérément besoin de plus. Mon esprit avait beau croire que Torin était mauvais pour moi, mon corps et mon cœur n'étaient pas d'accord. Le conflit dégénéra en véritable mutinerie.

— Dis-moi que tu n'aimes pas ce que je fais. Dis-moi de m'arrêter.

Il souffla contre ma peau brûlante.

D'une main tremblante, j'agrippai sa chemise en guise de réponse et l'attirai plus près de moi.

Je sentis ses lèvres s'entrouvrir sur un sourire.

— C'est ça, ma belle. Tu en as autant envie que moi.

Sa main glissa sans effort sous la ceinture de mes leggings. Non seulement je ne l'arrêtai pas, mais je laissai mes yeux rouler à l'arrière de leurs orbites alors que j'écartais les jambes pour lui.

Son contact me brisa.

J'avais peut-être simplement passé trop de temps sans m'envoyer en l'air. Je n'avais pas d'explication. Je savais seulement que j'avais besoin de le sentir me toucher davantage, plus que je n'avais besoin de la vie elle-même.

En quelques secondes, il avait provoqué une tempête de sensations, un tsunami de plaisir qui menaçait mes côtes. Juste avant que la vague puisse se former, il se figea.

— Je peux m'arrêter, Stormy. Je peux partir d'ici et te laisser tranquille. Est-ce ce dont tu as envie ?

Je secouai frénétiquement la tête, embarrassée en voyant à quelle vitesse j'avais abandonné mes principes.

— Ce n'est pas suffisant, ma belle. J'ai besoin de mots.

Il caressa paresseusement mon clitoris.

— Tu as aimé ça, quand je t'ai baisée ?

Est-ce que j'avais aimé ? J'avais adoré. Son contact mystique était l'unique raison pour laquelle je n'arrivais pas à réfléchir.

— Oui, j'ai aimé. Je le voulais, concédai-je d'une voix rauque.

— Hmm…

Son grondement viril parcourut ma peau et me provoqua la chair de poule.

— Dis-moi de te faire jouir. Fais-moi croire que tu le penses vraiment.

— *S'il te plaît*, Torin. J'en ai besoin. S'il te plaît, fais-moi jouir.

Je ne me reconnaissais même plus. Cette Stormy n'était pas la femme que je connaissais. C'était la Storm de Torin et elle m'effrayait. Elle faisait comme bon lui semblait, quelles qu'en soient les conséquences.

— Merde, tu es *parfaite*.

La voix de Torin était purement révérencieuse.

— Tu es mon petit goût du paradis et je vais tant te faire jouir que tu oublieras l'existence du mot barrière.

Il avait à moitié raison. Il me fit jouir et ce fut spectaculaire. Ce fut si délicieux qu'il fallut que je débarrasse des tables pendant une demi-heure avant de me sentir à nouveau stable sur mes jambes. Mais je n'oubliai pas mon besoin de barrières. Il ne fit que renforcer l'idée que mon cœur était un idiot.

Je n'avais aucun contrôle, quand il s'agissait de lui.

La première chose que je ferais le lendemain matin serait de commencer ma recherche d'emploi. J'essaierais de déménager dans la ville. Si ça ne fonctionnait pas, il serait temps de disparaître.

13

Présent

JE N'AURAIS PAS DÛ ADMETTRE QUE JE M'ÉTAIS COMPORTÉ comme un type louche, mais putain, c'était agréable.

Au début, j'avais simplement eu envie qu'elle mette de côté ce soleil constant et me montre ce qu'il se trouvait en dessous. Cela paraissait franchement phénoménal, mais je fus surpris que ce soit aussi bon de cracher le morceau quant à ma véritable nature sans la voir fuir en courant. Loin de là. Elle possédait tant de force et de ténacité. Son courage était incroyable. J'étais attiré par sa chaleur, mais cette combativité en elle forçait mon respect.

Storm ne se défilait pas devant moi. Je m'étais plus exposé

pour elle que pour quiconque et elle m'avait accepté exactement comme j'étais. Elle me suppliait de la toucher.

S'il te plaît, Torin. J'en ai besoin.

Quand j'entendis ses mots, j'eus l'impression d'avoir remporté un titre de champion du monde.

Sauf que je n'avais rien gagné. Techniquement, elle n'était pas à moi et cette constatation m'horripilait de plus en plus chaque jour. Tout ce qui concernait Storm était une pente glissante et je me rapprochais du bord à chaque interaction. Si je n'étais pas prudent, je me perdrais et me précipiterais vers le fond de cette stupide situation désespérée dans laquelle je la revendiquais.

J'essayai de ne pas m'attarder sur cette éventualité. Si je commençais à croire que je n'avais pas de contrôle sur ce point, j'allais céder à mes envies d'elle. C'était dangereux, pour nous deux.

Heureusement, sa légère reddition avait étanché ma soif insistante. Pour l'instant. Ce fut suffisant pour que je retrouve un semblant de pensée rationnelle. Je fus capable de la laisser tranquille, même si je voyais bien qu'elle n'était toujours pas dans son état habituel. Le reste de la nuit se déroula sans accroc – les filles dansèrent, des hommes excités leur lancèrent de l'argent et je demeurai dans l'ombre tout en regardant la femme qui me rendait graduellement fou.

🔥

JE M'OCCUPAIS de ma comptabilité du mois dans mon bureau, avec Keir, le lendemain, quand Oran passa. Bien que son bureau soit en face du nôtre, nous travaillions généralement en horaire décalé. Ainsi, Keir et moi ne le voyions pas.

— Salut, quoi de neuf ? demandai-je en m'enfonçant sur ma chaise.

Oran s'assit sur le fauteuil libre, les coudes appuyés sur ses genoux.

— Je veux savoir ce qui est arrivé à Darina, la serveuse qui a disparu. Je sais que Caitlin a dit que cette femme était morte, mais je veux savoir exactement ce qu'il s'est passé. Je me disais que si vous aviez un dossier d'employé la concernant, ça me donnerait un point de départ.

— Oui, laisse-moi voir ce que nous avons.

Je parcourus le meuble d'archivage derrière moi et en sortis son dossier. Elle ne travaillait pas pour nous depuis longtemps, quand elle avait arrêté de se pointer, sans même demander l'argent qu'on lui devait pour la semaine. Nous avions appris plus tard que l'épouse psychopathe d'Oran, Caitlin, s'en était pris à cette pauvre femme dans l'espoir de faire du mal à Oran, car elle les avait vus ensemble. Toute cette situation était tordue. Elle me rappelait bien pourquoi je n'aimais pas les gens de l'extérieur.

Oran parcourut le dossier fin et grimaça.

— C'est tout ? Pas de vérification des antécédents ni rien ?

— Nous ne les faisons que pour les danseuses, pour être sûrs qu'elles ont bien l'âge requis. Si on effectuait des vérifications pour tous les employés ici et en dehors, ce serait un boulot à plein temps.

Il lança un regard désapprobateur à Keir, qui n'en fut pas du tout affecté. Ces deux-là avaient toujours eu une dynamique étrange. Ils avaient le même âge, donc ils avaient été proches dans leur enfance, mais rivaliser pour obtenir une bonne position dans les affaires familiales avait semblé les éloigner. En revanche, ce qu'il y avait de génial, à propos de cette famille, c'était que peu importait à quel point nous étions fâchés l'un contre l'autre, finalement, nous étions du même sang.

— Je ne peux rien utiliser là-dedans, mis à part une adresse. J'imagine que c'est un point de départ, marmonna Oran.

Keir prit enfin la parole.

— Les employés en savent peut-être plus. Elle était amie avec plusieurs filles. Et tu as eu quelques discussions avec elle, non ?

— Oui, répondit Oran en fronçant les sourcils. Mais je n'ai pas fait aussi attention que je l'aurais dû.

Sa voix était teintée de culpabilité.

— Est-ce une sorte de punition ? Tu fais des recherches sur sa disparition ? questionna Keir de but en blanc.

Il n'avait jamais été du genre à tourner autour du pot. C'était la raison pour laquelle je préférais travailler avec lui, plutôt qu'avec n'importe qui d'autre.

— Caitlin a dit que la fille était partie. Elle n'a jamais dit qu'elle était morte. Moi, je dis qu'on lui doit bien de s'assurer qu'il n'y a rien que je puisse faire. Mon ex était une putain de lâche et une menteuse. Je la crois capable d'avoir manipulé la vérité.

Keir baissa le menton pour acquiescer.

— Pas faux. Si tu as besoin d'un coup de main, préviens-nous.

Il était plus probable qu'Oran se tape la tête contre un mur, mais nous avions tous nos démons. Qui étais-je pour lui refuser ce droit ?

Oran jeta le dossier sur le bureau quand le portable de Keir vibra. Il regarda fixement l'écran en plissant les yeux.

— Il vaudrait mieux que ce ne soit pas un appel commercial, gronda-t-il avant de décrocher.

— Oui… oh, oui, Storm m'a prévenu que je recevrais peut-être un coup de fil.

Je fus instantanément en alerte. Mais qui diable contacterait Keir à propos de Stormy et pourquoi ?

— Nous n'avons eu aucun problème avec elle. En fait, je déteste l'idée qu'elle parte.

C'était quoi ce délire ? L'idée qu'elle parte ?

Avait-elle postulé ailleurs et noté Keir comme référence ? Très peu probable.

Avant que j'aie pu réfléchir, je lui arrachai le téléphone de la main.

— Ce que mon cousin est trop poli pour vous dire, c'est que Storm a un penchant pour le vol. Il ne veut pas qu'on lui intente un procès, mais je n'ai pas peur de dire la vérité. Il vaudrait mieux que vous l'évitiez.

Tout en parlant, je sentis Oran et Keir me regarder comme si j'avais perdu la tête. Alerte info, c'était effectivement le cas.

— Oh, je vois. C'est décevant de l'apprendre, mais j'apprécie votre honnêteté.

— Pas de problème. Bonne chance pour votre recherche.

Je raccrochai et tendis le téléphone à Keir. Il ne bougea pas.

— Tu comptes nous dire ce que c'était, ça ?

— Pourquoi ne m'as-tu pas dit que Storm avait l'intention de partir ? m'enquis-je plutôt que de m'expliquer.

Son regard se riva sur moi.

— Quelle importance pour toi si elle reste ou si elle part ?

Je m'étais demandé si la rumeur de ce que j'avais fait pendant le combat s'était répandue. Bishop avait une grande gueule, alors je supposais que Conner en avait entendu parler, mais visiblement, cette nouvelle n'était pas parvenue aux oreilles de mes autres cousins.

— Je pensais qu'elle et moi, nous avions travaillé sur nos différends. Si elle a l'intention de partir, elle aurait dû me le dire, plutôt que de le faire dans mon dos.

Je laissai tomber son portable sur le bureau, las de le tenir comme un putain de golden retriever.

— Vos différends ? Ton attitude fait fuir nos employés ? Parce que tu ne peux pas trouver de meilleure fille qu'elle.

Merde, comme si je l'ignorais.

Keir commençait vraiment à me taper sur les nerfs.

— Aux dernières nouvelles, je n'ai pas à te donner d'explication.

Je me levai dans l'intention de partir, mais Keir en fit de même, ce qui nous rapprocha orteil contre orteil.

— Tu ne me dois peut-être pas d'explication, mais tu as le devoir d'honorer notre nom de famille. Si tu maltraites une femme, nous allons avoir un problème.

— J'aurais cru que tu me connaissais mieux que ça, marmonnai-je à travers mes dents serrées.

Comment osait-il insinuer que j'avais fait du mal à Storm ou à n'importe quelle autre femme, d'ailleurs ?

— Personne, dans cette famille, ne sait ce qu'il se passe dans ta tête. Pas depuis que tu as passé une année loin d'ici.

Le sang qui bouillonnait dans mes veines se rafraîchit instantanément et fondit comme de la lave se déversant dans la mer. Mon corps tout entier se crispa.

— Nous sommes de la même famille. C'est tout ce que tu dois savoir.

Ses épaules s'affaissèrent visiblement alors que je passais devant lui. J'en avais assez de cette conversation.

🔥

CHAQUE FIBRE de mon être voulut confronter Storm à la seconde où je quittai ce bureau. J'en avais tellement envie que ne pas le faire était physiquement douloureux. Toutefois, qu'il le sache ou non, le sermon de Keir avait fait mouche. Je n'avais pas facilité les choses pour Stormy. Le moins que je puisse faire était de m'accorder du temps pour me calmer avant de la confronter.

C'était son jour de repos. Je réussis à me contrôler jusqu'au lendemain, dans l'intention de lui parler quand elle se présenterait au boulot.

C'était un bon plan. Néanmoins, la frustration me brûlait déjà lorsqu'elle arriva au travail le lendemain matin. Je me sentais si impuissant et je détestais ça.

Je me plaçai devant l'entrée, afin de pouvoir lui parler avant quiconque. Je n'avais pas envie qu'elle trouve des excuses pour m'éviter.

— Salut, Storm. On peut discuter une minute ? demandai-je avec un calme mesuré.

Je lui fis un signe de la main vers le couloir non loin qui menait aux toilettes. Ce n'était pas le lieu idéal pour une conversation, mais il nous permettait au moins d'avoir un semblant d'intimité.

— Euh, oui.

L'incertitude dans sa voix me submergea d'une vague de culpabilité. J'étais peut-être un salopard renfrogné, la dernière chose que je voulais était bien de lui faire peur.

Je pris une profonde inspiration pour me calmer, faisant de mon mieux pour être doux.

— Je croyais que tout allait bien entre toi et moi. Je pensais que nous nous étions plus ou moins entendus, après l'autre soir, mais j'ai ensuite appris que tu comptais partir. Pourquoi ferais-tu une telle chose ?

— Tu es sérieux ? fit-elle d'une voix stridente.

Tous les boucliers que j'avais été obligé de poser à mes pieds se relevèrent instantanément et se préparèrent à l'attaque. Ne se rendait-elle pas compte de tous les efforts que je faisais ? Ne voyait-elle pas la sincérité ?

— Oui, je suis sérieux, lui rétorquai-je.

— Torin, je sais ce que tu as fait et ce n'est pas bien. Je pensais que tu te montrais juste excessivement protecteur, au début, mais maintenant... Je sais que c'est plus que ça. Et ce n'est pas sain.

— Quand je suis entré chez toi ? Tu as absolument raison, mais je n'ai pas menti à ce sujet et je peux te jurer que je ne recommencerai pas.

— *Non*, Torin.

Sa voix se réduisit à un chuchotement furieux, comme si elle protégeait mon secret des oreilles indiscrètes.

— Le *harcèlement*. Tu me suis depuis des semaines, maintenant.

— Et tu laissais tes rideaux ouverts volontairement, lui répliquai-je, de plus en plus sur la défensive.

Storm se crispa.

— Je ne m'étais pas rendu compte de l'étendue du problème, au début. C'est un prolongement de mes propres soucis. Ce que tu as fait est quand même mal. Me harceler. Entrer chez moi. Comment puis-je me sentir en sécurité avec quelqu'un qui fait ce genre de choses ?

Comment pouvais-je la convaincre qu'un homme aussi tordu que moi ne toucherait jamais à un seul de ses cheveux ? C'était impossible, ce qui ne signifiait qu'une chose : j'allais la perdre.

Je me sentis tanguer au bord d'une colline, mes doigts luttant pour s'accrocher à la plus minuscule branche afin de m'empêcher de chuter vers la mort. Mes oreilles sifflèrent et mon cœur tambourina jusqu'à l'épuisement.

— Dis-moi une seule chose, grognai-je d'une voix essoufflée. Ai-je fait quoi que ce soit qui t'a blessée ?

Les larmes intensifièrent l'éclat de ses yeux marron écarquillés avant qu'elle chuchote les mots les plus déchirants que je n'avais jamais entendus.

— Pas encore.

14

Passé

NE PANIQUE PAS. *IL DOIT ÊTRE ICI.*

D'abord mon portable, maintenant mon passeport. Je n'arrivais pas à comprendre. J'avais laissé ce stupide document dans ma valise quand je l'avais défaite chez Damyon. Et désormais, il avait disparu. Je ne l'avais emporté nulle part. Comment aurait-il pu disparaître ?

Les employés pouvaient-ils être des voleurs ? Damyon était un patron sévère. Je n'imaginais pas qui que ce soit dans la maison s'exposer à ce genre de risque. Mais quelle autre explication y avait-il ?

Damyon avait-il pu le voir et le ranger quelque part, pour

qu'il soit en sécurité ? Ce n'était pas déraisonnable de mettre un tel document dans un coffre-fort. Papa avait l'habitude de le faire. En revanche, pourquoi ne me l'aurait-il pas mentionné ?

Tu sais pourquoi.

Mon regard dévia vers le miroir où je voyais la coupure sur ma lèvre toujours en voie de guérison. Ce n'était pas franchement la faute de Damyon. Je savais bien qu'il ne fallait pas être insolente avec lui quand il était de mauvaise humeur. Honey disait toujours que ma bouche m'attirerait des ennuis un jour.

Mon Dieu, elle me manquait. Elle s'inquiétait certainement comme une folle pour moi. Je lui avais envoyé un message plus tôt, cependant je devais encore enregistrer son numéro sur mon nouveau portable. Je n'avais pas raconté grand-chose la concernant à Damyon. Auparavant, j'ignorais pourquoi, mais maintenant… Je touchai ma lèvre. Peut-être qu'au fond de moi, je l'avais deviné.

Trop bon pour être vrai.

Damyon avait-il pu faire quoi que ce soit d'aussi prémédité que de prendre mon téléphone et mon passeport afin que je ne puisse plus le quitter ? Bien sûr, il avait mauvais caractère, mais voler des éléments aussi personnels qu'un portable et un passeport semblait bien plus sinistre. Si manipulateur et calculateur.

Il ne m'avait pas interdit de sortir, tant que j'étais accompagnée de garde du corps, mais c'était pour ma sécurité. J'avais toujours eu l'impression d'être protégée et dorlotée, avec Damyon, mis à part les quelques accrocs que nous avions eus. Il me donnait tout ce que je souhaitais et passait autant de temps que possible avec moi. Néanmoins, j'ignorais comment faire le rapprochement entre ce qu'il s'était passé et mes objets manquants. Avais-je pu cruellement me tromper à son sujet ?

Lors du mois suivant le bleu que Damyon m'avait provoqué sur le bras, il n'avait laissé sa colère prendre le dessus qu'à deux reprises. Un jour, il m'avait tirée par le poignet, si fort que j'avais cru que mon épaule s'était déboîtée. Je m'étais dit qu'il ne connaissait pas sa force. Qu'il n'avait pas voulu me faire de mal. Et il y a une semaine, il m'avait frappée. J'étais si choquée que j'étais restée sans voix. Je ne pouvais imaginer une situation dans laquelle mon père aurait frappé ma mère. Je ne pouvais comprendre comment c'était arrivé, mais Damyon était un homme passionné, à tout égard, et je m'étais disputée avec lui, alors que je savais qu'il avait passé une mauvaise journée.

Il avait été submergé de remords dès que c'était arrivé. Il savait que c'était mal. Je ne pensais pas qu'il aurait fait quoi que ce soit de si blessant, intentionnellement.

Les jours suivants avaient été emplis de toute forme d'affection imaginable, jusqu'à ce que mon cœur explose. Lorsque je pensais à quel point il avait été adorable, j'étais rassurée sur le fait que j'avais réagi excessivement pour le passeport. Il devait y avoir une explication raisonnable. Je n'avais qu'à poser la question. Et si, par chance, ses employés étaient responsables, Damyon devait le savoir.

— Salut, chéri.

Je souris en le découvrant assis à la table de cuisine, en train de lire un journal.

— Je rangeais mon côté du placard et je me suis rendu compte que je ne trouvais pas mon passeport. Je sais que je l'ai laissé dans ma valise, mais il n'y est plus.

Il se figea.

— Tu cherchais ton passeport ?

— Non, pas au début. J'organisais juste mes affaires. Quand je m'en suis souvenue, j'ai décidé de vérifier et de m'assurer que je me rappelais bien où je l'avais laissé. Je suis contente d'avoir regardé, parce que ce fichu truc n'est pas dans ma valise. Tu ne crois pas que l'un des employés aurait pu le prendre, si ?

— Non, parce que j'ai rangé le passeport dans mon coffre-fort il y a un moment, pour cette raison précise.

Et voilà. Une explication recevable.

— Oh, d'accord.

Oui, une explication tout à fait acceptable. Il voulait prendre soin de moi, alors il fouillait dans mes affaires sans me le demander et mettait sous clé, dans son coffre-fort, mon seul moyen d'identification.

Ça n'avait pas l'air si bienveillant, en réalité. Je détestais voir les choses d'un œil désabusé. Mon vieux voisin, monsieur Meyers, pensait le pire de toute personne qu'il croisait. C'était un vieillard amer et méchant. Je n'avais pas envie de tomber dans ce piège, mais je ne pouvais m'empêcher d'avoir l'impression que quelque chose clochait.

Damyon s'approcha de moi et déposa un baiser sur mon front.

— Ne t'inquiète pas. Si ça te rassure, tu peux le ranger où tu le souhaites.

Il me prit la main et me guida vers son bureau où il ouvrit le coffre-fort et me tendit mon passeport avec un doux sourire.

— Tu te sens mieux ?

Je souris d'un air penaud.

— Oui, j'imagine. Ça m'a rendue un peu anxieuse de penser que s'il t'arrivait quelque chose, je ne pourrais le retrouver.

Amusé, il haussa les sourcils.

— Petit ange, que pourrait-il m'arriver, selon toi ?

— Rien, avec un peu de chance, mais j'ai vu les hommes balafrés avec qui tu travailles.

Il inclina la tête en arrière et rit.

— *Nyet*, c'est juste comme ça, quand on est Russe. On a tous des cicatrices.

J'effleurai sa lèvre inférieure avec mon pouce.

— Elles ne sont pas moches, elles sont belles. J'arrivais à peine en croire mes yeux, la première fois que je t'ai vu.

Ses bras s'enroulèrent instantanément autour de moi.

— Et tu étais comme la vision d'un ange, comme mon propre petit morceau du paradis. Il était impossible de ne pas te désirer. Comment un homme pourrait poser les yeux sur la création la plus parfaite de Dieu et ne pas devenir fou d'envie ?

Mon Dieu, il savait me faire rougir.

— Là, tu fais l'idiot.

— *Nyet*.

Il se radoucit et son regard me transperça.

— Tu es l'air que je respire. Je ferais n'importe quoi pour te garder à mes côtés.

— Sois simplement toi-même, chuchotai-je. C'est tout ce que je veux. Toi et moi, ensemble.

15

Présent

PAS ENCORE.

Ces deux mots me firent l'effet d'un coup de poing direct dans mon plexus solaire. J'avais eu le souffle si coupé que je n'avais pas essayé de l'empêcher de s'éloigner. Elle s'attendait sincèrement à ce que je lui fasse du mal, d'une manière ou d'une autre.

Peux-tu lui en vouloir, crétin ? Regarde-toi. Pense au message que tu envoies.

Être l'homme que j'avais toujours été était un avantage. Cela permettait de garder les autres à distance, comme je préférais que ce soit le cas. Mais je n'avais pas envie que

Storm garde ses distances. J'avais besoin qu'elle sache qu'elle pouvait me faire confiance.

Je croyais avidement que les gestes étaient plus éloquents que les paroles. Je m'étais toujours dit que tant que mes actes restaient fidèles à la personne que j'étais, un extérieur digne d'un grizzly n'était pas un problème. Mais j'avais gardé secrètes mes bonnes actions, comme obliger le concierge de son immeuble à faire son boulot, ajouter quelques dollars sur son salaire et maintenir à distance les clients trop zélés. Elle ne pouvait s'en servir comme élément de mesure, si elle n'apprenait jamais à connaître cet aspect de ma personnalité.

D'une certaine manière, je savais que je m'étais volontairement autosaboté. Je n'avais pas voulu qu'elle soit au courant des petites choses que j'avais faites pour lui faciliter la vie, car j'aurais eu l'impression d'admettre mes faiblesses. Je m'attendais effectivement à ce qu'une personne qui se trouvait à sa place remette mes intentions en question. Cependant, Stormy n'était pas comme les autres. Elle était toujours si optimiste et accordait à tout le monde le bénéfice du doute. Pourquoi, si je n'avais jamais rien fait pour la blesser, était-elle si convaincue que c'était inévitable ?

Je savais à quoi ressemblait le cynisme – j'étais expert dans ce domaine –, mais c'était parce que je m'étais déjà retrouvé aux premières loges quand j'avais été témoin des traits les plus horribles de la nature humaine. Était-il possible que ce soit également vrai pour elle ?

Son naturel incroyablement enthousiaste était difficilement conciliable avec ça. Quand la décadence humaine touchait la vie d'une personne, elle en était marquée. Son âme était salie.

Storm était bien trop parfaite pour dissimuler ce genre de corruption. N'est-ce pas ?

Mes pensées me consumèrent toute la nuit. Je ne pouvais être sûr du passé de Stormy, mais je me convainquis que la seule chose à faire était d'essayer de lui faire comprendre qu'elle n'avait rien à craindre avec moi. Finalement, si elle décidait qu'elle ne voulait rien avoir à faire avec moi, qu'il en soit ainsi. J'accepterais son rejet. Ce que je ne supportais pas, c'était de savoir que je lui avais fait peur. Ça n'avait jamais été mon intention.

Je trouverais un moyen de lui prouver qu'elle pouvait me faire confiance.

Et toi ? Es-tu prêt à lui faire confiance ?

C'était une tout autre question.

Si tu penses que c'est vrai, tu es un putain d'idiot. Comment t'attends-tu à ce qu'elle te fasse confiance si tu n'es pas prêt à en faire de même ?

La sueur picota les paumes de mes mains.

Étais-je réellement en train de l'envisager ? D'envisager de laisser entrer quelqu'un dans mon intimité ? Comment pouvais-je ne pas le faire ? L'idée de laisser Storm s'en aller sans même tenter de lui faire changer d'avis ressemblait à une véritable défaite. Pire, cela empestait la lâcheté.

Je n'étais pas un putain de lâche.

Je laissai mes pensées et mes peurs se démener pendant l'heure qu'il restait avant la fermeture. Chaque minute se mua en éternité jusqu'à ce que les derniers clients partent.

Mon estomac bouillonnait, ma tête tambourinait.

Une petite voix au fond de mon esprit me suppliait d'y repenser, mais j'ignorai cette petite pétasse et tins mes positions. Lorsque Storm ayant terminé son service se dirigea à l'avant du club pour s'en aller, je la retrouvai devant la porte.

— Puis-je te raccompagner chez toi en moto ce soir ?

Je ne savais pas vraiment ce qu'elle avait entendu dans ma voix, mais elle prit une lente inspiration apaisante et acquiesça. Nous sortîmes et rejoignîmes mon engin que j'avais garé près du trottoir. J'enlevai l'antivol du casque et commençai à m'affairer sur la lanière du menton.

— Je ne crois pas t'avoir déjà vu faire de la moto avec un casque, remarqua-t-elle d'un air pensif.

— Le casque n'est pas pour moi.

Je balayai ses cheveux derrière ses épaules et posai le casque sur sa tête.

— Tu l'emportes partout, juste au cas où ?

— Je ne savais pas quand tu aurais besoin d'un tour de moto. Je ne prends pas de risque, avec toi, murmurai-je.

J'étais embarrassé par mon côté protecteur flagrant.

— Attends.

Elle s'interrompit alors qu'elle montait sur ma moto.

— Tu as acheté ce casque… juste pour moi… sans même savoir si tu allais en avoir besoin ?

— Je ne laisse pas ta sécurité au hasard, Storm.

Sa langue rose délicate apparut lorsqu'elle humidifia sa lèvre inférieure.

Je n'étais pas du genre à embrasser – c'était trop intime à mon goût –, mais je me surpris à mourir d'envie de connaître son goût. De connaître la sensation de ses lèvres s'ouvrant contre les miennes. La douceur de sa reddition.

Ce besoin me frappa avec tant de véhémence que je dus me crisper pour rester immobile.

— D'accord, dit-elle d'une voix douce.

Ce simple mot me calma plus que n'importe quelle drogue ou n'importe quel alcool. Il ressemblait à de l'espoir, ce qui était une chose que je n'avais pas connue depuis bien longtemps.

Le trajet jusqu'à sa maison prit deux bonnes minutes. Je l'aidai à descendre de la moto, ma nervosité revenant à un état débilitant. Mes doigts tremblaient terriblement, à tel point que j'eus du mal à rattacher le casque sur la moto.

— Je sais que j'ai merdé, Storm.

Les mots m'échappèrent sans préface, comme une inondation briserait un barrage.

— Et je sais que c'était peut-être trop pour toi. Je comprends. Mais il faut que tu saches que je ne te ferai jamais de mal. J'agis comme ça, parce que je préfère garder les autres à distance pour des raisons tordues. Ça n'a jamais été un problème jusqu'à ce que tu arrives. J'étais vraiment déchiré entre l'envie d'être près de toi tout en voulant rester loin de toi. Ça me donnait l'impression d'être un putain de psychopathe, mais je jure que je n'en suis pas un.

Je soupirai, mon regard déviant vers le ciel sans étoiles comme si j'étais vaincu, alors que j'entendais à quel point j'étais pathétique. C'était exactement ce qu'un mec louche certifié dirait.

Je secouai la tête et reportai mon attention sur le béton frais à nos pieds.

— Tout ce que j'ai toujours voulu faire, c'est te protéger. Je suis désolé d'avoir réussi à tout gâcher à ce point-là.

Je ne supportais pas de la regarder, de voir le malaise ou sans aucun doute la pitié, gravés dans ses yeux doux. Je fus donc surpris quand ses doigts glissèrent lentement sur l'avant de ma veste.

— Merci... pour ton honnêteté.

— Je ne vais pas te dire quoi faire, pour ton boulot, mais je vais te demander d'y repenser. Reste au *Moxy*. Je peux te laisser tranquille. Putain, je préférerais arrêter de gérer le club, plutôt que de savoir que je suis la raison pour laquelle tu es partie, dis-je avant de grimacer. Merde. Je fais tourner cette conversation autour de moi, alors que ce n'est pas le cas. Enfin, si, mais non. Je dois partir avant d'empirer encore les choses.

Je fis un pas vers ma moto quand elle attrapa ma main. Ce simple contact déclencha une traînée d'étincelles brûlantes sur mon bras et jusqu'en bas de ma colonne vertébrale. Je relevai enfin les yeux vers elle et mon souffle se glaça dans mes poumons.

— Je vais y réfléchir, d'accord ?

Je ne pouvais parler. Ma voix m'avait abandonné.

Je ne réussis qu'à laisser échapper un grognement grossier en hochant la tête, avant de remonter sur ma moto et de partir à toute allure. Je me sentais étrangement plus léger et je me demandai pourquoi, avant de me rendre compte que j'avais laissé un morceau de mon cœur sur ce trottoir, enroulé entre ses doigts tendres.

S'il vous plaît, faites que ce ne soit pas une incroyable erreur.

16

Présent

MERCI, MON DIEU, J'ÉTAIS DE REPOS AUJOURD'HUI, CAR J'AVAIS besoin de temps pour réfléchir après l'aveu inattendu de Torin. Même si réfléchir n'aidait pas. Ma nature confiante et ma méfiance acquise luttaient l'une contre l'autre. Comment étais-je censée savoir si je répétais les erreurs de mon passé ?

Une partie de Torin parlait à mon âme, à un niveau élémentaire. Je ne pouvais le nier.

En revanche, il était tout ce que je ne devrais pas désirer, n'est-ce pas ?

Dominant. *Et pourtant attentionné.*

Rustre. *Et pourtant tendre.*

Il repoussait la plupart des gens. *Et il était dévoué envers ceux qu'il ne repoussait pas.*

Cet homme était un criminel. *Dit la femme qui est entrée dans le pays illégalement.*

Chaque argument donné par mon cerveau était contré par mon cœur, avec autant de validité. Lorsque j'épluchais les différentes couches, il devenait évident que je tombais sous le charme de Torin Byrne et cela me faisait une peur bleue.

Et si je me trompais à son sujet ? Et si je lui offrais mon cœur uniquement pour qu'il le brise en deux ? Comment étais-je supposée faire confiance à un autre homme après ce que j'avais traversé ?

Dans les moments comme ceux-là, Honey me manquait plus que jamais. Elle me prodiguait des conseils parfaits, grâce à une métaphore sudiste sur une fleur ou la météo, elle me concoctait des cookies aux pralines et me donnait l'impression d'être guidée un tant soit peu. Sans elle, j'étais coincée dans une fosse de doute gluant comme du goudron.

Je passai tout mon dimanche à me distraire avec des tâches importantes, comme trier mes vieux vernis et démêler les câbles de mes chargeurs. Au moins, cela amusa Blue Bell.

Je consacrai mon lundi à me préparer pour le boulot. Je dus faire plus d'efforts que d'habitude, parce que c'était Halloween et qu'on nous encourageait à sortir le grand jeu. Ça ne me dérangeait pas, car un costume d'Halloween était l'une des choses dans ma vie qui ne nécessitait pas de réflexion de ma part. L'un des avantages géniaux, quand on déménageait fréquemment, c'était de ne pas avoir à trouver un nouveau costume chaque fois. J'avais un déguisement de Harley Quinn spectaculaire que je réutilisais chaque année sans que personne le sache.

Halloween, au club, serait démente. Toutefois, comme

cela tombait un lundi, cela aidait. Chaque employé devait venir travailler, donc le partage des pourboires se ferait entre davantage de personnes, mais nous gagnerions tout de même plus que d'ordinaire. Les gens étaient toujours plus généreux lors de fêtes amusantes, comme Halloween.

J'avais hâte d'être à cette nuit et j'étais prudemment optimiste à l'idée de voir Torin. Je n'aurais sûrement pas dû l'être, mais je ne pouvais changer ma façon de penser. Mama avait l'habitude de dire que les sentiments ne pouvaient se tromper. Vu la situation, nous découvririons bientôt si c'était vrai.

♦

J'ALLAIS MANGER mon poids en nouilles instantanées en rentrant. Travailler presque neuf heures d'affilée avec seulement quelques brèves pauses m'avait exténuée.

— Dernier service, ensuite on est libres de rentrer chez nous, annonça Candice, l'une des barmaids, quand j'avalai une gorgée de ma canette de boisson énergisante désormais chaude.

Je l'avais ouverte une heure plus tôt et je n'avais pas eu l'occasion d'en boire. J'avais désespérément besoin d'un coup de fouet, même si j'avais presque terminé pour la nuit.

— Le temps a filé, mais mon Dieu, comme on a été occupées, répondis-je.

— Je ne sais pas comment vous faites, mesdames, dit l'homme au bout du bar qui discutait de temps à autre avec moi. Je suis fatigué, rien qu'en vous regardant courir dans tous les sens.

— On s'y habitue, mais les fêtes sont encore plus folles.

J'ignorais s'il était vraiment familier de ce genre de décor.

Il avait dû se sentir à l'aise, car il était resté presque tout seul toute la nuit, mais ce n'était pas un client régulier. Il était peut-être en ville pour affaires.

— En parlant de ça, on dirait que quelqu'un essaie d'attirer votre attention.

Il me fit un signe de la main vers la scène où un homme agitait la main en l'air, comme un ivrogne.

— Le devoir m'appelle, dis-je en le gratifiant d'un sourire avant de commencer à servir les dernières boissons.

Je m'étais occupée de trois tables quand la musique s'arrêta subitement. La voix de Torin tonitrua dans les haut-parleurs.

— Le club est fermé, annonça-t-il sèchement. Ceux qui n'ont pas encore payé, faites-le et partez. La fête est finie.

Je jetai un coup d'œil à Candice, me demandant si elle savait ce qu'il se passait, mais elle paraissait aussi choquée que moi. Haussant les épaules, je me hâtai vers l'ordinateur pour commencer à imprimer les reçus des tables encore présentes.

— Eh bien, j'imagine que c'est le signal. Passez une bonne nuit, mesdames.

L'homme au bar avait payé directement en espèces, alors je n'avais pas à me préoccuper de l'encaisser.

— Vous aussi, lui lançai-je rapidement par-dessus mon épaule.

Du coin de l'œil, j'aperçus Torin derrière l'individu.

— Sauf vous, dit Tor d'une voix sèche et alarmiste. Vous. *Restez.*

Ignorant si j'avais bien entendu, je regardai derrière moi et écarquillai les yeux en voyant la main ferme que Torin avait posée sur l'épaule de l'homme.

Mais que se passait-il, bon sang ? Je n'obtiendrais aucune

réponse avant que cet endroit se vide. Je me retournai donc brusquement et terminai mes encaissements. Une fois que j'eus récupéré les dernières signatures et les pourboires, je rangeai les tickets de caisse et tendis la main vers ma boisson alors que la foule finissait de se disperser.

La main de Torin se referma autour de mon poignet.

— Ne touche pas à ça.

— Quoi ? Pourquoi ?

— Hé, mec. C'est quoi ce bazar ? fit l'homme au bar d'un air paniqué.

— Blaze, va chercher celui qui garde l'entrée et demande à tous les autres de partir.

Répondre aux questions n'intéressait nullement Tor, visiblement.

Jolly revint de l'arrière-boutique à ce moment-là et s'appuya contre le mur, imperturbable.

Lorsque le dernier client sortit et que les deux vigiles surveillant l'entrée rentrèrent, Torin posa la boisson énergisante sur le bar et fusilla l'homme du regard avec une rage si palpable que l'air vibrait autour de lui.

— *Buvez.*

— Quoi ?

La sueur perlait désormais sur le front de l'homme.

— Écoutez, je ne suis pas sûr de savoir ce qu'il se passe, mais je crois que vous me confondez avec quelqu'un d'autre.

— Vous aimeriez bien. Buvez cette putain de boisson avant que j'enfonce la canette au fond de votre gorge.

Torin ne flipperait pas sans raison. Pensait-il que cet homme avait trafiqué ma boisson ? J'étais toujours méticuleuse quand il s'agissait de garder une canette ouverte derrière le bar, sur le comptoir du fond, où elles étaient en sûreté. C'était là qu'elle se trouvait lorsque j'étais venue imprimer les reçus, mais je ne me souvenais pas du tout si c'était le cas, plus tôt.

L'homme semblait parfaitement pétrifié, alors qu'il tendait la main vers la canette et en buvait une gorgée. Je me sentis mal pour lui, uniquement parce que je détestais voir quelqu'un en détresse, mais s'il avait essayé de me droguer…

— Conneries, gronda Torin. Tenez-le.

Blaze et un autre vigile attrapèrent chacun un bras de l'homme et les coincèrent derrière la chaise dans des angles étranges. L'homme cria et lutta, mais il n'avait aucun levier pour faire traction.

Horrifiée et la main sur ma bouche', je regardai Torin pincer le nez de l'individu avant qu'il verse le liquide au fond de sa gorge. Obligé d'avaler, le client s'étouffa et crachota, en tentant de respirer.

Je ne m'étais pas rendu compte que je tanguais jusqu'à ce que la main de Jolly soit fermement, mais tendrement, posée sur mon bras.

— Bon, gamin, dit Jolly à Torin de son ton traînant habituel. Occupe-toi de celle-ci. Je vais me charger de lui.

J'avais toujours considéré Jolly comme l'un de ces mecs avec une main de velours dans un gant de fer. Je commençai à comprendre que je m'étais méprise. Sa voix était tranchante, comme je ne l'aurais jamais imaginée, et je ne fus pas la seule à l'entendre. L'homme blêmit.

— Emmène-le au *Rack*. Adresse-toi à Constantine et dis-lui que c'est un cadeau pour Perillus.

— Je connais le *Rack*, si vous parlez de ce club libertin gay, à l'est de la ville, mais je ne sais pas qui est Perillus.

Le plus discret des sourires narquois se dessina sur le visage de Jolly.

— Non pas qui. Mais *quoi*.

Lorsque les mecs parurent troublés, Torin expliqua.

— C'est l'extension *hautement* secrète du club pour le S&M extrême. Avant que vous vous fassiez des idées, je vous préviens, je ne suis pas un de leurs participants. Mais Conner et moi nous le connaissons depuis longtemps.

Jolly s'éloigna de moi et commença à contourner le bar.

— Allez, les gars. Il est temps de s'amuser.

— Les mecs, franchement, bredouilla l'individu. La fille va bien. Il n'y a pas mort d'homme.

Mon estomac se révulsa. Je détestais songer à ce qu'il avait prévu pour moi et, curieusement, visualiser sa punition ne fit qu'empirer la situation. Je n'avais jamais supporté l'idée qu'un homme ou qu'un animal puisse souffrir. Ce n'était pas dans ma nature, peu importait à quel point la créature était vile.

Je me souvins de me concentrer sur le fait que cela sauverait une future victime, avec un peu de chance. Qui savait combien de femmes souffriraient s'il n'était pas arrêté ?

Torin me prit la main et me guida vers le vestiaire pour que je récupère mes affaires.

— Je ne sais pas vraiment ce que je pense de tout ça, Torin. Que va-t-il lui arriver ?

Mes doigts fébriles ne voulaient pas coopérer alors que je m'efforçais de m'affairer sur le cadenas. Il me fallut trois essais avant qu'il cède.

— Tu sais qu'il a essayé de te droguer, n'est-ce pas ?

— Oui, j'avais compris. Mais son plan n'a pas fonctionné. Je ne sais pas…

— Tu es trop adorable pour ton propre bien, marmonna Torin dans sa barbe.

— Je ne le sais que trop, répliquai-je, plus pour moi que pour lui.

Après avoir glissé une manche de ma veste, je dus tourner en rond pour trouver l'autre.

Où était partie cette fichue manche ?

Je me moquai de l'absurdité de la situation, on aurait dit Tom pourchassant Jerry. Mon rire s'intensifia.

— C'était ce que je craignais.

Les mains de Torin me maintinrent en place et sa voix rauque fut comme du velours avec lequel on caresserait lentement ma peau.

J'arrêtai de respirer et lui jetai un coup d'œil.

— Répète ça.

— Quoi ?

— Rien, soufflai-je.

— *Merde* alors.

Sa voix était encore plus gutturale qu'auparavant.

Mes paupières se fermèrent alors que j'absorbais l'euphorie qui me submergeait.

— Je dois te ramener chez toi, et vite.

Il me poussa vers l'entrée du bâtiment.

— Tu crois que tu peux marcher ? Il est hors de question que je te fasse monter sur ma moto dans ton état.

— Oui, ça va. Je vais *très* bien.

Torin grogna.

Il me guida lors du court trajet jusque chez moi et à cinq mètres environ de mon immeuble, mes jambes cessèrent de fonctionner. Mes stupides genoux commencèrent à trembloter comme des nouilles mouillées.

Je m'accrochai au bras de Torin du mieux possible, mais ce fut inutile. Mon cerveau ne pouvait convaincre mon corps de coopérer. Je me retrouvai ensuite en train de voler, comme lorsque j'étais petite et que j'étais sur la balançoire du jardin.

— Hiiip !

Ma tête retomba en arrière à cause du mouvement, puis se redressa. Mon regard flou tenta de se concentrer sur les yeux bleus les plus époustouflants que j'avais jamais vus. Un turquoise intense qui, curieusement, brillait autant dans la nuit qu'en pleine journée. Comme un vampire de *Twilight*. Et il était assez fort, aussi. Oh, waouh. C'était *peut-être* un vampire. Sauf que cette cicatrice sur son sourcil ne serait pas possible. J'adorais cette cicatrice. Elle lui donnait un côté fruste. L'équilibre parfait de la beauté et de la virilité.

Torin soupira. Cela ressemblait à un rire. Qu'y avait-il de drôle ? Je n'avais rien dit. Ou alors si ?

Je fermai les yeux pour essayer de réfléchir. Ce geste fit tout bonnement accélérer le temps.

Un battement de paupière, nous étions devant ma porte.

Deux battements de paupière, j'étais blottie sous les couvertures sur mon lit.

Il n'y eut plus aucun battement après ça.

◊

ME RÉVEILLER avec une migraine fut le pire dans cette histoire. Cela élevait l'expression « se lever du mauvais pied » à un tout autre niveau. Lorsque vous aviez mal à la tête, vous aviez l'impression de perdre la course avant même qu'elle débute.

Je grognai en me souvenant que j'avais été droguée par une enflure mielleuse pour laquelle j'avais eu l'audace d'avoir de la pitié. Maintenant que mon crâne essayait de s'ouvrir comme un œuf de Pâques, je n'étais plus aussi indulgente.

— Tu devrais boire autant d'eau que possible, aujourd'hui.

J'ouvris brusquement les yeux en entendant la voix de Torin dans ma chambre. Le soleil de la mi-journée projetait ses minuscules lasers dans mes rétines.

— Tu es là.

— Oui. Je ne voulais pas te laisser seule alors que tu avais été droguée.

J'avais l'impression que sa voix avait été grillée sur des charbons ardents, ce qui me poussait à me demander s'il avait dormi.

— Tu te souviens de ce qu'il s'est passé ?

— Oui, en grande partie, dis-je avant de marquer une pause pour y réfléchir. Jusqu'à ce que nous arrivions dans mon immeuble. Tout est assez embrouillé.

Je m'assis pour voir Tor, installé sur la causeuse qui représentait l'entièreté des meubles de mon salon. Il était dans un sale état, même si je devinais que je devais avoir l'air bien pire.

Je fis de mon mieux pour aplatir mes cheveux alors que Blue Bell se blottissait sur mes cuisses.

— Tu as un chat.

Il ne semblait pas amusé.

Je ravalai un sourire.

— Oui. Il s'appelle Blue Bell.

Torin parcourut brièvement mon plafond du regard avant de se reconcentrer sur des touffes de poils blancs qui couvraient sa chemise couleur charbon. Il les balaya avec peu d'enthousiasme avant d'abandonner.

— Merci… de m'avoir aidée.

Mon cerveau avait du mal à comprendre ce que je ressentais – l'homme qui me harcelait m'avait évité d'être agressée. Je ne me rappelais pas ce qu'il s'était passé quand j'étais arrivée chez moi, mais pour une raison inexplicable, je ne m'inquiétais pas. C'était une véritable folie, mais je me sentais en sécurité en présence de Torin. J'avais voulu lui faire confiance dès le début. D'une certaine manière, je lui avais fait confiance. Toutefois, mes instincts ne m'avaient pas été d'une grande utilité par le passé.

Toute personne possédant un cerveau aurait peur d'un homme agissant comme le faisait Torin. Il était dangereux, la question ne se posait pas. Mais était-il dangereux pour moi ?

Mon Dieu, je ne l'espérais pas.

Mon patron énigmatique se leva lentement de la causeuse et s'étira avant d'aller se servir dans le frigo. Il remplit deux verres d'eau filtrée et m'en apporta un avant de boire l'autre d'une traite.

— Des antalgiques ? demanda-t-il.

— Dans l'armoire à pharmacie, dis-je en désignant la salle de bains d'un geste de la main.

Il me donna deux cachets et attendit que je les prenne.

— Je t'ai retirée du planning jusqu'à vendredi, donc tu as tout le temps de te remettre. Maintenant que je sais que tu vas bien, je vais te laisser te reposer.

— Tor ?

Il marqua une pause avant de regarder derrière lui.

— Comment le savais-tu ?

Deux étendues turquoise sincères me dévisagèrent.

— Je surveillais.

Il *me* surveillait.

— Tu es arrivé de l'étage, remarquai-je.

— Je l'ai vu faire sur les caméras de sécurité.

Il regardait les caméras de sécurité. Il me regardait. À quelle fréquence me regardait-il ainsi ? Aurais-je dû être en colère ? Peut-être. Mais ce qui comptait, c'était ce que je ressentais *vraiment* et non pas ce que *j'aurais dû* ressentir. J'étais peut-être folle, mais je n'éprouvais qu'un soulagement intense. Quelqu'un prenait soin de moi. J'étais en sécurité. N'était-ce pas ce qui importait le plus ?

Je mordillai ma lèvre inférieure avant de baisser le menton pour acquiescer.

— Je vais rester au *Moxy*, tant que je m'y sens en sécurité.

Torin prit une profonde inspiration et souffla pour évacuer la tension accumulée dans son torse.

— Envoie-moi un message si tu as besoin de quoi que ce soit.

Je le regardai se glisser par la porte et me demandai comment quelqu'un qui semblait barbare la moitié du temps pouvait être si adorable. Il était déjà compliqué de répondre à cette question dans les bons jours, alors il était presque impossible d'y réfléchir avec une gueule de bois.

Je bus une longue gorgée d'eau et me blottis sous les couvertures. Je ne me réveillai qu'une fois la nuit tombée.

17

Présent

— Tu l'as envoyé à Perillus ? C'est une punition digne de *Pulp Fiction*. Il ne pourra plus s'asseoir pendant une semaine.

Le ton d'Oran était plus méditatif que critique. C'était son mode de fonctionnement, dernièrement. L'énergie qu'il dégageait avait frémi pour devenir d'un calme presque menaçant.

— Je dirais que c'est mérité.

— Hmm, fredonna-t-il pour montrer son approbation. Elle va bien ?

Ma mâchoire se contracta malgré moi.

— Je suppose.

Stormy ne m'avait pas contacté et je m'étais obligé à lui laisser un peu d'espace, mais merde, ça me rendait fou. Je détestais ne pas savoir.

— Elle revient travailler ce soir. Elle devrait bientôt descendre, si ce n'est pas déjà le cas.

C'était l'unique raison pour laquelle je m'étais pointé plus tôt. J'étais même venu si tôt que j'étais monté dans mon bureau pour tuer le temps et c'était là qu'Oran m'avait trouvé.

— Bien, j'aimerais lui parler de Darina. C'est pour ça que je suis passé. Je me suis dit que j'allais discuter avec quiconque aurait pu se montrer amical avec elle.

La nervosité s'accumula dans mes muscles. J'étais un tel cinglé, quand il s'agissait de Stormy, que je n'aimais même pas l'idée que mon cousin lui parle. Il avait peut-être laissé tomber son masque de prince charmant, pour le moment, mais je savais comment les femmes réagissaient avec lui.

— Oui, j'imagine que nous ferions aussi bien de descendre pour nous débarrasser de ça.

Je le suivis hors du bureau, mon envie de la voir me démangeant.

Je m'étais caché dans mon bureau, la nuit d'Halloween, car je m'étais convaincu qu'il valait mieux laisser Stormy tranquille, mais après tout ce qui s'était produit – après les choses qu'elle avait dites et la manière dont elle m'avait regardé –, ce navire avait déjà quitté le port et était bien loin à l'horizon.

Storm serait mienne. Fin de la discussion.

Oran s'adressa brièvement à la barmaid. Darina et elle n'avaient pas passé beaucoup de temps ensemble, elle n'avait donc pas grand-chose à offrir. Jolly était au bar et il avait un numéro de contact d'urgence pour Darina, mais rien de plus. Deux autres filles dirent que bien qu'elles aient été amies au boulot, la femme disparue ne leur avait pas raconté grand-chose la concernant. Lorsque nous rejoignîmes enfin Stormy, l'heure de pointe du vendredi soir avait débuté.

— Je sais que tu n'as qu'une minute, mais je voulais te poser des questions sur Darina et toi, dit Oran en parlant plus fort que la musique.

— Bien sûr ! répondit vivement Stormy. Je déteste savoir qu'elle manque toujours à l'appel. Tu crois qu'elle aurait pu partir volontairement ?

Oran et moi échangeâmes un regard sévère.

— Non. Malheureusement, nous avons appris que quelque chose de terrible aurait pu lui arriver. Il se trouve qu'elle a croisé le chemin de quelqu'un…

Il s'éclaircit la gorge.

— Eh bien, disons que « cruel » ne suffit pas à décrire cette personne.

Juste sous mes yeux, la peau couleur pêche de Storm blêmit pour devenir d'un blanc maladif.

— Mec. Inutile de la contrarier.

Oran se pinça les lèvres.

— Je vais faire ce que je peux, mais tout ce dont tu pourrais te souvenir nous aiderait.

— Bien sûr, répondit-elle avant de froncer les sourcils. Laisse-moi réfléchir… Nous ne passions pas vraiment de temps ensemble, mais il se trouve que je l'ai croisée deux fois, à la laverie dans laquelle je me rends.

— Tu vis près de la vingt et unième ?

— Quoi ? s'étonna Storm en inclinant la tête d'un air confus. Non. J'habite juste là, à quelques pâtés de maisons du club, sur la trente-sixième.

Le regard d'Oran s'intensifia.

— Elle t'a donné l'impression qu'elle vivait dans le coin ?

— Oui, elle ne vivait pas loin de chez moi, mais je n'ai pas demandé dans quel immeuble. On a discuté brièvement du bar à ongles dans lequel elle se rendait, à un pâté de maisons, parce que je voulais l'essayer.

Storm marqua une pause et me jeta un bref coup d'œil.

— Son adresse n'était-elle pas sur sa candidature ?

Oran se pinça les lèvres.

— L'adresse qu'elle a donnée n'était pas valide. Tu te souviens d'autre chose, lors de tes interactions avec elle, qui me permettrait d'obtenir d'autres informations ?

— Rien ne me vient, mais je vais y réfléchir. Je suis désolée.

— Ne le sois pas, tout ça m'aide beaucoup, dit Oran en posant une main sur l'épaule de Storm. Tu pourrais m'emmener à la laverie et au bar à ongles pour me montrer exactement où vous étiez ? Je serais ravi de t'accompagner en voiture, pour que ça ne te gêne pas trop.

— Absolument. Je ferai tout ce que je peux pour aider. Je suis de repos, demain, si ça te va.

— Non, elle travaille, lançai-je comme si je venais tout juste de sortir de l'époque de Cro-Magnon.

Je ne pouvais m'en empêcher. Je m'étais déjà imaginé en train de couper les doigts d'Oran parce qu'il l'avait touchée.

Les yeux écarquillés, Storm me dévisagea.

— C'est mon jour de repos.

— Plus maintenant. On a changé le planning, tu te souviens ?

Je tentai d'avoir l'air nonchalant, mais je savais que cela paraissait légèrement grossier.

Oran me regarda en haussant un sourcil, avec son

costume gris, ses cheveux parfaitement coiffés et son visage indemne de toute trace de combat.

Ouais, trouduc. Reste à ta place.

— Y a-t-il un jour qui te convient mieux ? demanda Oran sur un ton assez condescendant.

— Dimanche. On te retrouvera là où tu dois aller.

— Bref, marmonna-t-il dans sa barbe. Storm, j'apprécie ton aide. On se retrouve dimanche.

Il lança un coup d'œil dans ma direction avant de prendre congé.

Je grimaçai en partant dans le sens opposé. J'espérais panser mes plaies dans l'intimité de la réserve, sauf que Storm n'avait pas compris le message. Le bruissement de ses pas pressés me pourchassa.

— Non, mais c'était quoi, ça ?

Sa voix n'était pas aussi accusatrice qu'elle aurait pu l'être, mais j'avais tout de même l'impression d'être sur la défensive.

Je fis semblant d'examiner le contenu d'une étagère.

— Il te l'a dit. Il cherche Darina.

— Torin Byrne, tu vois ce que je veux dire.

Elle ferma la porte derrière elle et tenta d'avoir l'air austère.

— Pourquoi as-tu pété une durite à l'idée que je montre à Oran les lieux où s'est rendue Darina ?

— Je crois que *péter une durite* est un peu exagéré, non ?

Mens. Détourne son attention. Ignore-la. Merde, étais-je en train de la manipuler ?

— Tu oublies que tu parles à une fille du Sud qui sait ce que c'est d'en faire des tonnes. Tor, je t'ai dit que je n'avais pas envie de me sentir menacée. Et quand tu deviens horriblement possessif, devine quoi ?

Merde, elle était torride quand elle était énervée.

Mes paupières s'abaissèrent comme celles d'un chat bien nourri lorsque je regardai mon ange vengeur.

— Tu as raison.

J'avançai vers elle jusqu'à ce que son dos soit appuyé contre la porte.

— Je me sentais possessif. Je sais à quel point Oran peut être attirant. Les femmes ont toujours fait la queue pour avoir une chance avec lui. Est-ce si choquant que tu puisses vouloir la même chose ?

Je glissai une main de son menton jusqu'à sa mâchoire et descendis le long de son cou, ravi quand sa respiration se fit lourde et que ses lèvres s'entrouvrirent.

— Une seule chose m'intéresse : l'aider à retrouver Darina.

Sa voix s'abaissa d'une octave, ce qui me plut.

— C'est ainsi que ce type de mec t'appâte. Le gentleman bien habillé, avec de bonnes intentions. Tu… ne le verras… jamais… venir.

Ma main continua à descendre sur la courbe extérieure de sa poitrine. Elle cambra le dos et ses pupilles se dilatèrent.

— Ce dont tu ne te rends pas compte, répliqua-t-elle d'une voix essoufflée, c'est que j'ai déjà connu des mecs raffinés et sophistiqués.

— Et ?

— Ce n'est qu'une façade. Je préférerais toujours l'honnêteté.

Je posai une paume sur ses côtes et glissai une main sur sa taille.

— Et si le mec honnête s'avère légèrement tordu ?

Elle plaqua les mains des deux côtés de mon cou et me donna tout l'encouragement dont j'avais besoin pour poursuivre mon chemin vers le sommet de ses cuisses. Je collai ma paume contre son sexe, la sensation de sa douce chaleur affolant mon membre tant je la désirais.

— Qui dit que nous ne sommes pas tous un peu tordus ?

Je ne pouvais en supporter plus. Je me lançai.

Merci, mon Dieu, les leggings extensibles existaient. Il était bien plus facile d'y pénétrer que dans un jean. Ma main fut posée contre sa peau et glissa entre ses plis lubrifiés en quelques secondes.

— Tu n'as pas le droit de dire des trucs comme ça, mon ange. Autrement, ça me donne envie de te récompenser.

Le corps de Stormy se figea à mon contact.

— Ne m'appelle pas comme ça, dit-elle en secouant vivement la tête à plusieurs reprises. Tout sauf ça.

Sa réaction viscérale m'ébahit. Pourquoi détestait-elle qu'on la qualifie d'ange ?

— *Chhut*, tentai-je de l'apaiser en remarquant la palpitation de son pouls à la base de son cou. Ça ne se reproduira plus. Je te le promets.

Elle hocha presque la tête comme une enfant. Je ne l'avais jamais vue aussi vulnérable et cela provoqua quelque chose en moi. Dès le début, j'avais eu envie de la posséder et de la protéger. Ces deux désirs me venaient naturellement. Ce nouveau désir qu'elle avait fait naître était différent. Ce n'était pas une question de protection physique. Je voulais prendre soin d'elle, m'assurer qu'elle n'ait plus de quoi s'inquiéter et faire en sorte que cette lumière dans son regard ne s'éteigne jamais.

Un frisson parcourut ma colonne vertébrale alors que je me léchais les lèvres et me préparais à faire quelque chose que je n'avais pas fait depuis le lycée. J'allais embrasser une femme. Pas n'importe quelle femme. J'allais embrasser

Stormy Lawson parce qu'elle n'était peut-être pas mon ange, mais elle possédait clairement mon cœur.

Nos respirations se mêlèrent avant que mes lèvres n'effleurent les siennes dans un geste hésitant. Je souhaitais y aller doucement, non pas parce que j'avais peur, mais plutôt pour savourer le moment. Je voulais qu'elle sente la profondeur de la signification de ce geste, car je ne faisais jamais rien d'arbitraire. Je vivais chaque jour intensément et aujourd'hui, j'offrais à Storm un morceau de moi-même que je n'avais jamais donné à quiconque.

Mes mains se posèrent de chaque côté de son visage alors que mes lèvres se pressaient ardemment contre les siennes. La manière dont ses lèvres s'adoucirent contre les miennes, dont son corps fondit contre le mien, tout cela me rendait vorace. J'approfondis le baiser, laissant ma langue effleurer la sienne. Son goût était euphorique. Doux, pourtant voluptueux, et si rayonnant qu'il aurait pu être un soleil pur.

Nous nous dévorâmes l'un l'autre, nos dents s'entrechoquant et nos langues se mêlant. Mes poumons devenaient douloureux à chaque inspiration profondément retenue alors que j'essayais d'emporter une partie d'elle avec moi, même si ce n'était que l'air qu'elle respirait. Ce que je ne pouvais posséder, je le mémorisais. Le touchais. Le goûtais. Le sentais. J'imprimai chaque minuscule détail dans ma mémoire, espérant garder ce moment éternellement vivace dans mon esprit. Car j'allais devoir finir par m'éloigner, même si cette idée poussait le sauvage en moi à se cogner violemment contre sa cage de fer.

— Je devrais peut-être me mettre au boulot, murmura-t-elle.

Ses mots étaient essoufflés et ses lèvres délectablement gonflées.

— Ça ne dérangera pas le patron, si tu as besoin d'une minute.

Je posai une main sur sa nuque et l'attirai contre moi pour une dernière pression de nos lèvres. Je la relâchai ensuite et ouvris la porte derrière elle.

— C'est pour les clients que je m'inquiète, répondit-elle en souriant timidement. Ils vont bientôt commencer à se rebeller.

— Tu sais que je ne laisse personne te manquer de respect. Si quelqu'un se montre insolent, tu n'as qu'à me jeter un coup d'œil.

Storm réprima un sourire et secoua la tête, en guise de réprimande malicieuse, avant de retourner au club. Si seulement elle avait conscience de l'étendue de ce que j'avais fait pour elle. Il y avait bien une raison, si les habitués qui la dérangeaient ne recommençaient jamais. Ils seraient morts s'ils le faisaient et ils en étaient tous conscients. Je m'assurais que le message soit bien reçu, quand je les suivais jusque chez eux.

Storm serait sûrement consternée si elle le savait.

Heureusement que j'avais bonne conscience, car je ne comptais pas arrêter.

18

Présent

Je refusais d'être une victime. Je m'étais dit, des années plus tôt, que j'apprendrais de mes expériences, mais je n'avais absolument pas le droit de jouer la victime. Pour cette raison, je faisais un effort pour regarder le bon côté de chaque situation. Je n'avais pas envie que la douleur de mon passé teinte mon avenir. J'étais une survivante.

Cela étant dit, je n'avais eu aucun contrôle sur ma réaction, quand Torin m'avait qualifiée d'ange. Ce surnom appartenait au passé. Il avait une signification pour moi que Torin ne pouvait comprendre et le fait qu'il ait choisi de m'appeler ainsi m'avait bouleversée.

Mais son attitude face à ma détresse avait été le baume parfait.

Il était doux, rassurant et respectueux, et cela changeait comme lorsqu'on appuyait sur un interrupteur. À l'instant où il réalisait que j'étais en colère, il ne se mettait pas sur la défensive et n'essayait pas non plus de me convaincre du fait que j'étais stupide. Il écoutait. Il comprenait.

Ces deux éléments-là étaient bien plus attirants que n'importe quel costume chic ou n'importe quelles fossettes.

Et ce baiser ? C'était franchement le meilleur de ma vie. J'aurais pu rester dans cette réserve, les lèvres appuyées contre celles de Torin, et mourir heureuse.

Je n'aimais pas dévoiler mon côté vulnérable, mais si c'était la récompense, je devrais y repenser. Il était agréable de baisser la garde. Je m'autorisai à songer à nouveau à mes sentiments alors que je travaillais cette nuit-là, et je compris quelque chose d'énorme.

Je voulais faire confiance à Torin.

Je voulais un partenaire et je savais que mon cœur était en sécurité entre ses mains, mais comment le pouvais-je quand il faisait des folies, comme péter un câble parce que son cousin me demandait mon aide ? J'avais de l'expérience, avec ce genre de comportement, et cela me rendait plus confiante que n'importe quelle femme. Il était toujours un peu excessif, mais même les petites choses m'effrayaient.

Une chose à laquelle je n'avais pas pensé précédemment me vint en tête.

Je pouvais toujours lui dire la vérité, l'aider à comprendre pourquoi j'étais si prudente en lui racontant mon passé. Je pouvais le laisser voir exactement dans quoi il se lançait, s'il voulait être avec moi. Si cela l'effrayait, le problème serait résolu. Si cela ne l'effrayait pas, nous n'avions peut-être aucune chance. Peut-être que pour une fois, je me sentirais en sécurité. Et, comme bonus, je n'aurais pas à m'enfuir. Cette seule idée valait la peine d'envisager cette possibilité.

Je m'étais cachée si longtemps qu'exposer mon passé paraissait terrifiant. Comment réagirait Torin ? Il y avait de véritables chances pour que sa famille irlandaise et lui soient furieux de savoir ce que j'avais apporté sur le pas de leur porte.

Enfin, seulement si le danger se pointe. Au point où j'en suis, quels seraient les risques ?

Je devais y songer. Peut-être un autre jour, quand mon sang ne vibrerait pas à cause des endorphines.

Torin Byrne n'embrasait pas simplement un feu en moi, il allumait la lumière après des années d'obscurité. Je commençais à croire qu'il ne me ferait pas de mal, physiquement, mais qu'il représentait toujours une menace. Mon cœur ne supportait pas l'idée de vivre une fois encore dans l'ombre. Si je m'autorisais à l'avoir, il aurait le pouvoir de dérober chaque morceau de soleil auquel je m'étais agrippée avec tant d'efforts. Tout cet espoir et cette joie que j'avais ravivés… C'était un risque énorme. Étais-je prête à faire le grand saut ?

◊

Torin me fit réellement travailler le lendemain soir. Ce n'était pas le fait de travailler qui me mettait en colère, mais je n'avais pas l'impression que laisser sa possessivité en roue libre était une bonne idée. Si j'allais travailler sur ma confiance en lui, il devrait en faire de même pour moi.

— Tu as quelque chose de prévu pour Thanksgiving ? demanda-t-il alors que je préparais le bar pour la soirée.

— Je vais rester chez moi. Pourquoi ? Tu espérais me faire travailler le jour de Thanksgiving aussi ?

Je haussai un sourcil, m'assurant qu'il sache à quel point je désapprouvais son comportement de la veille.

— Tu sais que le club est fermé ce jour-là, grommela-t-il avec un soupçon de contrition.

— Ah bon ? Je me dis que je ne suis jamais sûre de rien quand il s'agit de toi.

Je finis de verser des cerises dans un contenant et jetai le pot vide à la poubelle.

— Tu ne me laisseras jamais tranquille avec ça ?

— Je le ferais si je savais que tu n'allais plus jouer à l'homme des cavernes avec moi.

Il baissa les yeux vers ses mains, dans une démonstration d'incertitude qui ne lui ressemblait pas.

— Et si j'abandonnais le projet d'Oran ?

— Comment ça, si tu l'abandonnais ? demandai-je alors que ma voix s'adoucissait.

— Si tu dois lui montrer certains endroits, je n'ai pas besoin de vous chaperonner. Vous pouvez aller voir ce qu'il a besoin de voir.

Il agita les doigts d'un air dédaigneux.

Une part de moi avait envie de lui lancer un *merci* condescendant pour sa générosité, mais malgré l'absurdité de la situation, il essayait. J'avais besoin de reconnaître et d'encourager cette concession inattendue, plutôt que de m'en moquer.

— J'apprécierais ce gage de confiance, lui suggérai-je d'un ton simple et sincère.

Il se pencha nonchalamment au-dessus du bar pour récupérer une unique cerise dans le récipient, et il la leva jusqu'à ma bouche. Je dus retenir un sourire. Entrouvrant mes lèvres, je pris le fruit sucré sur ma langue. Ses yeux tropicaux s'assombrirent sous l'effet d'une tempête de désir déchaîné quand il tira sur la queue de la cerise. Je pris mon temps pour savourer cette gourmandise sucrée et me délectai en sachant que je l'avais affecté si profondément.

Le reste de la soirée, nous effectuâmes une danse séductrice à distance. Des coups d'œil discrets. Un effleurement accidentel de nos mains. Une caresse sur une peau exposée. Lorsque je rentrai chez moi, chacune de mes terminaisons nerveuses me picotait tant j'avais besoin de me relâcher. L'envie fut encore plus intense quand j'ouvris le tiroir de ma table de nuit et vis un mot à côté de mon vibromasseur.

Pense à moi quand tu l'utilises.

Je ne pus m'empêcher de sourire tout en secouant la tête. Cet homme n'avait aucune limite et cela aurait dû être un problème. Si je m'en moquais, qu'est-ce que cela disait sur moi ?

♦

TORIN TINT sa promesse et n'assista pas à mon excursion avec Oran. Comme je m'y attendais, cette sortie fut brève et purement instructive. Le cousin de Torin était trop concentré sur la découverte d'informations concernant Darina pour envisager de me draguer. J'étais ravie qu'il soit si focalisé sur son envie de la trouver. Il était bien trop facile de faire disparaître une femme. Si quelqu'un le savait, c'était bien moi.

Quelques jours plus tard, j'effectuai ma deuxième sortie avec un autre membre de la famille Byrne. Rowan était une bouffée d'air frais vivace dont je profitai instantanément. Elle était venue au bar à quelques reprises, elle avait même dansé sur la scène pour taper sur les nerfs de Keir, avant qu'ils finissent par se marier.

Cette fille avait du cran, et c'était ce qui m'intéressait.

Elle allait peut-être devenir mon héroïne. J'eus l'impression qu'elle traçait son chemin dans son monde selon ses propres envies et j'adorais ça. Quand on me donna l'opportunité de faire du shopping avec elle, un jour, je sautai sur l'invitation.

— Tu sais, je meurs d'envie de te poser des questions sur Torin, me dit Rowan alors que nous parcourions les portants de vêtements à H&M.

J'étais convaincue qu'elle pouvait se payer des fringues beaucoup plus jolies, mais elle n'insista pas pour aller dans un endroit plus chic. Ce qui était un autre point en sa faveur.

— Torin ? Quel rapport avec lui ?

Je ne savais par où commencer, alors je jouai plutôt l'idiote.

— J'ai vu comment vous vous comportez, tous les deux. Votre tension sexuelle crève le plafond ! Tu ne peux pas me dire qu'il ne s'est rien passé entre vous.

La chaleur remonta dans mon cou et surgit sur mes joues.

— J'imagine que je ne vais pas le nier, mais ça ne veut toujours pas dire que je sais quoi te raconter. Torin est… compliqué. La situation entre nous est plus qu'embrouillée.

— Ne m'en dis pas plus.

Elle leva la main et baissa son menton, comme si elle chantait des louanges dans une petite église de campagne.

— S'il y a bien quelqu'un qui te comprend, c'est moi. Keir agissait comme s'il avait tout autant envie de m'embrasser que de me tuer. Bon sang, il m'a épousée sans ma permission après m'avoir droguée et kidnappée. Ce n'est *pas* normal. Aucun d'eux ne l'est, si tu veux mon avis.

Je me figeai, bouche bée. Rowan prit une seconde pour se rendre compte que je m'étais arrêtée, avant de sourire en revenant vers moi.

— Non, mais tu te fous de moi ? Il a vraiment fait tout ça ? Et tu es toujours avec lui ?

Elle haussa les épaules.

— Je te l'ai dit. S'il y a bien quelqu'un qui comprend, c'est moi. Parfois, la vie est compliquée et ça craint, mais d'autres fois, elle est compliquée de la plus incroyable des manières imaginables. Je n'ai jamais été plus heureuse que depuis que Keir est entré dans ma vie. Avec un couteau. Après être entré par effraction chez mes parents.

Je lui pris la main.

— Bon, d'accord. On va trouver un endroit où s'asseoir et tu vas *tout* me raconter.

Elle rit et me laissa l'entraîner plus loin.

Nous nous installâmes dans la zone des restaurants du centre commercial pendant plus d'une heure, oubliant complètement le shopping. Je bus ses paroles bien plus avidement que je ne mangeai le bretzel devant moi. Leur histoire était fascinante. Elle m'aida à réaliser que ce qui était peu conventionnel n'était pas nécessairement mauvais.

— J'apprécie que tu partages tout ça, dis-je avec un sourire chaleureux.

— Aucun problème. J'espère que ça t'aide. Je ne connais peut-être pas bien Torin, mais je connais Keir et j'en apprends plus sur leur famille chaque jour. Ce sont des gens bien. Peut-être pas les plus respectueux de la loi, mais ce sont quand même des gens bien. Il m'a fallu un moment pour comprendre la différence.

Rowan ne le savait pas, mais elle venait tout juste de toucher le cœur de mon dilemme. L'un d'eux, au moins.

Je fus soulagée d'entendre que Torin n'était peut-être pas aussi dangereux que mon esprit me l'avait fait croire, mais ça ne changeait pas ma situation, n'est-ce pas ? Même s'il était quelqu'un de bien, étais-je prête à les mettre en danger sa famille et lui en entretenant une telle relation ? Keir, Rowan, Oran et tous les autres Byrne. Pouvais-je, en toute conscience, les attirer dans mon cauchemar ?

Est-ce à toi de prendre cette décision ? Ce sont de foutus gangsters. Ce que tu perçois comme dangereux n'est peut-être qu'un mardi ordinaire, à leurs yeux.

Le temps sembla s'arrêter, alors que cette pensée se formait dans mon esprit. Avais-je nourri mes peurs si ardemment que j'avais oublié d'envisager qu'elles ne soient pas un problème pour quelqu'un d'autre ? Ou étais-je simplement égoïste ? Je n'avais pas envie de rationaliser les dangers, parce que je souhaitais être avec Torin.

J'allais devoir y réfléchir, car mon passé *était* dangereux. Il avait de longues serres pointues qui pouvaient réduire mon monde en lambeaux. Mon présent n'était pas si innocent, non plus, mais étais-je prête à les confronter dans un combat à mort ?

Cette possibilité me glaçait jusqu'à la moelle.

19

Passé

— LA FEMME D'IVAN A L'AIR GENTILLE.

Si vous étiez intéressés par les belles femmes réservées. Elle avait à peine prononcé cinq mots de toute la soirée. Son anglais n'était pas génial, mais cela n'arrêtait pas franchement les autres femmes et petites amies qu'on m'avait présentées ces huit derniers mois. Au moins, elles souriaient et essayaient d'être amicales. J'étais même devenue proche de certaines d'entre elles. Il était si agréable de retrouver des amies, surtout que Damyon était nerveux depuis notre retour de notre voyage à Paris avec lequel il m'avait surpris deux semaines plus tôt.

— Elle était éblouissante et pourtant, j'ai remarqué qu'Ivan n'arrêtait pas de te regarder.

Son sous-entendu menaçant m'alerta.

J'avais cru que nous avions laissé ce genre de comportement derrière nous. Il n'avait pas mis un seul orteil hors du droit chemin depuis des mois. Mais sa hargne était remontée à la surface et je me surprenais à évaluer constamment ses humeurs et ses gestes. Je n'avais certainement pas envie de l'énerver, mais il était si difficile de savoir, parfois, ce qui pourrait déclencher sa colère. J'en venais même à me demander si rester ici avait été la bonne décision.

— Il se demandait peut-être pourquoi quelqu'un d'aussi incroyablement beau que toi avait choisi une plouc de la campagne comme moi, le taquinai-je en espérant le dérider.

— Ou alors, il appréciait la manière dont tes nibards étaient exposés, dit-il tandis que son regard de glace dérivait vers mon décolleté. Je savais que j'aurais dû te demander de te changer avant qu'on quitte la maison. Tu ressemblais à une traînée.

Mes épaules se crispèrent alors que ma main remontait vers ma poitrine pour la couvrir. J'ignorais si quelqu'un m'avait déjà dit quelque chose de si haineux, de toute ma vie. J'avais envie de m'enrouler dans une couverture pour empêcher ce déversement de méchanceté de me tremper jusqu'à la moelle.

— Tu ne le penses pas, chuchotai-je en baissant les yeux vers le sol.

La robe moulait ma poitrine, mais je n'avais pas cru qu'elle était de mauvais goût.

— Je n'ai pas dit que tu en étais une. Ne sois pas mélodramatique avec moi.

Il se dirigea d'un air dédaigneux vers le décanteur en cristal rempli de sa vodka préférée et se servit un verre.

— Quand tu la retireras, je m'attends à la voir dans la poubelle, là où est sa place.

Les larmes s'accumulèrent dans mes yeux quand je m'éloignai.

Une relation ne devrait *pas* être ainsi. Au début, j'ignorais les incidents, mais je ne pouvais accepter ce genre de comportement s'il devenait systématique. Il agissait avec moi comme deux hommes différents. J'adorais l'homme dévoué que j'avais rencontré, mais ce côté plus sombre de Damyon me terrifiait. Il était blessant. J'avais besoin de temps pour réfléchir. J'avais besoin de ma Honey.

Deux heures plus tard, j'étais blottie sur mon lit quand Damyon me rejoignit. J'avais répété à de nombreuses reprises dans ma tête ce que j'avais envie de lui dire, mais ces mots furent encore fragiles et incertains quand je pris la parole.

— J'ai réfléchi et j'aimerais vraiment retourner brièvement chez moi. Mes amis me manquent et ça me pèse. Ça me rend plus sensible.

J'espérais que si je donnais l'impression que notre conflit était ma faute, il y serait plus favorable. Cependant, j'avais beau formuler parfaitement ma demande, je m'attendais à de la résistance.

— Tu as une carte de crédit. Si tu ressens le besoin de faire un voyage, tu as le droit de tout arranger.

Je me tournai face à lui, surprise, car je m'attendais à ce qu'il soit en colère.

— Je savais qu'à un moment tu voudrais rentrer, expliqua-t-il.

— Rien que pour une visite. J'adorerais voir ma famille, mes amis et manger mon poids en poulet frit.

Ma voix était légère et insouciante. Je voulais le rassurer de toutes les manières possibles en lui montrant qu'il faisait le bon choix.

Damyon éteignit sa lampe de chevet et s'allongea sur le côté en me tournant le dos.

— Fais ce que tu as besoin de faire, *moya* ange.

En se tournant, me témoignait-il son mécontentement ? Il s'était servi de mon surnom – mon ange – et c'était généralement bon signe, mais si je me trompais ? Cela pouvait-il être un test ?

Lorsqu'il était dans ce genre d'humeur, j'analysais excessivement tout ce qu'il disait et faisait, en essayant d'évaluer ce qu'il pouvait ressentir et à quel point je devais me montrer prudente. Je tournai en rond pendant des heures avant de décider enfin de saisir ma chance et de croire en l'honnêteté de ses paroles.

Le lendemain matin à la première heure, je réservai un vol pour le jour suivant. Le billet était cher, mais Damyon m'avait dit avec insistance, depuis notre rencontre, que compter ses sous était une insulte, comme s'il ne pouvait pas m'entretenir totalement. Il disait que cela ferait croire aux autres qu'il était faible. Il était donc catégorique et affirmait que je ne devais faire du shopping que dans les magasins les plus luxueux. Un billet de première classe de dernière minute n'était rien comparé au prix de certains bijoux dont j'étais désormais propriétaire.

Ce soir-là, mes valises étaient prêtes et le lendemain matin, l'un de nos gardes du corps me conduisit à l'aéroport. J'étais si enthousiaste et agitée que mon estomac n'était qu'une fosse bouillonnant de nervosité.

Je m'attendais à ce que Damyon m'emmène lui-même à l'aéroport. Cela m'aurait grandement rassurée sur le fait qu'il n'était pas furieux à cause de mon voyage. Cependant, il avait été sinistrement distant. Son humeur m'effrayait, mais ce qui était fait était fait. Je ne pouvais qu'espérer que passer un peu de temps éloignés l'un de l'autre arrangerait les choses.

Une fois à l'aéroport, je me frayai un chemin à travers les portiques de sécurité en tirant ma valise cabine avec mon passeport à la main. Lorsque ce fut mon tour, je tendis le document et souris à l'homme chauve et à la peau si burinée qu'elle ressemblait presque à du cuir. Il marmonna en russe.

— Je suis désolée. Je ne comprends pas, dis-je avec un sourire suppliant.

Il secoua la tête et me rendit mon passeport avant de me faire un signe de la main vers l'endroit d'où je venais.

— Comment ça ? Pourquoi ne puis-je pas passer ?

L'appréhension fit plonger mon estomac dans mes Jimmy Choos.

Un autre membre de la sécurité de l'aéroport nous rejoignit alors que les autres voyageurs derrière moi dans la file commençaient à s'agiter à cause du retard. Les deux hommes discutèrent avant que le nouveau venu prenne mon passeport, l'ouvre sur la page principale et prononce un seul mot.

— Expiré.

— Quoi ? Non, ça n'est pas possible. Il est tout neuf.

Ce foutu document était censé rester valide dix ans. Lorsque je regardai la date, je vis qu'ils avaient raison, même si je me souvenais avoir vérifié précisément cette donnée le jour où j'avais reçu le passeport. Je savais que la date qui y était inscrite n'était pas la même qu'à l'époque.

La femme derrière moi me poussa en grommelant sèchement.

Je titubai en remontant la queue et me cognai contre les autres voyageurs, perdue dans un brouillard de perplexité. Comment était-ce arrivé ? Qu'étais-je censée faire si mon passeport n'était plus valable ? Devais-je me rendre à l'ambassade américaine ?

Avant que je puisse trouver la réponse, je quittai la sécurité et vis Damyon près de l'entrée de l'aéroport, les bras croisés sur son large torse.

Il le savait.

Il m'avait laissée partir parce qu'il savait que je ne pouvais aller nulle part. Il avait fait tout cela pour que j'en tire profit, pour que je comprenne qu'il m'avait piégée.

Mon Dieu.

Je tentai de ravaler la terreur qui me nouait la gorge. Ce fut inutile. Même si je pouvais parler, j'ignorais quoi dire. Il n'y avait pas de mots dans cette situation.

Dès que je fus suffisamment proche, Damyon se retourna et nous guida vers sa voiture qui nous attendait. Que pouvais-je faire d'autre que le suivre ? Je n'avais aucun ami, aucune famille et aucun moyen de m'échapper ici. Je ne pouvais que faire de mon mieux pour essayer d'arranger la situation. Mais comment était-ce possible quand je n'avais qu'une envie : lui crier dessus et l'accuser ? Il avait planifié tout cela. Non pas la nuit dernière ni même la semaine dernière. Il avait prévu cela des *mois* plus tôt quand il m'avait pris mon passeport la première fois.

Nous rentrâmes à la maison en silence. C'était le silence le plus étouffant et oppressif que j'avais jamais connu – comme si je plongeais dans les profondeurs de l'océan, là où la pression tambourinait dans vos oreilles et vous brûlait les poumons.

Damyon porta ma valise jusqu'à la maison et la laissa près de l'escalier.

Le silence se poursuivit.

Je m'apprêtais à la porter jusqu'à notre chambre quand mon chagrin prit le dessus. Je me tournai, les larmes aux yeux, vers l'homme à qui j'avais offert mon cœur.

— Pourquoi ? murmurai-je.

Ce fut suffisant. Voilà tout ce dont il eut besoin, comme si c'était un minuscule fil de détente déclenchant une bombe.

— *Pourquoi* ? Parce que tu *m'*appartiens ! cria-t-il.

Sa voix tonitrua dans la maison et fit cliqueter mes os.

Il avança subitement vers moi.

— Je t'ai dit que je ne te laisserais jamais partir. Tu croyais que je plaisantais ?

Ses yeux d'un bleu glacial m'avaient toujours paru saisissants, mais je me rendais désormais compte qu'ils avertissaient de la présence du monstre sans âme tapi en lui. Il était l'incarnation physique du diable.

Je secouai frénétiquement la tête, tentant de me sauver des sables mouvants qui m'attiraient vers le fond.

La main de Damyon se referma violemment autour de ma gorge.

— Comment oses-tu me quitter ? Personne ne me manque ainsi de respect. *Personne* ! hurla-t-il alors que son souffle furieux brûlait mon visage.

Je n'arrivais pas à respirer. Je n'arrivais pas à réfléchir.

La terreur me saisit comme jamais. Je tirai sur ses doigts et ne cessai d'articuler silencieusement *s'il te plaît*. Mais c'était inutile.

Le démon en lui avait pris le contrôle et ne prévoyait nullement de me relâcher.

J'avais l'impression que mes poumons étaient trempés d'huile brûlante. Des points noirs parsemaient mon champ de vision et ils s'agrandissaient chaque seconde, jusqu'à ce que je ne puisse presque plus rien voir.

Alors voilà.

C'était ainsi que j'allais mourir.

J'en fus certaine quand toute force quitta mes muscles, puis je me retrouvai en l'air, en train de voler. J'avais accueilli l'au-delà, sauf qu'au lieu de voir une lumière vive, je ne ressentis que de la douleur. Mon cœur s'écrasa contre quelque chose d'incroyablement dur, puis je fus plongée dans l'obscurité.

♠

J'IGNORAIS ce qui était le pire, me réveiller avec une horrible migraine ou être tenue tendrement par l'homme qui me l'avait causée. Je n'avais pas envie d'être face à lui, d'affronter ma situation. Je maudis ma chance, car je ne m'étais pas cogné la tête suffisamment fort pour oublier ce qu'il s'était passé.

Oublier aurait été beaucoup plus facile. Mais je me souvenais et je m'en souviendrais toujours.

Qu'étais-je censée faire ? Cette question suffit à faire palpiter ma tête. Mon corps se crispa contre la douleur, le prévenant de mon réveil.

— *Moya milava*, Alina. Je suis vraiment désolé.

Mon corps était secoué de sanglots incontrôlables.

— Tu dois comprendre à quel point tu m'as blessé. Je ne supporte pas l'idée que tu me quittes.

Ses mots intensifièrent mes sanglots, ce qui resserra l'étau autour de mon crâne. La nausée provoqua une tempête rebelle dans mon estomac.

— Oh mon Dieu.

Je collai une main sur ma bouche et me libérai de sa poigne.

À contrecœur, il me laissa détaler et je parvins dans la salle de bains juste à temps. Je vomis plusieurs fois dans les toilettes en porcelaine froide.

Damyon arriva dans l'instant et tint mes cheveux en arrière tout en me murmurant des paroles rassurantes alors qu'il me caressait le dos.

Mon Damyon était de retour, le Damyon dont j'étais tombée amoureuse, mais je n'y trouvai aucun réconfort. Pas cette fois. Ce revirement d'une personnalité à l'autre ne faisait qu'empirer mon humeur. Je me sentais trahie. Comment quelqu'un de si gentil et compatissant pouvait-il être un tel monstre ? Comment un homme pouvait-il prétendre aimer quelqu'un, puis lui faire du mal de façon si vindicative ?

Ce n'était pas normal. Quelque chose en lui était brisé et ne pouvait être réparé.

— Tu t'es bien cogné la tête.

Je ne me suis pas cogné la tête. Tu m'as poussée contre un mur. Il y a une différence.

J'acquiesçai, sachant que je ne pourrais jamais prononcer ces mots à voix haute.

— Parfois, une bosse sur la tête te fait vomir. Je vais demander au médecin de passer, par précaution.

Je ressentis le réconfort le plus minimal. Son médecin était vieux, mais gentil. J'avais vu cet homme à plusieurs reprises pour renouveler mes injections de contraceptif.

Je baissai les yeux vers l'eau claire des toilettes, maintenant que j'avais tiré la chasse d'eau, et je me figeai quand une autre vague de nausée s'agita dans mon ventre.

Cette nausée était causée par la migraine, n'est-ce pas ? Je ne pouvais pas…

Comme pour me répondre, une douleur irradia depuis mon sein droit. Ma poitrine avait été particulièrement douloureuse, dernièrement, et j'avais eu l'impression que mes soutiens-gorge avaient rétréci presque du jour au lendemain.

Mon Dieu, non.

Je ne pouvais pas l'être.

J'avais reçu une injection un mois auparavant. Mes règles étaient irrégulières, mais c'était toujours le cas avec le contraceptif.

S'il vous plaît, mon Dieu, faites que cette nausée persistante soit simplement liée au traumatisme crânien. Ne me laissez pas ajouter un enfant à ce bazar.

Une heure plus tard, le médecin passa et annonça que je n'avais aucune blessure sérieuse. Il n'avait pas pu louper l'horrible ecchymose violacée sur mon cou, mais il agissait comme si elle n'était pas là.

Je me sentais étrangement embarrassée, ce qui entraîna une autre volée d'émotions négatives, essentiellement une haine de moi-même. Comment osais-je être embarrassée ? C'était moi la victime, ici. Si quelqu'un devait être embarrassé, c'était Damyon, pour ce qu'il avait fait, ou le médecin, parce qu'il ignorait ce qui était si évidemment malsain. Mais rien de tout cela ne changerait. C'était ma nouvelle réalité et si je n'aimais pas ça, j'allais devoir trouver une porte de sortie.

Mais tout d'abord, je devais connaître l'étendue du problème auquel j'étais confrontée.

Deux jours plus tard, je fis quelque chose que je n'aurais jamais cru faire. Je volai un test de grossesse. Je n'avais pas envie de le rapporter à la maison. J'avais donc demandé à mon garde du corps si nous pouvions aller acheter le déjeuner, puis je m'étais excusée pour aller aux toilettes. Merci, mon Dieu, c'était une unique cabine avec un verrou. Je ne pensais pas pouvoir le faire devant un public.

Je posai le test activé sur le bord du lavabo et regardai fixement le reflet de mes yeux.

C'est le moment d'être forte, ma Stormy. À partir de maintenant, il n'y a plus de place pour la peur ou les doutes.

Les larmes coulèrent sur mon visage. Ce serait la dernière fois que je pleurerais avant un long moment.

Deux lignes roses apparurent sur le test.

J'étais enceinte et je n'étais plus au centre de tout cela.

20

Présent

J'AVAIS RÉAGI EXCESSIVEMENT À CAUSE DE LA RENCONTRE entre Oran et Storm. Je l'avais su au moment où les mots avaient franchi mes lèvres, mais c'était ainsi, avec elle. Je n'arrivais pas à réfléchir quand elle était dans les parages. Ou lorsque nous étions séparés. Elle me privait de toute capacité à penser rationnellement, ce qui me mettait constamment sur les nerfs.

Il fallait que je joue prudemment, mais cela m'était inconnu. Je n'avais jamais eu besoin d'être délicat avec qui que ce soit auparavant. De gagner la confiance de quelqu'un. Je me fichais totalement de ce que les autres pensaient de moi depuis le lycée, et j'avais l'impression que c'était dans une tout autre vie.

L'opinion de Stormy était importante. Si elle se disait que je ne valais pas la peine, ce serait ma faute.

— Tu étais un salopard furieux avant, mais tu deviens presque insupportable ces temps-ci. Qu'est-ce qui te prend ? demanda Jolly en se hissant sur la chaise de bar à côté de moi.

Le club était vide. Nous avions encore une heure avant l'ouverture, donc personne d'autre n'avait pointé pour l'instant.

— Tu sais pourquoi, ou à cause de *qui*, plutôt.

S'il y avait bien quelqu'un à qui je pouvais me confier, c'était Jolly. Je lui devais tant, plus que ma vie. Il était l'unique raison pour laquelle je n'étais pas complètement déséquilibré.

— J'ai vu votre manière d'interagir. Elle ne te chasse pas, alors quel est le problème ?

Je laissai échapper un rire sardonique. Jolly était bien placé pour rendre les choses horriblement simples.

— Voyons voir… Je suis mal luné, possessif et clairement irrationnel quand il s'agit d'elle. Je suis époustouflé qu'elle ne se soit pas déjà enfuie.

— Eh bien, ne le sois pas.

— Je ne peux pas, Jolly, lui lançai-je. Comment suis-je censé arrêter d'être qui je suis ?

Il haussa les épaules.

— J'imagine que c'est une question de motivation. On peut tous changer, si on le souhaite suffisamment.

Merde alors.

Je détestais qu'il ait raison.

— Tu veux boire un coup ? grommelai-je en contournant le bar.

— Je n'ai jamais refusé un verre. Inutile de commencer maintenant.

Il me regarda alors que je saisissais la bouteille de whisky Jameson et nous servais un verre à tous les deux puis il poursuivit :

— Tu sais, je discutais avec Storm, l'autre jour.

— Ah oui ?

Je lui jetai un coup d'œil avant de boire une gorgée, curieux de voir où il voulait en venir.

— Elle avait du mal à m'entendre. Elle m'a expliqué qu'elle avait une perte auditive dans son oreille gauche.

Ah. Comment avais-je pu ne pas le remarquer ?

— Intéressant, je ne suis pas sûr de savoir où tu veux en venir.

— Tu connais quelqu'un d'autre ayant ce genre de problème ? demanda-t-il lentement comme si ce sujet avait une signification plus profonde.

Je haussai les épaules

— Un ou deux gars, à la salle de sport, mais c'est parce qu'ils ont pris des coups sans protection.

Chaque muscle de mon corps se figea telle une pierre.

— Tu ne crois pas que…

Je n'arrivais pas à le dire. L'idée semblait grotesque. Comment pouvait-on lever la main sur une femme aussi rayonnante que Stormy ? Pourtant, elle avait aussi réagi étrangement quand je l'avais appelée *mon ange*. Quelqu'un d'autre avait-il utilisé ce terme avant, quelqu'un qui lui avait fait du mal ?

Jolly leva les mains d'un air de reddition.

— Je pourrais être totalement à côté de la plaque. Ce n'est qu'une observation.

Jolly n'était pas du genre à balancer vainement des ragots. Il n'aurait pas formulé cette suggestion s'il ne pensait pas qu'elle valait la peine d'y réfléchir.

Mon verre tomba sur le bar avec suffisamment de force pour renverser la moitié de ma boisson.

— Eh bien, elle vit seule, actuellement. Je n'ai vu aucune trace passée ou présente d'un homme chez elle.

— Ai-je envie de savoir comment tu es au courant ?

— Absolument pas.

Jolly leva le verre jusqu'à sa bouche et dégusta sa gorgée avant de lécher ses lèvres minces.

— Je t'aime comme un fils, mais cette fille est spéciale. Ne gâche pas tout.

Ses mots étaient teintés d'un avertissement rauque et guttural. Je n'étais pas certain qu'il m'ait déjà parlé avec une telle fermeté.

— Tu m'as sauvé la peau, alors je vais éviter de te casser les dents, mais surveille le ton que tu utilises avec moi, le vieux.

Le sourire de Jolly s'étira d'une oreille à l'autre, ce qui était rare.

— Ravi de voir que nous nous comprenons. Maintenant, nettoie ce bazar que tu as mis. On a du boulot.

21

Présent

TORIN AVAIT OFFERT DE ME RAMENER CHEZ MOI À MOTO CES trois dernières nuits, après le boulot, et j'avais accepté. Il n'avait pas demandé de monter chez moi et je ne le lui avais pas proposé. C'était étrange… mais sympathique. Il essayait d'être normal, pour mon bien. Pour m'aider à me sentir en sécurité avec lui.

La normalité lui allait comme un costume trouvé dans un magasin d'occasion, mais j'appréciais son effort.

J'avais passé plus de temps que je ne voulais bien l'admettre à songer à ce que Rowan m'avait dit. Je réfléchissais à ce que j'avais appris sur Torin et au fait qu'il essayait de s'améliorer. Étrangement, je compris que je n'étais pas sûre d'aimer qu'il change pour moi. Je prêchais l'honnêteté et la transparence. Qui étais-je pour examiner sa véritable nature et lui demander de changer qui il était ? Surtout quand je devais admettre que son côté maussade et excessivement protecteur était attachant, tant qu'il n'allait pas trop loin.

Plus j'y pensais, plus j'étais déterminée. J'allais lui donner une chance. Une *véritable* chance. Je lui parlerais de mon passé et le laisserais décider comment nous avancerions. Ensemble.

Pourquoi la possibilité qu'il me rejette me rendait-elle plus nerveuse que lorsque j'avais appris qu'il me harcelait ? J'ignorais comment être logique quand il s'agissait de Torin, ce qui fut la raison pour laquelle je choisis de m'accorder du temps, pendant Thanksgiving, avant de faire quoi que ce soit d'irréversible. Cela signifiait que j'avais encore un jour pour changer d'avis. Après cela, il n'y aurait plus de retour en arrière possible.

Si on m'avait dit, deux ans plus tôt, que j'envisagerais de dévoiler mon âme à un homme qui entrait par effraction dans mon appartement et tabassait des gens pour s'amuser, j'aurais ri tant c'était absurde. Mais c'était vrai. Je sentais que le pendule de ma vie s'approchait d'un changement de direction. Je priai pour que ce changement soit pour le meilleur.

Je fermai la porte pour me rendre au boulot alors que Luke rentrait chez lui.

— Salut, Storm. Tu travailles, ce soir ?

— Oui, mais on est fermé demain, merci, mon Dieu.

— Qu'as-tu prévu pour Thanksgiving ? Tu n'as pas de

famille dans le coin, si ? demanda-t-il en fronçant les sourcils.

— Je n'ai pas de famille, dis-je avec un soupçon de tristesse. Je vais garder la boutique, ici, et regarder la parade de Macy's à la télé tout en câlinant Blue Bell.

Luke se pinça les lèvres et plissa les yeux.

— Je n'aime pas ça. J'organise un Thanksgiving entre amis demain. Tu viens avec moi.

— Je ne vais pas m'incruster pendant ta fête de Thanksgiving.

— Ce n'est pas Thanksgiving. C'est *Friends*giving. Et on ne peut pas s'incruster dans ce genre de fête. C'est le but. C'est pour ceux d'entre nous qui, pour diverses raisons, ne passent pas la journée avec leur famille. Tu coches toutes les cases. En plus, je n'accepterai aucun refus.

Il haussa un sourcil d'un air de défi.

— On ne mangera pas avant quinze heures, donc je viendrai te chercher à midi.

— Luke, tu en es sûr ? Je ne veux pas être gênante.

— J'en suis *certain*. Et fais-moi confiance, il n'y a rien de gênant, avec ce groupe. Tu vas les adorer.

Je levai les yeux au ciel avec un sourire narquois.

— D'accord. Et merci, j'imagine.

— Je suis juste agacé de ne pas y avoir pensé avant.

J'ouvris la porte.

— Passe une bonne nuit de boulot, on se voit demain.

— Merci !

Pourquoi venais-je de penser que la vie pouvait être inattendue ? Je ne savais pas vraiment pourquoi j'essayais. Heureusement, ce changement de plan serait pour le mieux.

Je parcourus la courte distance jusqu'au club en souriant.

Nous fermions plus tôt ce soir, ce qui m'aiderait à me lever et à être prête à l'heure, le lendemain. Je fus surprise d'avoir hâte d'être à la fête. Je n'avais pas fêté Thanksgiving avec quiconque depuis des années. Cette perspective dessina un sourire sur mon visage, mais il mourut dans un grognement tragiquement mortel lorsque j'entrai dans le club, me dirigeai vers l'arrière et remarquai l'une des nouvelles recrues, une danseuse, passer les bras autour des épaules de Torin alors qu'elle était seins nus.

Deux pensées surgirent simultanément dans mon esprit. Primo, il n'arriverait jamais à se débarrasser des paillettes sur cette chemise. Deuzio, je DÉTESTAIS la voir le toucher.

Il avait les bras croisés et était clairement irrité. Je ne l'avais jamais vu fréquenter l'une des danseuses, donc cela n'aurait pas dû me déranger, mais il était inutile de nier que j'étais plus furieuse qu'un borgne.

J'avançai vers eux comme si j'étais en mission.

— Désirée, chérie… commençai-je.

— C'est *Destiny*, dit-elle en ignorant ma condescendance bien qu'elle relâche sa prise autour de Torin.

Un sourire félin fendit mon visage.

— Oui, c'est ce que je voulais dire. Jolly te cherche. Il a dit qu'un client était venu se plaindre tout à l'heure.

Je me penchai et posai une main sur ma bouche, comme si je ne voulais pas être entendue, mais je continuai avec une voix normale.

— Il dit que tu lui as refilé la chlamydiose. Tu devrais aller parler à Jolly.

La petite miss Destiny m'observa, bouche bée, comme si je venais de péter sur son gâteau d'anniversaire.

— Je ne… Ça ne peut pas être ça, bredouilla-t-elle en lançant un regard horrifié à Torin avant de détaler à l'arrière.

Lorsque je me tournai enfin vers Torin avec un sourire satisfait, il me dévisagea avec des yeux alourdis par le désir.

— Ce n'était pas très gentil.

Je haussai les épaules.

— On ne peut pas toujours être parfait.

Il tendit la main vers la mienne et enroula un de ses doigts autour du mien avant de nous guider au fond de la pièce. Il ne cessait de me regarder dans les yeux. Sa poigne n'était pas suffisamment forte pour qu'il m'attire avec lui. Je devais le suivre volontairement, ce que je fis de bon cœur.

Je n'avais pas remarqué, mais nous n'étions qu'à quelques pas de la porte menant à la première des salles privées. Les pièces réservées aux lap dances et à… d'autres services non répertoriés.

Mon cœur commença à galoper.

Que prévoyait-il de faire ? Ces pièces étaient truffées de caméras de surveillance et quelqu'un les regardait quand le club était ouvert.

Torin ferma la porte derrière moi et son corps demeura à quelques centimètres du mien.

— Toi, Stormy Lawon, tu portes la jalousie comme une couronne. Je n'ai jamais rien vu de plus beau.

Je relevai le menton.

— Prendre de telles libertés avec son patron, c'est déplacé.

Je n'avais jamais rien vu d'aussi captivant que le sourire qui illuminait son visage. Il chassa l'air de mes poumons.

— Inutile d'expliquer quoi que ce soit, dit-il en levant ses bras. Tout ce que tu vois ici t'appartient totalement. Si tu le veux, montre-le-moi. Agenouille-toi et prends ce qui t'appartient.

— Les caméras… commençai-je alors que la méfiance s'insinuait dans ma voix.

Il posa une main sur ma joue et son pouce effleura ma lèvre inférieure.

— Tu me fais confiance ? chuchota-t-il alors que ses yeux transperçaient les miens comme des rayons azur au plus profond de mon âme.

Avais-je confiance en lui ? C'était la question à un milliard de dollars. C'était peut-être imprudent et j'allais sans doute finir par me détester pour ça, mais je connaissais la réponse.

Je hochai la tête.

— Dis-le, Stormy. Dis-moi que tu me fais confiance.

— Je te fais confiance, Tor.

Un grognement audible résonna depuis son torse qui se soulevait rapidement.

— Recule dans ce coin.

Le timbre séducteur de sa voix fut suffisant pour m'hypnotiser et me mettre en mouvement.

— C'est un angle mort. La caméra ne peut pas te voir là-bas.

J'obéis aux instructions et m'agenouillai avant d'attaquer sa ceinture avec une ferveur surprenante. Je le voulais. Je voulais le prendre dans ma bouche et lui faire perdre le contrôle. Je voulais le goûter comme il m'avait goûtée et savoir que pour le reste de la nuit, pendant qu'il travaillait, la trace de mon rouge à lèvres le marquerait là où j'étais passée.

Je passai ma langue sur ma lèvre inférieure en voyant son lourd membre se libérer de son pantalon. Je ne l'avais pas vu, jusqu'à maintenant. Il était si imposant que je ne savais pas vraiment comment il tiendrait dans ma bouche.

— Ne sois pas nerveuse, chérie. Je ne ferai rien si tu n'en as pas envie.

J'acquiesçai, explorant sa sensation dans ma main.

D'épaisses veines le longeaient chaudement, et sa peau douce me suppliait de le lécher... Alors je m'exécutai. De la base jusqu'au gland, comme s'il faisait trente-cinq degrés dehors et qu'il était une glace en train de fondre. Je l'aspirai et le suçai, je dévorai chaque centimètre de lui, tout en gardant les yeux ouverts afin d'être témoin de sa réaction. Je ne fus pas déçue.

Torin posa une main révérencieuse sous ma tête.

— *Merde*, ta bouche était faite pour ma queue.

Je me servis de ma main libre pour saisir ses lourds testicules et je les tirai tendrement.

Tor siffla à travers ses dents serrées.

— Je ne vais pas tenir longtemps, continue comme ça.

Je lui souris d'un air malicieux, avant de faire tourbillonner ma langue autour de sa fente. Voulant le rendre fou, je m'obligeai à détendre l'arrière de ma gorge et le laissai entrer jusqu'à ce que mon nez effleure le reste de son corps.

Torin grogna délicieusement. Je le sentis gonfler contre ma langue lorsque je le relâchai. Il empoigna mes cheveux, mais sans véritable force. Il s'assura que j'avais toujours complètement le contrôle et me donna le courage dont j'avais besoin pour me perdre dans ma tâche. Je plongeai une fois encore, avalant cette fois-ci quand son extrémité fut au fond de ma gorge. Lorsque ses abdominaux se contractèrent, je sus qu'il était proche de la jouissance et je fis donc fonctionner mon poing et mes lèvres en communion.

— Oh *merde*. C'est ça, chérie. *Ne t'arrête pas.*

Quelques secondes plus tard, il haleta en jouissant et son sperme fut propulsé au fond de ma gorge. Tendrement, très tendrement, je le léchai une dernière fois de la base jusqu'au gland, ce qui le fit siffler de plaisir.

Ma poitrine se gonfla, à cause d'une bulle de bonheur provoquée par la conscience que je l'avais totalement satisfait. Chacun de ses mots, de ses gémissements gutturaux et de son regard captivé fut comme une averse de compliments venant d'un homme comme Torin.

Je voulais faire comme si j'avais encore le choix, quant à ce que je ressentais pour lui, mais il était de plus en plus clair pour moi que mon cœur avait déjà décidé. J'étais en train de tomber amoureuse de Torin Byrne.

Mais voudrait-il toujours de moi s'il connaissait mon passé ? Je ne devrais certainement pas penser à ça en ce moment et pourtant l'inquiétude s'insinua dans ma psyché.

Tor m'aida à me redresser et rentra sa chemise dans son pantalon, mais il ne se dirigea pas vers la porte. Il prit plutôt mon visage en coupe et leva lentement ses lèvres vers les miennes. Trois baisers passionnés et ardents plus tard, nous étions tous les deux essoufflés.

— Je suis à toi, bordel, Storm. De l'intérieur comme de l'extérieur.

Je ne savais quoi dire, mais il me rendit les choses faciles en déposant simplement un dernier baiser sur mon front avant de me guider vers le club.

Je maintins intentionnellement le regard loin des curieux pour ne pas remarquer de quelconques sourires narquois. Je n'avais pas honte, mais je ne souhaitais pas non plus que nos activités soient un sujet de conversation.

Après avoir pris une minute dans les toilettes pour me laver les mains et arranger mes cheveux, je retournai au bar et me remis au travail. Jolly me rejoignit peu de temps après et appuya ses coudes contre le bar, observant la salle.

— Ravi de voir que tu lui accordes une chance. Peu de gens voient au-delà de son armure.

Je fus choquée que Jolly évoque Torin. Il avait été fermé comme une huître quand il s'agissait de parler de cet homme, jusque-là.

— Toi, tu vois au-delà de ça, remarquai-je curieusement.

— Je le connaissais avant. Je sais qu'il n'a pas toujours été ainsi.

— Tu vas me raconter ce qu'il s'est passé ?

— Non. Ce n'est pas à moi de le raconter, dit-il en me regardant enfin.

Je fus stupéfaite de constater tout ce qu'il me transmit avec un simple regard – un monde d'inquiétude, d'espoir et de supplication sans même qu'il prononce un seul mot.

Je répondis de la seule manière que je connaissais : je serrai sa main. Je lui témoignais ainsi ma compréhension, ma gratitude et mon excuse, tout cela roulé en une seule émotion, car j'avais beau vouloir lui promettre que je ne ferais jamais de mal à Torin, je ne pouvais le faire. Ma vie était plus compliquée que celle de la majorité des gens. Sortir avec quelqu'un pouvait avoir des conséquences de vie ou de mort, ce que je ne prenais pas à la légère.

22

Passé

J'ÉTAIS CERTAINE DE DEUX CHOSES. PREMIÈREMENT, JE NE pouvais mettre Damyon au courant pour le bébé. Et deuxièmement, je devais m'échapper. Bientôt.

Je passai chaque minute où j'étais éveillée à tout planifier. Mon plus gros problème était de trouver comment sortir du pays. L'ambassade de Moscou était-elle digne de confiance ? Damyon avait la moitié de la ville dans sa poche. Pour ce que j'en savais, cela pouvait s'étendre aux diplomates. Je décrétai que c'était trop risqué, ne serait-ce que parce que j'obtiendrais une réponse évidente. Je devais prendre une route qu'il n'anticiperait pas.

Pendant que je planifiais tout cela, j'économisais de l'argent discrètement, chaque fois que j'en avais l'occasion. Quelques roubles ici et là, chaque pièce que je pouvais mettre de côté m'aiderait. Pendant trois semaines, je fis de mon mieux pour faire comme si j'avais accepté mon destin. Ce fut la performance de ma vie. Je déguisais mes pensées, mes émotions et mon corps qui changeait subtilement.

Je ravalais la nausée. Je souriais malgré l'épuisement. Je couchais même avec lui, allant jusqu'à amorcer l'acte pour qu'il ne soupçonne pas mes véritables intentions.

Ce fut les trois semaines les plus longues de ma vie.

Au moins, après la mort de mes parents, j'avais eu Honey pour me rassurer et le réconfort de la maison pour m'apaiser. Ici, j'étais toute seule. Je n'avais pas d'autre choix que d'être forte, ne serait-ce que pour la vie minuscule qui grandissait en moi.

Une fois que les ecchymoses autour de mon cou s'estompèrent enfin, je retournai au studio de yoga où je m'étais inscrite. C'était vital, car c'était le premier pas dans mon plan de fuite. Il se trouvait dans une belle partie de la ville et il était surtout fréquenté par de riches femmes au foyer, ainsi mon garde du corps était détendu quand j'allais en cours. Le studio avait une sortie à l'arrière menant à une allée. J'aurais aimé faire plus de recherches afin de découvrir quels magasins gardaient leur porte arrière fermée à clé pendant la journée, mais ce n'était pas une option. Je savais que je partirais par cette sortie et essaierais de trouver mon chemin du mieux possible, à travers le voisinage, sans être vue.

J'allais essentiellement m'échapper avec rien de plus que les vêtements que je portais, mais c'était tout ce dont j'avais besoin si je pouvais partir. Mentalement, je préparai ma stratégie dans les moindres détails. Je savais dans quelle station-service m'arrêter pour acheter de la teinture capillaire et quel bus me permettrait de quitter la ville. J'avais débattu indéfiniment sur la frontière du pays qui m'offrirait ma meilleure chance de liberté. J'avais décidé, après avoir effectué des recherches, qu'aller au sud, en direction de l'Ukraine, serait ma meilleure option, car il y avait plus de chance que les sympathisants anti-Russes m'aident à traverser la frontière. Comment allais-je trouver ces individus en particulier ? C'était un problème que j'affronterais sur la route. Mon plan reposait sur une bonne dose de chance, mais je n'avais pas vraiment d'autre choix. Tant que je pouvais quitter Moscou, j'avais confiance en ma capacité à rentrer chez moi. Un jour.

Je décidai d'exécuter mon plan lors d'un dimanche automnal morne, le lendemain. Je n'étais pas sûre d'être prête, mais attendre me paraissait encore plus dangereux. Je m'inquiétais également en imaginant que si je mettais beaucoup de temps à préparer ma fuite, il sentirait ma peur croissante et comprendrait. Je me sentais plus en sécurité en partant presque sur un coup de tête. Cela semblait moins prévisible. Cela éveillerait moins de soupçons.

Le problème avec un homme comme Damyon ? Il avait des suspicions à tous égards.

— Je vais sortir, annonçai-je en passant mon sac de yoga par-dessus mon épaule.

— Où crois-tu aller ?

Ces mots me firent l'effet d'un seau d'eau glacée. Nous étions tous les deux dans la cuisine et poursuivions nos routines matinales habituelles. J'avais ma tenue de yoga et lui avais dit la veille que je prévoyais d'aller au cours, donc j'ignorais pourquoi il me posait la question, à part pour insinuer que je n'avais pas le droit d'y aller.

Avais-je déjà fait quelque chose pour le mettre en colère ?

L'adrénaline fit accélérer frénétiquement mon cœur.

— Je vais au yoga. Je croyais t'en avoir parlé, hier soir.

Je me servis de tous mes talents d'actrice pour avoir l'air insouciante et innocente. Chacun de mes muscles était détendu, comme je me forçais à me calmer, et ma posture était l'incarnation de la tranquillité.

Damyon contourna le plan de travail et avança lentement vers moi. Il était habillé pour la journée, avec une chemise blanche et un pantalon de costume noir. Ses cheveux étaient encore mouillés après sa douche. Même en sachant ce que je savais sur cet homme, je constatais qu'il était si beau qu'il m'en coupait le souffle. Mais maintenant, je voyais cette beauté pour ce qu'elle était. Il était comme un cobra qui hypnotisait ses victimes avant de les tuer.

Je lui jetai un coup d'œil séducteur, à travers mes cils, et j'espérai mettre en œuvre ma propre marque enchanteresse. Parfois, il m'appelait vers lui uniquement pour un baiser ou une caresse. Il aimait savoir que j'étais toujours à portée de main. Je priai silencieusement pour que ce soit l'un de ces moments.

Il s'approcha et se pencha au-dessus de moi avant d'abaisser ses lèvres vers mon oreille.

— Tu n'allais sûrement pas partir sans ça.

Il mordilla malicieusement mon lobe d'oreille avant de montrer mon portable dans sa paume. Je l'avais laissé sur le plan de travail quand je me préparais.

— Oups ! dis-je en souriant avant de lui prendre le téléphone des mains. Que ferais-je sans toi ?

Je me levai et l'embrassai sur la joue.

— Il vaudrait mieux que j'y aille, sinon je vais être en retard. Je te verrai après le travail.

Je le gratifiai d'un dernier sourire et me tournai pour aller retrouver mon chauffeur quand mon sac se coinça et arrêta ma progression.

Damyon se leva, son doigt enroulé autour d'une bretelle du sac. Ses yeux perçants me scrutaient.

— Ton cœur. Il bat vite.

Il m'attira vers lui et posa ses doigts sur mon pouls à la base de mon cou.

Si ce n'était pas le cas avant, il battait clairement la chamade, désormais.

— Tu m'as surprise. Je croyais que tu étais en colère à l'idée que j'aille au cours.

C'était vrai et parfaitement raisonnable, étant donné qu'il démarrait au quart de tour. Ne s'attendrait-on pas à ce qu'une femme soit nerveuse quand elle se retrouvait auprès d'un homme qui la *battait* ?

Malheureusement, la logique ne faisait pas partie de l'équation, quand il s'agissait de Damyon et moi.

Il me prit mon sac et commença à en vider le contenu. Une petite serviette pour la sueur. Une bouteille d'eau. Mon portefeuille. Un sachet de céréales. Une petite trousse de toilette comprenant une brosse à cheveux de voyage, une brosse à dents, un tampon en cas d'urgence, du gloss et une petite bouteille d'antalgiques. Damyon sortit la brosse à dents de la trousse fermée et la scruta fixement.

— Pourquoi aurais-tu besoin d'une brosse à dents pour un cours de yoga ?

La suspicion dans son regard m'exposa jusqu'à ce que je ne sois plus qu'une enfant impuissante.

— Ce n'est qu'un sac d'urgence, comme par exemple, si je

me rends compte que j'ai mauvaise haleine, bafouillai-je alors que le désespoir prenait le dessus.

— Et qui sentira ton haleine, à ton avis ? Hein ?

Le goût âcre de la panique tapissa ma langue.

— Je n'en sais rien. J'ai toujours emporté ces choses-là avec moi à la salle de sport. Pourquoi me poses-tu des questions à ce sujet ?

Son regard noir devint fourbe.

— N'essaie pas de ramener tout ça à moi. Si je pouvais te faire confiance, je ne te poserais pas de telles questions.

— Tu *peux* me faire confiance.

— Alors pourquoi emportes-tu une brosse à dents au yoga ? rugit-il. C'est un nouveau cours sophistiqué de yoga pour langue pendant lequel tu suces la queue de ton instructeur ? Tu crois que tu peux me ridiculiser devant le monde entier ?

Le contrôle qu'il avait sur sa mauvaise humeur craqua et une fois qu'il franchissait cette limite, il n'y avait aucun retour en arrière possible. Pas jusqu'à ce que la tempête ait suivi son cours.

Il m'attrapa par le bras et me poussa vers la cuisine.

— S'il te plaît, Damyon, ne fais pas ça. *S'il te plaît*, non.

Je pouvais essayer de lui dire qu'il se trompait, ou tenter de lui expliquer, mais ça ne ferait qu'empirer les choses. La seule chose que je savais faire, c'était le supplier. Pour ma vie. Pour son pardon. Pour que cela se termine rapidement. Sans option raisonnable, la seule chose à faire serait de... me battre en retour.

Je n'avais pas envisagé cette option, car mes chances paraissaient minuscules. Il était beaucoup plus fort que moi. Et si je ne survivais pas à ce combat pour tenter une nouvelle fois de m'échapper ?

L'instinct prit le dessus quand je me rendis compte qu'il s'agissait peut-être de mes derniers moments. Je n'avais pas besoin de décider si je voulais me battre. Mon corps l'exigea.

Je titubai de l'autre côté de l'îlot central afin qu'il ne puisse m'atteindre.

— *S'il te plaît*, Damyon, je t'aime. Je me suis promise à toi. Je ne te tromperai *jamais*.

— Tu ne peux pas me mentir. J'ai vu la manière dont ton cœur accélérait quand tu es partie vers la porte. Tu avais hâte de passer tes lèvres autour de la queue d'un autre homme.

Il ricana en rôdant vers moi.

Une brosse à dents et un pouls précipité. Deux choses qui auraient pu ne rien dire ou tout dire et pourtant, il s'était convaincu que c'était une preuve d'adultère. J'avais tant essayé de l'empêcher de soupçonner ma fuite et j'avais réussi. Il ne pensait pas que je tentais de m'enfuir. Mais sa paranoïa l'avait guidé vers une conclusion tout aussi problématique qui s'achèverait peut-être par ma mort.

J'avais envie d'enrager contre cette injustice.

Damyon plongea d'un côté de l'îlot. Je courus dans la direction opposée, mais sa main se resserra autour de ma queue de cheval, mettant rapidement fin à cette poursuite sadique. Il enroula mes cheveux autour de son poing et attira mon dos contre lui, rapprochant ses lèvres hargneuses des miennes.

— Aucun autre homme ne touchera ce qui est à moi.

Des larmes d'agonie, de frustration et de haine coulèrent sur mon visage.

— Tu me fais mal, Damyon ! hurlai-je de désespérément, sous le coup de la douleur.

Il me relâcha en me poussant, uniquement pour m'asséner une claque si violente que je ne pus entendre qu'un son assourdissant et le silence. Je me rattrapai contre le plan de travail de la cuisine le plus éloigné, mes pensées subitement désorientées et mon champ de vision brouillé. J'appuyai ma main contre mon oreille gauche et lorsque je la baissai, je vis du sang sur mes doigts. Mon oreille saignait de l'intérieur.

Je jetai un coup d'œil par-dessus mon épaule, horrifiée, et me rendis compte qu'il parlait. Comme si le temps s'était arrêté, puis s'était lentement remis en marche, mon cerveau sembla soudainement capter du son avec mon oreille droite, ce qui m'aida à reprendre mes repères.

Damyon était en plein carnage. Je devais l'arrêter avant qu'il me tue.

Je me retournai et attrapai la seule chose qui était à ma portée – un ouvre-boîte manuel qui se trouvait sur le plan de travail. Quand Damyon se précipita vers moi, je me retournai et me servis de mon élan pour écraser l'ouvre-boîte sur son visage. À en juger par l'entaille béante sur sa joue, les morceaux circulaires et aiguisés étaient entrés en contact direct avec sa peau. Sa joue était ouverte de sa tempe jusqu'au coin de sa bouche.

Damyon rugit furieusement. Il recula et plaqua une main sur sa joue. Du sang jaillissait sous ses doigts. Il jeta un bref coup d'œil à sa main afin d'évaluer l'étendue de sa blessure.

Ma main était prise d'un terrible tremblement.

Si j'avais cru que le regard de Damyon était sans âme auparavant, ce n'était rien, comparé à cet air de haine malveillant qu'il arborait désormais.

— Je vais te faire souffrir jusqu'à la fin de tes jours.

— J'essaie seulement de me protéger, lui criai-je en retour. Tu ne vois pas que tu me fais mal !

— Comme si une traînée telle que toi avait des sentiments.

Il plongea sur moi et attrapa mes poignets d'une seule main, avant de libérer l'ouvre-boîte. Il se coupa dans son effort, mais ne le remarqua même pas. Il était trop focalisé sur ma punition.

Il me frappa encore, cette fois avec son poing. Je m'effondrai par terre et il commença véritablement à me tabasser. Il me donna des coups de pied sans relâche jusqu'à ce que mon corps soit paralysé et que mon esprit soit brisé.

Il me parla, mais ses mots n'entrèrent pas dans le brouillard.

Je m'étais évadée ailleurs.

Une balançoire lors d'une douce soirée à Savannah, qui oscillait sous un chêne couvert de mousse. L'épaisse verdure ne permettait de voir que quelques aperçus du ciel teinté de doré. C'était le coucher de soleil et Mama m'appellerait bientôt pour que je rentre à la maison…

De l'eau froide éclaboussa mon visage, ce qui me fit tousser et crachoter alors que je reprenais connaissance.

Mon corps n'était qu'une boule de douleur. J'étais par terre, dans le bureau de Damyon. Lorsque je le regardai, je vis qu'il avait une bande de gaze autour de la moitié du crâne, ce qui m'obligea à me souvenir de ce qu'il s'était passé.

Je fermai les yeux en refusant de gérer cette horreur.

— Tu sais comment mes hommes montrent leur loyauté envers moi ? me demanda-t-il d'une voix basse et menaçante. Ils portent ma marque. Comme ça, tout le monde sait à qui ils appartiennent.

La terreur ouvrit brusquement mes paupières et exigea que je fasse quelque chose. N'importe quoi. Je me rendis alors compte que j'étais allongée près de la cheminée et qu'un feu rugissant brûlait à côté de moi.

— Comme tu n'arrives visiblement pas à te rappeler à qui *tu* appartiens, laisse-moi te le rappeler.

Damyon leva un tison qui était posé parmi les bûches. À l'extrémité se trouvait un symbole scintillant. Une marque. Une marque que je connaissais bien – les lettres D et K de son nom jointes, en alphabet russe.

Je n'avais jamais ressenti une peur si intense. Je le savais, car jusqu'à maintenant, je n'avais jamais su ce que cela faisait de perdre le contrôle de mes fonctions corporelles. La chaleur irradia autour de mes fesses et de mes jambes quand l'urine trempa mes vêtements.

Damyon renifla et sourit.

— Maintenant, tu comprends.

Il déchira le col de mon débardeur, avec une folie pure dans le regard.

J'avais envie de lutter contre lui. J'avais envie de courir ou de faire n'importe quoi pour interrompre ce qui était en train de se passer, mais mon corps souffrait trop. Je ne pouvais produire que des sanglots murmurés.

— *S'il te plaît, ne fais pas ça. S'il te plaît.*

— Trop tard, *ptichka*. Tu aurais dû y réfléchir avant d'envisager de me trahir.

Le cri qui déchira ma gorge me donna l'impression que mon âme saignait alors que le fer brûlant calcinait la chair au-dessus de mon sein gauche. Je n'avais jamais expérimenté une telle agonie de toute ma vie. Je n'aurais jamais imaginé que c'était possible.

Comme c'était trop difficile à encaisser pour mon esprit et mon corps, je perdis connaissance et ignorai ainsi la douleur.

— Tu m'appartiendras toujours.

Les mots murmurés de Damyon me suivirent dans l'obscurité.

⚬

Même après la mort de mes parents, je n'avais jamais imaginé un moment de ma vie où je regretterais d'être vivante. Où je préférerais ne pas me réveiller plutôt que d'affronter la réalité.

Je connaissais désormais les profondeurs insoutenables de ce désespoir.

La désolation.

J'étais à l'hôpital. Avec un bandage. Seule.

Chaque centimètre de mon corps était douloureux, mais je n'avais qu'une question en tête. Je la formulai quand une femme plus âgée en blouse entra dans ma chambre d'hôpital.

— Mon bébé ? demandai-je d'une voix rauque alors qu'un de mes yeux restait fermé. Mon bébé ?

Cette fois-ci, je tapotai mon ventre sensible.

Il me faisait si mal. Comment pouvait-il survivre à tant de maltraitance ?

Nous n'eûmes pas besoin de parler la même langue pour que je comprenne le regard peiné que me lança l'infirmière. Lentement, elle tourna la tête d'un côté et de l'autre.

— Vraiment désolée.

Ses mots étaient lourdement accentués et chargés de chagrin.

Je ne pleurai pas. Pas vraiment. J'étais trop engourdie pour ça.

Une unique larme réchauffa ma peau, commémorant la vie qui m'avait été volée.

L'infirmière me laissa faire mon deuil. J'aurais aimé avoir le luxe d'une telle émotion. Je restai plutôt assise en silence et fis l'inventaire de ma situation. Il faisait nuit derrière ma fenêtre et à en juger par les lumières tamisées et les couloirs silencieux, je devinai que nous étions au milieu de la nuit.

Damyon avait dû s'inquiéter, s'il m'avait fait venir ici. Je fus surprise qu'il ne veille pas au pied de mon lit. Il avait sûrement demandé aux employés de l'hôpital de l'appeler quand je me réveillerais. Était-il déjà en route ? Et une fois qu'il me ramènerait à la maison, alors quoi ? Il ne me faisait pas confiance auparavant, il ne me ferait donc certainement pas confiance maintenant. Je serais sa prisonnière pour toujours, à supposer qu'il me laisse vivre.

Si j'avais un quelconque espoir de survivre, je devais m'échapper. Maintenant.

L'absence de Damyon était un signal de mon univers – mon unique gage de chance – alors je n'allais pas la gâcher.

M'asseyant, je grimaçai à cause de la douleur qui m'élança dans la poitrine. Je devais avoir au moins une côte cassée.

Une fois que je me fus redressée, je remarquai que je portais une culotte rembourrée et à en juger par le bruit mouillé, elle était trempée. Je jetai un coup d'œil à l'intérieur, me demandant pourquoi ils m'avaient laissé me faire pipi dessus.

J'aurais tant aimé ne pas regarder.

Du sang. Tant de sang.

Bien sûr. J'aurais dû le savoir. Mon corps avait dû détruire ce qui n'était plus viable.

Je plissai les yeux et luttai contre le vomi qui brûlait ma gorge. Je devais mettre de côté tout ce qui venait de se produire pour l'encaisser plus tard, lorsque mon monde ne serait pas sur le point de s'effondrer. Je n'avais pas le temps pour le chagrin, la peur ou la douleur. Ma vie dépendait de ma capacité à m'échapper.

Je posai lentement mes pieds par terre et tirai le pied de la perfusion vers le meuble éraflé. À l'intérieur, je trouvai un sac en plastique pour les affaires du patient et j'y rangeai quelques protections supplémentaires laissées là. Je fouillai dans tous les coins de ma chambre, sans trouver grand-chose en matière de fourniture.

Je n'avais pas de vêtements, alors j'allais devoir en trouver en sortant. Prête à agir, je décollai le scotch de la perfusion et retirai l'aiguille de ma peau. Un coup d'œil en dehors de ma chambre me fit comprendre que j'étais loin du bureau des infirmières. Pendant que le couloir était désert, je tentai ma chance et marchai aussi rapidement que mon corps brisé me le permettait. J'ignorais où j'allais. J'allais devoir le découvrir au fur et à mesure – voilà toute l'étendue de mon nouveau plan. Ma vie dépendait d'un rien et d'une prière, comme le disait maman.

S'il te plaît, Mama. Si tu me regardes de là-haut, aide-moi à retrouver mon chemin vers la maison.

Je contournai un coin et vis ce qui ressemblait au signe de la sortie, au-dessus de la porte, menant à une cage d'escalier. J'avais passé un pied au-delà du seuil quand j'entendis la voix d'une femme derrière moi. Lentement, je me retournai. Son regard curieux se mua en un tendre chagrin.

Elle parla d'une petite voix. Elle me posa une question. Mais je ne la comprenais pas.

Mon regard dériva tout autour, comme je ne savais pas vraiment quoi faire. Allait-elle tenter de me garder ici ? Pouvais-je lui échapper, même si je le voulais vraiment ?

Des doigts froids saisirent les miens avec précaution. Je la vis pointer les bandages autour de ma poitrine et les ecchymoses colorées qui fleurissaient sur tout mon corps.

— Homme de toi faire ça ?

Une pure compassion luisait dans ses yeux noisette.

Une larme coula des miens quand j'acquiesçai.

Elle hocha une seule fois la tête en guise de réponse. Son visage se radoucit alors qu'elle me poussait à la suivre. J'étais sur mes gardes, mais je sentis que je n'avais pas d'autre choix. Ma mère m'avait peut-être écoutée, car cette jeune infirmière courageuse devint ma sauveuse. Elle m'amena jusqu'aux vestiaires des infirmières où elle me donna des vêtements à enfiler. Elle m'aida ensuite tandis que je ne supportais même pas de lever les bras au-dessus de ma tête. Elle ouvrit son portable et me montra une image d'arrêt de bus. J'acquiesçai aussi vigoureusement que possible.

Deux heures plus tard, je montai dans un bus matinal pour Saint-Pétersbourg avec mon sac plastique rempli à ras bord de toutes sortes de provisions. La femme, qui s'appelait Ulyana comme elle me l'avait dit, m'avait conduite jusqu'à l'arrêt de bus et m'avait acheté un ticket avant de me donner tout l'argent liquide qu'il lui restait.

Cette nuit-là, je pensais sincèrement avoir rencontré un ange au milieu de Moscou.

Elle comprenait. Je le voyais dans son regard complice. Elle savait ce que c'était d'avoir désespérément besoin d'aide. De savoir que sa vie est en jeu. Elle savait, ce qui fut la raison pour laquelle son aide ne s'arrêta pas là. La dernière chose qu'elle fit pour moi, avant que nous nous séparions, fut de me tendre un petit morceau de papier avec ce qui ressemblait à une adresse. Je savais, au fond de moi, qu'elle m'envoyait vers quelqu'un qui me protégerait. Quelqu'un qui m'aiderait à rentrer chez moi.

Je me fichais que ce soit douloureux. Je l'avais étreinte de toutes mes forces. Son courage et sa générosité étaient inégalables. Je voulais qu'elle sache que je lui serais infiniment reconnaissante.

Une fois encore, quand j'étais dans le désespoir le plus sombre, le pendule bougea pour expédier ma vie sur un nouveau chemin. Cela me rappela de ne jamais abandonner. Et je ne l'oublierais pas de sitôt.

23

Présent

JE ME RÉVEILLAI LE MATIN DE THANKSGIVING, TREMPÉE DE sueur avec ma main sur mon ventre et des larmes mouillant mon visage.

Tu vas bien, ma Stormy. Tu es en sécurité.

Je pris quelques inspirations lentes et retrouvai mes repères.

Cela faisait plus d'un an que je n'avais pas fait de cauchemars. Mes inquiétudes, quant à ce que je devais faire avec Torin, avaient dû le provoquer. Je détestais savoir que je ne pouvais effacer cette nuit de mes souvenirs.

Je n'étais revenue aux États-Unis que depuis six mois quand je m'étais promis que je ne vivrais pas dans la peur de Damyon. Le fuir était une concession suffisante. Je refusais de m'abandonner davantage en autorisant la peur à diriger mes pensées et mes actions.

— Pas aujourd'hui, Satan.

Je repoussai les couvertures et me faufilai directement sous la douche. Je me débarrassai des souvenirs poisseux qui s'agrippaient à moi et éliminai l'odeur de peur avec une bonne couche de gel douche à la fraise et au kiwi.

J'eus l'impression d'être une femme nouvelle quand je retrouvai Luke à ma porte, une heure plus tard.

— Prête ? me demanda-t-il.

Ses yeux scintillaient d'éclats verts rehaussés par la belle écharpe de couleur olive qu'il portait au-dessus de sa veste.

— Je suis prête, merci. Je n'ai pas eu le temps de préparer quoi que ce soit, alors j'espère que cette bouteille de vin suffira.

L'hospitalité sudiste me dictait que je ne pouvais jamais, au grand JAMAIS, me pointer à un dîner sans contribuer en apportant quelque chose.

— L'alcool est toujours un présent bienvenu. Tu sais que je ne cuisine pas, alors je me suis rué sur les conserves de sauce aux canneberges avant que quiconque puisse se les approprier.

Il leva un sac en plastique du supermarché.

— Deux conserves de sauce gélifiée et une brique de ce truc étrange avec des morceaux, au cas où quelqu'un aime ce genre de sauce-là.

Il froissa son nez, comme s'il avait été obligé de prendre une grande inspiration devant une vieille chaussette de sport.

— Hé, j'adore la sauce bizarre avec les morceaux ! Ce n'est pas vraiment une sauce aux canneberges à moins qu'il y en ait de petits morceaux dedans.

Honey préparait le meilleur des repas de Thanksgiving. Ses canneberges étaient à mourir.

Il inclina la tête sur le côté et ses sourcils se haussèrent jusqu'à former un pic au milieu de son front.

— Je crois que c'est là où tu es censée me dire : *béni sois-tu*.

Ma mâchoire se décrocha quand je fis semblant d'être outrée.

— Oh non, tu n'as pas dit ça.

Il éclata de rire et se hâta vers l'escalier.

— Viens, tarée, avant qu'on soit en retard.

— Tu as de la chance d'être mignon, marmonnai-je avec un sourire narquois.

Il me fit un clin d'œil par-dessus son épaule et ainsi commença l'un des meilleurs Thanksgiving dont je me souvenais, pré et post Damyon. Ses amis étaient fabuleux. Nous rîmes, plaisantâmes et nous encourageâmes. Comme promis, je m'intégrai parfaitement et j'avais hâte de passer une nouvelle fois du temps avec eux.

Les possibilités étincelantes avec Torin, ma famille de boulot au *Moxy* et désormais Luke avec ses potes me donnaient envie de rester en ville plus que jamais. Au lieu de craindre de dire la vérité à Torin, j'étais pressée de le faire. Je voulais qu'il comprenne. Je voulais qu'il soit l'homme que mon cœur jurait qu'il était.

Luke et moi passâmes toute la journée à la fête et nous ne partîmes qu'après deux rounds d'étreintes et de déclarations d'amour par plus d'une personne pompette. Mon ventre était si plein qu'il allait exploser, tout comme mon cœur. J'étais si mélancolique que je faillis ne pas remarquer la sensation d'être observée.

Nous sortions du métro, bras dessus bras dessous, lorsque j'eus la sensation d'être suivie. Je levai les yeux au ciel, sachant que Torin fulminerait certainement à l'idée que je sois avec Luke, surtout quand je lui avais dit que je passerais la journée seule à la maison.

Était-il resté devant l'immeuble toute la journée en attendant que je parte ? Autrement, comment aurait-il pu savoir où j'étais ?

Je pris une lente inspiration, déçue.

Il avait amélioré ses tendances au harcèlement, maintenant que nous commencions à avoir une sorte d'accord. Son comportement ne m'avait plus mise mal à l'aise. J'avais même apprécié sa petite démonstration de pouvoir avec la fellation, la veille au soir. Les premiers fils de confiance se tissaient délicatement entre nous, mais c'était un incroyable retour en arrière. Me suivre toute la journée était un gros problème. Admettons, notre relation ne respectait pas franchement les règles, mais c'était inacceptable.

Je ne voulais pas faire de scène devant Luke et j'ignorai donc l'ombre qui nous pistait, prévoyant d'appeler Torin dès que je serais seule. Cette conversation ne serait pas facile, mais je ne pouvais pas laisser cette situation ainsi sans la résoudre. Ce changement radical des circonstances pesait comme une pierre sur ma poitrine. J'étais passée de l'optimisme prudent au désespoir méfiant pour notre prochaine rencontre.

— Encore merci, Luke.

Je m'obligeai à sourire, malgré le bouillonnement de mon estomac.

— J'ai passé une journée phénoménale.

Il déposa un bref baiser sur ma joue.

— Je t'avais dit que ça en vaudrait la peine. Maintenant, tu fais partie de la bande.

Il me sourit avant d'ouvrir sa porte avec sa clé.

— Bonne nuit, répondis-je en ouvrant la mienne.

Ma bonne humeur se dégonfla plus vite qu'un ballon percé une fois que je me retrouvai seule. Je fermai complètement mes rideaux et enfilai une tenue confortable. Je n'eus même pas l'occasion d'attraper mon portable quand on frappa à ma porte.

On dirait que je ne suis pas la seule qui a un compte à régler.

J'aimerais bien voir Torin tenter d'être en colère contre moi alors qu'il m'avait fait un coup tel que me surveiller toute la journée. Je secouai la tête et me préparai à rester ferme. Je refusais de tomber dans le cycle de l'abus et des excuses. Soit nous avancions vers la confiance et les comportements sains, soit c'était terminé. Il devait comprendre à quel point c'était important pour moi, et la seule manière d'y parvenir, c'était de lui faire savoir d'où je venais.

Bien que je n'aie pas prévu de me dévoiler ce soir, le moment était manifestement arrivé. Je ferais ce que j'avais promis et lui avouerais tout, mais j'allais également lui poser un ultimatum. Il devrait effectuer de sérieux changements s'il voulait avancer avec moi.

J'éteignis la télévision et me dirigeai vers la porte. J'inspirai une fois pour me calmer avant d'ouvrir.

La possibilité que quelqu'un d'autre que Torin se trouve derrière cette porte ne m'avait même pas effleurée. Je ne vis qu'une dent en or scintiller dans un sourire sardonique avant qu'une grande main se resserre autour de ma gorge.

— *Ya nashel tebya.*

L'inconnu terrifiant rapprocha son visage du mien, son souffle sentant lourdement la vodka.

— *Je te tiens.*

24

Présent

Il m'avait trouvée.

Damyon. Le diable qui hantait mes pires cauchemars.

Non pas l'homme lui-même, mais le résultat était le même. Ce gars-là me mènerait jusqu'à son patron et le reste de mes jours serait un enfer sur terre.

La peur m'étouffait encore plus que l'individu qui entra dans mon appartement en grognant. La porte claqua derrière lui.

— Le patron me donnera une récompense pour ça. Je serai son nouveau *vor*.

Son lourd accent russe était encore plus difficile à

comprendre à cause de l'alcool qui rendait ses mots plus monocordes.

J'avais envie de crier à l'aide, mais je n'arrivais pas à produire un seul son, ce qui était sans doute une bonne chose, car Luke se pointerait et se ferait probablement tuer. Je ne pouvais prendre ce risque. J'allais devoir gérer ça toute seule.

ARRÊTE DE PANIQUER. Tu n'as certainement pas ce luxe. Tu dois réfléchir.

Je m'assénai une claque mentale et me concentrai sur mon sauvetage. La brute russe était totalement bourrée. Je n'avais qu'à me libérer de sa prise, puis m'enfuir en courant.

Les heures infinies de cours d'autodéfense revinrent au premier plan dans mon esprit. Toutefois, avant que je puisse mettre en place une seule action, il me relâcha assez longtemps pour me frapper au visage du revers de la main. Violemment.

— Je savais qu'on te trouverait. Bon, sortons de ce gourbi.

Sa main se resserra une nouvelle fois autour de ma gorge, mais cette fois-ci, je fus prête.

Je tirai sur ses poignets et m'en servis comme levier pour lui donner un coup de pied au niveau de l'entrejambe. Ses bras reculèrent instinctivement et son corps se plia en deux, mais il me bloquait toujours la sortie alors qu'il laissait échapper un flot sifflant de jurons russes. Je tournai sur moi-même pour atteindre le vase en céramique que je gardais près de la fenêtre, mais il saisit mon T-shirt trop large avant que j'y arrive. Je fus tirée en arrière, contre lui, puis il enroula ses bras autour de moi et me souleva. Il écrasa ensuite mon corps sur le sol.

Tous mes os s'entrechoquèrent sous l'impact. J'avais essayé de protéger ma tête, mais je fus tout de même hébétée.

— Stupide pétasse américaine qui sait pas se conduire.

Sa botte s'enfonça dans mon ventre. La douleur et les flash-back me donnaient la nausée, alors que la bile me brûlait la gorge.

Ça ne pouvait pas être en train de se produire.

Je refusais de l'accepter. Cette ivrogne ne pouvait *pas* me ramener à Damyon, pas tant que j'arrivais encore à respirer.

Mon regard se riva sur la batte de baseball que je gardais sous la causeuse. Elle était tout juste à portée de main. Je la saisis et bondis aussi vite que je le pus.

Mon assaillant attrapa l'extrémité de la batte, sa main glissant comme un couteau dans du beurre. Bouche bée et interloqué, il observa ses doigts et découvrit qu'il ne retenait qu'un simple bas, que j'avais placé sur la batte pour cette raison précise.

— Surprise, *trouduc*.

Je lui donnai un coup dans le genou comme si j'étais en plein championnat et que mon équipe était sur le point de marquer plusieurs points.

Il laissa échapper un cri sauvage et lança l'un de ses poings vers mon visage en tombant. Il était vicieux, implacable dans ses attaques, mais il n'était pas le seul.

Je refusais de me laisser faire sans rien dire.

Poursuivant mon élan après son coup, je me retournai et écrasai la batte sur sa tempe dans un craquement écœurant. L'homme s'écroula sur le sol dans un bruit retentissant.

Je ne réfléchis pas, je me contentai de courir.

Attrapant mon sac en partant vers la porte, je surgis dans le couloir et manquai de tomber à deux reprises dans la cage d'escalier. J'ouvris ensuite brutalement l'entrée principale de l'immeuble. Je ne m'arrêtai pas. Je courus aussi vite que possible, même si j'ignorais où j'allais. Je savais simplement que je devais encore avancer.

Une fois que je fus à un pâté de maisons et que l'adrénaline continua à s'atténuer, la douleur se manifesta. Ma hanche. Mes côtes. Mon visage. Ils me criaient tous d'arrêter, mais j'en étais incapable. Je devais me mettre en sécurité. Mais où ?

La première chose que je faisais, quand j'emménageais dans une nouvelle ville, était de préparer plusieurs plans de fuite en cas d'urgence. Ce que je ne faisais pas, c'était planifier ma fuite en pleine nuit quand toute la ville était endormie. J'avais un sac prêt dans mon appartement, ainsi qu'un autre rangé dans un casier que je louais dans une association pour jeunes. Ils ne m'étaient d'aucune utilité, actuellement.

Je n'envisagerais même pas de mettre mes nouveaux amis en danger en me pointant sur le pas de leur porte. Ce n'était pas une option. Et il faisait trop froid pour que je passe la nuit dehors, surtout maintenant que mon corps me semblait à moitié brisé.

Merde. *Merde.*

Qu'étais-je censée faire ? Où étais-je censée aller ?

Des néons verts attirèrent mon attention avant même que je me rende compte de l'endroit où j'étais arrivée. Comme sur pilote automatique, je m'étais dirigée vers le Moxy. Je me souvins alors que j'avais une clé pour la porte de derrière.

Tor n'était pas le seul à avoir un penchant pour la reproduction de clés.

Comme pour la batte et le vase, j'essayais perpétuellement de préparer la future Stormy à la survie. C'était presque devenu une habitude. Quand j'avais appris que Keir et Torin n'enclenchaient jamais leur système d'alarme à cause de l'entreprise de nettoyage qui venait pendant les heures de fermeture, j'avais décidé que la clé me serait peut-être utile.

J'aurais pu m'embrasser.

Me glissant dans l'allée à l'arrière, je sortis la clé de mon sac et soupirai de soulagement quand le verrou tourna aisément et que la porte s'ouvrit sans qu'aucune alarme ne sonne.

Merci, mon Dieu.

J'avais simplement besoin de cette nuit pour réfléchir à ce que j'allais faire, puis je disparaîtrais à la première heure le lendemain matin.

Le vestiaire paraissait inquiétant dans cette obscurité silencieuse. Je n'avais jamais vu le club aussi calme. Je dus me servir de la lampe-torche de mon portable pour trouver l'interrupteur dans le noir complet. Lorsque les néons fluorescents s'allumèrent, révélant un environnement familier, je commençai à me détendre après cette montée de panique. Comme un après-coup suivant un tremblement de terre, mon corps entier se mit à tressaillir. Je dus m'asseoir' avant de m'évanouir.

Mon dos contre les casiers bleu roi, je glissai sur le sol froid en serrant mon sac à main contre ma poitrine douloureuse.

Ce fut alors que je me rendis compte que j'avais abandonné Blue Bell.

Mon adorable et précieux Blue Bell.

Le barrage retenant mes larmes s'effondra. Les sanglots s'emparèrent de mes poumons et secouèrent mon corps, l'un après l'autre.

Je ne pouvais retourner dans mon appartement, maintenant qu'il avait été compromis.

Blue Bell avait disparu.

Mes nouveaux amis avaient disparu.

Le *Moxy* appartenait au passé.

Et Torin… comment avais-je pu envisager de l'utiliser comme bouclier contre Damyon ? Se placer entre ce monstre et moi était une condamnation à mort. Je n'aurais jamais dû avoir l'intention de le lui dire. Cela avait beau me briser le cœur, je quitterais la ville à la première heure le lendemain matin, seule, une fois de plus.

25

Présent

— DES PISTES POUR DARINA ? demandai-je à ORAN alors que nous étions dans la maison de nos grands-parents pour Thanksgiving.

Je posais cette question plus par politesse que par inquiétude. Cette fille avait disparu depuis longtemps – elle devait être au beau milieu d'un trafic d'êtres humains ou au fond de l'Hudson, mais dans les deux cas, la rechercher était vain.

— Oui, à vrai dire.

Surpris, je levai les yeux de mon portable.

— Ah oui ?

— Oui. J'ai réussi à retrouver sa dernière localisation connue.

— Sans déconner. Où était-elle ?

Un muscle tressaillit dans sa mâchoire.

— Si tu te souviens bien, Caitlin a suivi son frère pour en apprendre plus sur les personnes avec qui il travaillait, ce qui l'a menée à Damyon. J'ai cru qu'il était peut-être responsable de la disparition de Darina, mais il s'avère que Damyon s'était rendu chez Lawrence Wellington, le jour où elle l'a suivi. C'est là qu'elle a emmené Darina.

Merde alors. C'était inattendu.

Wellington était un magnat du transport qui se trouvait également être le père de l'ex-petit ami de Rowan. Elle avait croisé Damyon chez Wellington, ce qui nous avait permis de savoir qu'ils étaient tous les deux liés d'une certaine manière. Cela avait été le début de quelques semaines intenses au cours desquelles nous avions navigué au milieu du danger. J'avais cru que tout était terminé, mais visiblement, Oran était en train de rouvrir la boîte de Pandore.

— Keir est au courant ?

— Je ne l'ai découvert qu'hier. Je n'ai pas encore eu l'occasion de le lui dire et c'est inutile de le contrarier le jour de Thanksgiving.

Nous regardâmes tous les deux notre cousin, et son portable sonna à ce moment.

— Oui ? répondit Keir.

Ma curiosité était piquée. La dernière fois que nous nous étions retrouvés ensemble, son appel avait eu un rapport avec Storm et l'éventualité que ce soit encore le cas aujourd'hui m'alerta.

J'étais un putain de cinglé. Rien de nouveau.

— Non, je vais y aller et vérifier. Je suis sûr que ce n'est rien.

Après une pause, il raccrocha.

— De quoi s'agissait-il ? demanda Rowan alors que je m'approchais pour savoir qui avait téléphoné.

— L'alarme s'est déclenchée au club.

— Je vais aller jeter un coup d'œil, proposai-je.

L'envie de partir me démangeait. J'avais craqué trente minutes plus tôt et regardé la localisation de Storm sur mon traceur GPS. Elle était chez elle, comme elle me l'avait dit, donc je ne m'inquiétais pas trop pour elle, mais j'avais passé suffisamment de temps en famille pour les deux prochains mois. J'adorais ma famille, cependant le chaos provoqué par deux douzaines d'adultes et autant de gamins remuants qui couraient partout mettait ma patience à rude épreuve.

— Nous étions sur le point de partir, de toute manière, dit Keir. Je vais y faire un saut avec toi avant qu'on rentre chez nous, pour être sûr.

Cela me convenait, tant que j'avais une excuse pour m'en aller. Nous saluâmes tout le monde et franchîmes la porte quelques minutes plus tard. Je suivis Keir et Rowan sur ma moto. L'air glacial de la nuit était parfait pour me réveiller comme je m'étais gavé de nourriture toute l'après-midi. Si je ne les connaissais pas aussi bien, j'aurais dit que les femmes avaient cuisiné pour toute une armée. Avec un mélange de plats traditionnels américains et irlandais, tout le monde avait trouvé son bonheur et même plus. Si j'étais resté plus longtemps dans cette maison, j'aurais pris le risque de glisser vers un coma causé par toute cette nourriture.

Cependant, après trente minutes sur ma moto, j'étais bien réveillé. Je me garai sur le trottoir, remarquant que les alentours du *Moxy* étaient comme ils le devraient.

Keir laissa Rowan dans la voiture et me rejoignit devant la porte d'entrée.

— C'est fermé à clé. Si quelqu'un s'est introduit ici, il est passé par-derrière.

— Je doute sérieusement qu'il y ait quelqu'un. C'est Thanksgiving. Même les Albanais ne sont pas de sortie, ce soir. Si je devais deviner, je dirais que ce sont ces fichus rats qui n'arrêtent pas de se multiplier à l'arrière du club.

Il entra nonchalamment et appuya sur les quelques interrupteurs qui se trouvaient à l'avant du club.

Je ne tenais jamais rien pour acquis, donc j'avais toujours une arme sur moi, même s'il ne s'agissait que d'un petit calibre 22 dissimulé. Mon revolver à la main, j'avançai prudemment dans le club, Keir sur mes talons. J'arrivai dans le couloir à l'arrière du club et me figeai quand je remarquai un rai de lumière filtrer sous la porte du vestiaire.

Mon regard se riva sur Keir avant que nous nous placions au même moment de chaque côté de la porte. Je tendis l'oreille pour écouter tandis que mon cousin sortait son Glock. Comme je n'entendais rien, je pris une profonde inspiration et poussai brusquement la porte en brandissant mon revolver.

J'étais prêt pour la confrontation. J'étais prêt à botter des culs ou à pourchasser quelqu'un hors du bâtiment. En revanche, je n'étais pas prêt à trouver Stormy couverte de sang et d'ecchymoses, roulée en boule sur le sol. Elle tremblait comme une feuille et je perdis instantanément la tête.

— Storm, c'est quoi ce *délire* ! m'exclamai-je.

C'était merdique de ma part, mais je ne pus m'en empêcher. La rage me rendait stupide. Quelqu'un avait posé les mains sur celle qui m'appartenait et ce salopard, je le dépècerais vif.

— *Doucement*, aboya Keir.

Je ne pris pas en compte son sermon.

— Je suis vraiment désolée, les gars, nous chuchota-t-elle d'une voix brisée.

Ce bruit m'éviscéra, il arracha mes tripes et en fit de petits confettis carnés.

— Je me demandais si venir ici allait déclencher l'alarme, mais je n'avais nulle part où aller.

Keir commença à avancer et m'aida ainsi à surmonter ma stupeur pour que je m'approche également.

— Que se passe-t-il, Stormy ? s'enquit-il doucement.

Nous nous accroupîmes pour l'examiner. Seigneur, elle était dans un sale état. L'un de ses yeux était gonflé et fermé. Des larmes noires maculaient ses joues. Elle avait passé un bras autour de son ventre, comme si elle essayait de rester en un seul morceau. Je dus m'obliger à écouter ses mots avant que la fureur ne reprenne le dessus.

— C'était entièrement ma faute. J'avais l'impression que quelqu'un me suivait, quand je suis rentrée chez moi, et j'aurais dû suivre mes instincts.

Elle refusait de me regarder. Elle refusait de nous regarder. Ça ne lui ressemblait pas. Quelque chose clochait terriblement.

— Tu as besoin d'un endroit où dormir ?

La question de mon cousin me surprit. Proposait-il qu'elle vienne chez lui ?

Elle acquiesça d'un air méfiant.

— Je ne peux pas y retourner pour l'instant.

Hors de question. Elle ne retournerait pas chez elle et elle n'irait pas chez lui. Storm venait avec moi.

Je bondis et mis la main dans la poche de ma veste.

— Voilà la clé de la moto. Elle vient avec moi.

Il était hors de question que je la fasse monter sur une moto dans son état.

Keir se leva et me scruta curieusement en s'approchant.

— Les clés sont toujours dans la voiture et je ne vais pas emmener Rowan sur une foutue moto. On va appeler un Uber.

Tant que je ramenais Storm chez moi, en toute sécurité, je me fichais de savoir comment ils rentraient, même si c'était à pied.

Keir m'interrompit avant que je puisse me baisser pour la porter.

— Tu es sûr de pouvoir gérer ça ? Elle n'est pas en état pour un interrogatoire.

Qu'allais-je faire, selon lui ? La prendre en otage ?

— Je ne suis pas un véritable salaud, Keir, lui lançai-je.

S'il essayait de m'empêcher d'emmener Storm, la situation dégénérerait rapidement.

Il grimaça.

— Je veux des nouvelles demain.

Je hochai la tête avant de soulever avec précaution mon ange brisé dans mes bras. Elle semblait si fragile. Elle ne ressemblait pas du tout au rayon de soleil soupe au lait que j'avais l'habitude de voir.

Une boule de rage suppurante gonfla contre les confins de mon torse et eut douloureusement envie d'être libérée.

Pas maintenant, me promis-je. *Mais bientôt. Son calvaire ne restera pas impuni.*

26

Présent

MES SANGLOTS S'ÉTAIENT ATTÉNUÉS EN UN SIMPLE engourdissement superficiel quand la porte du vestiaire s'ouvrit brusquement. L'espace d'une seconde, je crus que Damyon m'avait trouvée. Mon cœur se pétrifia en pierre solide en aussi peu de temps qu'il en fallait pour que les ailes d'une abeille battent.

Réaliser qu'il s'agissait de Torin et de Keir provoqua une vague de soulagement que je n'avais pas le droit de ressentir. Le mélange d'émotions concurrentes me donnait l'impression d'être une flaque de désespoir sur le sol en béton sale.

C'était si incroyablement mauvais, c'était l'exact opposé de ce que j'avais voulu voir se produire. Je venais tout juste de me dire qu'il valait mieux pour tout le monde que je disparaisse et maintenant… tout était un bordel compliqué. Pourtant, mon soulagement quand je vis Torin était incontestable.

Ma tête me criait les conséquences, mais mon corps agonisant et mon cœur étaient catégoriques : Torin était l'équivalent de la sécurité. Il était convaincu de pouvoir m'offrir la protection indéniable dont j'avais désespérément besoin et qu'il m'aiderait à faire taire mes peurs pour le moment.

Enfin, je n'avais pas mon mot à dire concernant leur implication.

La barbarie dans les yeux de Torin me fit clairement comprendre qu'il avait désormais le contrôle de la situation. Mes protestations seraient futiles et c'était un soulagement en soi. Torin m'emmenait chez lui. Rien de ce que je disais ou faisais ne le ferait changer d'avis et ne modifierait son plan. Pour une fois, je fus obligée d'abandonner et… de respirer, tout simplement.

Mon soulagement fut si écrasant que lorsqu'il me souleva dans ses bras, une part de moi aurait aimé qu'il ne me relâche jamais. Sa présence réconfortante apaisait même la douleur physique. Son impact sur moi était si enivrant qu'il n'était pas étonnant que je ne puisse pas me résoudre à couper les ponts avec lui.

— Tiens bon, ma douce. Je te ramène à la maison.

Ses mots chuchotés recouvrirent chaudement mon âme.

À la seconde où nous sortîmes, Rowan se précipita vers moi.

— Oh mon Dieu. Stormy, tu vas bien ?

Elle posa précautionneusement une main sur mon épaule, comme si elle voulait en faire plus, mais qu'elle avait peur.

Keir glissa un bras autour d'elle et l'attira contre lui.

— Elle a passé une dure soirée. On va laisser Torin s'en occuper.

— Qu'est…

La protestation ou la question qu'elle pouvait avoir mourut rapidement quand Keir lui lança un unique regard sévère.

Tor l'ignora complètement et continua de marcher vers la voiture.

— Quelqu'un doit aller chez elle et voir si ce salopard est toujours là-bas.

Keir allait répondre, mais je l'interrompis.

— *Non* ! Vous ne pouvez pas faire ça, je vous en prie. C'est dangereux. S'il vous plaît, ne faites pas ça.

Cette soirée avait déjà tant dégénéré. Je me sentirais misérablement triste si les Byrne se rendaient chez moi et finissaient par confronter Damyon.

Tor avait dû entendre la panique dans ma voix.

— Ce n'est rien. Nous n'avons pas besoin d'y aller immédiatement.

— Promets-le-moi, Tor. Promets-moi que tu ne vas pas envoyer qui que ce soit là-bas, ce soir.

Je savais comment ces mecs fonctionnaient. Ils échangeaient un coup d'œil fuyant, signifiant « ignore-la », puis ils m'assuraient que tout allait bien. Tout n'allait pas bien. La situation était un désastre plus grand qu'il ne pouvait le comprendre.

— Je te promets que nous n'enverrons personne ce soir, d'accord ?

Il m'installa sur le siège passager avec le même soin

méticuleux qu'un archéologue transportant la trouvaille de sa carrière. Il me parla avec suffisamment de sincérité pour que je décide de le croire et hoche la tête.

— On peut les raccompagner, lui dis-je alors qu'il bouclait ma ceinture. Inutile qu'ils prennent un Uber. Qui sait combien de temps ça prendra.

— C'est Manhattan, chérie. Leur chauffeur est déjà sûrement en route.

Il ferma la portière et une voiture se gara à point nommé derrière nous. Keir avait dû commander le véhicule avant de quitter le vestiaire. Moins d'une minute plus tard, nous étions seuls et Torin se trouvait derrière le volant.

— Je veux que tu sois honnête avec moi, dit-il calmement. Devrais-je t'emmener à l'hôpital ?

— Non, je te le jure, lui assurai-je rapidement. Le temps pourra guérir tout ça.

Les secondes s'écoulèrent alors qu'il me dévisageait et se demandait quoi faire, sans un mot. Il reporta ensuite son attention sur le volant et s'engagea sur la route. Aucun de nous ne parla pendant le trajet. Je craignais que la vérité se fraye un chemin si j'ouvrais la bouche. J'avais dit à Torin et Keir que c'était une agression hasardeuse, que je n'étais qu'une autre statistique malheureuse. Je mentais pour tenter de les protéger, mais la trahison me faisait sentir poisseuse. Je leur rendais leur gentillesse en les trompant. Mes motivations admirables ne dissipaient nullement la culpabilité.

Imagine la culpabilité que tu ressentiras s'ils meurent en essayant de te protéger.

Absolument pas. Ça n'était pas une option.

Je devais garder mes lèvres scellées, me remettre de l'attaque aussi vite que possible, puis disparaître.

Tor serait furieux contre moi et même blessé. Je le savais, maintenant que j'avais vu l'homme derrière cette façade glaciale. Il n'était pas aussi dur qu'il le laissait croire. Maintenir les autres à distance n'était pas la même chose qu'être mesquin. Torin était prudent et incontestablement sceptique, mais il était également loyal, attentionné et profondément passionné. Lui faire du mal serait l'une des choses les plus difficiles que je devrais faire de ma vie, mais au moins, je serais certaine qu'il survivrait.

Mes yeux me brûlèrent, menacés par une nouvelle crise de larmes, quand nous nous garâmes devant son immeuble. Lorsque je tentai de lui assurer que je pouvais marcher, il m'ignora et me porta jusqu'à l'ascenseur, puis à son appartement du neuvième étage.

Comparé à mon studio minuscule, son appartement ressemblait au Taj Mahal. Rien que le plafond haut donnait une impression d'espace, mais le fait que mon logement tout entier tienne aisément dans sa cuisine ouverte était ahurissant. Je savais que cet homme avait de l'argent. Sa famille et lui géraient plusieurs affaires totalement illégales, mais il ne laissait jamais paraître qu'il était effectivement riche. Ses vêtements et ses affaires étaient discrets. Sa moto, bien que sympathique, n'était qu'une simple moto. Il ne conduisait pas une Lamborghini et n'affichait pas de Rolex à son poignet, mais son appartement prouvait qu'il le pourrait, s'il le souhaitait.

Cet endroit était magnifique et pourtant, il lui convenait bien. Moderne, il était décoré avec de riches tons terreux et mettait l'accent sur le confort plutôt que sur le style industriel de pointe. J'étais fascinée par cet aperçu de son espace personnel. Malheureusement, je n'eus qu'une seconde pour encaisser ce que je voyais, parce qu'il m'emmena directement vers la première salle de bains avant même de laisser mes pieds toucher le sol.

Il me posa doucement, son regard pénétrant attirant mon attention.

— Il faut que tu me dises où il t'a fait mal.

Il parlait avec un contrôle mesuré, comme s'il serrait fermement les rênes de ses émotions. Seul le plus léger tremblement de sa voix transparaissait.

— Rien que ma hanche, mes côtes et mon visage. C'est endolori, mais ça ira.

Il prit mon visage entre ses mains et me regarda avec ferveur.

— Je dois tout savoir, Storm, dit-il alors que sa mâchoire se contractait sous l'effet de la tension. T'a-t-il forcée à faire quelque chose ?

Je secouai la tête. Au moins, à cet égard, je pouvais être honnête.

— Il n'en a pas eu l'occasion. J'ai pris une batte de baseball. À la seconde où il est tombé, je me suis enfuie.

Torin posa ses lèvres sur mon front alors qu'un souffle frissonnant effleurait ma peau.

— *C'est bien.* Je suis tellement fier de toi.

Lorsqu'il s'éloigna, il fronçait les sourcils.

— J'aurais simplement aimé que tu m'appelles. Pourquoi t'es-tu faufilée dans le club ?

— Tout le monde était en famille et je n'ai pas réfléchi. D'un coup, je me suis tout bonnement retrouvée… là.

Son regard me suppliait de lui en dire plus pour qu'il comprenne mieux, mais il laissa tomber les questions et hocha plutôt la tête.

— Voyons tes blessures.

Je grimaçai quand je soulevai mon haut, afin de lui

montrer mes côtes. Il prit les devants lorsqu'il remarqua ma gêne et fit passer mes bras à travers les manches avant de lever le tissu au-dessus de ma tête. Son regard prudent parcourut ma poitrine, tandis que ses doigts effleuraient ma peau avec un contact aussi léger que les ailes d'un papillon.

— Il y a déjà des hématomes. Respire, tu veux bien ? Aussi profondément que tu le peux, sans que ce soit trop douloureux.

Il m'observa avec soin alors que je suivais ses instructions.

— Ça devrait aller, mais on va surveiller. Je ne veux pas que ta côte cassée perce ton poumon.

Déplaçant son attention sur mes leggings, il les baissa jusqu'à mes pieds avant d'évaluer l'ecchymose grandissante sur ma hanche.

— Celle-ci n'est pas si horrible qu'elle en l'air. Ma côte cassée me fait plus mal.

Tor hocha la tête.

— Je vais te faire couler un bain pour que tu puisses t'immerger. On mettra de la glace sur tes blessures, tout à l'heure, mais pour l'instant, je crois qu'un peu de chaleur pour te détendre serait mieux.

— D'accord, dis-je doucement.

Il glissa ma culotte le long de mes jambes avant de se lever et de détacher mon soutien-gorge avec la plus pure des intentions. Pas une seule fois, son regard ne s'attarda de façon suggestive. Torin était un véritable protecteur et n'avait aucune arrière-pensée.

Un autre soupçon de culpabilité se fraya un chemin à travers ma conscience. Malgré ses actions non conventionnelles, il était honnête depuis que je l'avais rencontré. Je détestais savoir qu'il penserait le pire de moi, quand je m'en irais. Cela anéantissait mon cœur, car je ne l'avais pas anticipé.

— Plonge-toi là-dedans, m'ordonna-t-il une fois que je fus dans le bain. Je reviens avec des petits pois congelés. C'est le meilleur remède pour un coquard, fais-moi confiance.

Quand il fut parti, des flash-back m'assaillirent – les fois où Damyon s'était occupé de moi d'une même manière. Douce. Tendre. Sincère. Cette scène familière me titillait et me secouait pour les raviver. Je dus me rappeler que c'était différent, car Torin n'était pas celui qui m'avait causé cette douleur. Il n'avait jamais levé la main sur moi et n'avait même jamais été méchant, d'une quelconque façon.

Aussi changeantes que le vent, mes émotions me revinrent de toutes les directions, sans rythme ni raison. Plus je restais assise dans la baignoire, plus je me sentais instable. Je détestais le silence. Le vide laissait place à des pensées violentes qui m'ouvraient de l'intérieur. Quand je ne pus en supporter davantage, je me redressai.

— J'aimerais sortir, maintenant.

Torin me regarda, ses traits marqués par l'inquiétude, mais il acquiesça. Il m'aida à descendre de la baignoire, me sécha tendrement, puis fit quelque chose de si inattendu que les larmes contre lesquelles je luttais coulèrent enfin sur mes joues.

— Merde, je te tire les cheveux ?

Il baissa la brosse dont il se servait pour démêler gentiment mes cheveux.

— Non.

Je reniflai et m'essuyai les yeux.

— Personne n'a fait ce genre de choses pour moi depuis longtemps.

— Tu jures que je ne te fais pas mal ?

Il observa mon petit sourire avant de recommencer à me brosser les cheveux.

— Je dois dire que je ne t'ai jamais beaucoup entendue parler de tes parents.

— C'est parce qu'ils sont morts il y a six ans.

J'attendis cette gêne qui suivait toujours cette révélation, mais elle ne fit jamais surface.

— Des frères et sœurs ?

— Non.

— Tu es proche d'une de tes grands-mères. Je t'ai entendue parler d'elle.

Je n'arrivais pas à croire qu'il m'ait suffisamment prêté attention pour s'en souvenir.

— Oui, c'est Honey. C'était la meilleure grand-mère qu'on aimerait tous avoir.

J'utilisai intentionnellement le temps du passé. Il dut le remarquer, car il n'insista pas pour avoir plus de détails.

— Tu es étonnamment doué pour ça, tu sais, dis-je après un moment.

— Quoi ? Pour me servir d'une brosse ? s'enquit-il d'un air légèrement amusé.

— Oui. Tu sais qu'il faut commencer par le bas pour enlever les nœuds. Les mecs ne le savent pas toujours.

— J'ai eu de longs cheveux à une époque. C'était une phase, répondit-il sèchement. J'avais suffisamment de boucles pour que ce soit toujours emmêlé.

— Tu as des...

— Pas de photos. Hors de question.

— Comment savais-tu que c'est ce que j'allais te demander ? fis-je en le dévisageant, incrédule.

Il se pencha vers moi et approcha ses lèvres de mon oreille alors que nos regards se croisaient dans le miroir.

— Parce que je *te connais*, Stormy Lawson, dit-il dans un grondement résolu.

La chaleur remonta dans ma colonne vertébrale, jusqu'à ce que mon corps tout entier rougisse. Je fus obligée de baisser les yeux. Je n'avais pas envie qu'il sache que cette partie-là de ma réaction était enracinée dans la honte. Ce qu'il pensait savoir était un mensonge. Même mon nom était un mensonge.

Ignorant mon malaise, Torin attrapa quelques cachets et un verre d'eau.

— Prends ça, pour la douleur, plus tard on t'installera. Il faut que tu te reposes.

Il saisit tendrement ma nuque et riva son regard sur le mien. Torin appuya ensuite légèrement ses lèvres sur les miennes dans un baiser terriblement sincère qui me donna le vertige.

— Tu veux aller te coucher ou regarder un peu la télé ?

Je n'avais pas envie de dormir. J'avais la sensation que les souvenirs se transformeraient en cauchemars.

— Je ne veux pas dormir. Regardons un peu la télé.

Il acquiesça et me mena dans le salon. J'attendis qu'il s'asseye, puis m'installai à côté de lui, en me blottissant à ses côtés. Il zappa sur quelques chaînes avant d'opter pour un documentaire sur les grizzlys. La voix du narrateur était si paisible que j'arrivai à peine à garder les yeux ouverts, quelques minutes après le début de l'émission. Je secouai la tête pour me rafraîchir les idées, ignorant ce qui venait de se passer.

— Les médicaments que je t'ai donnés pour la douleur vont te rendre somnolente. Mais inutile de t'inquiéter. Je suis convaincu que tu n'as pas de traumatisme crânien.

— Quoi ? Qu'est-ce que tu m'as donné ?

Mes pensées s'évaporèrent aussi promptement qu'elles s'étaient formées, me laissant dans le brouillard.

— Rien de mauvais, je te le promets.

Il me tendit la télécommande et s'éloigna de moi.

— Je vais faire une petite course pendant que tu te reposes.

— Quoi ? Non, tu as dit que je ne partirais pas.

Je réfléchis à mes mots, remarquant que quelque chose n'allait pas, mais je n'arrivais pas à mettre le doigt dessus.

— Pas de course, c'est plus sûr ici. Chez moi, demain.

Je tentai une dernière fois de le persuader de rester.

— Dors, ma douce. Je reviens bientôt.

Ses lèvres touchèrent mon front une ultime fois avant que mes yeux ne se ferment sans se rouvrir.

27

Présent

Storm se faisait du souci à l'idée que ce salopard soit toujours chez elle. Quant à moi, je m'inquiétais à l'idée qu'il ne soit plus là. Je ne l'aurais pas quittée aussi rapidement si je n'avais pas eu une bonne raison de le faire, et cette raison était le châtiment.

Ce soir, un homme avait cédé son droit à respirer. J'allais rectifier cette situation et ce serait beaucoup plus facile si je n'avais pas besoin de le pourchasser.

J'étais plus qu'heureux de promettre à Stormy que je n'enverrais personne, car je préférais m'en occuper moi-même, dans tous les cas. J'étais vraiment têtu. Je l'avais toujours été. De plus, Storm dormait à poings fermés avant que je quitte l'appartement et elle ne se réveillerait pas avant plusieurs heures. Et malgré son argument embrouillé, elle ne rentrerait *pas* chez elle le lendemain ni même le surlendemain.

J'avais passé des semaines à m'intimer de la laisser tranquille et le résultat avait été un échec monumental. La seule nuit où je ne l'avais pas suivie, elle aurait pu être tuée. J'avais vérifié sa position GPS et vu qu'elle était chez elle. Cela n'avait pas été suffisant, car j'avais cru qu'elle était en sécurité alors qu'en réalité, elle se faisait de toute évidence agresser à ce moment exact.

Quelle connerie !

Chaque fibre de mon être m'avait hurlé que c'était à moi de protéger Storm, depuis le premier jour où je l'avais vue. J'en avais assez de tenter de le nier. Elle était à moi et j'allais commencer à incarner ce rôle. Et bien que cela lui prenne certainement du temps, elle en viendrait à comprendre que c'était la vérité. En attendant, j'allais me retenir de l'interroger sur la raison pour laquelle elle était sortie alors qu'elle m'avait dit qu'elle passerait la journée chez elle. Où avait-elle pu aller ? Rien n'était ouvert le jour de Thanksgiving.

Je dus refouler mes pensées vagabondes alors qu'elles déviaient vers une envie de la blâmer. Rien de tout cela n'était sa faute. Elle était la victime et je distribuerais des punitions à l'homme responsable. S'il y avait une quelconque justice dans l'univers, il serait toujours en train d'attendre exactement où elle l'avait laissé.

Cette pensée me revigora tandis que je marchais de ma voiture jusqu'à son appartement. J'arrivai préparé, avec mon arme, alors que je m'approchais précautionneusement de chez elle. La porte était fermée. Quand j'essayai de tourner la poignée, je la trouvai bloquée. C'était inattendu. Quel genre de violeur ferme la porte à clé une fois que sa tentative d'agression a échoué ?

Je me servis de ma clé, évaluant brièvement la situation avant d'entrer. Personne ne me sauta dessus et à moins que l'homme ne se cache, il semblerait qu'il ait fui. Il y avait clairement eu une bagarre. Du sang avait éclaboussé le sol. Mais le désordre était pire que ça – cet endroit avait été mis sens dessus dessous.

Le malaise tomba telle une boule de béton dans mon estomac.

L'assaillant avait fouillé l'appartement de Stormy. Pourtant un pot contenant l'argent des pourboires était posé sur son plan de travail et était intact. Ça n'avait aucun sens. Cet homme qui l'avait attaquée avait repris ses esprits après avoir été assommé et il avait décidé de rester suffisamment longtemps pour fouiller son appartement, mais était parti sans prendre son argent ?

Chaque alarme dans mon corps se déclencha à l'unisson.

Je songeai à ma conversation avec Jolly, à propos de la perte d'audition de Stormy et de la manière dont elle s'était dérobée quand je l'avais qualifiée d'ange. S'était-elle retrouvée dans une relation abusive autrefois et cette personne aurait-elle pu lui rendre une petite visite ?

Mes pensées précipitées se transformèrent en une mission unificatrice. Peu importait qui avait fait du mal à Storm, ça ne se reproduirait plus et j'allais malmener quiconque essayerait.

Cependant, l'un des éléments cruciaux pour la garder en sécurité serait l'information. Je devais savoir tout ce que je pouvais à propos d'elle et de son passé. Je ne savais pas vraiment ce qu'elle en dirait, mais pour le moment, cela pouvait attendre. Ma préoccupation immédiate était de l'installer chez moi. Je jetai un coup d'œil autour de la pièce et me demandai par où commencer quand mes yeux se posèrent sur la litière pour chat dans un coin.

J'avais oublié son chat.

Merde, je détestais les chats.

Fais un effort, trouduc. Tu n'as pas le choix.

Mon agacement s'estompa quand une pensée encore plus troublante me traversa l'esprit. Je n'avais vu aucun signe du chat. Et s'il était sorti lorsque la porte était ouverte ? Ou si le mec avait emporté ce fichu animal ?

Seigneur, je n'avais pas envie de lui dire qu'en plus de tout ce qu'elle avait subi, son chat avait disparu.

Je m'installai sur la causeuse, me demandant ce que j'allais faire, quand le coussin sous mes fesses émit un petit bruit. Ce n'était pas le couinement d'un ressort ni le froissement d'un tissu. Quelque chose, dans le fauteuil, avait clairement *pépié*.

Je m'assis par terre et allumai la lampe-torche de mon portable avant de relever l'avant du petit canapé. Un large trou avait été creusé sous le tissu noir et deux yeux verts luisants m'observaient de l'intérieur.

Miaou.

— Salut, boule de poils. Tu n'imagines pas à quel point je suis soulagé de te voir. Sors.

Je me levai et me rendis dans la salle de bains pour déverser des croquettes à l'odeur immonde dans un bol.

Cela fonctionna parfaitement. Le petit chat sortit en trottinant, la queue dressée comme s'il ne se préoccupait de rien, et il plongea sur la nourriture.

— Tu me fais confiance, petit matou, hein ?

Je lui caressai la tête à plusieurs reprises, malgré moi. Il était étonnamment doux.

Une demi-heure plus tard, j'étais prêt à rentrer chez moi. J'avais amadoué le chat pour le faire entrer dans une cage de transport que j'avais trouvée sur l'armoire de Stormy, et j'avais empaqueté quelques produits de base pour elle et son chat.

Une fois de retour dans ma voiture, j'appelai Keir.

— Comment va-t-elle ? demanda-t-il immédiatement.

— Elle dort. Je pense qu'elle ira bien, mais j'ai besoin d'un coup de main.

— Pour quoi ?

— Je viens juste de passer chez elle et quelque chose me dérange. Le mec n'était plus là et l'appartement était sens dessus dessous, mais son pot à pourboires est encore plein et la porte était fermée à clé quand je suis arrivé.

— Pourquoi aurait-il fouillé son appartement s'il ne cherchait pas de l'argent facile ?

— Exactement. Et pourquoi prendre le temps de fermer à clé en partant ? Je n'aime pas ça.

— Tu crois qu'elle connaît ce mec ?

Je lui expliquai mes suspicions.

— Elle a également un tatouage qui couvre une cicatrice sur sa poitrine. Aujourd'hui, c'est la première fois que j'ai pu la voir sous une bonne lumière. L'encre fait des merveilles, pour la dissimuler, mais c'est une brûlure. Je dirais même que c'est la marque de quelqu'un.

Je fus surpris que le volant ne s'écrase pas sous mes poings particulièrement serrés. Prononcer ce mot à voix haute – *marque* – m'emplit de rage.

Keir devint muet.

— Donne-moi les infos que tu as sur elle, je vais vérifier ses antécédents.

— C'est ce que je pensais. Il faut qu'on trouve ce salopard et vite. Je ne veux pas seulement qu'il soit six pieds sous terre, je veux qu'il me supplie de le tuer.

— Je ne peux pas te contredire là-dessus. Je te rappelle.

— À plus tard.

Il était agréable de prendre les rênes. Je préférerais me couper les doigts plutôt que de rester assis là et de me sentir impuissant. Et dans ce contexte, j'avais encore une course à faire avant de rentrer chez moi. Je voulais punir Damyon pour ce qu'il avait fait, mais cela ne serait possible qu'avec une stratégie détaillée et des préparations minutieuses. Je ne comptais prendre aucun raccourci.

28

Présent

J'IGNORAIS CE QUI M'AVAIT RÉVEILLÉE, MAIS MON CERVEAU n'était pas entièrement préparé à être conscient. Mes yeux ne coopérèrent qu'à moitié. Mes paupières étaient lourdes et brûlantes, mais ouvertes.

Il était tôt, plus tôt que mon réveil habituel, mais il faisait tout de même jour. J'étais dans un lit inconnu avec un corps chaud derrière moi.

Mon cerveau était si embrouillé.

J'aurais dû flipper, mais un doux engourdissement maintenait tout à distance, sauf une impression de confusion. J'essayai de m'agripper à mes souvenirs pour comprendre ce qu'il se passait quand un ronronnement intense et familier vibra contre mon ventre.

Blue Bell ?

Je me levai juste assez pour voir mon affectueux chaton roulé en boule sur les couvertures.

Les souvenirs s'insinuèrent alors en moi comme les eaux d'une crue sous une vieille porte. L'attaque, Torin, son appartement. Il avait dit qu'il devait aller faire une course, mais j'étais trop fatiguée et tout ça n'était qu'un brouillard. Je me souvins que j'étais inquiète. Je l'avais supplié de ne pas y aller, mais il l'avait fait et il m'avait rapporté mon Blue Bell.

L'émotion se logea dans ma gorge alors que je saisissais mon bébé poilu et que je collais sa petite tête parfaite contre la mienne.

— Je suis tellement contente que tu ailles bien, chuchotai-je. J'étais si inquiète.

— Ce chat sait se cacher.

La voix endormie de Torin fut une caresse chaude. Il s'allongea sur le côté et m'attira contre son corps. Ce geste paraissait intime et adorable, ce que je n'associais pas avec lui, bien que cela semble si naturel entre nous.

Les larmes me brûlèrent les yeux.

— Merci. Merci beaucoup.

Il nicha son visage dans mes cheveux et m'embrassa à l'arrière du crâne.

— Tu peux me remercier en te rendormant. Il est beaucoup trop tôt pour être éveillé.

Je souris, éloignant mes inquiétudes pour le moment. Blue Bell était en sécurité. J'étais en sécurité. Et nous étions tous blottis comme l'ensemble de cuillères le plus parfait qui n'avait jamais été créé. Pour le moment, c'était suffisant.

◊

Lorsque je me réveillai ensuite, j'étais groggy et seule. J'observai la chambre inconnue alors que mon cerveau avait du mal à rattraper la réalité.

J'étais dans l'appartement de Torin. Damyon me pourchasserait certainement avec une férocité enragée. Mon corps était endolori et courbaturé, mais pas aussi brisé que je m'y serais attendue. Et Blue Bell… Ma panique monta. Avais-je rêvé que Torin me l'avait apporté ?

Je me redressai et plissai les yeux vers la couverture où mon chaton était lové, dans mes souvenirs. Le soulagement me fit fondre sur l'oreiller quand je vis des poils de chat sur le lit.

Oh, merci, mon Dieu.

Cependant, l'instant fut bref, car mes émotions éclatèrent tel un feu d'artifice, l'une après l'autre. La confusion et la curiosité remplacèrent rapidement le soulagement et me poussèrent à me lever brusquement.

Pourquoi Torin m'avait-il ramené mon chat ? C'était incroyablement adorable, mais il ignorait que j'allais m'enfuir. Selon lui, je comptais retourner chez moi aussi vite que possible.

Je posai les yeux sur ma valise – autre surprise. Il ne m'avait pas simplement apporté une brosse à dents et un pyjama. Cet homme m'avait préparé toute une valise. Une grosse valise.

Intriguée, je sautai doucement du lit et m'assis par terre, à côté de ma valise d'un vert brillant. Il n'avait pas tout plié correctement, mais il avait fait du bon boulot, étonnamment, pour inclure tout ce que j'aurais choisi.

Alors que je passais le contenu au crible, ma main trouva

quelque chose de solide. Je soulevai les vêtements et révélai la seule photo encadrée que j'avais dans mon appartement. Une petite photo de mes parents et moi. Ensemble et heureux. Elle avait été rangée en toute sécurité dans le tiroir de ma table de nuit, mais Torin l'avait vue, il avait su que c'était important et me l'avait rapportée.

Une inspiration tremblante me fit instantanément monter les larmes aux yeux.

J'avais cru qu'avoir Blue Bell avec moi était tout ce dont j'avais besoin, mais cette photo était plus que précieuse pour moi. Comment avait-il su que j'en aurais besoin ?

Les émotions me bombardèrent de tous les côtés. J'essuyai mes yeux qui s'embuèrent aussitôt.

— Merde, Storm. Ne pleure pas, me dit Torin depuis l'embrasure de la porte derrière moi.

Surprise de l'entendre, j'inspirai rapidement pour me calmer.

— C'est juste que je ne m'attendais pas à ça, dis-je en levant la photo encadrée. Tout ça. Je ne sais pas quoi dire.

— Inutile de dire quoi que ce soit, mais tu dois t'habiller et manger un petit déjeuner parce que le médecin sera là dans trente minutes.

— Un médecin ?

— Je veux que ces côtes soient examinées. Bon, tu viens ? Les œufs refroidissent et je déteste les œufs froids.

— Oui, laisse-moi juste passer aux toilettes et j'arrive.

Je me levai lentement et fis de mon mieux pour avoir l'air en pleine forme. À en juger par le froncement de sourcils de Torin, je n'étais pas aussi convaincante que je l'avais espéré.

Je l'ignorai et m'enfermai dans la salle de bains. Ma brosse à dents et d'autres de mes affaires de toilette étaient déjà prêtes près de l'un des deux lavabos. Je soulageai ma vessie douloureuse avant de me rafraîchir. Torin m'avait donné l'un de ses maillots de corps la veille au soir et je le gardai, mais j'enfilai une nouvelle culotte.

En sortant de la salle de bains, je levai le col de ce T-shirt vers mon nez et confirmai qu'il sentait toujours comme lui – une riche odeur masculine qui me réchauffait comme un shot de whisky canadien à la cannelle.

Je claquai la porte sur mes hormones rebelles et rejoignis Torin dans la cuisine, où une combinaison d'effluves totalement différents, mais tout aussi délicieux m'accueillit. Il avait accumulé une tonne de nourriture sur deux assiettes au niveau du bar : des œufs, des saucisses, du pain grillé. Il avait même épluché une orange et posé une moitié sur chacune de nos assiettes. Du miel, du beurre et de la confiture se trouvaient sur le plan de travail, avec deux tasses de café fumantes.

— Je les ai faits brouillés. Toutes les autres cuissons sont enquiquinantes. Et je ne savais pas comment tu aimais ton café.

— Une goutte de lait ou de crème serait géniale, si tu en avais.

Je souris timidement, touchée par tout le mal qu'il s'était donné.

— C'est merveilleux, tout ça. Tu n'étais vraiment pas obligé.

— Je ne le ferais pas si je n'en avais pas envie, dit-il pragmatiquement alors qu'il glissait le sel et le poivre dans ma direction. Mange.

Il s'assit sur une des chaises de bar et me fit signe d'en faire de même.

Compte tenu du repas de Thanksgiving que j'avais mangé la veille, je n'aurais pas dû avoir de l'appétit, mais subitement, j'eus une faim de loup. Nous mangeâmes en silence – ce n'était pas totalement gênant, mais il n'était pas non plus de très bonne compagnie. Il était difficile de se sentir à l'aise quand l'incertitude était penchée au-dessus de mon épaule tel un vautour affamé.

— J'imagine que je dois m'habiller, dis-je en me levant après avoir fini mon petit déjeuner.

Torin posa mon assiette sur la sienne avant de se tourner pour être face à moi. Sa main vint nonchalamment soulever l'ourlet de mon haut. Enfin, de son haut. Je le regardai, une anticipation à couper le souffle emplissant ma poitrine alors que je me demandais ce qu'il allait faire ensuite.

— Je n'en avais aucune idée, déclara-t-il enfin, presque dans sa barbe.

Sous l'effet de l'inquiétude, mon dos se raidit. Avait-il appris quelque chose, concernant mon passé ?

— De quoi parles-tu ? me risquai-je à demander.

— J'ignorais que j'aimerais tant.

— Que tu aimerais tant quoi ?

— T'avoir ici, dans mon espace.

J'inclinai légèrement la tête alors que la confusion s'insinuait en moi.

— Tu pensais que ça te dérangerait que je sois ici ?

Son regard bleu électrique me transperça sur place.

— Je n'en étais pas sûr, je n'ai jamais laissé personne d'autre que les membres de ma famille venir ici.

Sa vérité franche fut prononcée avec une transparence si crue qu'il n'y avait aucune place au doute. Il n'exagérait même pas. J'étais la première inconnue qu'il laissait entrer chez lui.

Alors que je restais plantée là, abasourdie par cet aveu, il relâcha sa poigne autour de mon T-shirt et emporta les assiettes dans l'évier, brisant ainsi notre connexion.

Je ne m'étais jamais sentie plus honteuse ou incapable. Cet homme avait clairement des problèmes de confiance et je m'apprêtais à lui prouver qu'il avait raison, de la pire des manières.

Que je lui dise la vérité à mon propos ou que je la taise, les secrets que je gardais ressemblaient de plus en plus à une terrible trahison. Voilà pourquoi j'évitais de m'attacher et c'était ma motivation secondaire pour déménager tous les six mois. Mon passé compliquait tout.

J'étais devenue laxiste à Chicago et je m'étais convaincue que je n'avais plus besoin de fuir. Et voilà que maintenant, je risquais de me détruire avant même de quitter New York.

29

Passé

QUITTER LA RUSSIE M'APPRIT QU'IL ÉTAIT POSSIBLE D'AVOIR tout et rien à la fois. De gagner et de perdre à parts égales, ce qui provoquait un cataclysme d'émotions.

J'étais enfin en forme et on m'avait redonné ma liberté. Aucun adjectif ne suffisait à décrire cette sensation. L'exaltation. Le soulagement. Un espoir sans limites.

Toutefois, en même temps, mon retour aux États-Unis sans pouvoir rentrer chez moi mettait l'accent sur tout ce qui m'avait été enlevé. Dix-huit mois après avoir perdu mes parents et être partie à la recherche de ma mère biologique, j'étais encore loin de la trouver et j'avais rajouté à cela la fin déchirante d'une grossesse et la prise de conscience que je ne reverrais peut-être plus jamais la famille qui me restait.

Tout ce que j'avais enduré en Russie avait été pour rien.

Lors des six mois que j'avais passés à me guérir, à Saint-Pétersbourg, la réalité me rongeait souvent, ses pointes empoisonnées s'enfonçant dans ma peau jusqu'à ce que la douleur devienne insupportable. Sans les brefs moments de soulagement qui m'enveloppaient de chaleur quand je me souvenais que j'avais regagné ma liberté, je n'aurais pas survécu à ces jours manifestement infinis.

Au début, je n'étais pas certaine de vouloir survivre.

Ces premières semaines de retour aux États-Unis avaient été extrêmement éprouvantes. Mais avec le temps, ces minuscules picots d'espoir avaient grandi dans ces étendues de soleil exaltantes.

J'avais toute ma vie devant moi.

Alors que je m'éloignais de l'ombre malveillante de Damyon, j'étais capable de voir que les pertes que j'avais subies, bien que déchirantes, n'étaient pas tout ce qui me définissait. J'avais connu une joie incroyable dans mon enfance et il n'y avait aucune raison pour que je ne retrouve pas cela.

J'étais changée pour toujours, en tant que personne, mais cela n'était pas forcément une mauvaise chose. Plus j'y pensais, plus je devenais catégorique à l'idée de déterminer moi-même mon point de vue plutôt que de laisser les circonstances saper ma façon d'envisager les choses.

Je choisissais d'être une survivante, pas une victime.

Les contacts d'Ulyana avaient été inestimables, car ils m'avaient aidée à passer frauduleusement en Estonie, puis au Canada. Lorsque je refis mes premiers pas sur le sol américain, les graines de l'optimisme s'étaient fermement enracinées. Je ne pouvais rentrer chez moi, à Savannah, mais j'étais libre de recommencer où je le souhaitais. J'étais entrée illégalement dans le pays, via Toronto, et ma première maison temporaire avait été Detroit. Ce n'était pas exactement le paradis, mais on devait bien commencer quelque part.

J'avais tâtonné pour me trouver un endroit où vivre et un boulot en restant hors du système. Je n'avais pas entendu parler de Damyon ni vu aucun signe de lui, mais cela ne signifiait pas qu'il ne me surveillait pas. Je prévoyais de déménager tous les six mois dans une nouvelle ville pour tout recommencer, du moins pendant quelques années, jusqu'à ce que je me sente suffisamment en sécurité pour rester quelque part de façon plus permanente.

Columbus.

Saint-Louis.

Nashville.

Pittsburgh.

Indianapolis.

Chicago.

La ville des vents. C'était là que je m'étais retrouvée après trois ans de fuite. Mes six mois de travail s'étaient rapidement terminés et pourtant, j'avais été réticente à l'idée de déménager. Le petit studio dans lequel je vivais était meublé et me permettait de louer mois après mois, ce qui n'était pas toujours facile à trouver. Cet endroit avait commencé à ressembler à mon chez-moi plus que n'importe quel appartement précédent.

J'avais même trouvé un moyen de maintenir un lien avec Honey, bien qu'il soit fragile. Je m'autorisais à lui transmettre une lettre avec un chèque de banque une fois par trimestre. Elle n'avait jamais eu beaucoup d'argent, alors j'aimais lui envoyer les petits pourboires que j'arrivais à mettre de côté. Le contenu de mes courriers demeurait vague, mais positif. Je ne voulais pas qu'elle s'inquiète, mais je ne pouvais pas non plus prendre le risque de donner des indices sur ma localisation.

La première fois que j'avais écrit, c'était par culpabilité. Je devais la rassurer en lui disant que j'allais bien. C'était ensuite devenu un genre de contrôle – une ligne de vie vers mon passé qui me permettait de rester en paix avec moi-même. Chaque trimestre, je faisais un aller-retour vers une petite ville qui n'avait aucun lien avec moi et j'envoyais la lettre sans adresse de retour. Même si Damyon la surveillait, il ne pouvait tracer le courrier jusqu'à moi.

À supposer qu'il l'ait localisée. Je ne lui avais rien dit de plus que son surnom. Elle avait survécu à ses trois époux, mon grand-père ayant été le premier. À chaque nouveau mariage, elle prenait le nom de son mari et déménageait. Elle n'était pas impossible à pister, mais ce ne serait pas facile, non plus.

Comme elle était toujours indemne, j'avais commencé à avoir confiance dans le fait que je pouvais m'installer. Je ne pouvais vivre en cavale toute ma vie.

— Qu'est-ce que tu en penses, Blue Bell ? Est-ce le moment de trouver une vraie maison ?

Je serrai le doux chaton siamois contre ma poitrine. Il était l'autre raison pour laquelle j'avais été si heureuse à Chicago.

Des yeux bleus pleins d'amour se levèrent dans ma direction, comme s'il était heureux pour moi. Ou peut-être qu'il me suppliait simplement pour avoir d'autres caresses. Il adorait qu'on lui prête attention. Son propriétaire vivait au-dessus de chez moi, mais le chat passait le plus clair de son temps chez moi et me tenait même compagnie la nuit.

J'avais été si contente, la première fois qu'il était venu par l'escalier de la sortie de secours et était entré par ma fenêtre. Désormais, je ne savais pas ce que je ferais sans lui. Il était encore meilleur qu'un pot de glace de la marque Blue Bell – c'était ainsi qu'il avait obtenu son nom, celui que je lui avais donné. À ce moment-là, ses véritables propriétaires m'importaient peu. Pour moi, ils l'avaient abandonné dès l'instant où ils avaient cessé de s'inquiéter quand il ne rentrait pas chez eux.

Chez eux. Mon Dieu, je voulais un nouveau chez-moi. Connaître mes voisins et accrocher des photos aux murs et inviter des amis me manquait. Merde, rien qu'avoir des amis serait merveilleux.

J'avais été méticuleuse quant au fait de garder les autres à distance, où que j'habite. Ma conscience coupable, à cause de la blessure que j'infligeais aux autres à mon départ, exigeait que je ne m'attache pas. Avoir du soutien me manquait désespérément. Et, pour ne rien arranger, j'aimais le boulot que j'avais trouvé dans un *diner* démodé, contrairement à mes derniers emplois cauchemardesques. J'aurais dû savoir que le sex-shop était une mauvaise idée. Je frissonnai en me souvenant de quelques mecs flippants qui avaient franchi ces portes.

— Pourquoi pas ça ? demandai-je à mon colocataire à fourrure. Et si on s'unissait pour un dernier déménagement, mais qu'on restait ensuite au même endroit pendant quelques années. Je pourrais nous accorder encore six mois ici, ensuite on ira ailleurs, on y restera un long moment et on se laissera le droit d'avoir une vraie maison.

Blue Bell ronronna davantage.

— Alors, c'est décidé. Blue Bell et Stormy se rapprochent un peu plus d'une vie normale.

Mon compagnon à fourrure miaula.

— Je suis d'accord, on devrait fêter ça, mais je n'ai pas le temps, pour l'instant.

Il éternua, comme s'il était révolté par cette idée.

Je gloussai.

— Il est temps de se préparer pour le travail. Essaie de ne pas stresser pendant mon absence.

Je l'installai sur le lit sur lequel j'étais allongée. Il ne bougea pas d'un poil et s'endormit instantanément sans se préoccuper de quoi que ce soit.

🔥

— C'est le dernier. Heureusement qu'on s'installe pour un moment, parce qu'on aura besoin d'un camion de déménagement, la prochaine fois. Visiblement, j'accumule de plus en plus d'affaires.

Blue Bell intervint avec un miaulement, de là où il était perché sur le dossier du minuscule canapé.

— Oui, toi y compris. Je ne pourrais pas t'abandonner.

Comme promis, je déménageai une dernière fois après un an à Chicago, cette fois-ci avec mon adorable Blue Bell. Avais-je volé le chat de quelqu'un ? Oui. Ressentais-je une certaine culpabilité à cette idée ? Pas le moins du monde. En ce qui me concernait, il m'avait adoptée. Qui étais-je pour refuser un tel honneur ?

— Je vais faire le tour du quartier pendant qu'il fait encore jour. Sois gentil pendant mon absence.

Je remontai la fermeture Éclair de ma veste et sortis pour trouver un boulot dans le coin. Je n'aimais pas passer beaucoup de temps sans faire entrer d'argent sur mon compte en banque.

À moins de deux pâtés de maisons, je tombai sur des néons verts accrochés à un immeuble noir. L'enseigne disait qu'il s'agissait du *Moxy* et il ressemblait à un bar. Cet endroit conviendrait, il n'était qu'à quelques rues de chez moi et les bars étaient les employeurs parfaits pour moi. Ils ne posaient pas beaucoup de questions, ce qui était une bonne chose, car je ne pouvais donner aucune réponse.

Numéro de sécurité sociale. Non.

Permis de conduire. Non.

Références. Je ne peux pas.

Stormy Lawson n'avait rien de tout ça. C'était le nom que je m'étais choisi quand j'avais recommencé de zéro. Stormy était une référence à mon père, qui m'appelait toujours « *sa Stormy, sa tempête* » et Lawson était un nom de famille hasardeux. J'aimais simplement sa sonorité.

Le mieux que j'avais à offrir aux potentiels employés était un sourire étincelant et l'assurance que je serais une aide fiable. Une pancarte « Cherche employé » était affichée à l'entrée et les lumières vertes me donnaient l'impression que c'était mon coup de chance. Je décidai donc d'aller y faire un tour.

Je redressai les épaules, plaquai mon charmant sourire sudiste sur mon visage et ouvris l'une des imposantes portes noires. Je n'avais pas totalement raison, en pensant qu'il s'agissait d'un bar. Pour être plus précise, c'était un club de strip-tease. Il était joli. J'en avais vu de tous les genres et celui-ci n'était pas si mal. À vrai dire, je fus agréablement surprise.

Il était encore tôt, pour ce genre d'endroit, donc seules quelques filles dansaient. Un impressionnant videur surveillait l'entrée. C'était bon de savoir qu'un agent de sécurité était présent.

— Salut, dis-je en lui lançant un sourire radieux. J'ai vu la pancarte devant et je voulais voir si je pouvais postuler.

Il releva le menton tel un dur à cuire.

— Je vais contacter Jolly.

Il sortit son portable pour envoyer un message et quelques minutes plus tard, un homme plus âgé apparut à l'arrière du club. Il me fit signe de le rejoindre au bar. Après un rapide coup d'œil au vigile pour confirmer que ce gentleman était bien « Jolly », je me hâtai vers lui.

— Nous cherchons quelqu'un pour deux soirées par semaine, pour l'instant. Je ne peux pas t'en garantir plus, mais si tu es douée, tu auras bientôt plus de services, m'expliqua-t-il sans même se présenter.

Il allait droit au but. Ça me convenait.

Deux soirs, ça n'était pas grand-chose, mais je pouvais toujours me trouver un autre boulot pour les autres jours et partir de là.

— Quand voudriez-vous que je commence ?

— Eh bien, tu dois d'abord passer une audition. Je ne te mets pas sur la scène avant de voir si tu sais bouger.

— Oh ! dis-je en riant à cause de cette idée absurde. Je ne suis pas là pour danser. Je cherche un boulot de serveuse. Vous ne voudriez pas de moi là-haut, croyez-moi.

Je lui fis un coup d'œil en souriant.

Il tapota ses articulations contre le bar.

— Ça me facilite les choses. On ne cherche rien d'autre.

— Attendez, vous en êtes sûr ? Je suis vraiment fiable, lui assurai-je. Et les gens du Nord aiment toujours le charme sudiste.

J'ignorais pourquoi j'en étais venue à le supplier. Je

pouvais tenir encore quelques jours et chercher un autre boulot, mais je ne pouvais me débarrasser de l'idée que cet endroit me convenait.

Jolly secoua la tête. Toutefois, avant qu'il puisse répondre, un homme s'assit à côté de lui et prit la parole. J'avais simplement supposé qu'il était un client et je ne lui avais pas prêté attention jusqu'à maintenant.

— Tu sais préparer les boissons ?

Il me regarda et je fus hébétée par les yeux bleus les plus scintillants que j'avais jamais vus. Complexes et chauds, comme les images des Caraïbes que j'avais contemplées. Ils semblaient presque luire sous son front anguleux.

Je dus me secouer mentalement. Quel était mon problème avec les hommes aux yeux bleus ?

— Oui, j'ai déjà été serveuse et barmaid, par le passé. Je préfère servir, mais je peux faire les deux.

Jolly lança un regard interrogateur à l'homme, mais il ne le contredit pas.

L'individu aux yeux bleus avala le reste de sa boisson cul sec.

— Elle peut faire le bouche-trou, remplacer Candice et Lyla.

Il se glissa du tabouret et s'éloigna sans un mot de plus.

Je dus m'obliger à ne pas détailler sa silhouette quand il partit. Il était assez grand et mince, avec des muscles puissants visibles sous sa chemise ajustée aux manches longues. Je ne pouvais décrire la manière dont ses fesses moulées remplissaient son jean noir délavé.

Nom de Dieu. Tu veux bien te reprendre, mon enfant ? S'il y a bien une chose dont tu n'as pas besoin, c'est de t'impliquer avec un homme, encore moins un homme comme ça.

La voix de Honey résonna bruyamment et clairement dans ma tête.

Elle avait raison.

— Eh bien, j'imagine que c'est décidé, grommela Jolly. Quand peux-tu commencer ?

Je lui lançai un sourire digne d'un gamin le matin de Noël.

— Dites-moi quand et je serai là.

30

Présent

LE MÉDECIN DE TORIN ÉTAIT UN HOMME D'UNE CINQUANTAINE d'années qui avait manifestement été champion poids lourd dans une vie antérieure. Il était solide, avec des muscles bien développés et un bon mètre quatre-vingt-quinze. Il se déplaçait avec l'aisance insouciante d'un homme de cette stature, un homme qui rencontrait rarement des challengers.

— C'est un beau coquard que vous avez là, miss Lawson.

Il parlait avec un accent antillais jovial qui complétait son attitude décontractée, bien que le regard désapprobateur qu'il lançait en direction de Torin ne soit pas si nonchalant.

— Regarde-moi encore une fois comme ça et je te ferai le

même, dit Tor en pointant du doigt l'homme qui lui était supérieur à la fois en âge et en stature. Ça ne te concerne pas, mais je n'ai pas levé la main sur elle. Je ne sais pas vraiment ce qui pourrait te faire croire le contraire.

Il marmonna cette dernière phrase, ce qui me donna l'impression qu'ils se connaissaient bien.

L'homme, qui s'était présenté comme étant Jonas, n'était nullement affecté par la menace de Torin. À vrai dire, je détectai un soupçon d'amusement, comme s'il se délectait du fait que Torin tente de le défier.

— Tu es encore trop soupe au lait, petit Byrne, dit Jonas en souriant. Je croyais t'avoir donné un meilleur enseignement.

— Contente-toi de faire ton boulot, le vieux, lui rétorqua Torin sans véritable hargne.

Leur dynamique me fascinait. Et je décidai rapidement que j'aimais bien Jonas. Je l'adorais.

Ce médecin peu conventionnel me fit sourire.

— C'est vrai. J'ai été agressée dans mon appartement. Tor n'a rien à voir avec ça. Ce n'est que l'une de ces choses horribles et hasardeuses qui arrivent parfois.

Jonas haussa grandement les sourcils.

— Le jour de Thanksgiving, rien de moins, dit-il avant d'émettre un bruit désapprobateur. Tu dois avoir une chance proche de zéro, étant donné le timing. Le jour de Thanksgiving a le taux de crime le plus bas de toute l'année, ajouta-t-il avec des mots lents et mesurés alors qu'il m'observait.

Son scepticisme était immanquable sous sa cadence mélodieuse.

Je posai brièvement les yeux sur Torin, dont le regard impénétrable me figeait déjà sur place.

— Je vais attendre avant d'acheter un ticket de loterie, murmurai-je.

— Ah, bien. Les choses vont s'arranger.

Il me tapota doucement l'épaule et suggéra que nous regardions « ces côtes », bien que je le comprenne difficilement avec son accent.

Il m'examina et effectua une série de tests impliquant de profondes inspirations, des rotations, des inclinaisons – tout cela me faisait sacrément mal. Il finit par me dire que j'allais bien, mis à part les ecchymoses et contusions.

Je pris congé et partis prendre une douche dès qu'il eut terminé, afin de laisser ces deux hommes passer un moment seul à seul. Mes cheveux n'avaient pas été lavés depuis des jours et j'avais besoin d'une occasion pour réfléchir un peu. Je sentais que je voulais m'appuyer sur l'excuse de mes blessures pour rester dans les parages. C'était un luxe émotionnel qu'on prenne soin de moi, et j'en avais été longtemps privée. Cet attrait était incroyablement tentant, mais je ne pouvais me laisser distraire ni affaiblir ma détermination.

Je pris une douche froide et laissai la gêne provoquée par le froid m'ancrer dans la réalité et apaiser mes tuméfactions. Lorsque je sortis, ma détermination était revenue, bien qu'elle soit moins enthousiaste que précédemment. J'allais partir, mais cela aurait de lourdes conséquences. Mon esprit ne pouvait être brisé qu'un certain nombre de fois avant que la pièce restante ne devienne dentelée et dangereusement creuse. Je pensais que j'avais enfin trouvé mon chez-moi, mais il m'avait été vicieusement arraché, ce qui était plus douloureux que si j'avais simplement conservé ma routine en poursuivant les déménagements. Et maintenant que je savais que Damyon était encore sur ma piste, j'avais l'impression que je n'aurais jamais de chez-moi.

Avec cette pensée déprimante, je m'enroulai dans une serviette et ouvris la porte de la salle de bains pour récupérer des affaires dans ma valise. Je n'allai pas bien loin. Torin était appuyé contre le cadre de la porte, de l'autre côté de la pièce, comme s'il m'attendait.

Je m'immobilisai.

— Tout va bien ?

Il décroisa lentement les bras et s'avança sans me répondre. Le vent étouffant de cette tempête qui grondait en lui emplit la pièce d'électricité, de chaleur et d'incertitude. Je le regardai avec intérêt alors qu'il se rapprochait de ma valise et sélectionnait une tenue complète avec un soutien-gorge et une culotte. Il se leva ensuite pour m'atteindre.

Comment un homme qui prononçait si peu de mots pouvait-il transmettre tant de choses avec un si petit geste ? Tout ce qu'il faisait était intentionnel, il n'y avait rien de superflu, et pourtant il semblait ne faire aucun effort. C'était si naturel. Comme si sa confiance en lui n'était qu'un autre brin de son ADN.

L'effet était hypnotisant et il s'intensifia exponentiellement quand il s'approcha.

Tor referma doucement ses doigts autour de ma serviette et tira. Rien de violent. C'était plus un ordre pour que je la lâche plutôt qu'un mouvement plein de force. Il voulait que je l'imite.

Je n'aurais pas dû. Je devais garder toutes mes barrières en place, à la fois physiques et émotionnelles, mais mon corps agissait de son propre chef et libéra le tissu éponge. Le souffle d'air frais sur ma peau envoya une vague de désir sur les grands axes et les détours de mon corps. Mes tétons se durcirent en petits bourgeons, comme s'ils avaient désespérément besoin d'attention.

Torin savoura l'effet qu'il avait sur moi. Ses épaules semblèrent s'élargir, ses pupilles occupèrent tout l'espace et seul un anneau extérieur laissait apercevoir ses iris bleus. Il leva la main pour glisser ses articulations marquées sur l'un de mes tétons, puis il tira doucement sur la peau sensible.

Je haletai à cause de cet élan de plaisir inattendu, un désir liquide faisant fondre mes entrailles comme du thé chaud sur de la glace.

Les vêtements qu'il avait pris tombèrent par terre.

— Ce n'était peut-être pas une bonne idée, dis-je d'une voix tremblante, bien que chaque mot soit douloureux, car à ce moment, je le voulais plus que n'importe quoi d'autre au monde.

Tor s'accroupit lentement et leva les yeux vers mes mains une fois qu'il fut au sol.

— Tu ne sais même pas ce que c'est.

Ses mots voluptueux léchèrent ma peau.

Il tendit la culotte qu'il avait gardée à la main sans que je m'en rende compte et attendit que je l'enfile. Je posai une main sur son épaule et suivis ses ordres. Il remonta la soie avec une lenteur agonisante, ses paumes explorant presque mon corps comme un conquérant faisant l'inventaire de son nouveau territoire. Il glissa ensuite mon soutien-gorge sur l'un de ses doigts avant de se lever. Je passai un bras dans chaque bretelle quand il me le tendit et je me délectai de la manière dont son regard parcourut ma peau, comme un véritable contact physique.

— Tourne-toi.

Sa voix devint aussi rocailleuse qu'une route couverte de gravillons et oubliée depuis longtemps.

J'obéis, mon corps étant visiblement sous ses ordres.

Il leva les mains vers l'avant de mon corps et s'assura que mon soutien-gorge était bien placé, ses doigts caressant une fois de plus généreusement chaque pic durci, avant qu'il ne m'attache dans le dos. J'étais si désespérée à l'idée qu'il me touche davantage que j'eus envie de pleurer lorsqu'il commença à glisser mes leggings et mon haut.

Il avait choisi une tenue confortable, ce qui était adorable, mais j'avais envie d'arracher le tissu sur mon corps et de le réduire en cendres, si cela signifiait qu'il arrêtait de me prêter attention. Le désir éviscéra chaque pensée que j'avais en tête, au-delà du besoin charnel. J'étais à deux doigts de le supplier de me toucher à nouveau quand la sonnette fit écho entre nous.

Je sursautai et fis un pas en arrière avant de passer une main dans mes cheveux mouillés, soudain embarrassée. Mais qu'est-ce qui me prenait ? N'avais-je aucune volonté ?

— Tu attends quelqu'un ?

Ma voix était à une octave de moins que la normale.

Bien joué, si tu voulais avoir l'air cool, Stormy.

Un léger tressautement plissa le coin de son œil.

— Rowan a insisté pour venir prendre de tes nouvelles. J'imagine que j'aurais dû spécifier une heure.

Il grommela ces derniers mots dans sa barbe avant de s'éloigner de la pièce d'un pas sévère.

J'ÉTAIS SI TOUCHÉE que Rowan soit venue me voir. Cependant, notre amitié naissante était la source d'un autre regret. Quitter la ville me coûterait cher.

— Salut, mon soleil ! Comment tu te sens ?

Rowan passa devant Torin en l'ignorant complètement.

— Je vais étonnamment bien, en fait. C'est si gentil de ta part de venir.

— Pas de problème !

Elle m'étreignit légèrement tant elle avait peur qu'un quelconque contact me brise.

Derrière nous, Keir et Torin se saluèrent avec d'autres grognements. Ils échangèrent quelques mots en se rapprochant, ce qui m'empêcha d'entendre, puis ils partirent s'asseoir à la table de la cuisine. Quant à Rowan et moi, nous nous installâmes sur le canapé. Elle se mit face à moi, entièrement focalisée sur ma personne.

— Nous n'avons pas besoin d'en parler, dit-elle précipitamment, mais Keir m'a expliqué ce qu'il s'est passé et je veux que tu saches que je serais heureuse de t'aider à te débarrasser de ton bail ou à déménager, ou même à t'offrir un toit en attendant que tu trouves un nouvel appartement. Je ne peux qu'imaginer que tu n'as plus envie de rester là-bas, mais je me trompe peut-être. Enfin, juste pour que tu le saches, je serais ravie de t'aider de toutes les manières possibles. Et c'est la dernière fois que nous en parlons.

Elle leva la main comme pour prêter serment.

— C'est adorable de ta part. Je n'ai pas encore décidé ce que j'allais faire, mais je dois effectivement réfléchir.

J'étais devenue accro à un certain degré d'évasion. Ce n'était pas facile, au début, mais ça ne m'avait jamais dérangée comme maintenant. Je n'avais plus l'impression que mes mensonges étaient inoffensifs et sans conséquences. Ils s'épanouissaient en déception naturelle et la honte qui les accompagnait me paralysait.

— Je sais ce que ça fait de sentir qu'on n'est pas en sécurité. Je t'ai dit comment Keir et moi nous étions mis ensemble, mais j'ai occulté beaucoup de choses. Il s'est passé beaucoup de conneries effrayantes incluant du trafic d'êtres humains, la famille psychotique de mon ex-petit ami et un homme russe avec une cicatrice. On pensait qu'il voulait me voir morte. Ma vie a été inimaginable pendant un moment.

À chaque tambourinement, mon cœur remontait encore davantage dans ma gorge.

— Un Russe avec une cicatrice ? demandai-je doucement, presque trop épouvantée pour prononcer ces mots.

— Oui, de la tempe jusqu'à la joue. Et des yeux bleus si pâles qu'ils auraient pu être taillés dans la glace. Il était terrifiant.

Un frisson la traversa quand elle se souvint de lui.

La bile me brûlait le fond de la gorge.

C'était Damyon. Non seulement il était plus proche que je ne l'avais réalisé, mais il mettait aussi mes amis en danger, qu'il en ait conscience ou non.

Je luttai contre l'envie intense de vomir. Je devais apprendre tout ce que je pouvais de sa part.

— Pourquoi voudrait-il que tu meures ?

— C'est ce qu'on pensait, mais il se trouve qu'on se trompait. Il y avait eu confusion avec une vente d'armes ou quelque chose comme ça. C'était compliqué.

Son regard se riva brièvement sur Keir et j'eus la sensation qu'elle ne savait pas si elle pouvait tout me raconter.

— Bref, je ne voulais pas t'inquiéter. Tu as traversé suffisamment d'épreuves.

Je m'obligeai à lui adresser un léger sourire, espérant la rassurer. Nous discutâmes encore une demi-heure, sans rien aborder de conséquent, jusqu'à ce que Keir insiste pour qu'ils partent et me laissent me reposer. J'en étais contente, mais pas pour les raisons qu'ils imaginaient. Je devais encaisser ce que j'avais appris.

Damyon connaissait la famille Byrne. Ce n'était qu'une question de temps avant qu'il assemble les pièces du puzzle.

◊

— DE QUOI VOUS discutiez si discrètement, Keir et toi ? demandai-je une fois que nous fûmes seuls pendant que nous nous préparions des sandwichs pour le déjeuner.

— Du boulot, me répondit-il vaguement.

— Du club ? dis-je en essayant de lui tirer les vers du nez, convaincue qu'il y avait de grandes chances pour que « le travail » dont il parlait me concerne.

— Oui.

Ses réponses saccadées me montraient clairement que je n'allais nulle part. Je décidai donc de changer de tactique.

— Rowan me racontait comme elle a rencontré Keir. Elle m'a confié qu'un Russe fou était à ses trousses ?

Elle avait dit plus que cela, mais c'était la seule partie qui m'intéressait.

— J'ignore pourquoi elle t'a parlé de ces conneries-là, réagit-il avec un soupçon de colère. Tu n'as certainement pas besoin de t'inquiéter encore davantage. Ignore-la. Tout s'est bien terminé.

Génial. Encore un mur de briques. On dit que la troisième fois, c'est la bonne.

— D'accord, alors parle-moi de Jolly. Il a dit que tous les deux, vous vous étiez rencontrés dans un centre de détention pour mineurs.

Il étala de la moutarde sur une tranche de pain, ses yeux bleus plus calculateurs et mystérieux que jamais.

— C'est vrai.

— Pourquoi y étais-tu ?

Son regard s'assombrit. J'avais touché une corde sensible, mais j'ignorais pourquoi.

— Détention de stupéfiants, avoua-t-il enfin.

— C'est là que tu as commencé à te battre ?

Je détestais qu'il monte sur un ring et je ne comprenais pas pourquoi il le faisait.

— J'ai commencé à m'entraîner dès que je suis sorti.

— Ça fait un moment. Tu as continué longtemps.

Il avait du pouvoir et de l'argent, alors pourquoi continuait-il de monter sur le ring ? Qu'obtenait-il en combattant pour continuer de le faire ?

— Où veux-tu en venir ?

Je voulais lui poser mes questions pour comprendre, mais à en juger par ses réponses brèves, je décidai qu'il valait mieux ne pas insister.

— Tu sais pourquoi il se fait appeler Jolly ? C'est comme si on donnait un surnom minuscule à un homme immense. Parce qu'il n'est pas très jovial en ce moment.

Grâce à ce simple changement de sujet, la tension sur ses traits s'adoucit instantanément.

— On l'appelle Jolly[1] parce qu'il était le portrait craché du père Noël.

La surprise me fit froncer les sourcils.

— Du père Noël ?

— Imagine-le avec quarante-cinq kilos de plus et une barbe blanche.

Ma mâchoire se décrocha.

— Tu plaisantes.

— Tu as l'habitude de me voir plaisanter ?

— Non, mais il y a toujours de l'espoir, répliquai-je avec

un sourire malicieux. Est-ce qu'il est venu te chercher parce qu'il avait besoin d'un boulot, ou le contraire ? insistai-je en tentant de faire durer la conversation.

Je me heurtai plutôt à un mur.

Torin se pinça les lèvres.

— Je suis allé le voir.

Nos regards se rivèrent l'un sur l'autre. Mes yeux le supplièrent de me dire pourquoi il avait demandé à travailler avec l'homme qui avait été plus ou moins son gardien de prison. Son regard implacable m'indiquait que cela ne me concernait pas. Avant que je puisse penser à une autre question qui aurait pu révéler quelque chose sur cet homme mystérieux, il retourna la situation.

— Tu n'as pas essayé de contacter ta famille ou tes amis depuis hier soir. Je ne t'ai pas vue t'approcher de ton portable depuis que tu es arrivée.

— Je te l'ai dit, mes parents sont morts.

— Comment sont-ils morts ?

Il était plus direct que la plupart des gens. J'aurais dû m'y attendre.

— Un accident de bateau.

Je pris une bouchée de pastrami enroulé, sans prendre la peine d'ajouter du pain.

— Des amis ?

Inclinant la tête, il me fit passer sous un microscope.

— Ça me paraît étrange que quelqu'un de si extraverti que toi n'ait pas une horde de proches, qu'ils soient de ta famille ou non.

Tu dois laisser les gens s'approcher de toi pour qu'ils deviennent tes proches.

Une fois encore, nous nous engageâmes dans un combat de volontés silencieux. Cette fois-ci, il était l'interrogateur et exigeait d'en savoir plus. Quant à moi, j'étais aussi muette que la pierre au-dessus des tombes de mes parents.

Son portable vibra trois fois dans sa poche avant qu'il cède et décroche.

— Oui ?

Son interlocuteur lui parla plusieurs minutes sans s'arrêter et à chaque minute qui s'écoulait, une ombre voilait les yeux de Torin. Son regard était si perçant que c'en était perturbant et il passa de la curiosité à une accusation franche qui me visait totalement.

31

— J'ai recherché et déniché tout ce que je pouvais sur Stormy, comme tu me l'as demandé, déclara Oran quand je décrochai. Je sais que vous ne vérifiez pas les antécédents de nos nouveaux employés, mais tu n'as pas dû te renseigner du tout, parce qu'il n'y a absolument rien sur elle. Nulle part.

— Qu'est-ce que c'est censé vouloir dire ?

Je n'aimais pas la direction que prenait cette conversation.

— Elle n'est pas seulement clean. C'est un fantôme. Stormy Lawson n'existe pas.

Mon pouls tambourina à mes oreilles alors que j'essayais

de ne pas réagir excessivement. Oran n'avait rien pu trouver sur Storm, mais ça ne voulait pas forcément dire quoi que ce soit.

— Ça pourrait être un problème de surnom ? Elle ne se fait peut-être pas appeler par son nom légal, c'est le cas de beaucoup de gens.

— Le numéro de sécurité sociale sur sa candidature est faux, Tor. Aucun Lawson n'a obtenu son bac ni l'année ni dans le lycée qu'elle a indiqués. Elle a dit qu'elle était née et qu'elle avait grandi à Atlanta, mais il n'y a aucun acte de naissance pour une Lawson féminine cette année-là. J'ai suivi la piste de chaque déclaration. Elle nous ment et nous devons savoir pourquoi.

Avant de péter une durite, réfléchis à tout ça.

Donc Stormy avait menti. Il n'était pas farfelu de deviner qu'elle avait une histoire avec un ex et qu'elle se cachait à cause de lui. J'avais confiance dans le fait que c'était la raison de ses mensonges, mais pourquoi ne m'avait-elle pas dit la vérité au point où nous en étions ? Je ne m'inquiétais pas comme Oran en pensant que Storm était dangereuse pour nous. Ce qui me dérangeait, c'était qu'elle me fasse encore si peu confiance.

— Je crois savoir ce qu'il se passe, lui dis-je. Pas de quoi s'en faire.

— Vu la manière dont Caitlin a infiltré notre famille, je crois que nous devons enquêter sur Stormy, car elle représente une menace potentielle. Pour ce qu'on en sait, elle pourrait travailler pour une organisation rivale.

Ma main se resserrait tant autour du portable que je risquais de devoir remplacer ce satané truc encore une fois. Je voulais dire à mon cousin qu'il n'était qu'un trouduc paranoïaque, mais comment le pouvais-je ? Sa théorie sur Storm était techniquement aussi plausible qu'une autre.

— J'ai entendu, mais c'est moi qui vais gérer ça.

Mon ton se rapprochait dangereusement d'un grondement.

— Vous êtes trop proches, crois-moi. Je sais à quel point il est facile de laisser tes émotions bousiller ton jugement dans ce genre de situation. Laisse-moi venir, je vais lui parler.

L'interrogatoire de celle qui était désormais l'ex-femme d'Oran avait été impitoyable. Il était lassé des femmes depuis et je ne doutais nullement qu'il briserait Stormy en deux. Elle avait peut-être menti à propos de son passé, mais elle était traumatisée et son agression avait été réelle. Personne n'était aussi bon acteur. Elle avait sincèrement craint pour sa vie. Je ne pouvais la laisser à mon cousin en plus de tout ce qu'elle venait d'endurer.

— J'ai dit que je pouvais le gérer et je le pense vraiment.

— Tu n'es pas le seul qu'elle met en danger, Tor.

— Et *tu* émets des hypothèses, ce qui est exactement la raison pour laquelle je devrai conduire l'interrogatoire.

Je raccrochai avant de dire quelque chose que j'allais regretter. Je commençais déjà à perdre patience.

Je fis les cent pas, espérant chasser une partie de la frustration qui rongeait mes tripes. Storm restait sagement silencieuse. Je sentais ses yeux enfantins écarquillés me suivre dans la pièce. Mes émotions enragées luttaient désespérément pour se libérer, mais je les contrôlais. À peine.

Je devais aborder cette question avec les idées claires, autrement, je ne vaudrais pas mieux que mon cousin.

Stormy n'était pas du genre fallacieux. Mon estomac niait avec véhémence cette insinuation selon laquelle elle serait venue faire du mal à ma famille. Le problème était que j'avais déjà été brûlé par le passé, chose à cause de laquelle je remettais mon jugement en question. Je ne voulais pas croire que mes instincts puissent être si dupés après toutes ces années. M'étais-je complètement trompé à son sujet ?

Ma colère fit éclore des ailes couvertes d'écailles noires qui me suppliaient de les libérer. Je tirai sur leur chaîne en lui ordonnant sèchement de rester silencieuse, cet effort amoindrissant ma patience usée jusqu'à la corde.

J'arrêtai de faire les cent pas et me mis face à Storm, incapable de me retenir plus longtemps.

— Mais qui es-tu, putain ?

Trois secondes.

En l'espace de trois secondes, je compris que je m'étais leurré. À propos d'elle. À propos de tout. Car pendant ces trois secondes, Storm ne se rapetissa pas face à mon agression. Elle ne me regarda pas pour me comprendre, même si elle semblait un peu confuse, et elle ne baissa certainement pas les yeux sous le poids de l'embarras après avoir été prise la main dans le sac. Cette sudiste fougueuse et soupe au lait face à moi se redressa et leva le menton avec défi.

— Tu sais qui je suis, dit-elle calmement.

— Non, je pensais le savoir. Il s'avère que je me trompais. Je ne connais même pas ton putain de nom.

— Tu sais tout ce qui est important. Si ça ne te suffit pas…

Elle se leva, mais je l'arrêtai dans sa foulée en redressant mes épaules en même temps qu'elle.

— Tu crois qu'avoir un ex violent, ça n'est pas important ?

J'étais à deux doigts de crier.

La peau de porcelaine de Storm prit une teinte blanche fantomatique, mais elle ne se recroquevilla nullement. Elle demeura offensive.

— Que s'est-il passé dans ce centre de détention pour mineurs pour que tu sois autant en colère ? Pourquoi ne laisses-tu personne s'approcher de toi, mis à part Jolly ? Qui est-il pour toi ?

— Ça n'a aucun rapport avec moi, crachai-je à travers mes dents serrées.

— Mon passé a aussi peu d'importance que le tien, rétorqua-t-elle.

— Le tien est important si quelqu'un te pourchasse, bordel.

— Pourquoi ?

Elle écarta les bras aussi largement que ses côtes blessées le lui permettaient.

— Parce que tu as commencé à me *harceler* et que tu as ensuite décidé que tu avais une responsabilité tordue envers moi ? Eh bien, laisse-moi te le dire clairement. Je ne te dois *rien*, Torin Byrne. Ni mon corps, ni mon cœur, ni ma vérité. S'il y a un monstre dans cette pièce, ce n'est pas moi, c'est *toi*. Ne prétends pas le contraire.

J'étais bouche bée.

Sa réfutation était si cinglante que je la sentis me brûler de l'intérieur et ma peau s'entailla largement.

Après une décapitation si efficace, je n'avais plus rien à dire. Aucun de mes contre-arguments ou de mes excuses ne ferait le poids. Je ne pouvais que ramasser mes morceaux ensanglantés sur le sol et partir.

32

Présent

ALORS QUE JE REGARDAIS TORIN QUITTER L'APPARTEMENT, JE fus consumée par la haine de moi-même. Je vis l'occasion d'arranger mes conneries et je la saisis. Quitter Torin serait mieux pour lui, finalement. Sa famille et lui seraient plus en sécurité, de cette manière, mais cela me détruisait tout autant.

Je n'oublierais jamais cette douleur véritable qui apparut brièvement dans ses yeux avant qu'un vide glacial prenne le dessus. Cela avait presque été insupportable. J'avais été à deux doigts de tomber à genoux et de le supplier de me pardonner. J'étais à deux battements de cœur foudroyants de passer mes bras autour de lui et de lui assurer que tout cela n'avait été qu'un rôle. Mais j'avais tenu bon, et je n'avais jamais été aussi fière et honteuse de moi en même temps.

Des remords aussi épais que du goudron en train de refroidir noircirent ma conscience.

Si cela avait été la chose à faire, pourquoi étais-je si malheureuse ? Comment étais-je censée me regarder dans le miroir en sachant que j'avais été si cruelle ?

Je sentis un besoin intense de m'échapper avant le retour de Torin, purement par honte plutôt que par un besoin de le protéger. Les larmes coulaient comme des rivières sur mes joues alors que j'avançais d'un air hébété vers la chambre. Mon sac était déjà fait. Je n'avais qu'à y jeter quelques objets divers, mettre Blue Bell dans sa cage de transport, et je pourrais disparaître.

Je luttai contre les sanglots grandissants, sachant qu'ils feraient de gros dégâts sur mes côtes, puis je décidai que je méritais cette douleur. Je laissai mes respirations tremblantes secouer mon corps. M'effondrant par terre, je criai, agonisant de l'intérieur comme de l'extérieur.

Je criai à cause de l'injustice.

Je jetai des vêtements dans un accès de colère.

J'écrasai mes poings contre le sol pour combattre le désespoir.

Ma colère finit par perdre de sa puissance et s'estompa en un grondement distant et en une morne acceptation. Blue Bell me rejoignit et se blottit sur mes cuisses quand il jugea que c'était sûr. Mes cheveux tombèrent comme un rideau autour de mon visage alors que je le caressais. L'espace d'un instant, je fus capable de me fermer au monde et de faire comme si ses doux ronronnements signifiaient que tout allait bien. La porte d'entrée s'ouvrit et se referma, et j'entendis ensuite des bruits de pas.

Torin était revenu plus tôt que je ne m'y étais attendue. Dans quel but ? Je voulais lui jeter un coup d'œil pour évaluer son humeur, mais j'étais trop embarrassée. Je restai plutôt assise sans bouger et écoutai ses pas réguliers alors qu'il passait derrière moi et s'installait sur le lit.

— J'avais seize ans quand j'ai été condamné pour détention de cocaïne, commença-t-il d'une voix douloureusement étouffée. Ce n'était pas la mienne. J'avais eu la permission de conduire la voiture familiale pour l'après-midi et j'avais emmené des amis à la plage. On avait bu quelques bières, donc quand je me suis fait arrêter, le flic a senti l'alcool et a décidé de fouiller la voiture. Il a trouvé un sachet de coke sous le siège conducteur. On m'a mis les menottes et j'ai été arrêté sur-le-champ.

Il prit une longue inspiration régulière et je me rendis alors compte que je retenais la mienne, fascinée par ce qu'il me disait.

— J'ai crié et supplié mes amis de cracher le morceau, sachant que l'un d'eux devait être responsable, mais ils ne me regardaient même pas dans les yeux. Ils m'ont vu me faire emmener et ils n'ont rien fait.

Le dégoût dans son ton était compréhensible. Je ne pouvais imaginer me faire punir pour quelque chose que je n'avais pas fait.

— Mon père était le seul frère Byrne qui ne suivait pas les affaires familiales. Il était d'avis que mon crime avait été de fréquenter les mauvaises personnes. Il n'a pas demandé d'aide pour me sortir de là, espérant que la condamnation serait un électrochoc pour son cadet et son enfant le plus indiscipliné. J'ai passé un an dans ce cloaque et ces mecs que j'appelais mes « amis » ont laissé ça se produire pour sauver leur propre peau. J'étais peut-être jeune, mais j'ai appris des vérités difficiles que je n'ai jamais oubliées. C'est la raison pour laquelle je ne laisse personne s'approcher. Parce que je ne fais confiance à personne. Et il n'y avait aucune raison pour que je m'attende à ce que tu me fasses confiance.

Ce n'était pas censé se produire.

J'aurais dû partir et non pas m'attacher davantage. Pourtant, à chaque mot que prononçait Torin, mon cœur s'enracinait davantage en lui et dans toute cette vie que j'avais créée à New York. M'éloigner signifierait couper des parties de moi-même qui ne repousseraient jamais.

Lorsque j'étais arrivée dans cette ville, je mourais d'envie d'avoir une vie stable – un appartement et des amis avec qui je pourrais être à l'aise. J'étais peut-être destinée à trouver le *Moxy*. Mon chemin et celui de Torin s'étaient peut-être croisés pour une bonne raison.

Mais qu'est-ce que cela signifiait ? Étais-je censée faire le grand saut et lui avouer la vérité ? J'étais terrifiée à l'idée qu'il soit blessé, sans parler du fait qu'il serait furieux que je lui aie caché tant de choses.

Tu as failli mourir, ton cœur a été brisé à de multiples reprises et tu as survécu. Tu survivras à ça aussi.

C'était vrai, mais une pensée me renforçait plus que n'importe quelle autre. Si je lui racontais tout, je saurais comment il allait réagir, d'une manière ou d'une autre. Cela mettrait fin à l'incertitude infinie.

Torin m'offrait l'occasion d'être honnête, vulnérable et optimiste. Une chance d'obtenir tout ce que je voulais. Ne pouvais-je pas trouver le courage de venir à sa rencontre ?

Lentement, je me retournai et croisai son regard. La vue de mes joues inondées de larmes adoucit ses traits, mais il ne bougea pas. Il avait fait ce qu'il avait à faire. Le reste dépendait de moi.

Je me levai et avançai d'un pas hésitant vers l'endroit où il était assis, puis je m'installai à cheval sur ses cuisses. Torin me maintint à cette place, ses mains se refermant derrière mes fesses. Ses narines se dilatèrent quand ses doigts massèrent tendrement ma peau, mais il ne bougea pas davantage. Il se contenta de me regarder et d'attendre.

Je jouais d'un air absent avec le col de sa chemise tout en invoquant mon courage et en baissant les yeux entre nos corps.

— Je te fais confiance. C'est ce qui me fait peur, admis-je finalement dans un souffle.

Prononcer ces mots fit vaciller mon cœur comme un papillon enivré. Je n'en prononçai pas d'autres quand il saisit ma mâchoire et j'obligeai mon regard à croiser l'intensité sauvage du sien.

— Répète ça, m'ordonna-t-il dans un grondement rauque.

— Je te fais confiance.

Son pouce effleura lentement ma lèvre inférieure, puis il tira dessus avant que sa main musclée entoure ma gorge.

— *Encore*, exigea-t-il.

— Je te fais confiance, Torin Byrne.

Cette fois-ci, ces mots sortirent plus aisément. Ils étaient assurés et renforcés par un soupçon de défi.

Un grognement féroce s'éleva du plus profond de son torse alors qu'il attirait mes lèvres vers les siennes. Il passa sa main autour de ma nuque et me tint précisément où il me voulait tandis que sa langue assaillait ma bouche.

Ce qu'il fit fut bien plus qu'un baiser. À chaque pression de ses lèvres et chaque glissement de sa langue, il signait un contrat tacite entre nous. Un serment qui, je le craignais, se briserait lorsqu'il apprendrait la vérité sur moi. Lorsqu'il entendrait le nom de l'homme qui me pourchassait et qu'il découvrirait l'étendue de mon traumatisme, car c'était bien plus profond que ce que l'œil nu pouvait voir. Il y avait plus que les dégâts émotionnels.

J'avais été privée de ma capacité à porter des enfants.

En plus de tout le reste, ce coup-là avait été comme le baiser de la mort. Et c'était peut-être à cause de ma propre impression d'insuffisance, mais je ne pouvais imaginer que quiconque penserait qu'une relation avec moi vaudrait la peine de subir tout ce grabuge. Et il y aurait du grabuge, car Damyon était en ville. Ce n'était qu'une question de temps.

Torin arracha ses lèvres aux miennes, comme s'il avait entendu mes pensées.

— Je suis tordu, Storm. Je ne vais pas le nier. Je ne pourrais pas être normal, même si j'essayais.

— Je ne veux pas de normalité.

Quelqu'un de normal ne me comprendrait jamais.

Il empoigna mes cheveux et je le sentis bander de plus en plus sous mes fesses.

— Ne dis pas ce genre de conneries à moins de les penser sincèrement, parce que je suis déjà trop impliqué. Je ne peux pas me l'expliquer plus que je ne peux te l'expliquer. Je sais simplement que tu es faite pour être mienne.

— Tu ne le penses pas.

Mon cœur commença à se craqueler alors que je chuchotais ses mots, car j'eus l'impression que c'était la fin, quand la vérité se fraya un chemin jusqu'à la surface.

— Pourquoi pas ? Tu ne me crois pas ?

Je secouai la tête.

— Ce n'est pas ça. Simplement… Tu ne voudrais pas de moi si…

Sa poigne autour de mes cheveux s'intensifia quand il tira encore légèrement sur ma tête.

— *Pourquoi* ? Pourquoi ne voudrais-je pas de toi ?

Mes yeux s'embuèrent de larmes, brouillant ma vision.

— Parce que j'ai un passé.

— Et pas moi ?

Il me relâcha avant de se lever et de me reposer devant lui. Il écarta largement les bras.

— Tu sais maintenant que je ne suis pas un chevalier blanc, Storm. Mais je détruirai tes démons parce que tes démons sont miens. *Tu* es mienne.

Chaque mot était plus catégorique que le précédent et il termina en cognant un poing contre son torse.

L'énergie vibrait dans la pièce, comme elle le faisait lorsqu'un éclair était sur le point de frapper.

J'avais l'impression de ne pas pouvoir faire entrer suffisamment d'air dans mes poumons.

— J'ai peur, Torin. Au début, j'ai pensé que j'avais peur de toi, mais maintenant…

— Maintenant ? demanda-t-il d'une voix exigeante.

Je croisai son regard et mes premières larmes coulèrent.

— J'ai peur *pour* toi.

— Mais pourquoi, Stormy ? insista-t-il d'un air exaspéré. Je n'ai pas peur d'un de tes trouducs d'ex.

— Ce n'est pas si simple.

Je secouai la tête, mes mots presque inaudibles.

— Qu'y a-t-il de si compliqué, bordel ? Contente-toi de me donner son nom, rugit Torin.

Mes jambes cédèrent sous mon poids et je tombai à genou.

— *Il s'appelle Damyon*, dis-je en m'obligeant à prononcer cette phrase et en fermant les yeux. *Damyon Karpova.*

33

Présent

STORM NE VENAIT PAS SEULEMENT DE ME DÉSÉQUILIBRER, ELLE avait ébranlé tout le bâtiment. Je n'aurais pas été plus surpris si elle m'avait avoué que son ex était Gengis Khan. Au moins, j'aurais pu rire en disant que ce n'était qu'une hallucination. Mais ça ? Malgré cette folle improbabilité, je ne pensais pas qu'elle plaisantait.

Comment la douce Stormy du Sud pouvait-elle avoir des liens avec l'homme qui possédait la moitié de Moscou ? Ça n'avait aucun sens. L'Ombre Russe – un nom qu'il avait gagné dans la rue – était la dernière personne à laquelle je me serais attendu. C'était si étrange que j'ignorais ce que je ressentais, au-delà de mon incrédulité.

— Depuis combien de temps le fuis-tu ?

La chronologie me donnerait un indice sur la gravité de notre problème. Je me concentrerais sur la solution à trouver, car je ne savais absolument pas quoi faire à propos du reste.

— Cinq ans, dit-elle d'une petite voix.

Seigneur.

Pendant toute cette période, elle était restée en cavale et il n'avait cessé de la pourchasser.

C'était une putain de catastrophe.

Un brouillard de questions émergea, mais nous n'avions pas le temps. Si nous nous apprêtions à nous mesurer à Damyon Karpova, nous avions déjà perdu trop de temps.

— Habille-toi et prépare un sac pour la nuit. On s'en va.

Je devais mettre ma famille au courant. Ils devaient savoir ce que nous affrontions et m'aider à concevoir un plan.

Storm hocha la tête, vaincue, et se leva. Je détestais la voir si docile, mais ce n'était pas le moment de la rassurer tendrement. Notre seul espoir de gagner cette guerre était la cruauté implacable.

À en juger par sa réticence à me parler de Damyon, elle savait exactement à quel point il était dangereux. Elle savait également que nous le connaissions. Depuis combien de temps était-elle au courant ? Était-ce la raison pour laquelle elle était restée dans le coin ? Espérait-elle que ma famille la protégerait ? Cela me dérangerait-il si c'était le cas ?

Merde, je n'en savais rien.

Mettant de côté mes problèmes de confiance dont je m'occuperais plus tard, j'appelai mes cousins pour arranger une réunion. Nous décidâmes de nous rencontrer dans un des sous-sols que nous détenions, mais que nous fréquentions rarement – un endroit qui n'était sûrement pas sur le radar de Damyon. Pour ce que nous en savions, il était peut-être déjà en train de nous surveiller. Je ne voulais pas tenter le destin en me pointant dans l'une de nos planques habituelles.

Une fois que nous fûmes prêts tous les deux, je menai Stormy vers la voiture que je possédais, mais utilisais peu.

— Pour ce que ça vaut, je suis désolée, dit-elle en interrompant ce silence étouffant.

Sa voix était chargée de remords.

Je voulais la croire, mais *Seigneur*, elle m'avait déjà caché tant de choses.

Tu ne me dois rien.

N'était-ce pas les mots que j'avais prononcés quelques heures plus tôt ? Ne s'appliquaient-ils plus ?

Elle ne me devait rien et pourtant, elle m'avait offert la vérité malgré ses craintes. Je ne voulais pas être le salopard qui la condamnait pour ça. Je n'en avais pas envie, mais… J'avais mes propres problèmes. Comme je le lui avais dit, j'avais été dupé de bien des manières. Mon instinct qui m'indiquait de repousser Stormy et de me protéger luttait dans un combat vicieux contre mon désir de la garder près de moi. Je me sentais plus tiraillé que jamais.

Je jetai un coup d'œil fugace à la femme qui en était responsable.

Elle pleurait en silence, chaque larme provoquant un élancement douloureux au plus profond de ma poitrine. Malgré tout, je détestais la voir en colère. Qu'est-ce que cela indiquait sur moi ?

— Tu n'as jamais répondu à ma question, dis-je enfin d'un ton calme, sans vraiment prendre en compte son excuse.

— Ta question ? répéta-t-elle d'un air confus.

— Qui es-tu ? Si je m'apprête à entrer en guerre pour toi, je devrais au moins connaître ton nom.

— Tu connais mon nom. Quand j'ai rencontré Damyon, je m'appelais Alina, mais cette fille n'existe plus depuis longtemps. La personne que tu connais comme Stormy ? C'est *moi*. C'est la femme que je suis désormais.

Sentant ses prunelles rivées sur moi, je croisai son regard. Cette brève connexion éprouva mes poumons. Je dus obliger ces organes inutiles à se gonfler d'air et je détournai les yeux pour me concentrer. Elle était trop désarmante. Je m'étais inquiété du genre de conneries que je ferais à cause de ma fascination pour elle et voilà que nous nous apprêtions à le découvrir.

◆

— Avant qu'on s'intéresse aux détails, nous devons savoir si le Russe est au courant de ton lien avec Torin.

Jimmy Byrne, le père de Keir, prit le contrôle de la conversation une fois que nous fûmes rassemblés. Il était le seul fondateur des affaires familiales des Byrne qui avait encore un rôle actif, bien qu'il soit en pleine transition pour ne plus être à la tête de tout ça.

En plus de Jimmy, cinq de mes cousins les plus proches et une autre demi-douzaine de membres de la famille s'étaient réunis. Nous étions tous assis sur des chaises pliantes dans un sous-sol mal éclairé. Il n'y avait pas de table et le réseau téléphonique était instable. Ce n'était pas un merveilleux endroit pour faire affaire, mais c'était parfait pour nos besoins actuels.

La famille entière se tourna vers Storm, qui gigotait sur sa chaise, mal à l'aise.

— Je ne crois pas, mais c'est difficile à savoir.

Elle me jeta un bref coup d'œil.

— Je ne sais pas ce que Torin vous a déjà raconté, mais j'ai été agressée quand je suis rentrée chez moi après le dîner de Thanksgiving chez un ami. Je n'ai pas reconnu cet homme, mais lui, il m'a reconnue et m'a suivie jusqu'à mon appartement. Il a dit que s'il m'avait trouvée, ce n'était que par chance, alors je ne crois pas qu'ils aient été au courant de l'endroit où je me cachais, jusqu'à maintenant. Mais à présent…

Elle humidifia ses lèvres et regarda fixement ses mains tremblantes.

— Je suis certaine qu'ils ont fouillé mes affaires et qu'ils auront compris où je travaillais. Mis à part cela, je ne suis sûre de rien.

— C'est une sacrée coïncidence que tu sois tombée sur notre club quand Damyon Darpova te pourchassait, dit Oran qui était assis à l'arrière du groupe, en face de Storm.

Ses yeux gris la transpercèrent impitoyablement de l'autre côté de la pièce.

— Tu veux bien nous éclairer ?

— Mes parents sont morts il y a six ans, dans un accident de bateau. J'avais été adoptée en Russie et quand j'ai trié leurs affaires, j'ai découvert un document contenant le nom de l'orphelinat où j'avais été accueillie. C'était un moment incroyablement difficile pour moi. J'ai pensé que si j'y allais et que j'en apprenais plus sur mes racines, peut-être même si je trouvais mes parents biologiques… Ça comblerait une partie du vide créé par leur décès. À partir de là, tout est arrivé grâce au destin. Damyon venait tout juste d'acquérir le vieux bâtiment dans lequel s'était trouvé l'orphelinat et il était là le jour où je me suis pointée à la recherche d'informations. Et quant au *Moxy*, je sais que ça semble tordu, mais j'ignorais totalement qui vous étiez, quand je suis venue demander un boulot, je le jure.

— Pourquoi Karpova te recherche-t-il ? Tu lui as volé quelque chose ?

Je réprimai un ricanement.

— Attention, Oran. Ce n'est pas une enquête.

— C'est bon, intervint Stormy. Je suis sûre que vous avez tous une tonne de questions. Je ne lui ai jamais rien volé, même quand je suis partie. Nous étions ensemble depuis presque un an. Ça a merveilleusement commencé. Damyon était incroyablement adorable et attentionné. Mais le temps a passé et il a manifestement développé un genre d'obsession pour moi. Et... il avait ses humeurs, dit Storm en me jetant un coup d'œil méfiant.

J'en fus comme éviscéré.

J'avais fait exactement la même chose que lui, sauf que je n'avais jamais levé la main sur elle quand j'étais en colère.

Comment pouvait-elle deviner que tu ne le ferais pas ?

Elle avait dû être terrifiée et pourtant, elle avait été si courageuse. Elle m'avait fait confiance quand elle avait toutes les raisons de ne pas le faire.

— Alors, il était là pour te pourchasser dans une ville de millions d'habitants et il se trouve qu'il est tombé sur toi par hasard, un soir ?

La condescendance suintait de la voix d'Oran.

— Ce n'est pas parce qu'il était en ville que j'étais la raison de sa présence, lui fit remarquer Storm. Je ne sais pas s'il me cherchait activement.

— Ce serait sympa d'y croire, mais nous avons déjà eu

une petite prise de bec avec ton *petit copain* et il nous a dit spécifiquement qu'il n'était là que pour une chose… une seule et unique chose.

Il avait raison, mais aucun de nous n'avait imaginé que Damyon recherchait une femme, encore moins une femme qui était serveuse dans l'un de nos clubs.

Keir prit la parole avec un ton heureusement moins accusateur.

— S'il était là pour toi, Stormy, ça veut dire qu'il a dû apprendre que tu étais en ville, sans connaître les détails. Tu as une idée de ce qui aurait pu lui mettre la puce à l'oreille ?

Elle fronça les sourcils en se mordant la lèvre. Elle commença à secouer lentement la tête avant de se figer. Sa colonne vertébrale se raidit.

— Honey, souffla-t-elle.

— Ta grand-mère ? demandai-je.

Elle m'avait parlé de cette femme comme si elle était morte. Je ne savais pas quel rôle elle pouvait jouer là-dedans.

Stormy ferma les yeux avant de les ouvrir à nouveau et de poursuivre.

— J'envoie un chèque de banque à ma grand-mère une fois par trimestre. Sans adresse de retour. Le cachet de la poste est celui d'une ville dans laquelle je n'habite pas – une ville suffisamment proche pour que je fasse l'aller-retour dans la journée, mais assez loin pour qu'elle ne soit pas reliée à moi. J'ai toujours été si prudente… Et il y avait la possibilité qu'il ne l'ait pas repérée. Je ne lui ai jamais dit son vrai nom.

— Mais ? insistai-je.

— Il y a un moment, peu de temps après mon arrivée en ville, un chèque que j'avais envoyé n'a pas été encaissé. Je m'inquiétais tant que j'ai fait un bref aller-retour pour voir comment elle allait. J'ai vérifié et elle est allée à l'hôpital, mais elle était rentrée chez elle, depuis. Je ne l'ai pas contactée, mais j'ai garé ma voiture de location face à sa maison et je l'ai observée à travers ses fenêtres, une nuit.

— Il aurait pu pister les plaques de la voiture de location jusqu'à New York, déduisit Keir.

— Tu as mené ce gars directement sur nous, constata Oran d'une voix menaçante.

— Si c'était le cas, il l'aurait kidnappée depuis des années, lui fis-je remarquer d'un air furieux. L'agence de location l'aurait mené directement à elle.

— Pas exactement, intervint Storm. Je me suis servie d'une carte d'identité que quelqu'un a laissée au club pour louer la voiture. Il aurait pu tracer la voiture jusqu'à New York, mais pas plus que ça.

L'un des cousins les plus éloignés de moi se leva, les mains sur les hanches.

— Mais bordel, pourquoi sommes-nous impliqués là-dedans ? S'il la veut, il peut l'avoir.

— Je suis d'accord, intervint une autre voix.

Je bondis.

— Ça n'arrivera pas, alors effacez ces idées de vos putains de têtes.

J'avais à peine fini d'aboyer furieusement cette phrase que Storm sauta, porta une main à sa bouche et courut ensuite vers la porte d'un placard sombre.

Nous l'entendîmes vomir, ce bruit résonnant autour de nous.

Je n'avais jamais été aussi courroucé contre ma propre famille. Je dus serrer les poings pour éviter de les enfoncer dans le visage de quelqu'un. La mâchoire contractée, les yeux enflammés, je balayai la pièce de mon regard violent.

— Cette femme va devenir mon *épouse*, alors je m'attends à ce que vous la traitiez en conséquence. C'est compris ?

Ces grognements attirèrent l'attention de tout le monde. Ceux qui étaient debout se rassirent avec les mains levées en signe de reddition.

Comme je m'étais fait comprendre, je quittai rapidement la pièce pour voir comment allait Storm. Elle n'était pas partie bien loin. Je la trouvai juste derrière la porte, à quatre pattes, tandis qu'une de ses mains tentait de retenir ses cheveux. L'odeur du vomi sur le sol en béton s'élevait dans l'air, mais je m'en moquais.

— Laisse-moi t'aider, ma douce, murmurai-je en saisissant délicatement ses cheveux dans ma main et en lui caressant le dos. Personne ne te renverra vers lui. Tu es en sécurité.

Son corps fut secoué par des sanglots silencieux.

— Je suis tellement désolée, Torin. Je suis tellement désolée.

— Je sais que tu l'es. Et je suis désolé, moi aussi. Mais on va traverser cette épreuve, tu m'entends ?

Storm s'essuya le visage avec le dos d'une main et leva ses beaux yeux marron vers moi. Elle acquiesça et me regarda avec tant de gratitude et d'espoir que j'eus l'impression que je pourrais déplacer des putains de montagnes.

— Tu te sens d'y retourner pour finir ?

— Oui.

Je l'aidai à se redresser et la menai vers la pièce. Un chœur de murmures étouffés se tut instantanément, mais je maintins mon regard d'acier sur ma famille au cas où quiconque s'oublierait. Avant de m'installer à ma place, j'observai la pièce à la recherche du membre de ma famille qui avait le rang le moins élevé.

— Aidan, va nous trouver une bouteille d'eau.

Le gamin n'hésita pas.

— Bon, dis-je en m'adressant à tout le monde. Maintenant que nous sommes tous concentrés sur la façon de procéder, plutôt que de nous attarder sur le passé, agissons.

Oncle Jimmy fut le premier à prendre la parole.

— Tor, je sais que tu veux passer à l'offensive, mais y a-t-il une chance pour que le Russe s'en aille en apprenant qu'elle est sous notre protection ?

Je savais qu'il pensait se montrer raisonnable, mais j'en étais agacé.

Les autres hochèrent la tête et les murmures reprirent.

— Ce mec est un psychopathe, contre-attaquai-je. Il ne retrouvera pas la raison, surtout s'il s'agit de Stormy.

— Je le comprends, mais ce n'est pas plus mal d'essayer, si ?

Trois autres intervinrent pour exiger que nous laissions une chance à la diplomatie.

— Moi, je dis que nous avons un devoir envers le reste de la famille en ne lançant aucune attaque, insista l'un de mes cousins les plus âgés.

Il était plutôt un genre de cousin éloigné, mais il avait plus d'influence que les autres.

— Tenter un coup avec ce mec, sans aucune raison, serait une déclaration de guerre. Qui sait comment ça va se passer à partir de là ? Moi, je dis que nous devrions nous assurer qu'il n'y a pas d'autre alternative.

— Nous n'avons aucun moyen de communiquer avec cet homme, lui fis-je remarquer d'un ton sec.

Ne m'avaient-ils pas entendu quand je leur avais dit que Storm s'apprêtait à devenir mon épouse ? Ne voyaient-ils pas son visage enflé et couvert d'ecchymoses ? Voudraient-ils toujours discuter si leur femme était en danger ? Oh que non !

— Nous pourrions lui envoyer un message via Boris.

Oran. Ce putain d'Oran.

Je ne savais pas vraiment à quoi je m'étais attendu, quand j'avais appelé tout le monde, mais je n'avais certainement pas espéré cette démonstration d'hésitations timides à laquelle j'assistais. J'avais su qu'Oran serait un problème. Il pansait toujours ses blessures depuis que sa garce de femme nous avait trahis. Les autres n'avaient aucune excuse.

Keir décida enfin d'intervenir.

— On peut emprunter cette route-là, mais ça prendra plus de temps. Nous n'avons jamais formé une quelconque alliance avec les Russes. Ils seraient plus aptes à nous parler si nous passions par les Italiens, comme ils ont des liens. C'est un tantinet plus compliqué, mais c'est sûrement notre meilleure option.

Ils acquiescèrent de tous les côtés.

Ce fut décidé. J'étais en minorité. Ils étaient en train de commettre une immense erreur.

Avec la bénédiction de Keir, nous consacrâmes la demi-heure suivante à discuter des mesures diplomatiques et de notre stratégie. Je n'avais rien à ajouter à cette connerie-là et je restais donc muet. Aucun d'eux ne verrait les choses sous le même angle que moi. J'attendrais donc mon heure et gérerais les choses à ma manière. Je ne comptais pas demeurer assis là et attendre de voir si Damyon attaquait avant que j'agisse.

J'avais beau détester l'admettre, lui et moi, nous étions similaires. Nous pourchassions tous les deux quelqu'un avec détermination et nous étions impitoyables quand il s'agissait de nos désirs. La seule manière de l'arrêter était de le tuer et la seule façon de le tuer était de le débusquer. Je trouverais un moyen de le faire.

Damyon voulait ce qui m'appartenait.

Je réduirais la ville entière en cendres avant de le laisser l'avoir.

34

Présent

LA CULPABILITÉ ÉTAIT COMME UNE PLANTE GRIMPANTE insidieuse qui étranglait chacune de mes émotions. J'étouffais intérieurement alors que je restais assise dans cette pièce. Tant de vies étaient en danger à cause de moi et je n'avais pas encore tout dit à Torin. Pas étonnant que mon estomac se soit retourné.

Lorsque la réunion fut suspendue, j'eus envie de me tapir au fond d'un trou et de ne jamais en sortir.

— Nous devons faire un saut quelque part avant que je t'emmène chez Keir pour la nuit, dit Torin en ouvrant la portière de la voiture et en m'aidant à monter, parce qu'il se souciait toujours de mes côtes sensibles.

— Rien que moi ? Tu ne viens pas avec moi ?

— Je reviendrai plus tard. J'ai quelques petites choses à faire et je ne veux pas te laisser seule.

Sa voix était emplie d'une cruauté si froide et calculatrice qu'elle m'envoya un frisson dans la colonne vertébrale.

— S'il te plaît, fais attention, lui dis-je doucement une fois qu'il fut assis derrière le volant.

Tor ne répondit pas.

Quelques minutes plus tard, nous nous garâmes devant une bijouterie. Mon estomac se contracta une fois encore. Je l'avais entendu de l'autre pièce, quand il avait annoncé à sa famille qu'il prévoyait de m'épouser. Bien sûr, il ne voulait pas dire que nous le ferions si vite, n'est-ce pas ?

Avec Torin, tout était possible.

Nous entrâmes dans la bijouterie. Ce n'était pas une grande boutique. L'enseigne indiquait qu'ils créaient des pièces sur mesure et réparaient les bijoux. À l'intérieur, des vitrines exposaient des pièces artistiques clairement uniques. Je ne savais pas vraiment quoi penser.

— Luther.

Torin hocha la tête en direction d'un vieil homme qui nous rejoignit depuis l'arrière-boutique.

— Je vais avoir besoin de ce bijou immédiatement. J'espère qu'il est prêt.

Prêt ? Avait-il déjà commandé quelque chose pour moi ? Quand avait-il eu le temps de le faire ?

La curiosité m'aida à me distraire de mon inquiétude alors que je regardais l'homme poser un tissu sur le comptoir en verre et dévoiler un magnifique collier en or.

Du moins, je crus que c'était un collier. La longueur était

correcte, mais le reste était troublant. Il n'y avait pas d'attache, rien qu'un beau médaillon circulaire de la taille d'une pièce de dix centimes à un bout de la chaîne.

— Ce sont les armoiries de la famille, dit Torin en me le tendant pour que je l'examine de plus près.

Je scrutai les minuscules détails et découvris une inscription à l'arrière. *Mo rúnsearc.*

— Qu'est-ce que ça veut dire ?

— Ça veut dire que tu es sous notre protection.

Il garda les yeux baissés alors qu'il passait la chaîne autour de mon cou.

— La longueur est bien.

— Il faut quand même une attache, lui fis-je remarquer.

Les yeux azur de Torin croisèrent les miens.

— Ce n'est pas le genre de choses que tu enlèves.

Sa déclaration s'installa au plus profond de ma poitrine et m'emplit jusqu'à ce que mes poumons me brûlent. C'était ainsi que Torin me faisait une promesse. Il dirait à sa famille et au monde que je lui appartenais.

— C'est parfait, soufflai-je malgré une vague d'émotions.

De la fierté. De la joie. De l'inquiétude. De la honte. Je vécus tout ce panel d'émotions en l'espace d'un battement cardiaque, mais j'optai pour la gratitude quand les lèvres de Torin s'appuyèrent passionnément contre les miennes.

Il avait été incroyablement compréhensif et m'avait soutenue, malgré une succession d'événements atroces que la plupart des gens jugeraient insurmontables. Pas Tor. Il fonçait tête baissée, sans avoir peur, et mon cœur était en sécurité entre ses mains. Son engagement résolu me donnait le courage de croire que peut-être, juste peut-être il resterait réellement à mes côtés pendant toutes ces épreuves. Malgré le danger et l'incertitude,

Torin m'était plus dévoué que je ne l'aurais jamais cru possible.

Un espoir et une fierté bourgeonnante m'emplirent alors que le bijoutier soudait le collier. Je me promis de lui raconter tout, bientôt. Demain, même. J'avais simplement besoin de me poser un peu avant de lâcher une autre bombe potentielle. Ou deux.

Nous saluâmes le bijoutier avant de retourner dans la voiture de Torin. Le soleil automnal s'était déjà suffisamment couché pour que seule une douce lueur pénètre à travers la couverture de nuages de la fin d'après-midi. Mère Nature avait donné une teinte sombre à cette soirée et je la sentais s'insinuer dans mes os.

— Pour information, je vais voir comment va le chat une fois que je t'aurai déposée.

La déclaration de Torin m'hébéta. Primo, j'avais été une horrible maîtresse pour mon chat et je n'avais pas songé à Blue Bell. Deuzio, Torin *avait* pensé à lui, sachant que j'étais distraite, et il m'assurait, à sa manière bourrue, qu'il s'occupait de tout.

— Merci. Blue Bell et moi, on apprécie que tu penses à lui.

Son regard se riva brièvement sur moi.

— Je ne le fais pas pour le chat, chérie.

Une chaleur inonda ma poitrine.

— Je sais, dis-je doucement. À ton avis, combien de temps allons-nous rester avec Keir et Rowan ?

— Je n'en ai aucune idée. Je ne pense pas qu'il soit possible de prédire comment ça va se dérouler. Je prends les choses comme elles viennent, heure après heure.

Je ne pus m'empêcher de soupirer.

Moi aussi, Tor. Moi aussi.

Présent

KEIR AVAIT ÉTÉ PRÉVENU QUE NOUS VENIONS, MAIS IL N'EN savait pas beaucoup plus. Je n'avais pas hâte d'entendre les questions qu'il me poserait indubitablement. Pas après son manque de soutien lors de la réunion. Je l'aurais évité totalement, déposant Storm et prenant la poudre d'escampette si je n'avais pas douloureusement conscience d'avoir besoin d'aide. J'aurais pu essayer d'aller ailleurs, mais Keir était ma valeur sûre et l'homme que je préférais avoir pour surveiller mes arrières.

À la minute où nous arrivâmes, Rowan prit Stormy dans

ses bras pour l'aider à s'installer dans la chambre d'amis, nous laissant seuls, Keir et moi.

— Discutons un peu, m'ordonna-t-il d'un ton froid et calme.

Je le suivis jusqu'à son bureau et fermai la porte derrière nous.

— Inutile de te convaincre d'attendre pour mettre en œuvre ce que tu prévois, n'est-ce pas ?

La question était purement rhétorique.

— Tu sais mieux que quiconque à quel point ce mec est dangereux et l'effet que ça fait de savoir qu'il court après ta femme.

L'espace d'un instant, nous avions cru que Damyon était un danger pour Rowan. Keir avait été si désespéré à l'idée de la protéger qu'il l'avait épousée sur-le-champ.

Il me scruta, certainement curieux à cause de ma possessivité soudaine envers Storm, mais il ne me critiqua pas.

— Je le sais, mais il faut respecter la famille.

— Tu crois qu'à l'époque, ton père aurait dit que c'était une putain de démocratie ? m'enquis-je de plus en plus sèchement. Oncle Brody et lui prenaient toutes les décisions pour la famille. Ils ne demandaient pas l'opinion des autres et ne s'inquiétaient pas à l'idée de faire du mal à qui que ce soit.

Le regard de Keir étincela, comme pour m'avertir.

J'avais intentionnellement touché un sujet sensible. Comme oncle Jimmy cédait son leadership et qu'oncle Brody était mort peu de temps auparavant, l'absence de pouvoir avait causé des tensions parmi la prochaine génération des Byrne, dont Keir et Oran. Une danse complexe s'était jouée l'année dernière quand tout le monde se disputait les différents statuts tout en essayant de ne pas fâcher Jimmy avant qu'il quitte la scène.

J'avais eu le malheur d'être non seulement le plus jeune de la famille, mais d'être le fils de celui qui était le moins impliqué dans les affaires familiales. Toute ma fratrie avait choisi de prendre ses distances avec notre style de vie illicite. Je n'étais jamais rentré dans leur moule. J'étais un ancien Byrne, jusqu'au bout des ongles, et je ne supportais pas l'autorité. Je savais que je ne serais pas en lice pour prendre le leadership et ça ne m'avait jamais vraiment gêné jusqu'à maintenant.

— Que veux-tu faire, exactement ?

— Frapper avant qu'il ait eu la chance de se préparer. Mais pour ce faire, je dois trouver ce salopard.

Faire le sale boulot ne me dérangeait pas, mais je m'étais heurté à un mur de briques en cherchant cet homme.

Keir soupira.

— J'ai pris une photo il y a quelques mois, dit-il avec une certaine réticence. C'était une photo de la voiture que conduisait Damyon, quand je l'ai vu avec nos armes volées. Je l'ai donnée à Oran pour voir s'il pouvait m'aider à en apprendre plus sur cette situation et sur ce qui est arrivé à Darina.

— Il a pu trouver quelque chose ? demandai-je alors que mon pouls tambourinait à mes oreilles.

— Oui, mais pas ce que j'attendais. Les plaques d'immatriculation ont mené à un flic stupide qui ne nous a pas communiqué de quelconques informations. En revanche, Oran a remarqué sur les détails de la photo qu'elle avait été prise un mercredi soir. Il savait déjà, étant donné qu'il avait surveillé Lawrence Wellington, que cet homme allait au club *Olympus* tous les mercredis, comme s'il était réglé sur une horloge. Il a donc demandé un service à un gars et a consulté le registre des invités. Effectivement, Damyon était présent cette nuit-là.

— Je croyais que les invités n'étaient pas autorisés.

Ce club incroyablement secret était si privé qu'il en devenait presque mythique.

— Oran avait beaucoup appris, comme il avait passé l'année d'avant à fréquenter ce genre de personnes, il s'était servi de ces informations. Le club autorise les invités, mais seulement s'ils sont approuvés, ce qui signifie qu'ils doivent donner certains renseignements en amont. L'adresse communiquée était en Russie, mais une marina de Manhattan était présentée comme résidence sur place.

— Pourquoi Oran n'en a-t-il pas parlé pendant la réunion, bordel ? crachai-je d'un air à la fois frustré et surexcité.

— Il travaille sur quelque chose. Il ne m'a pas tout dit, mais je sais qu'il essaie de tout faire en douce et n'a pas envie que ses activités soient rendues publiques. Il a peut-être pensé que tu menacerais ses plans.

Je voulais pester en ajoutant qu'il devait nous faire confiance, mais je ravalai mon commentaire furieux, convaincu que c'était de l'hypocrisie de ma part étant donné que je faisais rarement confiance à quiconque. Et après ce qu'avait fait l'épouse d'Oran, je ne pouvais lui en vouloir s'il gardait des secrets.

Keir poursuivit.

— Il a aussi eu un numéro de téléphone. J'ignore s'il existe vraiment, mais tu pourrais commencer par là.

J'acquiesçai sèchement.

— Je m'en fous des numéros de téléphone. Ce n'est pas le genre de message que j'ai envie d'envoyer.

Un long soupir gonfla lentement son torse.

— Je ne vais pas aimer ça, n'est-ce pas ?

— Je me souviens de ce que tu as fait à l'homme qui a blessé ta femme, ça ne fait pas si longtemps. Ça aussi, tu vas le nier ?

Je le dévisageai, le défiant de me faire remarquer que Stormy n'était pas mon épouse.

Comme il était malin, il garda cette réflexion pour lui.

— De quoi as-tu besoin ?

Je regardai Keir dans les yeux. Je ne le faisais pas souvent. Je ne le dévisageais jamais aussi ouvertement, comme je le faisais actuellement, lui donnant un aperçu silencieux de mon âme.

— Il faut que je sache que tu surveilles mes arrières, lui dis-je calmement.

Son expression ne trahit nullement ce qui se cachait derrière son regard noir.

— Mon père et moi, nous n'en sommes venus aux mains qu'une fois. Nous avons échangé quelques mots, nous avons hurlé et nous avons dit des choses que nous n'aurions jamais dû dire, mais nous n'avions jamais eu de conflits physiques, et la seule fois, c'était après ton arrestation. J'étais furieux qu'il ne fasse rien pour te faire sortir. Il insistait sur le fait que ce n'était pas à lui de le faire, qu'agir l'aurait directement opposé aux souhaits de ton père. Et qu'il n'avait pas le droit. J'ai perdu la tête et je l'ai frappé. J'avais vingt ans et je pensais que je pouvais me mesurer à lui, mais papa m'a fait une clé de bras plus vite que je ne l'imaginais possible.

Il marqua une pause et les émotions durcirent ses traits.

— Je surveillais tes arrières à l'époque et je les surveille maintenant. N'en doute jamais.

Je levai la main, incapable de prononcer un quelconque

mot. Nous serrâmes nos poignets, comme pour nous témoigner la solidarité qui m'ébranlait au plus profond de moi.

— Je n'en savais rien.

Voilà tout ce que je pus dire.

— Maintenant, tu le sais, dit-il en inclinant le menton. Je m'occupe de Stormy. Appelle-moi si tu as besoin de moi.

J'acquiesçai.

— Je ne l'oublierai pas.

— Je te botterais le cul, si tu l'oubliais.

Sa réponse nonchalante laissait entendre un défi.

— Tu pourrais essayer…

Je le gratifiai d'un sourire narquois et m'en allai, soulagé de savoir que tout allait bien entre nous.

36

Présent

Une porte qui se fermait était une métaphore de tant de choses différentes, mais dans ce cas, regarder la porte se fermer derrière Torin était synonyme d'un véritable danger de mort. La voix dans ma tête lui criait de ne pas partir. J'ignorais ce qu'il mijotait, mais je savais que cela impliquait Damyon et que ce serait forcément dangereux.

Je ne voudrais pas que quelqu'un finisse blessé par ma faute.

Mais c'était une peur différente, un pressentiment suffocant qui menaçait de faire chavirer tout mon navire. Si Damyon faisait du mal à Torin, je ne me le pardonnerais jamais. Cette pensée me comprimait tant le cœur que j'avais l'impression qu'il avait déjà commencé à saigner. J'entendais les gouttes faire écho dans mes oreilles.

Le désespoir plongea ses griffes en moi et me supplia de l'arrêter, mais je refusai. Je devais refuser. J'avais dit à Torin que je lui faisais confiance et je devais m'en tenir à ça. Je devais croire qu'il me reviendrait.

Si j'avais de quelconques doutes quant à mes sentiments pour lui, l'intensité de ma peur les balaya. Je tenais profondément à Torin. J'avais cru que j'aimais Damyon, mais comment pouvait-on aimer une illusion ? Je n'avais vu que le masque qu'il portait pour dissimuler son âme corrompue. Torin n'était pas du tout comme ça. Il était à l'opposé : il avait un extérieur fruste, pour détourner les autres afin qu'ils ne voient pas l'homme généreux et aimant qu'il était en dessous.

Et désormais, il était parti en guerre pour moi.

Peu importait ce qui lui arriverait, ce serait à cause de moi.

Le fardeau émotionnel était si épuisant que je pus à peine manger et je pris donc congé pour aller me coucher tôt. Rowan était infiniment patiente, mais j'avais besoin d'être seule. Mes larmes devaient s'approprier un oreiller.

Je venais tout juste d'éteindre ma lampe de chevet quand ma porte s'ouvrit et se referma rapidement.

— C'est moi, dit Rowan en traversant la pièce.

Elle ne me demanda pas si elle pouvait se joindre à moi, elle se blottit simplement derrière moi et colla mon corps contre le sien. Je ne m'étais pas rendu compte que j'avais besoin de son réconfort jusqu'à ce qu'elle soit là et que des larmes silencieuses coulent enfin de mes yeux.

Nous restâmes allongées dans l'obscurité pendant de longues minutes.

— Je l'ai vu, tu sais, Damyon, chuchota-t-elle après un moment. Je comprends pourquoi tu as peur.

— J'ai entendu dire ça. Je suis vraiment désolée que ma présence dans cette ville l'ait fait venir ici.

— Ce n'est pas ta faute, il est comme ça. Ce n'est pas toi qui l'as élevé et tu ne l'as pas forcé à faire de mauvaises choses. C'est entièrement sa faute.

— Difficile de ne pas s'en vouloir.

— Je sais, chuchota-t-elle. C'est ce que je n'arrête pas de dire à ma psy. Je te transmets ce qu'elle m'a dit.

Un petit sourire se dessina sur mes lèvres.

— J'imagine que j'aurai besoin aussi d'un psy quand tout sera terminé, à supposer que je survive.

— Ne parle pas comme ça, Stormy, dit Rowan en me serrant contre elle. Tout ira bien. Ce n'est pas la première fois que les gars se mesurent à un salopard effrayant.

— J'espère que tu as raison, dis-je en laissant échapper un soupir tremblant.

— Très bien, ma belle. Je vais te laisser te reposer. Viens me chercher si tu as besoin de moi.

— Merci, Ro.

— Quand tu veux, Storm. Nous, les filles, on doit se serrer les coudes.

C'était bien vrai et jamais de ma vie, je n'avais été aussi reconnaissante d'avoir une amie.

37

Présent

LE BUREAU DE LA MARINA FERMAIT À 18 h, MAIS J'ATTENDIS qu'il fasse nuit avant d'y entrer par effraction. Le cadre en bois de ce bâtiment au bord de l'eau était assez pourri pour qu'une bonne épaule suffise à faire sauter le verrou.

Cet endroit était minuscule. Un lieu aussi près du fleuve était à un prix d'or et ils n'avaient évidemment pas voulu dépenser plus que nécessaire. Un comptoir de la taille d'un bar divisait la pièce, un côté destiné à recevoir les clients et l'autre étant dédié à un poste de travail pour deux employés. Chacun avait un ordinateur de bureau protégé par un mot de passe. Je n'avais pas le temps de me prendre la tête avec ça et je cherchai donc le bureau pour trouver tout ce qui m'indiquerait quel bateau appartenait à Karpova.

Je fouillai dans les tiroirs du bureau avant de me tourner vers les armoires d'archivage alignées contre le mur. J'espérais découvrir des dossiers clients, mais je tombai finalement sur des documents financiers totalement inutiles et des cartes marines. Je fouinai dans chaque coin et recoin de cet endroit, en quête d'informations, mais je fis chou blanc.

Je finis par m'asseoir sur l'une des chaises de bureau et tournai lentement sur moi-même, me demandant si cela valait la peine de passer de bateau en bateau, comme un scout, lorsque je remarquai une lumière clignotante sur le téléphone. Ils avaient l'un de ces téléphones de bureau traditionnel, relié à plusieurs lignes, et la lumière indiquant la présence d'un message était allumée. Encore mieux, un Post-it avec un code à six chiffres apparaissait sous l'appareil.

Que Dieu bénisse les idiots.

Je décrochai le combiné et appuyai sur le bouton du répondeur. Le mot de passe griffonné fonctionna. J'écoutai deux messages concernant le planning des employés avant qu'on m'offre l'option d'écouter les messages sauvegardés. Le troisième venait d'un homme avec un lourd accent russe qui demandait qu'on remette du carburant dans le navire Karpova, emplacement 14.

Bingo.

J'avais eu une bonne dose de malchance dans la vie. Il était grand temps que la roue tourne.

Quelques minutes plus tard, j'embarquai sur le grand yacht qui semblait inoccupé. Je fouillai méticuleusement le bateau, me servant de mon portable comme lampe-torche dans une main et gardant mon revolver brandi dans l'autre. Personne n'allait me surprendre.

Ce n'était pas le plus grand yacht que j'avais jamais vu, mais il était assez grand pour que je ne cesse d'avancer. Je ne m'arrêtai que lorsque je parvins à un bureau somptueux. Sur le bureau se trouvaient des documents écrits en russe. Mieux encore, je tombai sur de la papeterie ornée d'un symbole qui ressemblait à des initiales. J'affichai l'alphabet russe sur mon portable. Le K était identique, mais le D expliqua mon hésitation, car l'équivalent russe semblait assez différent de la version anglaise. Le symbole représentait les initiales DK.

Cela devait être son bateau.

La question était : que faisais-je maintenant ? Je n'avais pas eu de plan spécifique, quand j'étais arrivé, parce que je ne savais pas ce que j'allais trouver ici. Après une recherche complète de son espace personnel, je sus exactement quoi faire.

Je saisis une feuille de ce set de papeterie extrêmement cher et écrivis un petit mot. Je le mis dans ma poche avec un élastique avant de retourner dans ma voiture pour avoir du matériel. Même si j'ignorais comment se terminerait cette nuit, je m'étais préparé à plusieurs imprévus. De plus, ça ne faisait jamais de mal d'avoir un peu de C4 à portée de main. On ne savait jamais quand on pourrait en avoir besoin.

J'attrapai mon sac marin noir et retournai calmement vers le bateau où je plaçai les explosifs dans la salle des machines. Un diesel comme un yacht ne s'enflammerait pas tout seul. Ce n'était pas comme lorsqu'on tirait une balle dans le réservoir d'essence d'une voiture. Ce genre d'équipement nécessitait quelque chose de plus sophistiqué pour le faire exploser, et le C4 ferait du bon boulot.

Une fois que tous les éléments furent comme je les souhaitais, je m'arrêtai devant le panneau sur l'allée centrale de la jetée, celui qui indiquait l'emplacement 14. Je me servis de l'élastique pour sécuriser mon petit mot sur la pancarte en bois.

Elle ne veut plus de vous. Rentrez chez vous avant de vous humilier. Torin Byrne.

J'attendis de passer devant le bureau pour déclencher les explosifs. Le voisinage entier trembla et la lumière explosa tout autour de moi.

C'était incroyable.

Je levai le majeur, sachant que les caméras de sécurité capteraient sûrement ma sortie. Me cacher ne m'intéressait pas. Que ce salopard vienne me chercher, je l'attendais.

◆

Presque une heure plus tard, j'entrais dans le hall de l'immeuble où habitait Keir quand mon portable sonna. L'appel provenait d'un numéro inconnu. Je répondis prudemment au cas où mes suspicions seraient avérées.

— Byrne à l'appareil.

— Monsieur Byrne, j'apprécie que vous preniez mon appel.

C'était Karpova, il essayait certainement d'envoyer lui-même un message en montrant qu'il avait obtenu mon numéro si rapidement.

— Aucun problème. Je vous attendais.

— Vous ne pouvez pas franchement m'en vouloir. C'est un sacré message que vous m'avez envoyé, mais la question que je dois vous poser c'est : et ensuite ? Je n'ai rien de plus ici, que vous puissiez menacer ou prendre, mais vous…

Je devais bien lui accorder cela. Il était le maître pour parler sur un ton de psychopathe ironique. Keir pouvait être étrangement stoïque, mais ce mec était d'une tout autre catégorie.

— Il y a toujours votre vie, lui rappelai-je.

— J'aimerais bien vous voir essayer.

Une impatience sincère s'entendit dans ses mots.

— J'en doute. Je suis un homme de conviction. Comme vous l'avez constaté, je mets mes menaces à exécution.

— Monsieur Byrne, commença-t-il alors qu'un soupçon d'agacement s'insinuait dans sa voix. Donnez-moi ma femme ou vous le regretterez. Je peux vous le promettre.

Sa *femme* ?

Je dus lutter contre une onde de choc paralysante. Il ne devait pas savoir à quel point il m'avait profondément secoué.

— Pour que vous puissiez la réduire en bouillie ? Je ne crois pas. Votre mère ne vous a pas mieux éduqué que ça ?

— Vous avez vingt-quatre heures pour me donner ma *putain* de femme. Je ne vous le répéterai pas.

Il raccrocha et sa fureur me revigora.

Sa femme.

Stormy avait épousé ce putain de Karpova et ne me l'avait pas dit. Il n'était pas juste un ex. Il était son putain de *mari*. Pourquoi ne me l'avait-elle pas dit ? Que me cachait-elle d'autre ?

Si j'avais une quelconque chance de la garder en vie, je devais connaître la vérité, toute la vérité.

Je regardai l'ascenseur et envisageai de monter, mais j'étais trop sur les nerfs à cause de ma nuit et de la petite révélation de Karpova. J'allais finir par dire quelque chose que je regretterais. Je retournai plutôt dans ma voiture et pris la route pour soulager la tension qui palpitait derrière mes tempes.

Sa *putain* de femme.

38

Présent

MALGRÉ MON ÉPUISEMENT, JE ME RÉVEILLAI TROIS FOIS, espérant que Torin serait revenu. Il n'était pas là. Je n'avais pas d'appel en absence ni de message non lu. Ressentant un picotement de panique me parcourir le corps, je décidai de prendre de ses nouvelles.

Moi : Tu vas bien ?

Je m'assurai que mon portable était en mode sonnerie et je restai allongée dans l'obscurité, attendant une réponse. Avant même que je m'en rende compte, je me réveillai une quatrième et dernière fois et je humai les effluves du petit déjeuner en cours de préparation.

Torin n'avait pas répondu.

Je me levai rapidement, je me disais qu'il était peut-être revenu et avait dormi sur le canapé pour éviter de me réveiller. Je trouvai Rowan et Keir ensemble dans la cuisine. Rowan se tenait au-dessus de la gazinière et faisait griller des saucisses tandis que Keir était assis à la table et buvait du café. Ils avaient tous les deux les yeux rivés sur la petite télévision sur laquelle défilaient les infos.

— Bonjour, les saluai-je.

Ils étaient tous les deux si captivés qu'ils n'avaient pas remarqué que je les avais rejoints.

Rowan sursauta avant de me gratifier d'un sourire exagéré.

— Salut, Storm. Tu as bien dormi ?

Elle coupa le fourneau et vint à côté de moi devant l'îlot de cuisine.

— Oui, merci. Vous avez eu des nouvelles de Tor ? Pour ce que j'en sais, il n'est pas revenu hier soir.

Rowan et Keir échangèrent un coup d'œil qui me glaça le sang.

Ce fut Keir qui me répondit.

— Il a envoyé un message disant qu'il s'était passé quelque chose et qu'il reviendrait plus tard dans la journée.

Eh bien, ça ne semblait pas si terrible. Je dévisageai Rowan d'un air interrogateur. Étais-je en train de passer à côté de quelque chose ? Elle fronça les sourcils avant de reporter son attention sur la télé. Je suivis son regard. Le présentateur du journal parlait tandis qu'une vidéo enregistrée de pompiers maîtrisant des flammes sur un grand bateau défilait en arrière-plan.

— Que s'est-il passé ? demandai-je, troublée par les sous-entendus.

— Tor, voilà ce qu'il s'est passé, dit lentement Keir. C'était le yacht de Damyon.

Alors qu'il parlait, le journal repassait la vidéo floue d'une caméra de sécurité montrant une explosion au loin.

Je plaquai une main sur ma bouche et regardai la vidéo se rejouer une fois encore, puis je courus vers la salle de bains. Rowan me suivit. Elle tira mes cheveux en arrière alors que je vidais le contenu de mon estomac, et elle me caressa doucement le dos.

— Ce n'est rien, chérie. Il va bien. Personne n'a été blessé.

Voyant que mes haut-le-cœur s'interrompaient, elle me tendit un tas de papier toilette.

— Je vais te chercher de l'eau.

Quelques secondes plus tard, elle réapparut avec un verre d'eau froide. Je m'agenouillai et pris une profonde inspiration. Mon estomac se calmait déjà, maintenant qu'il était vide, bien que mes émotions soient encore embrouillées.

— Je suis vraiment désolée. Je ne sais pas du tout ce que j'ai. Il m'est arrivé la même chose lors de la réunion, hier soir.

Généralement, je n'avais pas de problème de digestion. Lorsque je levai les yeux vers Rowan, je vis que les siens étaient écarquillés.

— Quoi ? demandai-je d'un air méfiant.

Elle s'assit à côté de moi, par terre.

— Hmm, y a-t-il une chance pour que… tu sois… tu sais ? Enceinte ?

Je secouai la tête.

— Avant que je fuie la Russie, j'ai été vue par plusieurs médecins. J'avais été sérieusement tabassée. Ils m'ont dit que les dégâts étaient trop sévères, que je ne serais plus jamais capable d'avoir d'enfant.

Mon menton tremblota quand je le lui expliquai.

— Oh, dit-elle en soupirant, pleine de remords.

— Oui. Et, en plus, j'ai eu mes règles… Quel jour sommes-nous ?

— Tu as encore tes règles ? demanda-t-elle en plissant les yeux.

— Oui, pourquoi ?

— Tu as consulté un médecin ici, une fois que tu es revenue ?

— Non.

Mis à part la difficulté de trouver constamment un nouveau médecin et le fait que mon budget était serré, je n'avais aucune raison de me faire examiner. Je n'avais fréquenté personne depuis Damyon. Pas jusqu'à ce que Torin entre en scène.

Je pensai subitement au jour où mes dernières règles avaient commencé. C'était au début du mois d'octobre…

Oh merde.

Nous venions tout juste de fêter Thanksgiving. Ce qui signifiait que je n'avais toujours pas eu mes règles en novembre. Comment avais-je pu oublier ? J'avais beaucoup de choses en tête avec Torin, mais…

Rowan dut remarquer un changement dans ma respiration, car elle se mit à me frotter à nouveau le dos.

— Là, là. Ça ira. Respire, Stormy.

— Je crois que tu as peut-être raison, chuchotai-je. Je n'ai pas eu… Je ne sais pas… Je pensais que ça ne pouvait pas arriver, alors…

Mes mains tremblèrent lorsque je les agitai en l'air. Je n'avais pas les mots.

Je suis peut-être enceinte.

Une vague de souvenirs et d'émotions fantomatiques du

passé se pressa autour de moi, jusqu'à ce que je sois incapable de respirer.

— Attends, Storm. Ne paniquons pas avant d'en être sûres. Je peux sortir et t'acheter un test.

Je serrai ses mains dans les miennes, les yeux écarquillés.

— S'il te plaît, ne le dis à personne. Pas encore. Je dois déjà encaisser ça.

— Bien sûr, dit-elle en hochant la tête avec empressement.

— Promets-le-moi, Ro.

— Je te promets que je n'en soufflerai pas un mot à quiconque. Ça ne regarde personne d'autre.

J'acquiesçai, tremblante.

— Je vais descendre tout de suite au magasin. Tu as besoin d'une réponse et je ne veux pas que tu sois obligée d'attendre.

Je ne mis pas un pied hors de la salle de bains pendant son absence. J'avais à la fois l'impression que le temps filait et que j'attendais depuis une éternité alors que mon point de vue évoluait.

Enceinte.

Si c'était le cas, cela changeait tout. Je ne prendrais plus seulement de risque pour ma vie, si je restais là et affrontais Damyon. Je prendrais des risques pour la vie de mon bébé et ce n'était pas une option. Si Damyon mettait la main sur moi et découvrait que j'étais enceinte d'un autre homme...

Mon corps entier frissonna.

Je me souvins des crampes et de la douleur. Je me souvins du sang... tant de sang... et de l'anéantissement. Je ne pouvais pas retraverser ça. Le chagrin, si je perdais encore un enfant, serait insupportable. Alors que je savais que je pouvais l'éviter. Tout ce que j'avais à faire... c'était fuir.

Je l'avais déjà fait par le passé, et si j'avais bien une motivation pour rester en cavale, c'était un enfant. Si j'étais réellement enceinte, aucun sacrifice ne serait trop grand.

Je pris les tests de la main de Rowan avec un calme angoissant. À en juger par son air inquiet, elle sentait le changement en moi, mais elle ne le commenta pas. Cinq minutes plus tard, mon monde entier bascula.

Deux lignes roses.

J'étais enceinte.

Encore.

Je retournai dans ma chambre, où Rowan m'attendait, nerveuse, sur le lit. À la seconde où elle posa les yeux sur moi, elle bondit et se hâta pour me prendre dans ses bras.

— Tout ira bien, ma belle, m'assura-t-elle d'une petite voix. Tu verras.

— Je sais.

Je hochai la tête et la serrai contre moi.

— Mais s'il te plaît, ça reste entre nous, pour l'instant. Je dois attendre le bon moment.

Je détestais la mettre intentionnellement sur une mauvaise piste, mais je n'avais pas le choix. Si Torin savait que j'étais enceinte de son enfant, il ne me laisserait jamais partir.

La panique me hurlait que rester là signifiait que je servais Damyon sur un plateau d'argent. La seule manière d'être en sécurité était de me cacher. Cela avait fonctionné pendant cinq ans et cela continuerait donc de fonctionner. Je me réprimandai parce que j'avais envisagé de m'installer quelque part. La peur me mordillait les talons, me poussant à partir tout de suite.

J'aurais aimé pouvoir faire appel à la confiance de Torin, quant au fait qu'il allait le détruire, mais je connaissais trop bien cet homme pour le sous-estimer. Damyon Karpova était un monstre déterminé à me reprendre. Rien ne l'arrêterait jusqu'à ce qu'il y arrive. Rien.

Pars, maintenant.

— Bien sûr. Dis-le-lui quand tu le voudras.

Le doux sourire de Rowan traversa ma poitrine d'un éclat douloureux.

La culpabilité. Les remords. Ils étaient démoralisants, au mieux, mais ils n'étaient rien comparés à ce que je ressentirais si je ne faisais pas tout ce qui était en mon pouvoir pour garder cet enfant en vie.

Pars, maintenant.

— Je crois que je vais m'allonger un moment.

— Prends tout le temps dont tu as besoin. Keir fait du sport et je serai dans la salle de l'autre côté du couloir à danser pendant un moment. Je vais laisser la porte fermée pour ne pas te déranger, mais tu peux venir me chercher quand tu veux.

Mon sourire rassurant fut sincère, car elle m'avait offert la meilleure occasion. Keir et elle seraient occupés pendant un moment. Je pouvais me glisser hors de l'appartement et avoir de l'avance pour prendre la fuite avant que quiconque se rende compte de ma disparition.

Pars avant qu'il soit trop tard !

Trente minutes plus tard, je franchissais la porte d'entrée et abandonnais tout le monde.

La vie de cet enfant ne se terminerait pas en tragédie.

Je ne commettrais *pas* la même erreur deux fois.

39

Présent

J'AVAIS RENCONTRÉ DES DURS À CUIRE QUI NE SAVAIENT PAS aussi bien montrer leur mécontentement que ce chat. C'était comme si ce fichu animal savait qu'il s'était passé quelque chose quand je me pointai chez moi sans Stormy.

Il était assis sur la commode, les oreilles tirées en arrière et sa queue se balançant, alors que j'essayais de m'endormir, ce qui était déjà assez difficile quand ma propre culpabilité s'insinuait. J'avais failli me faire dessus lorsque je m'étais réveillé et que je l'avais trouvé penché au-dessus de moi.

— Je comprends, grommelai-je en roulant loin de lui. J'ai

réagi excessivement, mais c'était une sacrée omission de sa part. Tu dois au moins m'accorder ça.

Le chat commença à se moquer de moi.

J'ouvris les yeux. Comment le chat pouvait-il rire ? Les chats ne riaient pas.

Je tournai la tête au moment même où ce petit monstre régurgita une boule de poils géante sur mon oreiller.

Nom de Dieu.

Il ne riait pas. Il était en train de vomir.

— *Merde alors*, ça pue. Espèce de petite merde poilue. Il fallait que tu le fasses sur mon putain d'oreiller ?

Si Storm n'aimait pas autant cette bête, j'aurais testé la théorie des neuf vies et l'aurais envoyé valser par-dessus le balcon. Je me dirigeai plutôt à pas lourds vers la cuisine, pour récupérer de l'essuie-tout et nettoyer ce bazar.

Je devais me lever, dans tous les cas, et aller voir Storm. Elle s'inquiétait certainement alors que j'avais la tête dans le cul et que je me cachais. Je ne pouvais m'en empêcher. Je me mettais rapidement en rogne quand c'était une histoire d'honnêteté. À la seconde où je détectais un mensonge, ma première réaction était de fuir. La plupart du temps, cette pratique m'était bien utile. Je n'avais pas besoin de menteurs dans ma vie.

Mais le monde n'était pas noir et blanc et tous les mensonges n'étaient pas nécessairement mauvais. Storm était simplement aussi timorée que moi quand il s'agissait de faire confiance aux gens. Bien que ce soit douloureux de savoir qu'elle me cachait quelque chose d'aussi important, je ne pouvais être en colère et il fallait que je le lui dise.

Je jetai de la nourriture dans la gamelle du chat, espérant le soudoyer pour qu'il soit plus laxiste avec moi, puis je me précipitai sous la douche. Je n'y étais que depuis une minute quand mon portable commença à geindre.

C'était la nouvelle alarme que j'avais installée. Storm avait franchi le périmètre digital que je lui avais défini autour de l'immeuble de Keir.

Je sortis de la douche en un claquement de doigts. De l'eau coula sur le sol alors que je consultais l'application et vérifiais si sa localisation GPS était en train de bouger.

Mais que se passait-il ? Keir avait promis de la garder avec elle dans l'appartement.

Je composai le numéro de Storm, mais tombai directement sur son répondeur. Je fis ensuite le numéro de Keir.

— Oui ?

— Où es-tu ? aboyai-je.

— Sur le tapis de course. Où tu es, bordel ?

— Tu es dans ton appartement ?

— Oui, je t'ai dit qu'on resterait ici. Mais qu'est-ce qu'il se passe ? demanda-t-il alors que sa voix s'apaisait.

— Le GPS dit que Storm est en train de bouger. Tu es sûr qu'elle est toujours là ?

Je l'entendis commencer à marcher avant même que je finisse ma question.

— Merde, souffla-t-il. Sa chambre est déserte.

De lourds bruits de pas firent écho dans le fond sonore.

— Elle n'est pas avec Rowan et je ne la vois nulle part ailleurs.

Une peur que je n'avais jamais connue enserra ma poitrine.

— Tu crois que Karpova aurait pu entrer et l'emmener sans que vous le sachiez ?

Je ne me pardonnerais jamais s'il l'avait kidnappée pendant que je m'apitoyais sur mon sort.

— Je ne…

Keir marqua une pause et j'entendis la voix de Rowan au loin.

— Mais pourquoi ferait-elle ça ? demanda-t-il.

— Faire quoi ? m'enquis-je.

Keir soupira.

— Rowan dit que ce n'est pas à elle de te l'annoncer, mais elle croit que Storm a pu s'enfuir.

S'enfuir ? Me fuir ? Pourquoi ?

Je n'arrivais franchement pas à comprendre ce qui lui était passé par la tête.

— Je m'en occupe.

Je jetai le portable sur le lavabo et enfilai quelques vêtements.

Ce jeu du chat et de la souris se terminerait maintenant, d'une manière ou d'une autre.

40

Présent

— MAMAN, POURQUOI ELLE PORTE DES LUNETTES À l'intérieur ? demanda une adorable petite fille avec des couettes et un maillot de bain de sirène tout en me dévisageant pendant que sa mère rangeait leurs affaires dans un casier.

La femme se redressa et se retourna, levant ses yeux horrifiés dans ma direction.

— Je suis vraiment désolée, dit-elle avant de rapprocher sa fille d'elle. Cici, qu'est-ce que je t'ai dit ? Il ne faut pas parler sur les gens.

Ce léger murmure me fit presque sourire.

Si mon cœur n'avait pas été dans ma gorge, je l'aurais fait.

Réprimandée, la pauvre petite fille se mordilla la lèvre et se retourna en me jetant un dernier coup d'œil.

Elle avait raison d'être curieuse. J'avais été si concentrée sur ma mission que j'avais oublié de les enlever. En sortant de chez Keir, j'avais fauché le chapeau de Rowan, ses lunettes de soleil et son manteau. Je n'avais pas envie que quiconque me reconnaisse avant que je quitte la ville. Je ne pris pas de risque avec les transports en commun. Après un trajet de dix minutes en taxi jusqu'à l'association de jeunes, je passerais cinq minutes à récupérer mon sac d'urgence dans le vestiaire et je disparaîtrais ensuite. Il ne resterait rien de plus qu'un souvenir amer pour tous ceux avec qui j'étais devenue amie.

Les larmes brouillèrent mon champ de vision.

Les lunettes de soleil n'étaient peut-être pas une si mauvaise idée. Je les gardai alors que j'ouvrais mon casier et attrapai le sac à dos Swiss Gear. Un coup d'œil à l'intérieur m'assura que tout était comme lorsque je l'avais laissé ici des mois plus tôt. Je passai le sac sur mon épaule et refermai la porte du casier. Un cri étranglé s'échappa de ma gorge quand je vis Torin de l'autre côté.

— Maman, les garçons n'ont pas le droit d'être ici, chuchota vivement la jeune fille.

Torin se détourna de moi.

— Il faut que je parle à mon amie, une minute.

La femme sembla comprendre que ce n'était pas une requête. Elle hocha la tête, me regarda d'un air inquiet, puis tira sa fille hors de la pièce. Immobile comme une statue, je priai pour qu'une doline s'ouvre et avale tout Manhattan. J'accepterais n'importe quoi pour échapper au regard blessé de Torin.

— Pourquoi, Storm ?

Son ton glacial s'insinua dans mes vêtements et s'enfonça dans mes os.

Je retirai les lunettes de soleil avec mes mains tremblantes.

J'avais tellement peur que je ne pouvais enchaîner plusieurs mots. Mes lèvres s'entrouvrirent, puis se refermèrent. Qu'étais-je censée faire ? Que devais-je lui dire ? Je ne voyais pas de moyen de m'en sortir sans lui avouer la vérité et j'en étais terrifiée. Allait-il enrager ? Essaierait-il de me faire du mal ?

S'impatientant, Tor insista à nouveau.

— Tu avais si peur de me dire que tu étais mariée que tu as préféré partir ?

— Quoi ? Non, je… ça n'a aucune importance.

Complètement bouleversée, j'eus du mal à comprendre ce qu'il venait de dire. Torin avait appris que j'étais en réalité l'épouse de Damyon. Comment ? Que s'était-il passé dans la nuit ? Au moins, j'avais maintenant un secret de moins à avouer.

Il ricana.

— Ton mari n'est certainement pas d'accord.

— Je me fiche de savoir ce que dit un bout de papier, lui lançai-je alors qu'un soupçon de fureur faisait son apparition. Je ne suis pas *à lui*.

— Alors pourquoi, Storm ? Pourquoi me fuis-tu ?

— Ce n'est pas ta faute.

— J'en ai clairement l'impression. Je t'ai dit que je te protégerais.

— Mais si tu ne le peux pas ? insistai-je en sentant mes émotions déborder.

Il fit un pas en avant, furieux.

— Tu ne me laisses même pas essayer.

— Parce qu'il n'y a pas que ma vie en jeu ! lui hurlai-je alors que ma main tombait par inadvertance sur mon ventre.

Torin était trop observateur pour ne pas le remarquer. Il baissa les yeux.

Pendant le temps qu'il fallait à un cœur humain pour se contracter une seule fois, une vie entière d'émotions se lut dans son regard. Tant de choses, si rapidement… J'ignorais ce qui l'emporterait.

S'il te plaît, ne me déteste pas, Tor.

Je fermai les paupières alors qu'une vague de peur – une vague accablante, une nouvelle peur qui n'avait aucun rapport avec Damyon – menaçait de m'avaler tout entière.

— Tu as dit que tu ne pouvais pas, murmura-t-il en luttant toujours avec sa surprise.

Les larmes commencèrent à couler.

— Les médecins m'ont dit que je ne pouvais pas.

Ma gorge était si serrée que mes mots furent à peine audibles. Je n'avais pas eu le temps de me demander ce que je pensais du fait qu'ils se soient trompés. Que mon corps n'ait pas été blessé irrémédiablement. Qu'on me donne une autre chance.

— Tu allais garder mon enfant loin de moi ?

Son visage se tordit pour devenir dur et impitoyable.

Il ne comprendrait jamais. Comment le pouvait-il ? Il ne connaîtrait jamais la même peur que moi.

— Tu fais exploser des bateaux… Il sera tellement furieux… Ça va nous tuer.

— Tu as dit que tu me faisais confiance, rétorqua-t-il.

— Et toi ? Tu vas me faire confiance ?

— Visiblement, je ne le peux pas. Tu disparais dès que je tourne le dos.

— Ne m'accuse pas, Torin. Je ne suis pas la seule à m'enfuir.

— Mais qu'est-ce que ça veut dire ?

— Ça veut dire que tu fuis, chaque jour de ta vie. Tu repousses les gens. Donc tu fuis, Tor, mais c'est un genre de fugue différent. Pourquoi ? Qu'est-ce qui te pousse à remonter sur le ring pour combattre ? Tu n'as pas besoin d'argent. Contre qui te bats-tu réellement ?

Quand j'eus terminé ma phrase, je le montrai du doigt et hurlai, ayant désespérément envie de me défendre.

La porte du vestiaire s'ouvrit légèrement. Nous ne bougeâmes pas d'un poil, nos regards fiévreux rivés l'un sur l'autre. L'intrus avait dû sentir qu'il nous interrompait, car il recula lentement et nous laissa une fois encore.

Torin déglutit péniblement avant de parler d'un ton cassant qui fendit mon cœur dans ma poitrine.

— Il y avait un gardien, dans le centre de détention pour mineurs. J'étais encore petit, à seize ans, et il était beaucoup plus grand que moi. Quand il a commencé à me rendre des services, en me donnant plus à manger ou en me laissant rester dehors plus longtemps, je me suis dit que c'était un bon allié. Jusqu'à ce qu'il décide que je devais le payer pour les services qu'il me rendait.

Torin leva les yeux vers moi et je sus qu'il ne retenait rien. Ni la haine ni la terreur. Ni le désespoir et la douleur agonisante à la fois mentale et physique. Il me montrait les morceaux brisés de son âme, toujours teintés par les résidus poisseux du cauchemar qu'il avait vécu.

Je savais que Torin avait été blessé. Ce n'était pas un secret. Mais entendre à quel point son traumatisme avait été dévastateur m'était insupportable.

Je dus m'asseoir sur le banc à côté avant que mes jambes ne suivent mon cœur et tombent sur le sol.

— Je vois que tu as compris sans que j'aie besoin de te donner les détails.

J'acquiesçai, luttant contre une vague de nausée particulièrement vicieuse.

— Tu voulais connaître mon histoire avec Jolly, poursuivit Tor. Les agressions ont continué environ un mois avant que Jolly commence à les remarquer. Il a vu ma manière d'éviter l'autre gardien. Jolly n'est pas fan des pervers. Un jour, il est arrivé et m'a demandé ouvertement si l'homme m'obligeait à faire des choses. J'ai saisi l'occasion et je lui ai dit la vérité. C'est le dernier jour où j'ai vu mon agresseur. Deux semaines plus tard, la rumeur disait que l'homme avait été trouvé échoué sur le bord de la rivière. Quand j'ai commencé à travailler pour la famille, la première chose que j'ai faite a été de lui donner un boulot bien mieux payé que ce qu'il touchait auparavant. Il est avec moi depuis. Tu voulais ma vérité, Stormy Lawson ou Aline Karpova, peu importe ton nom, tu l'as. Tu en sais plus sur moi que n'importe quelle personne sur cette planète. À prendre ou à laisser.

Il se tourna pour partir et la panique m'envahit.

Je ne pouvais le laisser s'en aller, pas ainsi. Pas du tout.

Il avait pris le risque d'une vie en me disant ce qu'il avait subi et il avait mis sa famille en danger pour moi, alors je pouvais bien trouver le courage d'exposer ma plus grande honte et mon plus grand chagrin.

— J'ai déjà été enceinte, déclarai-je.

Les mots étaient poisseux et gênants sur ma langue.

— J'étais enceinte de lui et je…

Un sanglot m'échappa. Puis un autre.

Je devais continuer et tout lui dire.

— Je n'ai pas pu le protéger, m'obligeai-je à dire entre de lourds sanglots, car j'étais ravagée par le chagrin. Mon bébé… J'ai perdu mon bébé…

41

Présent

JE SAVAIS QUE CE SALOPARD AVAIT ABUSÉ D'ELLE. C'ÉTAIT DÉJÀ assez horrible. Je n'avais pas songé à toute l'étendue des implications possibles. J'avais évité de penser à tout ce que Stormy avait subi, dans les détails, car cela me rendait bien trop fou. Storm n'avait pas eu ce luxe. Elle avait dû vivre chacune de ces minutes agonisantes.

J'avais l'impression d'être un crétin insensible.

Je savais mieux que quiconque ce que c'était, d'avoir un passé qui vous hantait. De me sentir terni, comparé à tous ceux qui m'entouraient, parce qu'ils n'avaient jamais connu une telle décadence. Ce genre d'obscurité marquait une personne. Elle la changeait. Et ceux d'entre nous qui l'avaient expérimentée étaient plus aptes à la percevoir chez les autres.

La douleur reconnaissait la douleur.

Je me rendis compte à ce moment que le traumatisme avait été l'élément intangible qui m'avait attiré vers Storm. Nous portions nos fardeaux différemment, mais nous étions les mêmes, en dessous. Nous savions ce que cela faisait, d'être brisé.

Je m'obligeai à mettre de côté mes pensées vagabondes et écoutai le reste de son histoire.

— Damyon n'a jamais été au courant pour la grossesse. J'aurais dû le quitter avant que ça se produise, mais je ne l'ai pas fait, et c'est ma plus grande honte, dans la vie. Quand j'ai découvert l'existence du bébé, j'ai su que je devais partir avant qu'il l'apprenne. J'avais prévu d'attendre la bonne occasion, sachant que je n'aurais qu'une seule chance. Seulement, j'ai attendu trop longtemps.

Sa voix fragile se brisa jusqu'à ce qu'elle ne soit plus qu'un souvenir fugace.

La voir souffrir autant était un enfer. Je lui aurais pris sa douleur et l'aurais portée moi-même si je l'avais pu. J'aurais fait n'importe quoi pour faire renaître la lumière dans ses yeux.

— Il s'est mis en tête que je le trompais.

Elle secoua la tête, comme si elle en était encore incrédule.

— Il m'a tabassée plus violemment qu'il ne l'avait jamais fait. J'ai fini à l'hôpital. Quand je me suis réveillée, j'ai appris que le bébé était… parti. J'ai su que je serais la suivante si je ne trouvais pas un moyen de partir, alors au lieu d'attendre, je me suis levée de mon lit et je suis partie en chemise de nuit.

— Tu as déambulé dans les rues de Moscou, avec une simple chemise de nuit d'hôpital ? Comment as-tu survécu ?

Ses yeux devinrent beaucoup plus chaleureux et elle sourit.

— Je venais d'arriver au bout d'un couloir quand une infirmière m'a arrêtée. Elle ne parlait pas bien anglais, mais elle a compris ce que j'avais traversé et a compris que je m'enfuyais. Elle a pris un risque et m'a sauvé la vie, ce jour-là. Elle m'a habillée, m'a donné à manger et m'a fait monter dans un bus pour que je reste avec des amis à elle, à Saint-Pétersbourg. Je lui dois tout.

Elle serra le sac noir contre sa poitrine et leva les yeux vers moi.

— Je suis terrifiée, Torin, murmura Stormy. La dernière fois que je me suis enfuie, ça m'a coûté mon bébé. Je ne veux pas que ça se reproduise. Je ne peux pas.

Je me laissai tomber sur le banc et la pris dans mes bras, là où était sa place, respirant profondément d'un air soulagé. L'enlacer, la sentir fondre à mon contact, apaisait mon âme encore mieux que n'importe quelle drogue.

— Je lui arracherai la colonne vertébrale à mains nues avant de le laisser te faire du mal ou faire du mal à notre enfant.

Je n'exagérais pas. Je pensais chaque mot.

— Mais ce n'est pas si facile. Je veux croire que je suis en sécurité, mais je sais à quel point il peut être impitoyable et calculateur.

Je reculai et relevai sa tête vers moi pour qu'elle me regarde dans les yeux.

— Je comprends. Pour l'instant, tu le connais mieux que tu me connais, même si je ne souhaite pas que tu rencontres un jour cette part de moi, mais tu m'as vu sur ce ring, tu te souviens ?

J'attendis qu'elle acquiesce.

— J'ai connu le diable. J'ai appris comment il réfléchissait et j'ai étudié ses faiblesses. Le diable. Ne. Te. Touchera. Pas.

Chaque mot sec fut renforcé par une conviction absolue, car malgré la campagne d'intimidation mise en œuvre par Damyon, je savais qu'il n'était fait que de chair et de sang, comme nous tous. Un homme mortel avec l'ego de Dieu, qui causerait finalement sa perte.

Stormy passa les bras autour de mon cou et s'accrocha à moi avec tant de force que j'aurais pu marcher sur l'eau si elle me l'avait demandé.

— Je suis désolée de t'avoir caché le mariage.

— Je n'étais pas ravi que tu aies gardé le secret, mais je me fous du mariage en lui-même. Tu ne peux pas être mariée à un mort.

— Merci de me comprendre et d'être patient, chuchota-t-elle.

Je ris sarcastiquement.

— Si tu crois que je suis patient, il vaudrait mieux qu'on fasse réexaminer ta tête.

Elle s'éloigna et haussa les épaules.

— Mes critères sont un peu biaisés.

— Si ça va dans mon sens…

Je lui lançai un sourire narquois, ce qui la fit sourire également.

— Comment as-tu su où me trouver ?

Je glissai mon doigt sous la chaîne accrochée autour de son cou.

— Le médaillon possède le traceur GPS le plus sophistiqué qui existe. Je ne laisse aucune place au hasard.

J'attendis qu'elle se dérobe à cause de ce que j'avais fait, mais elle hocha plutôt la tête.

— Je porterai n'importe quoi si ça le tient éloigné de moi.

— Chérie, même le diable en personne ne peut t'emmener loin de moi.

42

Présent

IL ÉTAIT DRÔLE DE VOIR COMME LE TEMPS CHANGEAIT UNE personne. Six ans auparavant, les hommes qui m'ouvraient la porte et m'achetaient des fleurs m'enchantaient. Aujourd'hui, ce genre de choses semblait vraiment anodin. Mais le serment de Torin ? Il propulsa mon cœur dans la stratosphère. Il était archaïque et un tantinet paranoïaque, et pourtant, c'était exactement ce que j'avais besoin d'entendre.

Je passai mes bras autour de son ventre et appuyai mon oreille contre son torse. Le tambourinement rassurant de son pouls régulier garda le même tempo jusqu'à ce que mon propre cœur lui emboîte le pas.

— Très bien, ma belle, dit Tor en ricanant quand je ne le relâchai pas. Sortons d'ici. Nous avons un planning chargé aujourd'hui, et ma chérie doit encore voir un médecin.

— Un médecin ? Mes côtes vont guérir, dis-je en reculant, confuse.

Le regard de Tor s'adoucit.

— Un autre type de médecin, dit-il en posant délicatement sa main sur le bas de mon ventre.

— Oh, soufflai-je.

J'allais devoir commencer à mettre mes changements d'humeur sur le compte des hormones, car elles étaient sérieusement hors de contrôle. Un flot de joie écrasante me balaya avec une telle force que je dus lutter contre les larmes pendant que Torin passait un coup de fil.

— Jonas, nous devons faire passer une échographie à Stormy le plus vite possible... non, pas au début de la semaine prochaine, je veux dire maintenant... C'est une urgence parce qu'elle s'est fait tabasser il y a quelques jours et que je viens juste de découvrir qu'elle porte mon bébé.

Son ton devint exigeant. Ayant rencontré Jonas, je doutais qu'il en soit très affecté.

— Et, Jonas, assure-toi que c'est une femme... Oui, je sais que je le suis.

Il mit fin à l'appel et glissa son portable dans sa poche.

— Qu'est-ce que tu es ? demandai-je, curieuse de savoir ce que ce médecin imposant lui avait dit.

— Un emmerdeur, marmonna Torin. Dommage pour lui, je m'en moque.

Je souris alors qu'il nous menait hors du bâtiment de l'association pour jeunes. La moto de Torin était garée près de l'entrée. Illégalement, devrais-je ajouter. Il semblait croire que le monde était son parking.

Posant les mains sur ses hanches, Torin détailla la moto de course vert pétant et fronça les sourcils.

— Quand je suis parti te retrouver, je ne m'attendais pas à ramener une femme enceinte.

— Je suis enceinte, Tor, pas mourante.

— Ne plaisante pas à ce sujet.

Il soupira et passa sa jambe par-dessus sa moto.

— Profite de la balade, parce que c'est la dernière fois que mon bébé à naître monte sur un quelconque véhicule sans ceinture de sécurité.

— Au moins, tu as le casque. Bon, il t'en faut juste un autre pour toi.

Je clipsai l'attache sous mon menton et réprimai un sourire.

— C'est pour toi que je m'inquiète, pas pour moi, maugréa-t-il.

— Oui, mais qui nous protégera, le bébé et moi, si tu n'es plus là ?

Je montai derrière lui et le sentis se crisper, puis se détendre.

— *Merde* alors.

Il marmonna dans sa barbe, mais j'étais suffisamment proche pour l'entendre. Je souris en le serrant fermement contre moi. J'étais encore préoccupée par une multitude de choses, mais ces peurs ne furent subitement plus aussi intimidantes. Pas avec Torin à mes côtés. Je n'avais jamais imaginé que cela serait si gratifiant de tout dévoiler. Quelqu'un d'aussi férocement indépendant que Tor aurait aisément pu être horrifié par une grossesse inattendue, mais en réalité, il avait semblé accueillir volontiers cette idée. Il avait même été agacé à l'idée de rester éloigné de son bébé.

Alors qu'il nous faisait slalomer à travers la circulation,

bien en dessous de la limite de vitesse autorisée, je me demandais s'il changerait d'avis, en ayant un peu de temps pour encaisser la nouvelle. De mon point de vue, après avoir pensé que je ne pouvais avoir d'enfant, cette grossesse était une bénédiction incroyable. Mais Tor n'avait pas passé cinq ans à accepter son infertilité. Il ne voulait peut-être pas d'enfant du tout et désormais, il n'avait pas le choix.

Plus j'y songeais, plus j'étais inquiète.

Si la perspective d'avoir un enfant diminuait son désir d'être avec moi, serait-il moins enclin à nous protéger de Damyon ? Un monde d'incertitude me bombarda jusqu'à ce que je claque une porte virtuelle sur ces pensées et refuse de les concevoir.

Torin m'avait fait comprendre clairement ce qu'il pensait de moi et je lui faisais confiance pour dire la vérité. Il avait le droit d'avoir ses propres craintes. Ça ne signifiait pas pour autant qu'il cesserait d'être dévoué et attentionné.

Lorsque nous nous garâmes sur le trottoir, devant un gratte-ciel vitré, je me sentis relativement sûre de moi-même sur cette corde raide émotionnelle.

Un pied après l'autre.

Jonas avait envoyé un SMS à Torin avec le nom d'un médecin et le numéro d'une porte. J'ignorais à quoi m'attendre. Tor m'avait dit que j'avais besoin d'une échographie, mais je n'étais pas convaincue que ce soit possible dans un délai si court.

— Je ne dois pas être enceinte depuis longtemps, dis-je nerveusement. Ça n'est peut-être même pas nécessaire.

Ma grossesse précédente ne m'avait pas donné l'occasion d'apprendre quoi que ce soit sur ce processus et aucune personne, dans ma famille ou parmi mes amis, n'avait été enceinte dans mon enfance. Tout cela m'était inconnu.

— Tu dois absolument te faire examiner. Ils vont te faire une échographie interne pour vérifier le rythme cardiaque, nous dire quelles vitamines prénatales acheter et créer ton dossier pour suivre la croissance du bébé.

Il le dit si nonchalamment, comme s'il avait travaillé comme infirmier pendant des années et qu'il avait déjà donné cette information un millier de fois.

Je le regardai, bouche bée, alors que les portes de l'ascenseur s'ouvraient.

— Comment sais-tu tout ça ?

Je n'avais jamais envisagé qu'il ait déjà un enfant dans ce monde, mais à présent…

Il me lança un petit sourire en me faisant entrer dans l'ascenseur.

— J'ai trois sœurs et un frère et ils ont tous des enfants. Je n'ai pas pu m'empêcher d'en apprendre plus sur les bébés que je ne le voulais.

Torin Byrne, boxeur maussade et gangster armé, avait une activité secondaire en tant qu'oncle Tor. J'avais du mal à me faire à l'idée.

— Comment ai-je pu l'ignorer ? Tu ne parles jamais de ta fratrie ou de ta famille, en dehors de tes cousins.

— Ils sont tous très banlieusards. Je suis le seul de la famille à être entré dans les affaires familiales, alors je ne les vois pas autant.

Un signal indiqua que nous avions atteint notre étage avant que les portes argentées s'ouvrent.

— Tu es un homme chanceux, tu le sais, ça ? dis-je alors que nous sortions dans le couloir gris stérile.

Le regard insondable de Tor croisa le mien.

— J'ai plus de chance qu'avant, c'est certain.

Il me prit la main et me mena vers le cabinet du

gynécologue au bout du couloir. La porte était fermée à clé.

— On est dimanche après tout, lui dis-je.

— Oui ! cria une voix féminine. Je suis là !

Une femme en jean et pull à capuche des Jets arriva à toute vitesse au coin du couloir et passa à côté de nous pour ouvrir la serrure.

— Entrez. Je suis Nicole Bromstead. Jonas m'a dit que vous aviez besoin d'une échographie ?

— Oui, répondit Torin. Nous venons de découvrir que Storm était enceinte. Comme vous pouvez le voir, elle a été agressée il y a quelques jours, alors nous voulons nous assurer que tout va bien.

La femme s'arrêta et me regarda, observant enfin mon visage couvert d'ecchymoses.

— Oh, bon sang. Oui. Bien sûr.

Elle commença à se retourner, mais je l'interrompis en posant une main sur son bras.

— Pour information, ce n'est pas lui qui a fait ça, dis-je en jetant un bref coup d'œil à Torin. J'ai été suivie jusque chez moi, depuis le métro.

Je savais qu'il serait facile de formuler cette hypothèse-là et je détestais que quiconque pense que c'était la faute de Torin.

Elle fronça les sourcils.

— Je suis vraiment désolée. Ces derniers jours ont été particulièrement tumultueux pour vous.

Je lui souris pour la rassurer.

— Je vais beaucoup mieux, grâce à lui.

— Bien ! dit-elle en me tapotant la main et en reprenant rapidement ses esprits. Très bien, venez ici. Vous devez enlever tout ce que vous avez en bas, puisqu'il semblerait que vous n'êtes pas enceinte depuis longtemps. Vous pouvez vous servir de ce drap pour vous couvrir.

Elle posa un drap en papier sur la table avant de lancer sa machine.

— Je vais mettre le match là-bas pendant que vous vous changez et je reviens dans une minute. Les Jets en étaient à dix à zéro à la première mi-temps !

Son annonce enthousiaste resta suspendue une fois qu'elle eut quitté la pièce.

— Elle a beaucoup trop d'énergie, chuchotai-je en commençant à me déshabiller. Je crois que je l'aime bien.

Torin leva les yeux au ciel.

— Évidemment.

Dix minutes plus tard, j'étais allongée sur le dos, mes genoux écartés, et un appareil qui ressemblait à un godemichet était dans mon vagin. Ma poigne était mortelle autour de la main de Torin. La machine émit quelques bruits parasites, comme un microphone qu'on déplaçait dans un sac de courses, et l'image affichait des tourbillons noirs avec des taches blanches. Je n'y distinguais rien.

Puis le battement distinct d'un pouls régulier envahit la pièce.

Il remplaça tout l'air présent et me coupa le souffle.

C'était mon bébé. *Notre* bébé. Le bruit de son minuscule cœur qui palpitait en moi… Et je voyais une forme définie sur l'écran, ressemblant à une cacahuète flottant au milieu d'un cercle noir.

— Ici, dit le Dr Bromstead en désignant le minuscule point vacillant. C'est de là que vient le battement du cœur.

Elle se servit de la souris pour dessiner une ligne d'un bout à l'autre de la cacahuète.

— On dirait que vous en êtes à sept semaines et cinq

jours, ce qui ferait un terme au 14 juillet. Félicitations, vous allez être maman.

J'éclatai en sanglots. De lourdes larmes cathartiques me faisaient sûrement passer pour une folle.

— Tout va bien ? demanda le médecin.

— Tout va bien, lui répondit Torin. Mais puis-je avoir une minute avec elle ?

— Oui, bien sûr. Je serai juste là, je regarde le match.

Elle sortit l'échographe de mon vagin et le posa sur le côté avant de détaler.

J'appuyai mes mains sur mon visage, embarrassée d'avoir subitement craqué. Torin les repoussa et se pencha au-dessus de moi. En voyant son regard habituellement agité si empli d'émerveillement et d'adoration, je faillis perdre la tête une fois encore.

— Dis-moi que ce sont des larmes de bonheur, murmura-t-il.

— Oui, presque, dis-je en hoquetant. Je ne croyais pas que c'était possible, alors je suis un peu sous le choc à l'idée que ce soit en train d'arriver. Je suis un peu triste de ne pas pouvoir partager ça avec Honey, parce que je sais qu'elle serait ravie, mais je m'inquiète aussi de ce que tu penses. Je ne veux pas que tu te sentes obligé de vivre ça.

Torin écarta mes cheveux de mon front et posa une main sur ma joue.

— Je n'ai jamais vraiment songé aux enfants. Je n'avais aucune raison de le faire alors que je ne supportais même pas d'avoir une femme chez moi, mais tout a changé quand tu t'es pointée. Je voudrais de cet enfant, quoi qu'il arrive, parce que c'est quelque chose que nous avons fait tous les deux. Mais le fait qu'il te rende si heureuse conclut cette affaire. Je ferais n'importe quoi pour que tes yeux brillent ainsi.

Si mon cœur continuait de gonfler, il éclaterait à travers ma cage thoracique contractée.

— C'est vraiment dommage que personne ne voie cet aspect de ta personnalité, Tor. Tu es vraiment incroyable.

Il grogna, ce qui me fit sourire.

— Je ne suis pas sûr que tu dirais ça si tu savais à quoi d'autre je pense.

J'écarquillai les yeux quand ses paupières s'alourdirent.

— On ne peut pas, soufflai-je. Le médecin est juste à côté.

— Je suis presque sûr qu'elle sait qu'on baise, chérie.

— Ça ne veut pas dire qu'elle a envie d'être aux premières loges.

Faisant un long pas sur le côté, il arriva à l'extrémité de la table d'examen. Il tira sur mes chevilles et passa mes jambes autour de son ventre dans un rapide mouvement.

— Je viens d'apprendre que cette femme merveilleuse va devenir la mère de mon enfant.

Il détacha son pantalon d'une main sans jamais me quitter des yeux.

— Nous avons couché une seule fois ensemble. Tu n'étais pas censée être capable d'avoir des enfants, mais c'est arrivé, comme si c'était le putain de destin. Je ne me suis pas retrouvé en toi depuis.

Il se pencha en avant et appuya son membre contre mes replis intimes.

— Je m'en foutrais totalement si le président des États-Unis se trouvait de l'autre côté de cette porte. La seule chose qui compte est juste… *ici*.

Torin inclina ses hanches et s'enfonça en moi.

Il prit soin de bouger lentement, laissant à mon corps le temps de s'ajuster, mais mon cœur avait du mal à suivre le rythme. Je n'avais rien affronté d'autre que de l'incertitude et de la peur depuis des semaines. Même depuis des années. Les paroles de Torin étaient tout ce dont j'avais besoin sans le savoir.

Je m'accrochai à lui, son corps collé contre le mien, alors que ses petits coups de reins possessifs devenaient plus rapides.

— *Oui, Tor*, soufflai-je.

Cet angle et cette proximité étaient parfaitement harmonisés pour que son corps entre en contact avec mon clitoris au moment exact où sa verge atteignit mon point G. Cet assaut de sensations fit instantanément monter une boule de pression cataclysmique au fond de moi – plus vite que je ne l'aurais jamais cru possible.

— *Merde, ma belle, tu es douée pour prendre.*

Ses lèvres taquinèrent mon cou.

Je m'agrippai à Torin Byrne de toute mes forces. Non pas parce que je le devais ou que j'en avais besoin, mais parce que j'en avais envie. Je désirais chaque centimètre compliqué de son être – la douceur, la possessivité, les tendances jalouses et la dévotion sincère, son côté protecteur et tout ce qu'il y avait entre deux, parce qu'il n'était pas l'un sans l'autre. Il était la somme de ses imperfections et je les voulais toutes.

— *Seulement pour toi, chéri.*

Mon orgasme me submergea alors que je parlais, chaque mot devenant plus essoufflé que le précédent.

La jouissance de Torin sembla le consumer à la même vitesse inattendue que la mienne. Son corps se crispa et se cambra dans deux coups de reins plus lents et plus exagérés, alors qu'il soupirait. Et dans un style parfaitement digne de Torin, il paracheva un ébat frénétique avec un baiser incroyablement tendre dans mon cou, comme pour m'assurer que bien qu'il paraisse bourru et autoritaire, il n'y avait qu'une adoration pure sous tout cela.

43

Présent

JE ME RETIRAI ET RESPIRAI PROFONDÉMENT PAR LE NEZ, essayant de ralentir mon rythme cardiaque. Quand je le fis, la vue du tatouage de Stormy dépassant de son haut attira mon attention. Je glissai mon doigt dans le col de son T-shirt et tirai dessus en baissant le bonnet de son soutien-gorge jusqu'à ce que tout le tatouage soit visible.

Stormy tenta de s'asseoir. J'eus la sensation qu'elle essayait d'éviter le sujet, mais je refusais de laisser tomber.

— Il t'a fait ça, n'est-ce pas ?

Je reconnus soudain la forme et compris ce qu'elle était.

Des initiales. Les mêmes initiales que j'avais vues sur le set de papeterie de Damyon.

— La dernière fois que je l'ai vu, avant de me réveiller à l'hôpital et de m'enfuir.

Je ne savais pas ce qui me mettait le plus en colère : que ce salopard l'ait marquée ou qu'elle en soit clairement embarrassée. Elle refusait même de croiser mon regard.

J'allais déchiqueter ce connard, membre après membre.

Mais pour l'instant, je n'avais pas envie que ma fureur gâche notre après-midi. C'était la première fois que nous voyions notre fils ou notre fille et je ne souhaitais pas que ma mauvaise humeur entache nos souvenirs.

— Et le tatouage ? demandai-je en espérant nous guider vers des eaux plus sûres.

Stormy sourit.

— Ce sont des pavots de Californie. Ils grandissent sur les sols brûlés. Il y en a un pour chacun de mes parents.

Son menton tremblota.

— Et un pour le bébé ?

Elle acquiesça.

— Et l'abeille est pour Honey. Je voulais couvrir l'horreur avec les plus belles parties de ma vie.

Je n'avais jamais rencontré quelqu'un qui savait toujours trouver le bon côté des choses comme Stormy le faisait. Sa capacité à célébrer le positif était extraordinaire, même quand ce n'était qu'un minuscule trèfle sur une gigantesque montagne d'excréments. J'imaginais cependant que c'était logique. Seule une femme avec cette capacité serait prête à m'accorder du temps.

Je ne croyais pas aux âmes sœurs, mais bon sang, l'univers m'envoyait une preuve solide.

Mes lèvres s'écrasèrent sur les siennes. Storm ricana, mais mon baiser vorace dévora rapidement ce bruit. J'envisageais un deuxième round quand mon portable commença à vibrer.

Merde alors.

Il arrivait bien trop de choses pour que j'ignore l'appel.

— Oui ? dis-je d'une voix bourrue.

— Tout a été préparé pour la réunion. Chez toi, dans deux heures.

Keir avait passé la matinée à m'aider à joindre la famille.

— Bien. Nous ferons un saut chez toi dans quelques minutes pour prendre ses affaires.

Je raccrochai et pris la main de Storm.

— Il faut qu'on y aille. Je t'expliquerai une fois que nous serons à la maison.

Nous remerciâmes le médecin en sortant et je lui dis d'obtenir mes coordonnées bancaires via Jonas. Une heure plus tard, nous étions garés devant mon immeuble.

— Garde ton casque.

Je l'aidai à descendre de la moto tout en observant la zone à la recherche de menaces.

Être à découvert me mettait franchement mal à l'aise. J'aurais dû prendre ma voiture, mais j'étais pressé de retrouver Storm et la moto était, de loin, le mode de transport le plus rapide. Je n'avais pas songé au fait que nous serions si exposés en revenant. Damyon était certainement déjà en train de surveiller mon immeuble.

J'aurais pu me rendre au *Moxy* ou dans un autre lieu quelconque, comme la piste de roller que nous avions utilisée pour le combat, afin de rejoindre mes cousins, mais ces deux bâtiments-là étaient trop isolés. Trop facilement cernés. Le nombre créait la sécurité et mon immeuble de quatorze étages était un bastion parfait. Nous étions à un étage élevé, ce qui était toujours un avantage pendant une guerre.

Et la guerre arrivait.

Damyon avait dit que j'avais vingt-quatre heures pour lui amener Stormy. Ce délai était presque terminé et je lui faisais confiance pour tenter de me suivre, car c'était ce que j'aurais fait. Si j'étais à sa place, je n'attendrais même pas la fin des vingt-quatre heures, je surprendrais l'ennemi. C'était la raison pour laquelle nous prenions des précautions.

Je poussai Stormy à monter à l'étage et la fis entrer dans la chambre d'amis avec Jolly, que j'avais fait venir pour qu'il la protège. Si j'avais pu, je l'aurais gardée dans mon champ de vision, mais elle n'avait pas besoin d'entendre toutes les conneries dont nous discuterions. Cela ne ferait que renforcer ses inquiétudes et je ne serais pas loin. Jolly était une personne en qui j'avais confiance pour la surveiller à tout moment, sans être distrait. Même si je n'étais qu'à une pièce de là, je ne laisserais rien au hasard.

44

Présent

— J'AIMERAIS POUVOIR ÊTRE LÀ AVEC TOI, MAIS KEIR NE M'A même pas laissée finir ma phrase quand j'ai essayé de le lui demander.

L'appel de Rowan fut un soulagement inattendu. Je n'étais dans la chambre d'amis que depuis quelques minutes quand mon portable s'était allumé.

— Je suis surtout ravie que tu me parles encore alors que je me suis enfuie comme ça. J'ai un peu flippé.

Mon Dieu, j'étais si embarrassée. Je savais que je ne le devrais pas. Elle comprenait les complications de ma situation, mais il n'était jamais génial d'avoir un public quand

360

vous paniquiez.

— Si tu savais les choses barbares que j'ai faites quand j'ai cru que je n'avais aucune autre option, tu me prendrais pour une détraquée.

Elle marqua une pause et baissa la voix.

— Tu lui as parlé… de… tu sais ?

Je fus obligée de rire.

— Oui, on a discuté. Je lui ai tout dit et je crois que tout ira bien, à supposer que nous démêlions tout ce chaos.

Là était l'entourloupe, et elle était gigantesque.

— Oh, tant mieux ! Je suis vraiment soulagée. Ce genre de chose est assez effrayant sans toutes les complications d'une relation.

Je jetai un coup d'œil à Jolly alors que j'envisageais de parler à Rowan du rendez-vous avec le médecin, mais je décidai de me retenir. C'était une grande nouvelle et je voulais que Torin puisse la partager avec sa famille et ses amis. Le vieil homme ne semblait pas me prêter attention, mais j'avais appris, en travaillant avec lui, qu'il avait conscience de plus de choses qu'il ne le laissait croire.

— Nous aurons du temps pour gérer ça, lui assurai-je en gardant la conversation sympathique et vague.

Elle allait répondre quand une sirène assourdissante retentit. Le téléphone toujours dans une main, je couvris mes oreilles du mieux possible et bondis.

— Reste là ! hurla Jolly. Nous n'allons nulle part à moins qu'on nous dise le contraire.

— Ro, il se passe quelque chose ! criai-je plus fort que la sirène. Je te rappelle plus tard.

Je n'entendis pas si elle me répondait. J'entendais à peine mes propres pensées.

Jolly se leva et se plaça entre la porte et moi. Tor avait dit qu'une telle chose se produirait peut-être, mais ça ne rendait pas la situation moins terrifiante. Une éternité s'écoula avant que la porte s'ouvre brusquement.

Tor me parcourut rapidement du regard avant de se tourner vers Jolly.

— Le centre de communication de l'immeuble a envoyé un message. C'est une fuite de gaz qui s'infiltre dans le système de ventilation. Ils veulent que tout l'immeuble évacue.

— C'est Damyon ?

Je baissai les mains de mes oreilles alors que la peur me figeait sur place.

— Sans l'ombre d'un doute.

Jolly se renfrogna.

— Il empoisonnerait tout un bâtiment rempli de gens pour nous faire sortir ?

Je déglutis.

— Je le crois même capable de réduire tout l'immeuble en cendres plutôt que de me laisser m'enfuir.

— Nous avions évoqué l'éventualité qu'il puisse faire une telle chose, annonça Torin d'un ton parfaitement professionnel. Tout le monde sait quoi faire.

Il attendit que nous hochions la tête avant de nous guider vers le couloir.

— Et mon chat ? lançai-je.

Nous n'avions jamais spécifiquement parlé d'une fuite de gaz. Étais-je censée abandonner le pauvre Blue Bell ?

Jolly m'attrapa par le poignet et m'attira vers lui.

— Seigneur, ma belle. On a de plus gros problèmes. Allons-y.

Il avait raison, bien sûr. Mais j'étais trop terrifiée pour les affronter.

Damyon était là pour moi et je ne pouvais que prier pour que Torin trouve un moyen de l'arrêter.

45

Présent

VISIBLEMENT, DAMYON ET MOI ÉTIONS BEAUCOUP PLUS similaires que je ne l'avais imaginé. Il n'avait pas attendu la fin des vingt-quatre heures pour venir récupérer Stormy, mais j'avais discuté de cette possibilité avec mes cousins et j'avais un plan.

Admettons, mes plans étaient centrés sur un incendie ou une explosion qui ne contraindrait pas nécessairement notre évacuation, mais Damyon avait été méticuleux. Nous n'avions pas d'autre choix que de partir.

Chaque once de mon attention était focalisée sur ce qui devait être fait. L'alarme stridente n'entra même pas dans mon cerveau alors que je dirigeais notre fuite. Keir et Oran étaient tous les deux présents et, habituellement, ils auraient pris les rênes de l'opération, mais ils étaient respectueusement restés en retrait et m'avaient laissé gérer la situation. Six de mes cousins étaient venus dans l'appartement et nous en avions une douzaine non loin. Le but était de protéger Stormy, mais il était tout aussi important pour moi que personne d'autre ne meure pendant le processus.

— La voiture est en place ? demandai-je à Keir.

— Elle est prête et elle attend.

— Bien, je vais nous y emmener.

J'attrapai le manteau et le chapeau de Storm.

— Je veux qu'elle soit au milieu et qu'on l'entoure à tout moment.

Tout le monde acquiesça et brandit son arme.

— Sortons.

J'embrassai une dernière fois Stormy avant que nous quittions l'appartement.

— Ce sera bientôt fini. Tiens-t'en au plan et essaie de ne pas paniquer, d'accord ?

Elle hocha la tête et ses grands yeux marron s'écarquillèrent d'inquiétude.

— S'il te plaît, fais attention.

— Je le ferai, lui assurai-je avant d'approcher mes lèvres de son oreille. Je ne peux pas me permettre d'être moins que ça. Deux personnes comptent sur moi, maintenant.

J'effleurai son ventre.

Son sourire tremblotant m'emplit de détermination. Elle me confiait sa vie et celle de notre enfant à naître. Cela signifiait tout pour moi. Je ne la laisserais pas tomber.

Tout le monde dans l'appartement se faufila dans le

couloir et descendit rapidement, mais prudemment, l'escalier. Nous n'étions pas les seuls à évacuer et le chaos limitait notre visibilité. Je ne savais pas vraiment si c'était une bonne ou une mauvaise chose. Les autres habitants laissaient une grande distance entre nous quand ils remarquaient que nous étions armés, ce qui minimisait la foule autour de nous.

Nous restâmes en cercle sur les dix volées de marches avant d'atteindre le rez-de-chaussée où tout deviendrait plus compliqué. Je marquai une pause devant la sortie de l'escalier et observai le palier. Je ne voyais personne traîner dans les parages avec une arme. Je guidai notre groupe loin de la foule et vers le petit café situé dans le hall. Cet endroit avait sa propre sortie à l'arrière. Il menait à une allée secondaire d'où il recevait les livraisons et avait accès aux poubelles. Nous n'avions qu'à traverser le café pour rejoindre l'emplacement où la voiture nous attendrait.

Je passai un rapide coup de fil à notre chauffeur alors que nous parcourions la boutique déserte.

— Comment ça se présente ?

— Tout est calme.

— Nous sommes sur le point de sortir.

— Je déverrouillerai les portières une fois que vous serez dans mon champ de vision.

Je raccrochai et m'arrêtai devant la sortie pour me tourner vers ma famille.

— Comme vous le savez, notre unique expérience avec Damyon a prouvé qu'il est doué dans ce qu'il fait. Il n'y a aucun signe de lui, pour l'instant, mais ça ne veut pas dire qu'il n'est pas là. Je ne crois pas une seule seconde que cette fuite de gaz soit une coïncidence, alors restez sur vos gardes.

Tout le monde hocha la tête. Je pris une profonde inspiration avant de tendre la main vers la poignée.

Le SUV noir était à portée de vue à six mètres de là, environ. Je n'avais ouvert la porte que sur quelques centimètres, donc je ne distinguais pas grand-chose d'autre. Ça n'avait pas d'importance. Ce genre de situation ne laissait pas beaucoup de place au contrôle. Le reste devait s'appuyer sur la chance.

— Trois, deux, un… décomptai-je lentement avant d'ouvrir la porte et d'ouvrir la voie pour les autres.

Le temps passa au ralenti alors que je m'approchais de la voiture. J'arrivais à la hauteur de la portière au moment où une balle explosa dans le métal à côté de ma main.

Je reculai et mes cousins s'amassèrent derrière moi, formant un cercle protecteur. Avant que nous puissions courir pour nous mettre à l'abri, une autre salve de tirs résonna. Le résultat fut chaotique.

Oran se coucha sur le sol.

Keir se mit en action et le traîna afin de se mettre en sécurité dans le café pendant que le frère d'Oran les couvrait. Leur départ divisa notre groupe en deux moitiés. Je tendis une nouvelle fois la main vers la portière.

— *Arrêtez !*

Cet ordre aboyé vibrait d'une autorité totale.

Je levai les yeux et vis Damyon franchir la porte de l'autre côté de l'allée. Une brève observation révéla trois autres tireurs aux fenêtres au-dessus de nous et quatre hommes qui pénétraient dans l'allée de chaque côté.

Nous étions cernés.

L'adrénaline enflamma mon corps d'un courant électrique pour que je frappe l'ennemi, mais je devais me retenir. Personne ne tirait, pour l'instant, et cela devait continuer ainsi.

— Vous mesurez le temps différemment, en Sibérie ? demandai-je avec une indifférence experte.

Damyon s'approcha, visiblement peu impressionné par notre menace.

— Comme si tu prévoyais de me la donner.

Son sourire condescendant était rageant. Ce mec pétait clairement plus haut que son cul. Eh bien, j'avais quelque chose à lui apprendre. Il n'était pas si spécial.

J'aurais dû lui tirer dessus là où il se trouvait, mais cela aurait été une fin trop facile pour lui. Damyon devait souffrir pour ce qu'il avait fait. J'avais planifié quelque chose pour lui.

— Tu serais peut-être surpris de ce que je suis prêt à faire.

— Vraiment ? Alors, décale-toi, laisse-moi récupérer ma femme.

Son accent russe était presque comique, comme il me rappelait tous les méchants dans les films depuis la guerre froide.

— Et si nous laissions partir ma famille. Ensuite, toi et moi on pourra discuter de ce qu'il se passera après ça.

Je gardai mon corps incliné vers Damyon, protégeant la petite silhouette blottie derrière moi. Son corps tremblait, mais je ne laissais pas cet élément me distraire.

— Tu es prêt à les renvoyer chez eux et à m'affronter seul ?

Il me scruta, comme si j'étais un serpent rare à deux têtes et qu'il n'arrivait pas à savoir si j'étais une mutation déficiente ou une espèce évoluée présentant un danger particulier.

— Ai-je vraiment le choix ? Je préférerais que certains d'entre eux s'en sortent vivants et tu as clairement l'avantage.

— Tu le vois et pourtant, tu n'es pas prêt à t'en aller ? Tu vas te sacrifier, n'est-ce pas ?

— Damyon, nous connaissons tous les deux l'issue. Tu ne me laisseras pas partir vivant pour la récupérer.

Il me lança un sourire espiègle et haussa les épaules.

— Tu as bien raison. Je ne peux pas te laisser faire.

Je hochai gravement la tête.

— Laisse-les partir et ce sera terminé. Tu as gagné.

— Gagner signifierait que j'ai affronté quelqu'un que je pourrais qualifier d'adversaire. Tu n'es rien d'autre qu'une perte de temps.

Il leva les yeux vers un point au-dessus de ma tête. Ce regard fut le signal.

L'action explosa follement en l'espace de quelques secondes avant qu'un silence relatif ne s'impose à nouveau, aussi rapidement. Des coups de feu résonnèrent et firent sèchement écho sur les grands immeubles qui nous entouraient. Des mains vides s'élevèrent vers le ciel et des corps s'effondrèrent.

Damyon avait raison. C'était un massacre plus qu'un combat, seulement… ça ne se passait pas comme il s'y était attendu.

Chacun de ses gardes du corps personnel était mort. Les hommes de Boris étaient les seuls Russes encore debout et leurs armes étaient pointées vers Damyon. Il avait été doublé et était désormais complètement cerné.

En voyant sa défaite se dérouler sous ses yeux en temps réel, Damyon se jeta en avant. Je m'étais décalé quand les coups de feu avaient résonné, lui offrant un accès suffisant pour qu'il attrape le poignet de Storm et la tire derrière moi. Dans un mouvement rapide, il la retourna et l'attira contre lui tel un bouclier, un couteau à cran d'arrêt luisant contre sa gorge. La panique rendait ses yeux bleus anormalement pâles et clairement démoniaques.

Il hurla en russe aux hommes de Boris avant de passer à l'anglais, alors que des postillons s'élevaient devant lui.

— Ramassez vos armes, espèce de *lâches*.

J'émis un bruit désapprobateur et secouai lentement la tête.

— C'est si difficile de trouver de bonnes personnes pour nous aider, ces temps-ci.

Je regardai la demi-douzaine de Russes qui restait paresseusement sur la zone.

— Gentlemen, mes compliments à Boris.

Ils hochèrent la tête avant de disparaître, laissant Damyon seul dans la fosse aux lions.

Je continuai sans me hâter, tel un chat jouant avec son dîner.

— Tu as promis à Boris que tu n'étais pas là pour les affaires, Karpova. Il n'a pas été très content quand je l'ai informé de ce nouvel arrangement dans le trafic d'êtres humains que tu avais conclu en ville. Je comprends que ce soit un choc, pour toi. Comment aurais-tu pu savoir que j'étais au courant ? Ton bureau ici n'est plus qu'un tas d'échardes brûlées au fond de la marina. Tu pensais que mon attaque sur ton bateau était personnelle, mais tout ce que j'ai fait était stratégique. Tu croyais réellement que j'étais assez stupide pour laisser *accidentellement* ma voiture sur les images de sécurité de la marina ?

Je secouai la tête, feignant la déception.

— Tout ça, c'était stratégique, mais ton ego était trop gonflé pour le voir. Et maintenant, tu t'es acculé dans un coin franchement pénible.

Son regard me rappelait celui d'un chat blessé coincé par

une meute de chiens. Il n'y avait aucune échappatoire possible et il le savait.

— Tu te crois si malin, mais tout ce que j'ai toujours voulu est juste là, souffla-t-il. Si je vais en enfer, je l'emmène avec moi.

Je ricanai, sincèrement amusé.

— Bonne chance.

Damyon se figea. Je vis presque les engrenages tourner difficilement dans son esprit alors qu'il encaissait sa confusion. Il retourna sa captive et lui retira accidentellement sa perruque par la même occasion.

Shae le gratifia d'un sourire malicieux.

Rapide comme l'éclair, elle balaya ses jambes avant de s'appuyer sur le sol pour faire levier et le désarmer en lui brisant le poignet dans un craquement écœurant.

La grande Ombre Russe geignit de douleur alors que je m'approchais et me penchais au-dessus de lui.

— Tu possèdes peut-être la moitié de Moscou, mais c'est *notre* ville. Tu n'es *rien* pour nous.

46

Présent

DES COUPS DE FEU RÉSONNÈRENT QUELQUE PART, SOUS NOS pieds, mais sur le toit, il était impossible de savoir qui tirait ou ce qui était arrivé. Mon imagination me jouait tous les scénarios horribles envisageables. Je me serais approchée de la rambarde pour essayer d'en apprendre plus si Jolly m'avait laissée faire.

Son regard noir brûlant m'indiqua qu'il valait mieux que j'oublie.

Nous étions accroupis derrière un grand conduit, là où Jolly pouvait jeter des coups d'œil vers la porte. Cependant, quelqu'un qui sortirait sur le toit par l'escalier ne nous verrait pas. J'avais l'impression d'avoir vécu trois vies et d'être morte trois fois sur ce toit.

Mes mains étaient si moites qu'elles me picotaient et mon cœur faisait un sprint marathonien depuis une quinzaine de kilomètres.

Lorsque le portable de Jolly commença à vibrer, je dus lutter contre l'envie de le lui arracher des mains.

— Oui ?

Il hocha la tête. Une fois. Deux fois.

— Je le ferai.

La conversation était terminée.

— C'était Torin ? Que s'est-il passé ? Quelqu'un a été blessé ? Oh mon Dieu. Tout va bien ?

Mes questions successives volèrent rapidement dans sa direction sans aucune pause.

Jolly leva la main, comme pour m'interrompre.

— C'est fini. Ça s'est passé exactement comme prévu et il veut te retrouver chez lui.

Mes poumons se comprimèrent. Ce n'était pas un sanglot ou un halètement. C'était plus une inspiration avide après que la peur m'eut étranglée et eut coupé mon arrivée d'air. Je me jetai sur Jolly, le serrant mortellement.

— Oh mon Dieu. J'étais si inquiète.

Je fermai les yeux, soulagée.

Jolly me tapota le dos maladroitement.

— Très bien, alors.

Il soupira quand je ne le relâchai pas immédiatement.

— On va voir ton homme ou on va rester là à pleurnicher toute la journée ?

Je ris en m'éloignant, des larmes de joie et de soulagement me brûlant les yeux.

— Passe devant.

Je lui fis signe d'avancer et le suivis vers la porte. J'étais plus que prête à voir Torin vivant et en pleine forme de mes propres yeux. Bifurquer loin du groupe et monter plutôt que descendre dans la rue avait été la pire des tortures, sachant le danger auquel ils seraient confrontés à cause de moi.

La sirène s'était arrêtée, mais la lumière d'urgence continuait de clignoter. Nous empruntâmes les cinq volées de marches afin de rejoindre le neuvième étage, mon cœur bondissant de plus en plus haut à chaque marche. J'étais sur un petit nuage à l'idée de me retrouver avec l'homme qui était rapidement devenu le centre de mon monde.

Lorsque nous arrivâmes dans le couloir, nous vîmes un pompier avancer vers nous depuis l'escalier opposé. Il se retourna quand la porte se referma derrière nous. Je supposais qu'il était sur le point de nous dire que nous devions évacuer, mais quand ses yeux dépourvus d'âme croisèrent mon regard, la peur me submergea.

J'empoignai vigoureusement le bras de Jolly, et me figeai.

— C'est *lui*, ce n'est pas un pompier.

Mes mots étaient précipités, essoufflés et empreints de panique.

— C'est l'homme qui m'a attaquée dans mon appartement.

J'avais envie de vomir, de crier et de courir, tout cela à la fois.

Mais je n'en fis rien. Ce n'était pas le moment. L'individu en face de nous avait sorti son arme et il la brandissait avec un regard cruel rivé sur Jolly.

Je sus ce que j'avais à faire avant même que l'idée se soit formée dans mon esprit. L'instinct prit le dessus.

Je poussai Jolly avec toute la force que je pus réunir en si peu de temps alors que le coup de feu résonnait. Moins d'une seconde plus tard, la douleur traversa mon épaule. Je reculai alors que les coups de feu de Jolly explosaient. Ils étaient trois et s'étaient rapidement succédé.

— *Seigneur*, ma jolie, cria le vieil homme en se retournant et en me voyant chanceler.

Mon regard était toujours rivé à une dizaine de mètres de là, au bout du couloir, où l'autre homme s'était effondré dans une masse immobile. Je voulais croire qu'il était mort, mais j'étais terrifiée à l'idée qu'il ne le soit pas. Je restai appuyée sur mon bras indemne afin de ne pas le perdre de vue. L'effort fut éreintant alors que je commençais à avoir le vertige.

— Torin va me dépecer vif. Pourquoi tu as fait ça, putain ?

Il s'accroupit pour regarder la blessure.

— Tu as risqué ta vie pour sauver la mienne, mais je ne peux pas en faire de même ? demandai-je alors que ma respiration devenait superficielle.

— Espèce de... bordel de... d'altruiste qui n'écoute personne...

Jolly marmonna des jurons tandis qu'il sortait son portable.

— Tor, nous avons un petit problème.

47

— COMMENT ÇA, ELLE S'EST FAIT TIRER DESSUS ?

J'allais passer à travers le téléphone et lui tordre son putain de cou. Toute once de victoire explosive que j'avais ressentie plus tôt était désormais parsemée de chevrotine et s'effondrait par terre.

— C'était sa faute, bordel ! aboya-t-il.

Cela n'aidait pas son cas.

— Elle l'a fait pour me protéger, mais elle ira bien. Ce n'est que son épaule.

— *Elle est enceinte, bordel, Jolly.*

Les mots explosèrent en franchissant mes lèvres,

résonnant sur le marbre dans le hall de l'immeuble. J'avais déjà commencé à avancer vers l'ascenseur.

— Merde, maugréa-t-il.

Ouais, c'est bien ça.

— Je vais appeler une ambulance en montant.

Je raccrochai. Tout ce qu'il me dirait d'autre n'allait que m'agacer davantage.

Lorsque je sortis de l'ascenseur au neuvième étage, je fus accueilli par un pompier mort qui se vidait de son sang sur la moquette. Mais que s'était-il passé ici ?

Je donnai un coup de pied dans son revolver pour l'éloigner de sa main.

Bon, d'accord, ce n'était pas un pompier.

Je téléphonai à Keir.

— Nous avons un soldat mort habillé comme un pompier, ici. Passe le mot pour que les autres restent aux aguets.

— Compris.

— Comment va Oran ?

Je me sentais mal, à l'idée de ne pas être venu prendre des nouvelles de mon cousin, mais je ne m'inquiétais pas trop pour lui.

— Il a des bleus, mais il va bien. Le Kevlar l'a protégé.

Chacun de nous, qui avait été exposé, avait enfilé un gilet pare-balles.

— Bien. J'ai appelé une ambulance. Stormy s'est fait tirer dessus.

— C'est quoi ce bordel ?

— Exactement. Je t'appellerai plus tard.

Je raccrochai et m'agenouillai à côté de Stormy.

— Seigneur, chérie. Ça fait beaucoup de sang.

Je remplaçai Jolly pour appuyer sa chemise contre la

blessure afin de la comprimer, mon cœur tambourinant comme la basse continuelle d'une mélodie digne d'une boîte de nuit.

— Ça va, je t'assure.

Elle me sourit malgré la douleur.

Nom de Dieu, cette fille essayait-elle de me rassurer alors que c'était *elle* qui s'était fait tirer dessus ?

— Jolly était censé te protéger. Pas le contraire, la sermonnai-je tendrement.

— Oui, mais c'est Jolly. Il est comme un membre de ta famille.

Merde, j'étais follement et incroyablement amoureux de cette femme.

Je me penchai en avant et déposai un baiser sur son front.

— Merci, chérie. C'est horriblement mignon de ta part, mais si jamais tu recommences quelque chose de ce genre, je te donnerai une fessée.

Storm se mit à rire avant de grimacer.

— Il est mort ? demanda-t-elle, la douleur s'insinuant dans ses mots.

— Il n'est pas mort, mais en sécurité.

— Promets-moi que tu mettras fin à tout ça, Tor. Je veux que ce soit fini.

Elle posa une main sur la mienne et me regarda avec un désir si désespéré qu'il me brisa en deux. Je détestais l'idée que Damyon ne souffre pas après ce qu'il lui avait fait. Il méritait d'endurer les mêmes mois de tourment qu'il lui avait fait subir. Mais putain, je ne pouvais lui dire non et je ne comptais pas lui mentir. Pas quand elle m'avait déjà tant accordé sa confiance.

— D'accord, dis-je à travers mes dents si serrées que ma mâchoire en était douloureuse.

Son corps tout entier se détendit visiblement.

— Shae va bien ? Je m'inquiétais terriblement pour elle.

— Cette folle luttait pour ne pas rire avant de dévoiler son identité. Je crois qu'elle s'est un peu trop amusée en le désarmant.

Stormy sourit, mais ses yeux se fermèrent. La perte de sang commençait à l'atteindre. J'étais à deux doigts d'appeler le 911 une nouvelle fois, pour m'en prendre à quelqu'un – n'importe qui – quand les portes de l'ascenseur s'ouvrirent. Deux hommes sortirent avec un brancard. Ils jetèrent un coup d'œil au pompier, avant de se tourner vers Storm, puis ils observèrent une fois encore l'individu, sans savoir quoi penser.

— Il n'est pas vraiment pompier, leur indiquai-je. Et il ne peut plus être guéri. Venez ici, maintenant, et aidez-la.

Après un instant de pause, ils suivirent mes instructions. Ils étaient doués pour leur travail et ils la stabilisèrent avant de l'embarquer en l'espace de quelques minutes. Je me rendis avec elle à l'hôpital, ma main serrant la sienne sur tout le chemin.

♦

LE MÉDECIN des urgences me donna des nouvelles peu de temps après notre arrivée. Il avait dit que Storm était hors de danger, mais il devait l'opérer afin de retirer la balle et de nettoyer la plaie. Je me fichais de ses paroles rassurantes. Je ne respirerais pas convenablement avant de voir Storm en vie et en pleine forme, de mes propres yeux.

Keir et Rowan me rejoignirent un peu plus tard dans la salle d'attente, accompagnés de Jolly, Micky et de ce petit con qui était venu au club pour passer prendre Storm. Je n'eus même pas le temps de dégager ce mec avant que quatre personnes se joignent à lui, discutant de la Storm qu'ils connaissaient. Shae fit ensuite son apparition avec Pippa, la copine de Bishop, et Noemi, l'épouse de Conner. Les trois femmes étaient devenues proches, ces derniers mois. En moins de cinq minutes, la salle d'attente se transforma en cirque.

J'aurais bien été agacé, sauf que je savais que Storm serait dans tous ses états quand elle verrait tout le monde qui se réunissait autour d'elle.

Comme le médecin l'avait dit, Storm fut amenée en salle de réveil deux heures plus tard. Elle s'en était bien tirée, en chirurgie, et le cœur du bébé était fort et régulier. Alors que j'attendais qu'on m'appelle pour aller la retrouver, je tentai d'encaisser tout cela. Stormy. Le bébé. La capture de Damyon. Cela avait été une sacrée semaine.

— La famille de Stormy Lawson ?

Un homme en blouse se tenait devant des doubles portes.

Tout le monde se leva dans la pièce.

— Ici, dis-je me frayant un chemin vers le soignant. Je suis son mari.

Quelqu'un derrière moi commença à tousser et à s'étouffer. Je l'ignorai.

— Storm est réveillée à présent. Nous ne pouvons laisser entrer que la famille et une personne à la fois.

Il jeta un coup d'œil par-dessus mon épaule en haussant les sourcils.

— Ils ne sont pas tous de sa famille, n'est-ce pas ?

— Non, aucun d'eux.

— Sauf moi, intervint Shae en se joignant à moi avec un sourire odieux. Je suis sa sœur.

Je haussai un sourcil en regardant ma cousine, mais je ne la contredis pas.

Le médecin acquiesça.

— Bon, eh bien, ce n'est quand même qu'une personne à la fois. Je devine que vous aimeriez passer en premier ? me demanda-t-il.

— Clairement.

J'aimerais bien le voir essayer de m'en empêcher.

Shae se pencha vers moi lorsque le médecin se retourna et elle chuchota :

— Si on invente des conneries et que tu peux être son mari, alors je peux être sa sœur.

— J'espère que tu sais que tu viens tout juste de te porter volontaire pour la surveiller, si jamais j'ai besoin de partir, comme tu es désormais la seule autre personne qui a le droit de rentrer dans la chambre.

— Je n'en demande pas plus.

Shae me fit un clin d'œil.

— Bien, parce que je ne veux plus qu'elle se retrouve seule une minute.

Je me retournai pour rattraper le médecin et le suivre dans un labyrinthe de couloirs vers la chambre de Stormy. Elle était redressée dans son lit quand j'entrai, et son épaule droite était enveloppée par plusieurs couches de gaze. Sous l'emprise des médicaments, elle esquissa un faible sourire à la seconde où elle me vit. Ce n'était pas son sourire électrique habituel, mais c'était tout de même bon à voir.

— Comment tu te sens, ma belle ?

Je déposai des baisers sur son front et ses joues avant d'appuyer mes lèvres contre les siennes. Ces minuscules contacts détendirent la corde qui s'était fermement enroulée autour de mon torse.

— Je vais bien, dit-elle avec un accent sudiste traînant.

— Ces médicaments te font du bien, n'est-ce pas ?

— Hmm.

Elle acquiesça et ses yeux se refermèrent avant de se rouvrir dans un long battement de paupière.

— Mais je vais avoir besoin d'un autre tatouage.

— Ah oui ?

Un sourire taquina le coin de mes lèvres.

— Oui. Un tatouage de l'autre côté pour ma nouvelle cicatrice.

Mon sourire se métamorphosa en grimace.

— Tu as peut-être une nouvelle cicatrice, mais je te promets que c'est la dernière. Plus personne ne te fera du mal.

La lucidité chassa le brouillard de ses yeux.

— C'est terminé, alors ? Tu l'as achevé ?

— Pas encore. Je suis resté là, avec toi.

Des rides d'inquiétude creusèrent son front.

— C'est ce que tu veux, ma douce Stormy ? Tu veux que j'y aille maintenant et que j'y mette un terme ?

Son hochement de tête enfantin me fut insupportable.

— D'accord, ma belle.

Je l'embrassai une fois encore.

— La prochaine fois que tu me verras, ce sera terminé. Je vais t'envoyer Shae. C'est ta sœur, maintenant, au cas où tu ne t'en serais pas rendu compte.

Une étincelle illumina les yeux de Storm alors que son sourire refaisait son apparition.

— Je n'ai jamais eu de sœur.

Je ricanai et secouai la tête.

— Eh bien, maintenant, c'est le cas.

Je retournai dans la salle d'attente et envoyai Shae

surveiller ma femme. Quand nous avions appris que Stormy allait bien et que seule la famille pouvait la voir, la salle d'attente s'était vidée. Il ne restait que Keir, Rowan, Pippa et Noemi.

Keir m'observa longuement avant de se tourner vers les femmes.

— Vous pensez pouvoir rentrer à la maison sans vous attirer d'ennuis, toutes les trois ?

Rowan le fusilla du regard en haussant exagérément les sourcils.

— Je parie que nous pouvons y arriver.

Keir grogna et s'avança vers moi pour me rejoindre.

— Je crois que nous avons besoin d'un taxi.

— Je peux me débrouiller, si tu préfères que les filles rentrent à la maison en toute sécurité.

— Pour que tu t'amuses tout seul ? Je ne crois pas.

Il parla si discrètement que les femmes ne purent l'entendre.

— Je ne sais pas si ce sera très marrant. J'ai promis à Storm de l'achever rapidement. Bien sûr, je n'ai jamais dit que ce serait sans douleur.

Keir me lança un rare sourire carnassier.

— Moi, ça m'a l'air très marrant.

♦

CONNER et un autre de mes cousins avaient emmené Damyon dans une usine de viande désaffectée que nous possédions et que nous utilisions pour des tâches diverses. Pour les choses infâmes et illégales. C'était l'une de mes propriétés préférées, car je quittais rarement cet endroit en étant insatisfait.

Je passai avec Keir devant les bureaux à l'avant du bâtiment pour atteindre la partie principale où les défilés de crochets permettaient d'identifier aisément les vieilles lignes d'assemblage. Éloigné, bien isolé et oublié… C'était l'endroit parfait pour cette affaire.

Une lourde porte en métal nous mena à une petite pièce sans fenêtre et avec d'épais murs. Mes cousins nous attendaient à l'intérieur, avec Damyon, qui était attaché sur une chaise et avait un chiffon scotché sur la bouche.

— Merci, les gars, dis-je en hochant la tête avec gratitude. On s'en occupe, maintenant.

— Storm va bien ? demanda Conner.

— Oui, tout va bien. Elle est sortie du bloc et s'en sort bien.

— C'est génial, mec, dit-il en m'assénant une claque dans le dos. Si tu as besoin d'autre chose, préviens-nous.

Ils se faufilèrent tous les deux hors de la pièce.

— Je comprends que personne ne t'a jamais dit que les vrais hommes ne frappaient pas les femmes, dis-je en me rapprochant de Damyon jusqu'à ce que je sois penché au-dessus de lui. Stormy est sacrément coriace. Pour que tu l'effraies comme tu l'as fait… Je ne peux qu'imaginer à quel point tu as été brutal.

Des images d'elle, recroquevillée sur le sol, où nous l'avions trouvée au *Moxy*, apparurent dans mon esprit et nourrirent ma fureur.

— Je n'aimerais rien de plus que de te faire du mal comme tu lui as fait du mal – chaque ecchymose, chaque lèvre ensanglantée –, mais une année de violence prendrait plus de temps que je n'en ai à t'en accorder.

Sans l'avertir, je lui assénai un crochet du droit

dévastateur dans la joue, me délectant de la sensation de sa mâchoire se brisant sous la force de mon poing.

Tandis que son visage était toujours tourné vers le côté pour absorber le choc, je me penchai vers lui.

— Mais ça ne veut pas dire que je ne peux pas m'amuser un peu.

Je me redressai alors qu'il se replaçait sur la chaise. J'avais envie qu'il se sente aussi impuissant devant moi que Storm en sa présence.

Damyon entreprit de parler. Les mots étaient inintelligibles à travers le tissu, mais il continua d'essayer. Ses tentatives devinrent de plus en plus fortes et de plus en plus enragées.

Je secouai lentement la tête.

— Tu n'as plus le temps de parler. Je me fous totalement de ce que tu as à dire.

Il releva la tête, comme s'il essayait de me cracher dessus.

Gloussant, j'ouvris sa chemise et la fis glisser sur ses épaules pour exposer son torse. Il était tatoué, comme je l'avais deviné. De l'encre noire, seulement. Je me moquais de tout, sauf des deux étoiles tatouées près de ses épaules.

— Keir, tu crois que tu pourrais me passer le jerrycan ?

— Je m'en occupe.

Je commençai à faire lentement les cent pas autour de mon prisonnier.

— Je ne sais pas s'ils te l'ont dit, mais cet endroit était une usine de transformation de viande à l'époque. C'est bien isolé. Même sans climatisation, il fait toujours assez froid à l'intérieur. Cette pièce, en particulier, ce qui est ironique. On dirait que ça pourrait être un frigo industriel et on en a l'impression, mais ce n'est pas exactement ça. Tu vois, ces opérations se terminaient avec beaucoup de sous-produits et de déchets dont ils devaient se débarrasser.

J'observai la pièce, en remontant vers le mur en béton qui présentait des ouvertures circulaires à intervalle régulier.

— Cette pièce abritait l'incinérateur industriel. Il est localisé sous les cheminées que tu as peut-être vues quand tu es arrivé.

Keir réapparut et posa un jerrycan rouge à mes pieds, ainsi qu'un tissu et une boîte d'allumettes.

Le Russe ne flancha nullement. Je le savais, car je maintins mon regard rivé sur lui, comme je voulais me délecter de chaque soupçon de sa peur. Il avait du cran, je devais bien l'admettre. Sa colère surpassait son instinct de peur, pour l'instant, mais cela rendrait les choses encore plus satisfaisantes quand il finirait par craquer.

Je me dirigeai vers une boîte à outils que nous gardions près du mur et je sortis une large pince avant de repartir vers le jerrycan. Je dévissai le bouchon et retirai le bec verseur. Une fois que j'eus placé le tissu autour de l'extrémité de la pince, j'inclinai suffisamment le jerrycan, juste assez pour imbiber le chiffon.

— C'est une vilaine trace de brûlure que Stormy a sur la poitrine, dis-je alors que la méchanceté rendait ma voix plus grave. Il me semble juste que tu saches combien elle a souffert, puisque c'est toi qui lui as fait cette marque.

Je m'éloignai de l'essence avant de craquer une allumette. L'anticipation emplissait ma poitrine de joie quand le phosphore gratté s'enflamma.

Le corps de Damyon se crispa violemment avant qu'il oblige ses muscles à se détendre.

C'est ça, salopard. Ça va faire mal.

L'allumette n'avait pas encore touché le chiffon avant que

la flamme ne saute sur le tissu, l'embrasant voracement pour le consumer.

Je me penchai.

— Tu ne les as jamais mérités, le provoquai-je discrètement avant d'approcher ma torche de fortune vers le tatouage en forme d'étoile sous son épaule droite et de la maintenir en place.

Damyon tira sur ses liens. À en juger par la fureur dans ses yeux glacials, mon commentaire l'énerva plus que la douleur. Cet homme était franchement détraqué. Ses narines se dilatèrent et il se figea, son regard plongeant dans le mien, alors que la peau encrée d'une étoile se boursouflait et crépitait.

J'étais peut-être détraqué, moi aussi, car je n'étais nullement perturbé par ce spectacle. C'était plutôt le contraire. Un sourire narquois taquina la commissure de mes lèvres, tant je me délectais de ce petit goût de justice alors que j'approchais la torche de l'étoile sur son côté gauche.

La sueur commença à perler sur son front.

Le minable Russe tenta de rester stoïque, mais ses boucliers vacillèrent alors que l'odeur nauséabonde de la chair brûlée envahissait la pièce. Après quelques minutes, toute encre subsistant sous la peau défigurée était méconnaissable. Ce fut efficace, bien que ce soit trop rapide à mon goût. Mais je n'avais pas fini de m'amuser.

Une fois encore, je m'accroupis et me servis du bec verseur comme d'une paille, couvrant une extrémité pour aspirer l'essence vers une petite portion du jerrycan.

— Et tes genoux, alors ? Ils ont des étoiles, aussi ? Je sais que beaucoup d'entre vous se vantent du fait que vous ne vous agenouillez devant personne.

Je levai les yeux vers lui.

— J'imagine que c'est toujours vrai, puisqu'on ne peut pas s'agenouiller quand on est mort.

J'inclinai le petit bout de plastique vers les jambes de Damyon. Il sursauta quand de l'essence mouilla ses vêtements.

— J'ai promis à Stormy que je mettrais fin à tout ça.

Je versai encore un peu plus d'essence sur lui.

— Et c'est ce que je vais faire. Parce que je tiens parole.

Je versai davantage d'essence.

— Et souviens-toi, tu dois la remercier pour ça. Si ça ne tenait qu'à moi, j'aurais fait durer ta punition pour compenser chaque fois où tu as levé la main sur elle. Je brûlerais chacun de tes tatouages inutiles, un par un, et je te regarderais en te découpant ta queue pathétique.

Je versai un peu plus d'essence.

— Les possibilités étaient réellement illimitées.

Je me levai, laissant cette fois-ci quelques gouttes d'essence tomber sur sa tête.

— Mais Stormy est plus importante que tu ne le seras jamais. Elle est enceinte de moi, après tout.

Jeu. Set. Match.

Je savais ce que c'était d'être obsédé. Je savais ce que Damyon pensait – l'intensité de ses émotions. Rien dans ce monde ne lui ferait plus de mal que de savoir que la femme qu'il désirait avait été revendiquée par un autre homme. J'avais nerveusement attendu le moment où je dévoilerais ces mots et, putain, comme c'était glorieux.

Ce trouduc rugit et s'agita contre ses liens tandis qu'une veine gonflait sur son front.

Je souris et récupérai la boîte d'allumettes.

— Toutes nos actions ont des conséquences, monsieur Karpova.

Je craquai une allumette et la regardai s'embraser avant de la jeter sur lui.

L'allumette s'éteignit alors qu'elle glissait sur sa chemise et retombait sur le sol, inoffensive.

Le torse de Damyon se souleva et retomba difficilement, témoignant de son épuisement.

Son regard vengeur demeura rivé sur moi.

— Des conséquences dont nous sommes responsables, continuai-je froidement.

Le craquement d'une autre allumette résonna dans la pièce.

Je jetai le minuscule morceau de bois dans sa direction. Cet homme nerveux tenta de se ruer sur moi. L'allumette tomba par terre et s'éteignit comme la précédente.

— Tu dois répondre de nombreux actes.

Craquement.

Lancement.

Feu.

Damyon sursauta lorsqu'une minuscule flamme siffla avant de s'éteindre.

— Dis bonjour au diable de ma part.

Craquement.

Lancement.

Flamme.

L'allumette trouva sa cible et s'embrasa.

Il écarquilla les yeux quand il commença à comprendre. Le feu ne s'éteignait pas.

La flamme bondissait d'un point d'essence à un autre, s'étirant lentement sur chaque centimètre de sa peau jusqu'à ce qu'elle trouve une goutte qui avait ruisselé sur sa tête. Dans un souffle, les flammes voraces l'engloutirent.

Finalement, nous n'étions pas si différents.

Damyon cria et geignit comme n'importe qui d'autre le ferait à sa place. Ses yeux écarquillés me suppliaient d'avoir pitié, de la seule manière possible, mais je n'éprouvais aucune pitié.

Je le regardai gigoter, sans aucun remords, alors que les conséquences de ses actes le consumaient.

48

Présent

— JE N'ARRIVE PAS À CROIRE QUE TU AIES FAIT ÇA POUR MOI.

Mes mots étaient apathiques, mais je ne parvenais visiblement pas à me libérer des sables mouvants qui me ralentissaient. Tout me semblait poisseux et maladroit.

Shae appuya sa hanche contre mon lit d'hôpital et sourit. Elle était si belle, avec ses yeux bleus et ses traits marqués qui contrastaient avec les miens. Quand les mecs m'avaient parlé de son plan consistant à se déguiser comme moi, je n'avais pu imaginer que quiconque nous confondrait. Mais avec la perruque, les lunettes de soleil et le maquillage pour représenter l'ecchymose sur mon visage, elle était un double sinistrement conforme.

— Tu plaisantes ? J'étais ravie quand les mecs m'ont laissée participer. Généralement, je reste sur la touche. Je ne me suis pas autant amusée depuis des années.

— Je t'aime bien, mais tu es un peu folle.

Merde, je n'étais pas censée dire ça à voix haute.

Shae rejeta la tête en arrière et rit.

— Je te trouve assez géniale, toi aussi. Quiconque peut franchir les barrières de Torin est quelqu'un de spécial, c'est certain.

— Il est spécial. Genre, super spécial.

Je fermai les yeux et je dus lutter pour les ouvrir.

— Enfin… pas ce genre de « spécial ». Il est spécial spécial.

Ce que je disais n'avait aucun sens. J'entendais mes mots et reconnaissais que je paraissais ivre, mais je ne pouvais rien y faire.

— Très bien, sœurette. Je crois que tu dois te reposer.

Dans un dernier effort, je serrai sa main.

— Merci, Shae. Et dis aux autres… merci beaucoup.

Elle me tapota la main, son regard s'adoucissant.

— Nous étions ravis de t'aider. Tu es l'une de nous, maintenant, ma belle. Bienvenue dans la famille.

Comme il ne me restait aucune énergie, mes yeux se refermèrent. Une sensation de paix oubliée depuis longtemps m'enveloppa chaudement dans ses bras. Lorsque je me réveillai, Shae était partie et Tor était assis sur la chaise des visiteurs, à côté de moi.

— Salut, toi, dis-je en souriant.

Je fus soulagée que ma torpeur ait commencé à s'estomper.

— J'ai dormi combien de temps ?

Torin se leva et arriva auprès de mon lit en un clin d'œil.

— Quelques heures. Comment te sens-tu ?

Il glissa les doigts sur mon front et coinça quelques mèches de mes cheveux derrière mon oreille.

— C'est mieux, je crois.

— Tu as mal ?

— Pas vraiment. Je suis sûre que ça viendra. Mais pour l'instant, je me sens assez bien.

La tension dans ses épaules se détendit visiblement.

— J'en suis ravi. Je déteste te voir ici.

— Ils ont dit combien de temps ça allait prendre avant que je puisse rentrer à la maison ?

— Quelques jours, s'il n'y a aucun signe d'infection.

— C'est bien. Blue Bell sera si inquiet. Nous n'avons jamais été séparés si longtemps.

J'ouvris brusquement les yeux, un élan d'adrénaline me réveillant totalement.

— Le gaz ! Est-ce qu'il va bien ? J'avais complètement oublié.

— Il va bien, m'assura calmement Torin. Les autorités ont donné leur feu vert pour que l'immeuble soit à nouveau occupé et ils ont dit que la fuite initiale avait été brève.

Je posai ma main gauche sur ma poitrine alors que je soupirais de soulagement.

— Merci, mon Dieu.

— Inutile de t'inquiéter d'autre chose que ta guérison. Je contrôle la situation.

Il me prit la main et la retourna, paume vers le haut, avant de placer un anneau en platine au centre. L'alliance de Damyon.

— C'est fait, me dit-il tendrement.

Un mur d'émotions enfla dans ma poitrine, picotant mes poumons à cause de l'envie de pleurer, mais je refusais de céder. Je refusais de verser encore d'autres larmes pour ce monstre.

— Merci, soufflai-je.

Une larme se libéra quand je regardai Torin, mais elle était positive. C'était une larme de gratitude, car j'étais entourée de gens qui risqueraient leur vie pour moi. J'éprouvais de la joie de savoir que ma vie m'attendait et qu'un homme qui ferait n'importe quoi pour moi s'assurerait que la vie serait comme je la souhaitais.

— Il aurait dû vivre pire que ça, marmonna ce beau salaud grognon.

Je le gratifiai d'un sourire suffisamment large pour des photos sur un tapis rouge.

— Embrasse-moi, Tor.

Le turquoise et l'azur tourbillonnèrent chaleureusement dans son regard quand il se pencha et s'exécuta. Il fut d'abord tendre, puis plus fervent. Bientôt, ce ne fut plus un baiser : c'était un réconfort, un serment, une bénédiction et tout le reste. Lorsque nous nous séparâmes et que Tor posa son front contre le mien, nous étions tous les deux essoufflés.

— Dis-moi que tu m'appartiens, Stormy.

Sa voix était à vif et si vulnérable que j'avais envie de le prendre dans mes bras et de ne jamais le relâcher.

Ce que nous avions n'était ni conventionnel ni même rationnel, mais je me sentais plus en sécurité et libre avec Torin que jamais auparavant. Mon cœur avait trouvé son foyer en lui, avant même que je sache ce qui était en train de se produire.

— Je te dois ma vie, commençai-je doucement. Mais tu

m'as volé mon cœur bien avant ça. Je t'aime, Torin Byrne. Et je serai à toi, tant que tu voudras de moi.

— *Merde.*

Ce simple juron soupiré portait tant d'émotions que j'aurais cru qu'il souffrait, si ses yeux ne s'étaient pas rivés sur les miens à cause d'une joie exaltée.

— L'amour ne décrit même pas ce que je ressens pour toi. Tu es mon tout et je te voudrai à mes côtés chaque jour de ma vie.

Il m'embrassa à nouveau, brièvement, car interrompu par une toux très peu subtile annonçant l'arrivée de la nouvelle infirmière de garde.

— Il est temps de vous lever et d'essayer d'aller dans la salle de bains.

Elle haussa un sourcil en regardant Torin.

— Vous pouvez attendre dans le couloir, si vous le souhaitez.

Il ne bougea pas d'un poil.

— Ça va.

Curieusement, en deux petits mots, il lui avait plutôt fait comprendre : j'aimerais bien vous voir essayer de me sortir d'ici.

Je réprimai un sourire.

— Il peut rester.

Je ne doutais pas qu'il le ferait.

Il resterait à mes côtés à chaque épreuve, chaque péripétie, et il célébrerait chacune de mes victoires comme si elles étaient les siennes. Il demeurerait à mes côtés, figurativement et littéralement, et il me resterait dévoué jusqu'à la fin.

Heureusement que la patience était mon point fort.

Je gloussai intérieurement.

Tor plissa les yeux en me regardant.

— C'est à cause des médocs, dis-je en haussant les épaules. Ils ont dû me donner de bons trucs.

Je n'étais pas certaine qu'il morde à l'hameçon, mais il laissa couler quand l'infirmière se plaça entre nous afin de baisser le lit.

Je restai à l'hôpital deux jours de plus avant qu'ils acceptent de me laisser sortir, après moult persuasions de ma part. Torin m'avait dit que nous irions chez lui, ce qui était logique, car il serait plus facile pour lui de prendre soin de moi là-bas, et c'était là que se trouvait Blue Bell. Je ne m'attendais pas à découvrir que toutes mes affaires avaient déjà été amenées ici.

— Ce sont mes affaires, constatai-je bêtement en regardant une boîte portant le nom de « merdes de cuisine ». Tu m'as fait emménager avec toi pendant que j'étais à l'hôpital ?

Mon ton était incrédule, mais je n'aurais pas dû être surprise. Si j'y avais réfléchi un tant soit peu, j'aurais pu deviner qu'il ferait une telle chose.

— Effectivement.

— Mais tu n'as pas pensé à me le mentionner ?

— Ça me paraissait évident.

Il haussa les épaules.

— Ma belle ne vivra nulle part ailleurs qu'avec moi.

L'entendre m'appeler sa belle me fit fondre telle une flasque visqueuse sur le sol.

— D'accord, chuchotai-je.

Son regard brûlant se riva sur le mien alors qu'il ouvrait une canette. Je fus immédiatement distraite quand Blue Bell arriva vers moi en courant et en miaulant.

— Salut, mon garçon ! Tu as manqué à maman, dis-je en posant précautionneusement un genou à terre.

Mon chat passa en courant à côté de moi pour se rendre dans la cuisine.

— C'est quoi ce... ?

Choquée, je regardai Torin poser une assiette de pâté pour chat et *roucouler* pour Blue Bell. Oui, il roucoulait.

— Mais que se passe-t-il, ici ? demandai-je, bouche bée.

— Il n'aimait pas les croquettes toutes sèches que tu lui donnais.

— Oh, vraiment ? Il te l'a dit ?

Je me levai, la main du côté de mon bras valide appuyé sur ma hanche.

— Il n'en a pas eu besoin, dit hautainement Tor. Je l'ai remarqué.

— Torin Byrne, es-tu en train de me voler mon chat ? lui lançai-je d'un air faussement outré.

Si seulement il savait...

— Je n'en aurais pas besoin si tu le traitais correctement.

Je secouai la tête.

— Aucun respect.

Le karma était une garce.

Les paupières de Torin s'alourdirent alors qu'il contournait l'îlot de cuisine pour me rejoindre.

— Ce bras va mieux et je te montrerai mon respect envers toi toute la nuit, chérie.

Les commissures de mes lèvres se pincèrent.

— Tu essaies de me distraire.

Il arriva derrière moi et balaya mes cheveux d'un côté avant de commencer à m'embrasser dans la nuque.

— Ça fonctionne ?

— Hmm... peut-être un peu.

Beaucoup. Ça fonctionnait beaucoup.

— J'imagine… que la garde partagée pourrait fonctionner.

Je ne savais même pas ce que je disais, tant qu'il continuait ce qu'il faisait.

— C'est bon de t'avoir à la maison, me dit-il doucement, son souffle chaud sur ma peau.

J'observai le grand appartement d'un nouveau point de vue, ravie de ce que je voyais.

— J'imagine que c'est chez moi, maintenant, hein ?

— Chez nous, c'est là où nous sommes ensemble. Ça, ce n'est qu'un appartement. Tu m'as compris ?

Il m'attira pour que je sois face à lui et me regarda, les yeux emplis d'espoir.

Je souris et hochai la tête.

— Oui.

— Si tu veux un appartement qui ne sera qu'à nous, tu n'as qu'à le dire.

— Je suis bien, ici, lui assurai-je rapidement.

Je plongeai dans son regard océan pendant que son pouce caressait ma joue.

— Je t'aime, ma douce Stormy.

— Je t'aime aussi, chéri.

49

Présent

J'étais rentrée de l'hôpital depuis une semaine. Une semaine de normalité bénie. Torin avait déballé mes cartons et trouvé une place à toutes mes affaires, parmi les siennes. Il m'avait laissé donner mon avis sur leur emplacement, mais c'était plus ou moins tout, car il insistait pour que je ne me surmène pas. Ma force revenait un peu plus chaque jour et mon inconfort diminuait. Désormais, mon plus gros problème était une claustrophobie grandissante.

— Peut-être que demain, on pourrait s'aventurer dehors ? Aller dîner ou faire autre chose ? suggérai-je. Un changement de décor me ferait du bien.

Tor s'assit à table, face à moi, pour engloutir son dîner.

— J'imagine que nous avons le droit.

Il me scruta tout en mâchant.

— Tu crois que cet endroit est assez grand ? Je pensais que peut-être, avec un bébé en route, il vaudrait mieux qu'on se trouve un nouvel appartement.

Je balayai rapidement du regard la vaste pièce ouverte et fus une fois encore réticente à l'idée de déménager, mais cette fois-ci, ce n'était pas le déménagement en lui-même qui me dérangeait. J'aimais être dans l'espace de Torin.

— Le fait de savoir que je suis la seule femme que tu aies jamais ramenée ici m'attache étrangement à cet endroit.

Il haussa un sourcil.

— Tu aimes ça, hein ?

— Quelle fille n'aimerait pas ?

— Eh bien, tu aimerais peut-être savoir que tu as été ma première fois à plusieurs reprises.

— Ah oui ?

— Tu es la seule femme que j'ai jamais embrassée, à part quelques filles quand j'avais seize ans, mais ça ne compte pas vraiment, ajouta-t-il d'un air dédaigneux.

Je n'en croyais pas mes oreilles. Enfin, ce ne fut plus si choquant quand j'y réfléchis. La vulnérabilité d'un baiser aurait été rebutante pour quelqu'un d'aussi renfermé que Tor. J'adorais savoir que c'était quelque chose qu'il n'avait partagé qu'avec moi.

Quand je repensai à ce premier baiser que nous avions échangé, la chaleur me monta aux joues.

— Tu dois savoir le faire naturellement, alors. Je n'aurais jamais imaginé que tu n'avais pas beaucoup d'expérience.

Troublée, je levai ma fourchette pour manger une

bouchée, mais je fus submergée par une vague de nausées. Je posai mon couvert et respirai lentement et profondément.

— Tu vas bien ?

— Oui, mais je crois que j'ai fini de dîner.

Tor se leva immédiatement et emporta nos deux assiettes. Je luttais avec les nausées, surtout le soir, et il savait que l'odeur de nourriture aggravait la situation.

— Tu peux finir ton dîner, insistai-je. Je ne veux pas que tu arrêtes de manger uniquement parce que je ne peux plus rien avaler.

— Je finirai plus tard.

Il fronça les sourcils en revenant vers la table.

— J'aurais aimé que nous ayons un balcon. Je pense que l'air frais t'aiderait peut-être. Tu es sûre de ne pas vouloir un nouvel appartement ? Les chambres libres sont horriblement loin des nôtres. On pourrait trouver un logement avec un balcon et une chambre d'enfant près de la suite parentale.

Je n'aurais jamais imaginé, quand j'avais rencontré Torin la première fois, que quelqu'un de si incroyablement doux se cachait sous cette apparence de grizzly. Il n'avait eu qu'une semaine pour s'adapter à l'idée d'être père et pourtant, il y adhérait de tout cœur. J'irais même jusqu'à dire qu'il était surexcité. Le grand dur à cuire maussade qu'était Torin avait hâte de devenir père.

Mes hormones s'emballèrent. Je ne savais pas vraiment si j'avais envie de pleurer ou de me déshabiller et de le supplier de me prendre. Je n'eus pas la chance de faire l'un ou l'autre, car l'interphone sonna, signalant que nous avions un invité.

Tor appuya sur un bouton, affichant une image d'Oran qui attendait près de l'ascenseur. Il le fit entrer. Ils se serrèrent la main quand Oran nous rejoignit dans l'appartement et la tension envahit clairement la pièce, surtout au moment où il me salua avec une grimace gênée.

Ce n'était pas comme si nous pouvions nous étreindre. J'avais été blessée par balle et Oran avait souffert de plusieurs contusions sévères aux côtes, car il avait été touché sur son gilet pare-balles lors de la confrontation avec Damyon. Il se déplaçait encore d'un pas raide, même si je ne pensais pas que c'était la raison pour laquelle Torin l'observait d'un air méfiant. Oran avait clairement exprimé ses suspicions me concernant.

— Que peut-on faire pour toi ? demanda finalement Tor.

Oran détourna ses yeux gris pour ne pas me regarder.

— J'étais dans le coin et je voulais passer. Je crois que je dois des excuses à Stormy.

Il inspira lentement pour se calmer.

— J'espère que tu comprends que même si j'ai été dur avec toi, c'était parce que je m'inquiétais pour ma famille.

— Bien sûr, lui assurai-je. Ce n'est pas facile de savoir en qui on peut avoir confiance.

Mes yeux dévièrent brièvement vers Tor, car j'espérais qu'il serait indulgent avec son cousin. À en juger par son regard brûlant qui ne quitta pas une seule fois notre invité, je compris que c'était peu probable.

— Ce que tu as fait pour Torin, je veux dire protéger Jolly, n'est pas passé inaperçu. Je voulais que tu le saches.

Il était si crispé, sous une armure impénétrable dont le poids devait être insupportable. Je me sentais mal pour lui. Tor m'avait dit ce qu'Oran avait traversé. Je détestais qu'il soit devenu si réservé et cynique. La douleur de la trahison était profonde. Qui savait s'il trouverait un jour son chemin pour sortir de cet abysse ?

— C'était un petit prix à payer pour tout ce que vous avez fait pour moi, lui offris-je chaleureusement.

Il me gratifia d'un petit sourire avant de tendre la main et de serrer une fois encore celle de Tor.

— Je suis ravi que tu sois passé, dit Torin.

Une tonne de significations se cachait sous ces quelques mots. Ses excuses étaient acceptées.

Oran hocha la tête.

— Il vaudrait mieux que j'y aille. Prenez soin de vous.

— Toi aussi, Oran, lui dis-je alors qu'il était dos à moi.

Il ne se retourna pas.

— Je me sens si mal pour lui, murmurai-je une fois que la porte fut refermée derrière lui.

Torin me guida vers le salon en posant une main dans le creux de mes reins.

— Il trouvera sa voie. Je l'ai fait et je suis presque sûr que ma famille était à deux doigts de m'abandonner.

Il m'aida à m'asseoir sur ses cuisses avec précaution, mon corps en croix par rapport au sien.

— J'imagine que nous traversons tous des moments difficiles, un jour ou l'autre. J'ai fini par me marier à un mafieux russe… et à Moscou, rien de moins.

— Tu ne m'as jamais raconté comment ça s'était passé.

— C'était facile. Il était merveilleux.

Torin soupira.

Je le gratifiai d'un petit sourire en coin.

— Au début, je veux dire, me corrigeai-je en ajoutant cette importante mise en garde. Il était attentionné et prévenant. Il était charmant et incroyablement beau.

— Beau ? répéta Tor en ricanant. Il avait une horrible cicatrice en travers de son visage.

Je suçotai mes lèvres entre mes dents et l'observai à

travers mes cils.

— Il ne l'avait pas, quand je l'ai rencontré.

— Tu es en train de me dire que c'est toi qui lui as fait ça ?

J'acquiesçai.

Torin rejeta la tête en arrière et éclata d'un rire profond. Je ne pensais pas qu'une chorale d'anges puisse sembler plus divine.

— Ça, c'est ma belle. Je suis ravi que tu lui aies mis la misère.

— Je n'avais pas vraiment le choix.

Sentant l'atmosphère fluctuer, je souris et changeai de sujet.

— Mais il y a eu beaucoup de merveilleux moments. J'étais heureuse de l'épouser quand il a fait sa demande et la bague qu'il m'a donnée était magnifique. C'était peut-être involontaire, mais c'était la plus belle chose qu'il avait jamais faite pour moi, parce qu'elle m'avait permis d'avoir un pécule suffisant pour rester en cavale. Ma bague de fiançailles était la seule chose que j'avais sur moi, quand je me suis enfuie. Je l'ai vendue à un bijoutier dès que j'en ai eu l'occasion. Sans cette pile considérable de billets, j'ignore comment j'aurais pu m'en sortir.

— Je me demandais comment tu avais réussi à enchaîner les déménagements.

— Ce n'était pas facile, mais l'argent aidait.

Il passa une main dans mon dos et m'embrassa sur la joue.

— Plus de déménagement pour toi. À moins que tu le veuilles, mais même dans ce cas, tu ne seras plus jamais seule.

— C'est vrai. J'aurai le bébé.

Je ne pus m'empêcher de sourire, sachant que ma taquinerie l'agaçait.

Torin grogna.

— Lui aussi.

— Lui ? Tu connais déjà le sexe ?

Il haussa les épaules.

— Ce n'est qu'une impression. Qu'est-ce que tu en penses ?

— Je n'en ai aucune idée.

Je marquai une pause.

— Tu veux le découvrir ou être surpris ?

— Tu sais que je ne suis pas fan des surprises.

Je secouai la tête en souriant.

— J'imagine que non. Eh bien, tant qu'il ou elle est en bonne santé… Je sais que c'est banal, mais c'est tout ce qui compte vraiment.

Torin tint mon menton entre son pouce et son doigt et me força à le regarder.

— Tout ira bien. Je m'en assurerai.

Je l'observai et plissai les yeux, émerveillée. S'il était n'importe qui d'autre, je l'aurais défié, car personne ne pouvait affirmer une telle chose. Mais avec Tor, sa conviction absolue était bien trop persuasive. Il me faisait penser que tout se passerait vraiment bien.

— Tu es assez incroyable, tu le sais, ça ? demandai-je d'une petite voix.

— Grâce à toi. Je n'étais qu'un trouduc revêche avant que tu arrives.

Je souris.

— Peut-être un peu.

Il était fou de voir où nous en étions arrivés en si peu de temps. J'en étais plus que reconnaissante.

Grâce au balancement du pendule, je gagnais chaque jour le jackpot à la loterie et j'étais prête à m'imprégner de chacune de ces minutes où je nageais dans le bonheur.

50

Présent

— UN TARMAC ? ON NE VA NULLE PART, N'EST-CE PAS ?

Storm observa les jets privés alors que nous déambulions devant les hangars de stockage.

— Non, on passe récupérer quelque chose.

J'avais pris des risques et j'espérais ne pas regretter mes actions.

Lors des semaines qui avaient suivi son emménagement, elle m'avait parlé de ses parents et de son éducation sudiste. Elle m'avait aussi parlé longuement de sa grand-mère. Une grand-mère qui lui manquait désespérément, mais qu'elle n'avait toujours pas contactée, par peur et honte. Au début, elle avait mis cela sur le dos de ses ecchymoses, affirmant qu'elle n'avait pas envie de contrarier la vieille femme, mais je voyais que c'était plus que ça. Je comprenais. Cela faisait beaucoup à expliquer.

Je savais qu'elle finirait par la joindre. J'accélérais seulement un peu le processus. Toutes les deux, elles avaient déjà perdu tant de temps. Je n'avais pas envie qu'elles en perdent davantage.

— On dirait que nous sommes pile à l'heure.

Je me garai devant notre hangar et vis le jet familial avancer vers nous.

— C'est cet avion que tu attends ? C'est le jour de Noël. J'imaginais que personne ne travaillait aujourd'hui.

— Les gens travaillent si tu les payes suffisamment.

Le plus difficile avait été de convaincre cette femme de venir. Si Stormy avait hérité d'une nature confiante, ce n'était pas de sa grand-mère. Cette vieille dame colérique me rappelait ma propre mamie. Pourquoi penserait-elle que je voudrais kidnapper une vieillarde ? Je n'en avais aucune idée, mais elle m'en avait fait voir de toutes les couleurs avant d'accepter de venir.

Je sortis de la voiture quand l'avion s'arrêta. Comme Storm ne me suivait pas, je lui fis signe de le faire.

— Je suis désolée. Je ne savais pas si tu voulais que je m'implique là-dedans.

— C'est pour toi, ma puce. Pas pour moi.

— Ce n'est pas une course pour le boulot ?

— Non.

Elle regarda curieusement la porte de l'avion quand elle s'abaissa lentement et devint une volée de marches. Le moteur fut coupé. Alors que le bruit s'atténuait, une vieille femme avec des cheveux argentés remarquablement coiffés et du rouge à lèvres d'un rose pétant arriva dans notre champ de vision.

— *Honey.*

L'exclamation essoufflée de Storm fut un mélange parfait de stupéfaction et de soulagement.

— Oh, Alina, chérie. Tu m'as tellement manquée.

La femme posa une main sur sa bouche, afin de retenir ses émotions. Storm courut dans l'escalier et faillit renverser la femme en l'étreignant vigoureusement. Elles sanglotaient toutes les deux comme des hystériques.

Merde alors.

Les retrouvailles s'étaient bien passées. Je n'avais pas besoin de m'en préoccuper, mais je n'étais pas un grand fan des larmes non plus. Et les larmes de vieilles femmes ? Mon Dieu, non.

— Très bien. Descendez toutes les deux avant de finir par vous écrouler sur le tarmac.

— Oui, oh mon Dieu. Oui.

Storm pivota sur elle-même, ce qui me rendit nerveux.

— Tu as un sac ? Je peux t'aider à porter quelque chose ?

Je me rapprochai, au cas où j'aurais besoin de rattraper cette fichue femme.

— Il doit être dans la soute, en dessous. Tout ce que tu as à faire, c'est de l'aider à descendre.

— Très bien. D'accord.

Elle serra la main de Honey et la guida vers la terre ferme.

— Je n'arrive pas à croire que tu sois là. Je voulais te contacter, mais il y avait tant de choses à expliquer et tant de temps s'était écoulé. Je ne savais pas par où commencer.

Une fois qu'elles furent en sécurité sur le tarmac, j'attrapai la valise de la femme dans la soute et les suivis jusqu'à la voiture.

— Je n'irai nulle part pour le reste de la semaine. Tu as tout le temps qu'il te faut pour me raconter où tu étais, ma douce enfant. Je me suis franchement inquiétée pour toi.

Elles tombèrent dans les bras l'une de l'autre.

— Je sais, Honey. Et je suis vraiment désolée. Je n'aurais jamais disparu comme ça si ça n'avait pas été nécessaire.

Honey balaya sa remarque d'un geste de la main.

— Évidemment. Je savais que mon Alina avait ses raisons. C'est pour ça que je me suis inquiétée. Mais tu pourras me raconter tout ça une fois que nous serons protégées de ce vent. Les températures sont plus froides qu'un milk-shake en pleine tempête de neige ici.

Je commençais à comprendre pourquoi Storm parlait tant de cette femme. C'était un sacré personnage et je commençais déjà à l'apprécier, ce qui en disait long.

— Attends, laisse-moi t'aider avec ça.

Storm allait lever la bandoulière du sac de sa grand-mère sur son épaule.

— Oh non, je te l'interdis, dis-je en intervenant et en passant ce sac ridiculement lourd sur ma propre épaule. Tu n'es pas censée soulever quoi que ce soit, tu te souviens ?

— Le médecin a dit que je ne devais rien soulever de *lourd*. Ce n'est qu'un sac à main, Tor, me réprimanda-t-elle légèrement.

— Je m'en moque. Il n'y a aucune raison de prendre le risque.

J'ouvris la portière arrière pour Honey, mais la vieille femme ne bougea pas d'un poil.

— Tu ne dois rien soulever ? Alina, mon enfant, tu vas bien ?

L'inquiétude plissa les coins de ses yeux plus qu'ils ne l'étaient déjà.

Stormy lui sourit d'un air ravi.

— Je vais encore mieux que ça. Je suis enceinte, Honey. Nous allons avoir un bébé.

Son rayonnement, quand elle parla, fut le plus beau spectacle que j'aurais pu imaginer.

Honey lui adressa un sourire radieux.

— Oh, Alina. C'est merveilleux ! Je suis tellement heureuse pour toi.

Pour la troisième fois en quelques minutes, elles s'enlacèrent. Ce n'était pas un problème, sauf que mon application météo indiquait une température de moins dix degrés une heure plus tôt.

— Montez en voiture, toutes les deux. Nous n'avons pas besoin que l'une de vous attrape froid.

— Il a raison, intervint Honey en entrant rapidement dans la voiture. Tu dois être particulièrement prudente, maintenant.

— Génial, remarqua Stormy avec un sourire narquois. Maintenant, vous serez deux à surveiller tous mes faits et gestes.

Je posai une main sur sa nuque et l'attirai vers moi pour un baiser fugace.

— Pose tes fesses dans la voiture, ma belle.

Stormy sourit.

Je rangeai la valise de Honey dans le coffre. Les deux femmes s'assirent ensemble sur la banquette arrière et je fus plus qu'heureux de jouer au chauffeur pour elles. Elles avaient deux ans à rattraper.

Elles passèrent le reste de la journée à discuter, avec d'occasionnels éclats de rire et quelques larmes. Je leur laissai cette intimité. Nous dînâmes tous les trois alors que la neige tombait légèrement dehors. Je me retirai ensuite tôt dans ma chambre. Quelques heures plus tard, j'étais allongé sur le lit et faisais défiler l'écran de mon portable, quand Stormy se joignit à moi. Elle ferma doucement la porte avant de traverser la chambre d'un air faussement pudique.

— C'était le meilleur Noël de ma vie, dit-elle avant de grimper sur le lit pour chevaucher mes cuisses. Merci, Tor. L'avoir ici, ça veut tout dire pour moi.

Sa main glissa sur mon torse nu, le plus léger mouvement dans ses hanches la faisant se balancer sur mon membre en train de durcir.

Je serrai les mains autour de ses hanches et m'appuyai davantage contre son sexe.

— Ah oui ?

— Oui.

Cet unique mot, sur ses lèvres, me fit autant d'effet que toutes les fêtes réunies en une.

— Que serais-tu prêt à faire en retour ? demandai-je dans un grondement qui devint un murmure déviant.

Je laissai glisser mes mains sur la douce soie de son pyjama, au niveau de ses cuisses, et j'appréciai la sensation, mais j'aurais préféré qu'elle soit nue.

— Oh, je ne sais pas.

Elle balança une fois encore les hanches et cambra sa poitrine vers moi.

— Beaucoup de choses me viennent en tête.

— Je ne désire qu'une seule chose.

— Laquelle ?

Je pliai un doigt pour l'attirer plus près de moi. Stormy se pencha jusqu'à ce que nos nez se touchent presque. J'inhalai son délicieux parfum, me délectant de ce moment. Je voulais m'en souvenir pour toujours.

— Dis-moi que tu vas devenir ma femme, soufflai-je.

Les mots dansèrent comme des lucioles dans l'air autour de nous.

— *Quoi* ? répondit-elle dans un soupir et en écarquillant les yeux.

Elle ne s'y attendait pas, ce qui était le plus sympathique dans cette histoire.

— Épouse-moi, Stormy. Je te demande de m'épouser.

— Tu es sérieux ?

Elle savait que je ne plaisanterais pas sur un tel sujet, mais le choc l'avait ébranlée.

Je tendis la main vers ma table de nuit et sortis un petit écrin bleu sur lequel était écrit Tiffany. À l'intérieur se trouvait une autre boîte de la même couleur, celle-ci avait une charnière et était en cuir. J'ouvris le couvercle pour révéler la bague de fiançailles que j'avais choisie. Un diamant rond et jaune était encerclé par un anneau de minuscules diamants transparents.

— Ça te semble sérieux ?

Je saisis la bague sur le coussin et pris sa main gauche dans la mienne.

— Stormy Lawson, tu es la meilleure chose qui me soit jamais arrivée. Je ne veux plus passer un jour sans savoir que tu es mienne, de toutes les façons possibles. S'il te plaît, mets fin à mon malheur et dis-moi que tu vas m'épouser.

Je glissai la bague à son doigt pendant qu'elle m'observait avec des yeux vitreux et un menton tremblotant.

Elle hocha finalement la tête.

— Oui, je... bien sûr que je vais t'épouser. Je ne sais même pas...

— Stormy ?

À contrecœur, elle arracha son regard de la bague.

— Oui ?

— Embrasse-moi, chérie.

— D'accord.

Son corps fondit contre le mien. Je n'avais jamais rien goûté d'aussi enivrant que le baiser de ma future épouse. Il était doux, suffocant et féminin, comme un rêve euphorique.

Je ne voulais plus jamais me réveiller.

Je n'en avais pas besoin, maintenant qu'elle avait accepté d'être mienne.

Tandis que le baiser s'achevait, Storm s'éloigna et baissa les yeux vers sa main.

— Tu l'as choisie pour moi ?

Je la guidai pour qu'elle s'installe à mes côtés, la tête sur mon torse.

— Elle m'a fait penser à toi. Tu étais peut-être la tempête de ton père, mais tu es un véritable soleil pour moi.

Cela paraissait carrément cucul, mais c'était vrai. Storm était tout ce qu'il y avait d'étincelant et d'exaltant dans ce monde. Elle réchauffait les autres de l'intérieur et je voulais qu'elle le sache.

— Tu ne peux pas dire ce genre de choses, pas quand je suis déjà une boule d'hormones.

La voix étranglée par l'émotion, elle déclara :

— J'ai eu tant de choses à digérer aujourd'hui. Je n'arrive presque pas à y croire.

— C'était plus ou moins l'idée. Il fallait que je vous réunisse toutes les deux, et que je la rencontre avant que nous puissions nous marier.

— Eh bien, sa présence ici n'était pas franchement un prérequis pour des fiançailles.

— Je n'ai pas parlé de fiançailles. J'ai parlé de mariage.

Elle baissa la main et se redressa pour me regarder de haut.

— Et quand t'attends-tu à ce que ce mariage ait lieu, exactement ?

— Samedi.

Elle me dévisagea impassiblement pendant si longtemps que je commençais à craindre de l'avoir choquée.

— Tu veux te marier... samedi. Ce samedi ? Dans six jours ?

— Oui, je le veux.

Elle continua de me dévisager.

— Aurais-je besoin de faire quelque chose pour prouver que je ne suis plus mariée à Damyon ?

— Si le mariage avait été enregistré ici, aux États-Unis, tu aurais peut-être eu besoin d'un certificat de décès, mais ce n'est pas le cas. Personne ici ne va nous causer de soucis. Et, en plus, c'est l'aspect légal de la chose. Je me fous éperdument de la loi. Ce qui compte, pour moi, c'est que toi, moi et notre entourage sachions que nous sommes mariés, que tu es mienne et que je suis tien. Pour toujours.

Elle hocha lentement la tête, levant les yeux de la bague pour me regarder à nouveau.

— Samedi. En présence de Honey ?

— En présence de toutes les personnes que tu voudras.

— Je ne sais même pas où va se dérouler le mariage.

— Est-ce important, si toi et moi, nous sommes ensemble ? lui demandai-je gentiment.

Son corps entier se détendit contre moi.

— Non, j'imagine que non.

— Alors, samedi ?

Un sourire hésitant, mais surexcité, taquina ses lèvres.

— Samedi.

— *Merde*, merci.

Je nous fis rapidement rouler dans un unique mouvement. Stormy gloussa, ravie.

— Je t'aime, Stormy future-Byrne. Du plus profond de mon âme.

— Je t'aime encore plus, chuchota-t-elle.

Cette fois-ci, notre baiser se mua en quelque chose de plus. Nous bougions tranquillement, nous délectant de la sensation de l'autre. Chaque contact était révérencieux. Chaque goût était savouré. Je fis l'amour à la femme qui avait donné sens à ma vie.

Elle avait été en danger quand nous nous étions rencontrés, mais c'était moi qui avais besoin d'être sauvé. Je lui devais tout. J'avais été trop empli de colère et de douleur pour comprendre ce à côté de quoi je passais. Storm changeait tout ça. Son soleil rayonnant m'empêchait de me cacher dans l'obscurité. Et une fois que j'eus goûté sa chaleur, tout retour en arrière avait été impossible. Elle était tout pour moi et je consacrerais avec joie tous les jours du reste de ma vie à l'aimer comme elle méritait de l'être.

ÉPILOGUE

— Tu viens juste de commettre la plus grosse erreur de ta vie, Torin Byrn.

Je souris malicieusement à mon nouvel époux alors qu'il me menait vers la piste de danse sur *Can't Take My Eyes off You* de Frankie Valli.

C'était un choix populaire, pour la chanson d'une ouverture de bal, mais les paroles avaient une tout autre signification pour nous. J'aimais les blagues privées.

— Eh bien, j'ai la corde au cou, maintenant. On s'est dit « oui » et toute la famille était là pour en être témoin.

— L'erreur, ce n'était pas de m'épouser, bêta.

— C'est bien vrai, murmura-t-il en me serrant contre lui.

— Ton erreur, ça a été de me montrer que tu danses si bien.

Torin laissa échapper un grondement amusé du fond de sa gorge.

— Les deux choses pour lesquelles je suis le plus doué dans la vie sont : combattre et baiser, et les deux exigent de savoir comment bouger. Qu'est-ce qui t'a fait croire que je ne savais pas danser ?

— Tu gères un club de strip-tease et pas une fois, je ne t'ai vu te balancer en rythme ou même taper du pied.

— Ça me facilite mon travail. Les gens voient un trouduc renfrogné en train de les surveiller, donc ils ne tentent rien.

— J'imagine que c'est vrai, mais maintenant que je le sais…

Mes lèvres se recourbèrent en un sourire malicieux et charmant. Nous allions peut-être devoir explorer ce nouveau talent caché.

Il plissa les yeux, mais pas suffisamment pour dissimuler l'hilarité dans ses profondeurs bleues Caraïbes.

— Ah oui ? De quelle manière ?

— Des cours de danse, déclarai-je d'une voix surexcitée.

— Pour quoi faire ? Tu as dit toi-même que je savais déjà bouger.

— Ce seraient des cours pour apprendre de vraies danses, comme le tango ou la salsa.

— Les noms ressemblent plus à des apéritifs qu'à des danses, me taquina-t-il.

Je lui lançai un regard ironique avant de baisser timidement les yeux.

— Ça va paraître un peu idiot, mais c'est quelque chose que j'ai toujours trouvé amusant. Enfin, tu n'es pas obligé.

— Hé, dit-il pour attirer tendrement mon attention. Je te charrie, c'est tout. Si tu veux des cours de danse, tu en auras. Je suis ravi de donner à ma chérie tout ce qu'elle veut.

— Vraiment ? Tu ferais ça pour moi ?

— Tout ce que tu veux, Storm. Tu n'as qu'à le demander.

Il le dit avec une conviction si ardente que mon cœur fit un petit salto dans ma poitrine.

— Je t'aime, Torin Byrne.

— Je t'aime encore plus, Stormy Byrne.

Je me sentais totalement euphorique après la journée de mariage la plus parfaite qu'une fille puisse vouloir. Il établissait peut-être aussi un genre de record, pour le plus somptueux mariage organisé dans le délai le plus limité. Torin aurait préféré se marier en douce, mais chaque fois que je pensais aux personnes que je souhaitais à mes côtés pour le jour J, la liste ne cessait de s'allonger. La dernière fois que je m'étais mariée, j'avais été seule et le mariage avait fini par être la plus grande erreur de ma vie. Cette fois-ci, je voulais être entourée des gens que j'aimais.

Nous n'aurions jamais pu organiser ce mariage sans les merveilleuses femmes qui s'étaient portées volontaires pour aider. Noemi et Pippa s'étaient occupées des fleurs et des éléments de décoration en général. Micky avait été responsable de mes cheveux et de mon maquillage tandis que Rowan avait envoyé les invitations. Tor avait réservé la salle de bal de l'hôtel – je ne voulais pas savoir comment. Et plus d'une *dizaine* d'entre nous s'étaient pointées à la boutique de mariage pour que je choisisse ma robe. J'avais cru que la pauvre employée allait faire une crise cardiaque, mais j'étais ravie d'avoir tout le monde avec moi. Même la mère de Torin et sa grand-mère étaient présentes. Elles adoraient Honey. J'avais l'impression que nous étions dans la télé-réalité de la famille Brady, sauf qu'il n'y avait aucun script, que nous étions sincères et vraiment parfaits.

La cérémonie avait été courte, mais élégante et la transition vers la réception se fit sans heurt de l'autre côté de la pièce divisée en deux. Je voulais que la célébration soit amusante, plutôt que formelle, et nous mangeâmes donc un apéritif dînatoire plutôt que de nous asseoir pour le repas. Cela faisait plus de place pour la piste de danse et ainsi, nous eûmes l'occasion de vivre notre première danse officielle en tant que mari et femme.

— Tu es sûre de ne pas vouloir danser avec ta mère ? lui demandai-je alors que nous nous balancions au rythme de la musique. Ça ne me dérangera pas, je te le promets.

— Je peux danser avec elle plus tard. Nous n'avons pas besoin d'un public spécial.

Il avait refusé de danser avec sa mère puisque je ne pouvais pas danser avec mon père. Je détestais priver sa mère d'un tel souvenir, mais Torin était catégorique.

— Mais comme tu abordes le sujet des parents, poursuivit-il, je me posais une question.

— Oui ?

— Tu penses toujours à retrouver ta mère biologique ?

Nous avions passé des heures à discuter, la semaine dernière, de tout et de rien, y compris de mon année en Russie. Il avait été plus réticent quand il s'agissait d'évoquer son calvaire au centre de détention, mais je ne pouvais lui en vouloir. Je n'avais pas follement envie de revivre certains de mes souvenirs non plus. L'une des choses que je lui avais transmises, cependant, était l'enthousiasme que je ressentais lorsque Damyon venait me parler de l'avancée des recherches sur ma mère. Trouver mes racines m'avait semblé presque essentiel à cette époque, mais alors que je dansais dans les bras de mon époux, entourée par une nuée de gens qui nous soutenaient, je n'éprouvais plus cette même urgence.

— Non, à vrai dire. J'ai toute la famille dont j'ai besoin, ici.

Ma voix devint plus fluette sous le coup de l'émotion – la joie, la gratitude – alors que je croisais le regard pénétrant de Torin.

— C'est bon, il faut que je me tape ma femme.

Il s'éloigna et tendit un bras pour encourager les autres à venir sur la piste de danse.

— Tor, criai-je dans un chuchotement. Nous sommes en plein milieu du mariage !

Il sourit à quelques invités.

— Je m'en fous, ma belle, répondit-il avec un sourire en coin. J'ai déjà attendu suffisamment longtemps.

Il me guida loin de la piste de danse, comme si nous allions simplement boire un verre, plutôt que pour mettre à exécution nos intentions beaucoup plus obscènes. Mon visage impassible était si étrange que tous ceux qui me prêtaient attention verraient mon sourire étourdi et sauraient exactement ce que nous mijotions.

Ça n'avait pourtant aucune importance. C'était notre journée et nous la passerions comme nous le souhaitions.

Nous finîmes dans une pièce utilisée pour stocker les tables et chaises pliées. Torin coinça l'une de ces dernières sous la poignée. Il attrapa ensuite une table, redressa ses pieds, et l'installa en quelques secondes.

Le regard avec lequel il me transperça provoqua un glissement de désir cataclysmique dans tout mon corps. Même le bout de mes doigts me picotait tant j'avais besoin de le toucher. Les commissures de ses lèvres se relevèrent alors qu'il m'appelait en pliant son doigt. Il se pencha et me taquina avec la chaleur de sa bouche plaquée sur la mienne.

— Remonte ta robe.

J'obéis. J'étais si ensorcelée que j'aurais fait n'importe quoi pour voir son regard s'illuminer quand il approuva mon geste.

Torin coinça ses mains sous mes aisselles et me souleva sur la table comme si je n'étais rien de plus qu'une enfant. Il plaça son corps entre mes jambes. L'impatience fut comme les bulles du champagne dans mes veines alors qu'il déposait une pluie de baisers le long de mon cou et de mon épaule, tout en s'agenouillant.

— Seigneur, dis-moi que tu n'étais pas nue pendant tout ce temps.

Ses paroles gutturales me firent sourire tant j'étais ravie.

— Il ne fallait pas que les contours de ma culotte se voient à travers ma robe, n'est-ce pas ?

Ses mains musclées m'écartèrent largement les cuisses avant qu'il me dévore avec une énergie vorace. Minute après minute, il fit monter mon corps dans un crescendo étourdissant.

— Je ne sais pas si ne pas porter de culotte est la pire ou la meilleure des idées. J'ai eu suffisamment de mal à me retenir de te toucher.

Il me lécha, me suçota et mordilla ma chair avec un appétit si avide que mon corps répondit de la même manière. En très peu de temps, le bonheur écrasant d'un relâchement complet alluma un feu au fond de mon ventre et se propagea à chaque molécule de mon être.

— Hmm, j'aime entendre ma femme jouir, dit-il avant de donner un long coup de langue sur mon intimité. Je danserais sur cette musique n'importe quand.

Sans me laisser le temps de m'en remettre, il me souleva dans ses bras et colla mon dos contre le mur.

— Comment je m'appelle ? demanda-t-il alors que son regard devenait aussi tranchant que la lame d'un couteau.

— Torin Byrne, soufflai-je volontiers.

— Et toi ?

— Stormy Byrne.

— C'est bien vrai.

Il plongea en moi et revendiqua mon corps.

— Tu es à moi. Ma femme. Mon *tout*.

— *Oui.*

Voilà tout ce que je pus dire alors qu'il me prenait dans un abandon abrutissant jusqu'à ce que nous soyons tous les deux essoufflés et épuisés.

Lorsque nous quittâmes enfin cette réserve, mes jambes tremblotaient plus que les pattes d'un faon tout juste né.

— Pour la danse, on repassera, murmurai-je.

Tor ne répondit pas, mais un sourire prétentieux fendit son visage.

— Ça te rend heureux ? le taquinai-je.

— Je ne peux pas dire que je suis déçu. Tu n'as pas besoin de danser avec qui que ce soit d'autre que moi.

— Vous voilà, tous les deux ! s'exclamèrent Rowan et Pippa en se précipitant vers nous. Vous vouliez faire la tradition de la jarretelle et le lancer de bouquet ?

— Bien sûr !

Cela me laisserait le temps de reprendre ma respiration. Malgré la plaisanterie de Tor, j'allais clairement continuer à danser à mon mariage. J'allais encore *beaucoup* danser.

Dix minutes plus tard, les filles avaient tout installé. Un groupe de femmes jeunes et moins jeunes – y compris Honey, à mon plus grand plaisir – émergea quand nous annonçâmes le lancer de bouquet. Je le lui aurais lancé, si j'avais été capable de viser en arrière, mais il s'avéra que je n'en avais pas besoin. La jeune femme qui l'attrapa donna le bouquet de fleurs à ma grand-mère, qui en fut ravie et rougit. Tout le monde applaudit à tout rompre, et mon cœur s'envola.

Vint ensuite le retrait de la jarretelle.

Alors que je m'asseyais sur une chaise pour observer Torin se diriger vers moi, tel un prédateur, la pièce et ses occupants disparurent. Ma conscience se focalisa sur mon mari et moi-même. Nous savions tous les deux ce qu'il trouverait quand il partirait à la recherche de la jarretelle. Ses yeux turquoise n'avaient jamais paru aussi animés que lorsqu'il s'approcha. Il était si inspiré et vivant.

À la plus grande joie de la foule, son avancée fut prodigieusement lente, telle une panthère suivant sa proie. Son sourire en coin se mua en un sourire du chat du Cheshire quand il s'accroupit devant moi.

Je dus me mordre la lèvre pour garder mon calme.

Il releva ma robe et se positionna afin que je ne sois jamais totalement exposée. Lorsqu'il baissa la tête pour retirer la jarretelle avec ses dents, j'entendis son inspiration profonde, comme s'il savourait un cigare de luxe. Il se délectait de la preuve de nos ébats précédents, d'une manière que j'étais la seule à pouvoir apprécier.

Un rougissement brûlant dansa sur mes joues.

Le public s'enthousiasma quand Torin glissa la jarretelle le long de ma jambe avec ses dents. J'ignorais si j'avais déjà vu quelque chose de plus sexy dans ma vie. Mon corps nageait dans un courant de joie.

Pour la récupération, on repassera.

Je restai assise alors que Torin lançait la jarretelle dans

une foule d'hommes assez réticents. Je ne savais pas vraiment si c'était intentionnel, mais le tissu soyeux sauta directement au-dessus des invités et s'écrasa contre le torse d'Oran tandis qu'il s'approchait depuis l'autre côté de la pièce. Il avait manqué la cérémonie – ce que tout le monde avait remarqué, mais ce n'était pas le plus choquant. Non, le plus choquant était incarné par la silhouette de la femme magnifique à ses côtés.

Par réflexe, Oran attrapa la jarretelle et l'agita avec bonne humeur alors que tout le monde l'acclamait. L'ambiance chuta et fit une embardée, passant d'entêtante à gênante en un éclair. Son divorce n'avait pas été prononcé depuis longtemps et nous savions tous à quel point il était désabusé, surtout en ce qui concernait les femmes.

La foule se dispersa relativement vite, sentant certainement ce changement inconfortable. Nous profitâmes de l'occasion pour aller saluer nos hôtes qui venaient d'arriver. Et manifestement, nous n'étions pas les seuls à avoir envie de savoir ce qu'il se passait. Keir et Rowan convergèrent également vers les nouveaux venus.

— Félicitations à vous deux.

Oran étreignit Tor avant de déposer un baiser gracieux sur ma joue.

— Je suis vraiment désolé d'être en retard, mais je n'ai pu faire autrement. Voyez-vous, nous avons nous-mêmes quelque chose à fêter. Écoutez-moi, tout le monde, j'aimerais vous présenter Lina Schultze, ma fiancée.

Je connaissais Oran, mais pas aussi bien que les autres, ce qui m'aida à balayer mon étonnement et à féliciter les deux tourtereaux. Les autres restaient plantés là, bouche bée et les yeux écarquillés.

— Oran, quelle merveilleuse surprise !

Je l'enlaçai avant de serrer la main de la magnifique blonde à ses côtés.

— Lina, je m'appelle Stormy. Je suis ravie de vous rencontrer.

— Merci, Stormy. Je suis vraiment désolée de perturber votre journée. J'ai dit à Oran qu'il devait attendre.

La tension railleuse dans sa voix était immanquable.

— Ça mérite un toast, dit Keir en s'approchant de moi.

Il fit signe à un serveur qui circulait non loin avec un plateau de flûtes de champagne. Torin resta figé à côté de moi jusqu'à ce que je puisse croiser son regard et lui tendre un verre. Un regard insistant de ma part fut tout ce dont il avait besoin pour faire au moins semblant d'être courtois.

Lina tendit la main en direction d'un verre quand le serveur s'approcha et elle le renversa accidentellement sur le devant de la chemise immaculée d'Oran.

— Oh, chéri ! Comme je suis *maladroite*.

Oran baissa les yeux vers le liquide en train de couler, manifestement imperturbable.

— Aucun problème, mon cœur.

Il prit une serviette des mains du serveur et parla ensuite dans sa barbe.

— Tu pourras le lécher sur moi tout à l'heure.

J'étais la plus près d'eux et après avoir jeté un bref coup d'œil autour de moi, je fus certaine d'avoir été la seule à l'entendre. Je remarquai également que Rowan était devenue blanche comme un linge. J'ignorais totalement ce qu'il s'était passé, mais je savais que quelque chose se tramait.

— Je suis vraiment ravie que vous ayez pu venir et encore toutes mes félicitations.

Je posai une main sur le bras de Lina pour lui montrer ma sincérité, puis je me tournai vers mon amie.

— Ro, tu peux m'aider avec ma robe ? Il faut que j'aille aux toilettes.

Elle hocha la tête, distraite. Je lui pris la main et l'emmenai plus loin, nerveuse à l'idée de savoir ce qui l'avait mise en colère.

— Mais qu'est-ce qui ne va pas, bon sang ? On dirait que tu as vu un fantôme.

— Pas un fantôme, dit-elle en secouant la tête. Je connais cette femme. Je tiens toujours à l'œil le père de mon ex-petit ami, Lawrence Wellington, un homme horrible et terrifiant. C'est la femme qu'il fréquente depuis des mois. La première femme, depuis des années, avec qui il sort régulièrement.

Et désormais, Oran était fiancé avec elle ?

Pourquoi une si belle jeune femme sortirait avec quelqu'un comme Wellington ? Rowan jurait que c'était un homme horrible. Et pourquoi Oran voudrait-il d'une femme comme elle ? Enfin, on avait plus l'impression qu'il avait envie de la punir que de l'épouser.

Mais que se passait-il, bon sang ?

Je n'en avais aucune idée, mais les ennuis n'étaient visiblement pas loin.

ÉPILOGUE BONUS

Je n'aurais jamais imaginé que la maternité me rendrait accro, mais les gens ne plaisantaient pas quand ils disaient à quel point l'odeur d'un enfant était divine pour sa mère. Si quelqu'un découvrait le nombre de fois où je sentais la tête de mon bébé, je risquais de me faire condamner. Le mot « flippant » n'était même pas suffisant pour me qualifier.

Et je m'en moquais totalement.

Kellen Conrad Byrn était né le 7 juillet. L'anniversaire parfait pour le petit garçon parfait. Il perdait les cheveux noirs avec lesquels il était né, alors je ne savais pas de quelle couleur ils seraient vraiment, mais ses yeux bleus étaient plus vifs que jamais. Il serait clairement l'un des Byrne aux yeux bleus. Et maintenant qu'il commençait à sourire, nous voyions qu'il avait la plus adorable des fossettes sur la joue droite.

Mon cœur était gonflé de tant d'amour que mes pieds touchaient rarement le sol. Surtout maintenant que Kellen faisait en grande partie ses nuits.

Je pouvais le regarder pendant des heures, comme j'étais actuellement en train de le faire. Il venait tout juste de s'endormir, pour une sieste de début de soirée, et était allongé paisiblement dans son berceau. Je l'avais posé cinq minutes plus tôt, mais je n'avais pas réussi à m'éloigner de lui. Il était bien trop adorable.

— Tu as encore le temps de changer d'avis, si tu veux rester, me dit doucement Torin en venant à côté de moi dans la chambre d'enfant.

— Bien essayé, lui répondis-je avec un petit sourire.

Nous n'avions pas laissé Kellen avec qui que ce soit depuis qu'il était né. J'étais vraiment prête pour une soirée hors de l'appartement. Torin n'en était pas si convaincu.

Il passa une main dans ses cheveux avant de jouer avec ses boutons de manchette.

— C'est juste que je ne vois aucune raison de précipiter les choses.

— Ça fait trois mois, Tor. Une soirée hors de l'appartement ne va pas lui faire de mal et nous avons la meilleure des baby-sitters du pays pour prendre soin de lui.

Honey était venue nous rendre visite, ce qui nous offrait l'occasion parfaite pour sortir. Keir et Rowan célébraient le renouvellement de leurs vœux de mariage et je ne voulais pas manquer le dîner. Tor serait ravi d'y être allé, lui aussi, une fois qu'il mettrait son anxiété de côté.

Il soupira profondément.

— Laisse-moi vérifier encore une fois les caméras, ensuite on pourra y aller.

Il sortit son téléphone pour afficher les images en direct des huit caméras qu'il avait installées dans tout l'appartement. Quand il m'avait dit ce qu'il prévoyait de faire, je lui avais répondu que c'était inutile. Je ne comptais pas laisser Kellen avec une personne en qui je n'avais pas une confiance absolue. Tor m'avait fait remarquer que les ruptures d'anévrisme et les crises cardiaques n'avaient aucun rapport avec la confiance. Il était paranoïaque, mais il n'avait pas complètement tort, alors j'avais laissé tomber. Je voulais qu'il puisse profiter de notre moment loin du bébé. Si les caméras l'aidaient à apaiser ses inquiétudes, qu'il en soit ainsi.

— On dirait que tout est en ordre. Attends, c'est quoi ça ?

Je détournai mon regard de Kellen pour voir ce qui avait attiré l'attention de Torin.

— Quelque chose ne va pas ? demandai-je enfin, de plus en plus impatiente face à son mutisme.

— C'est le contraire. Je dirais que nous avons une autre raison de faire la fête, ce soir. Je viens de recevoir un e-mail de l'enquêteur de Moscou. Il a localisé Ulyana.

Je plaquai ma main sur ma bouche pour éviter de crier et de réveiller le bébé.

— Oh mon Dieu ! chuchotai-je, surexcitée. Est-ce qu'elle va bien ?

— Elle est en vie et elle va bien. Viens ici, je vais te dire ce qu'il m'écrit.

Il nous guida vers le couloir, puis vers le salon.

Pendant que j'étais à l'hôpital pour accoucher de Kellen, les souvenirs de l'hôpital russe et de ma fuite avaient refait surface. J'avais dit à Torin que j'aimerais pouvoir remercier correctement l'infirmière angélique qui m'avait aidée, et il s'était immédiatement penché sur cette affaire. Nous avions su, après quelques recherches, qu'elle ne travaillait plus à l'hôpital. Je m'étais follement inquiétée depuis, à l'idée que Damyon ait découvert ce qu'elle avait fait et l'ait tuée. Tor avait engagé un enquêteur pour pister la femme et j'avais attendu nerveusement de ses nouvelles.

— Où est-elle ?

— Elle est toujours à Moscou. Elle a commencé à travailler dans un autre hôpital environ un an après ton départ du pays, donc on dirait que ça n'a aucun rapport avec Damyon.

— Merci, mon Dieu. Je me serais sentie horriblement mal s'il l'avait martyrisée.

— Tu es toujours d'accord pour qu'il livre le colis ?

— Parfaitement.

Rendre la pareille était un acte à la fois gentil et altruiste qui me paraissait incroyable. J'aurais simplement aimé le faire en personne, mais je ne pensais pas pouvoir y retourner, même si Torin me laissait faire. Ce qu'il ne ferait pas. Jamais de la vie.

J'avais plutôt écrit une lettre et l'avais accompagnée d'une photo de notre petite famille et d'une somme d'argent considérable. Rien de tout cela n'était suffisant, étant donné que je lui devais ma vie, mais c'était au moins quelque chose.

Je me mis sur la pointe des pieds et embrassai Torin sur la joue.

— Merci, chéri. Ça signifie tellement pour moi.

Il passa les bras autour de ma taille et m'attira contre son corps musclé.

— Kellen et toi, vous êtes *tout* pour moi.

Ses lèvres se posèrent sur les miennes dans un baiser qui me fit tourner la tête.

— Tu es sûre de ne pas vouloir rester ? murmura-t-il contre ma peau.

— Non… Enfin, si, dis-je en chassant les toiles du désir. Oui, je suis sûre de vouloir sortir, espèce de démon qui me tente avec son charme sexuel.

Je lui pris la main et l'attirai vers la cuisine, ignorant son gloussement amusé derrière moi.

— Honey, tu vas bien ? On sort.

— Tout va bien pour moi, mon enfant. Ne t'inquiète de rien.

Elle portait le tablier qu'elle avait rapporté de chez elle. Elle avait dit qu'elle ne pouvait fonctionner sans cet élément de base. Les biberons de Kellen étaient lavés et séchaient sur un torchon, tandis que le dîner de Honey était dans le four.

Je lui tendis le babyphone.

— Préviens-nous si tu as besoin de quoi que ce soit. Nous ne serons pas loin. Tu nous appelles si tu as des questions ou si tu as besoin de n'importe quoi.

— Je vous taquinerais bien en disant que nous allons réussir à survivre, mais je le connais, celui-là, dit-elle en montrant Torin. Il n'aime pas les blagues. Allez-y, tous les deux. Je vous promets de vous appeler si j'ai besoin de quoi que ce soit.

Honey me sourit avant de me faire un clin d'œil.

Je lui avais demandé si elle voulait emménager à Manhattan la première fois qu'elle était venue nous rendre visite et je lui avais posé la question à de nombreuses reprises depuis. Elle avait maintenu qu'elle n'était pas faite pour vivre en ville. Nous nous rendions donc visite aussi souvent que possible.

J'étreignis ma grand-mère avant d'embrasser Blue Bell sur la tête tandis que j'allais prendre mon sac à main dans le salon. Il miaula à mon intention, le pendentif doré de son collier scintillant lorsqu'il leva la tête. J'avais mentionné, un jour, avec désinvolture, qu'il devrait avoir un traceur comme le mien, pour que nous ne nous inquiétions jamais à l'idée qu'il se perde. C'était un peu idiot de ma part, étant donné que ce chat ne quittait jamais notre appartement, mais deux jours plus tard, Torin était rentré à la maison avec un pendentif pour Blue Bell assorti au mien. Je devais bien admettre que j'appréciais la tranquillité d'esprit qu'il m'offrait.

— On se revoit bientôt, mon pote. Sois gentil avec Honey.

Je grattai une dernière fois la tête de mon joli chaton.

— Essaie de ne pas vomir, pour changer, ajouta ironiquement Torin.

Il faisait toujours semblant de détester les chats, mais le sachet de gourmandises pour félins et la paillasse accrochée par une ventouse sur la fenêtre dans notre chambre n'étaient pas sortis de nulle part. Je savais reconnaître un amoureux secret des chats quand j'en voyais un.

Une demi-heure plus tard, notre chauffeur nous déposa devant un grill élégant où nous retrouvâmes Keir, Rowan, Conner, Noemi, Bishop et Pippa. Tous les huit, nous étions devenus de bons amis, en plus de faire partie de la même famille, surtout nous, les femmes. Je n'avais jamais eu un groupe d'amis si soudés et cela me paraissait merveilleux.

C'était la première fois que nous nous réunissions depuis la naissance de Kellen qui était arrivée le jour où nous étions censés partir en voyage pour fêter l'anniversaire de mariage de Conner et Noemi. Le groupe avait prévu de passer un long week-end dans un hôtel du Vermont pour échapper à la chaleur de juillet en ville. Seulement, Kellen n'avait pas eu l'information et avait décidé de faire son apparition une semaine avant son terme. Lorsque nous avions dit au groupe que le travail avait commencé, ils étaient remontés dans le jet familial après avoir passé une heure dans le Vermont et étaient précipitamment revenus en ville.

Tous les six, ils avaient vécu le travail et l'accouchement, passant en force auprès des infirmières qui insistaient en disant que je n'avais le droit d'avoir qu'un membre de la famille avec moi.

C'était à ce moment-là que les choses étaient devenues louches.

Les hommes Byrne n'avaient pas apprécié qu'on dise à leurs femmes qu'elles n'avaient pas le droit d'être présentes pour l'une des leurs. J'avais commencé à m'inquiéter d'une rébellion quand le docteur Bromstead était arrivée avec un paréo et un chapeau souple, car elle avait été appelée alors qu'elle était en congé à la plage. Sa simplicité était l'une des raisons pour lesquelles j'en étais venue à l'adorer. Elle se moquait totalement des blouses blanches et des références.

Le médecin assura aux infirmières que mes amis n'étaient pas un problème. Elle les avait chassées avec des mains et des ongles toujours décorés aux couleurs de la fête nationale pour vérifier l'avancée de mon travail. Une fois qu'elle eut confirmé qu'elle avait largement le temps de se changer, elle était partie à la recherche d'une blouse. Plus tard, ce soir-là, Kellen était né devant une foule d'admirateurs épris. Honey était également présente. Tor s'était assuré de lui trouver un jet pour la naissance. Tout, dans cette journée, avait été une pure perfection. La péridurale avait sûrement été mon moment préféré.

J'étais ravie d'être enfin de retour avec ma bande. Ils

étaient tous venus nous rendre visite à l'appartement, mais c'était notre première soirée officielle et je voulais en profiter pour m'amuser avec insouciance.

Le groupe fut installé dans une pièce privée. Torin et moi fûmes les derniers à arriver, ce que j'avais anticipé comme nous avions quitté l'appartement en retard. À en juger par l'enthousiasme de notre accueil, les autres avaient déjà bien entamé leur première tournée de boissons. Toutes les filles se levèrent pour m'étreindre.

Tor attendit patiemment que les œstrogènes retombent avant de tirer ma chaise et de s'asseoir ensuite à mes côtés.

— Tu aimeras boire du vin ce soir ? demanda-t-il d'une petite voix.

— Oui, ce serait génial.

Je n'en avais pas bu une seule gorgée depuis que j'avais découvert que j'étais enceinte. Je n'avais jamais été une grande amatrice de vin. J'étais plus intéressée par l'ambiance et l'atmosphère. Je voulais vivre toute l'expérience d'une soirée entre amis.

Il nous servit un verre à tous les deux, grâce à l'une des deux bouteilles ouvertes, puis il s'assit et posa sa paume chaude sur ma cuisse. Même quand il sirotait sa boisson et plaisantait avec ses cousins, ce lien entre nous était toujours présent. Peu importait ce qu'il se passait dans cette pièce, la concentration de Tor n'était jamais totalement éloignée de moi.

— Le vin veut dire que tu as décidé d'arrêter l'allaitement ? demanda Rowan, en faisant référence à une conversation que nous avions eue quelques semaines plus tôt.

— Oui, j'étais mitigée à ce sujet, mais je suis ravie qu'il ne tête plus, maintenant. L'allaitement était épuisant. Incroyable, mais épuisant.

Levant son verre de vin jusqu'à ses lèvres, Pippa marmonna.

— Seigneur, je n'imagine même pas.

Noemi leva les yeux au ciel.

— Ignore-la. Ses instincts maternels se sont perdus dans le chaos d'une fratrie bien trop jeune.

— Ils ne sont pas totalement perdus, juste… rabougris, peut-être, rétorqua Pippa. Pourquoi me précipiter, de toute manière ? Nous avons largement le temps.

Je souris.

— Pip a raison. Tu as encore cinq ans avant que l'horloge biologique commence à sonner.

Noemi et elle n'avaient que vingt et un ans, tandis que Rowan n'était pas loin des vingt-trois. J'étais la matrone du groupe avec mes vingt-six ans révolus. Je n'étais pas si vieille, mais parfois, mon passé me donnait l'impression d'être âgée.

Pip ricana.

— Essaie plutôt dans dix ou quinze ans, bon sang.

Tout le monde secoua la tête et rit à cause de la femme libre d'esprit de notre groupe. La conversation coula aussi librement que le vin. Je mordillai un morceau de pain, mais laissai passer les apéritifs qui circulaient. Une demi-heure plus tard, mon estomac commença à se retourner.

Voilà ce que j'obtenais en buvant du vin avec le ventre vide, après presque un an sans alcool.

— Je vais faire un tour aux toilettes, chuchotai-je à Torin en espérant qu'une minute loin de la table et qu'un peu de mouvement m'aideraient.

Il me serra la main avant de poursuivre sa discussion avec les mecs sur un nouveau combattant dans le circuit. Ces conversations ne me dérangeaient pas, maintenant que Tor ne montait plus sur le ring. Il avait pris sa retraite sans même que je le lui demande, mais il aidait toujours à organiser les soirées de combat. Je m'en moquais, tant que je n'avais pas à craindre qu'un mauvais coup le transforme en légume.

Une fois que j'eus échappé au chœur de cette paisible mélodie classique dans des toilettes aux teintes bordeaux et dorées, je pris plusieurs inspirations lentes et profondes. Je me sentais un peu mieux quand la porte s'ouvrit brusquement et que Noemi se joignit à moi.

— Oh, salut, dit-elle en s'arrêtant soudainement.

Elle ne s'attendait pas à ce que je sois au milieu de la pièce, comme une femme étrange.

— Salut…

Je marquai une pause en inclinant la tête.

— Tu vas bien ? Tu m'as l'air un peu pâle.

Elle laissa la porte se refermer derrière elle et acquiesça.

— Oui, c'est juste que je me sens un peu dans le cirage, subitement.

— Moi aussi. Je crois que j'ai eu la main lourde sur le vin. J'aurais d'abord dû manger un morceau.

— Ils ont apporté le repas juste après que tu as quitté la table. C'est ce qui m'a dérangée. L'odeur des crevettes de Conner…

Elle plaqua une main sur sa bouche et écarquilla les yeux.

Lorsque je me rendis compte qu'elle était sur le point de vomir, ce spectacle me retourna l'estomac.

Au même moment, nous pivotâmes et courûmes vers les toilettes. Le bruit de nos vomissements simultanés envahit la pièce.

Merde alors, le vin était amer quand il remontait.

Mon corps tout entier tremblait de dégoût et de malaise

alors que j'avais encore quelques haut-le-cœur, avant que cet envoûtement ne perde son emprise sur moi.

On frappa à la porte.

— Storm, tu vas bien ?

Torin était venu prendre de mes nouvelles.

— En quelque sorte, dis-je d'une voix nasillarde, car j'essayais de refouler le goût acre sur ma langue.

— Merde, tu es malade ?

Il se précipita vers moi alors que Noemi recommençait à vomir dans le cabinet à côté du mien.

— Seigneur, Emi, toi aussi ?

Il tira mes cheveux en arrière et me caressa le dos tout en sortant son portable.

— Viens là, aboya-t-il dans le téléphone avant de raccrocher.

J'essayais désespérément de respirer pour chasser la nausée. Entendre Noemi me contracta une fois encore l'estomac. Conner surgit dans les toilettes une seconde plus tard, suivi de Rowan et Pippa.

— Que s'est-il passé ? Vous avez eu une intoxication alimentaire ? demanda Pip. Nous n'avons pas encore mangé.

Voulant échapper à l'odeur des toilettes, je me relevai et me dirigeai vers les lavabos. Je posai mes mains sur le granit et levai les yeux vers le miroir, me concentrant sur le le regard ébahi de Rowan. Je n'eus pas besoin de lui poser la question pour savoir ce qu'elle pensait. Peu de temps auparavant, nous nous étions retrouvées dans une situation similaire.

— Non, certainement pas, dis-je d'une voix rocailleuse et douloureuse.

— De quoi ? demanda Torin.

Je tournai mes yeux écarquillés vers lui. Je ne pus que le dévisager, car mes mots m'échappaient.

— Quoi ? répéta-t-il, l'inquiétude marquant profondément ses sourcils.

Un sourire rayonnant fendit le visage de Rowan.

— Viens, Pip. On va faire un saut à la pharmacie.

Ro saisit le bras de la femme confuse et l'emmena hors de la pièce.

— Mais où va-t-elle, bordel ? Que se passe-t-il, ici ? grogna Tor, incroyablement frustré.

Mes mains flottèrent d'un air absent vers mon ventre alors que je réfléchissais malgré le brouillard. Je ne prenais pas la pilule, mais nous avions mis des préservatifs... la plupart du temps. Nous l'avions fait sans, il y a quelques semaines, quand je venais tout juste d'avoir mes règles et je ne pensais pas que la grossesse serait un problème.

Tor vit où ma main était posée et il plissa les yeux.

— Tu crois... que tu pourrais être enceinte ?

À ce moment-là, Noemi et Conner se joignirent à nous. La jeune femme se rinça la bouche devant l'autre lavabo. Conner dévisagea Torin avant de regarder sa femme.

— Em ? Ce n'est pas... Je veux dire... tu n'es pas... n'est-ce pas ?

Elle se tapota les lèvres pour les sécher et le fixa dans les yeux.

— J'ai été malade il y a deux jours et je pensais que c'était une gastro, mais... j'imagine que c'est possible.

Elle haussa les épaules.

Les cinq minutes suivantes furent les plus lentes et les plus agitées que j'avais jamais connues. Nous ne prononçâmes pas un mot. Nous ne bougeâmes presque pas.

Pip et Ro étaient essoufflés et avaient les joues rouges, quand elles ressurgirent, Keir et Bishop dans leur sillage.

— C'est l'heure de faire pipi.

Rowan nous tendit un test à chacune, comme elle les avait déjà sortis de la boîte.

Noemi et moi nous jetâmes un coup d'œil, sous le choc, et nous partîmes dans nos cabinets.

Je n'eus même pas besoin d'attendre. Deux lignes roses apparurent instantanément.

Je sortis, dans un brouillard, et tendis le test positif pour le montrer aux autres. Ma respiration ne s'échappait qu'en halètements superficiels. Je faillis ne pas remarquer Noemi qui se tenait à ma gauche, dans une pose identique. Nos regards se croisèrent.

— Je suis enceinte, dis-je en même temps qu'elle.

Les rires et discussions surexcités explosèrent dans la petite pièce.

— Pip, dit Bishop en souriant, tu ne devrais peut-être pas t'approcher autant. On dirait que c'est contagieux.

Elle sursauta, ce qui nous fit tous rire.

— Tu es sérieuse ? laissa échapper Tor. Si vite ?

Je levai les yeux vers mon adorable mari dont le visage était marqué par le choc. Derrière moi, Connor prit Noemi dans ses bras tandis que Bishop et Keir repoussaient leur femme vers la table.

— Je suis presque sûre que le test est exact, dis-je doucement.

Je ne savais pas vraiment ce qu'il pensait. Mon inquiétude continuait de grandir. Un sourire brillant et joyeux s'étira largement sur son visage.

— On va avoir un autre bébé.

C'était une déclaration, pas une question, cette fois-ci.

Je hochai tout de même la tête et les larmes me montèrent aux yeux. Ses lèvres se posèrent ensuite sur les miennes. Ce baiser était à la fois révérencieux et vorace, telle une cacophonie d'amour et d'adoration.

— Cette fois-ci, chuchota-t-il contre mes lèvres, il faut clairement qu'on achète quelque chose de plus grand.

Le rire bouillonna du plus profond de ma poitrine.

— D'accord, cette fois, je ne te contredirai pas.

— C'est bien vrai.

Il saisit ma main et se tourna vers Conner et Noemi.

— Vous êtes prêts à y retourner et fêter ça ?

Nos sourires collectifs auraient été suffisamment étincelants pour guider un bateau jusqu'au rivage.

Je n'arrivais pas à croire que ma vie continuait de changer en mieux quand je m'y attendais le moins. Lorsque j'étais entourée de personnes bienveillantes et poussée par un état d'esprit positif, chaque journée m'apportait de nouvelles surprises merveilleuses. Même les défis semblaient moins pesants quand vous vous concentriez sur les bons côtés. La vie était une question de perspective et la vue était spectaculaire, de là où je me trouvais.

🔥

Je vous remercie beaucoup d'avoir lu
Impitoyable rédemption !
Les frères Byrne est une saga de romans indépendants interconnectés et le prochain sur la liste est Dangereuse séduction.

Dangereuse séduction (*Les frères Byrne*, tome 4)
Oran a bien l'intention d'utiliser Lina comme un pion dans

ses projets de vengeance en la séduisant pour la voler à son ennemi. Il ne se rend pas compte que cette mondaine au tempérament de feu a des plans bien à elle. Quand il la force à se présenter comme sa fiancée, tout se déroule comme il l'a prévu, jusqu'à ce que la limite entre jeu et réalité commence à se brouiller.

♦

Avez-vous manqué le premier roman de la saga des frères Byrne ?
Dans Vœux de silence, Conner choisit une épouse muette pour son mariage arrangé, car il pensait qu'il n'aurait pas à lui parler. Toutefois, quand il apprend que Noemi était silencieuse pour se protéger d'un père violent, il devient obsédé par sa femme et veut se venger en son nom.

♦

J'envoie une newsletter en anglais pour les personnes intéressées par mes derniers livres !
La newsletter de Jill

NOTES

Chapitre 2

1. Miss Scarlett est la version anglophone de Mademoiselle Rose.
2. *Storm* se traduit par « tempête ».

Chapitre 30

1. Jolly signifie « enjoué » ou « jovial », mais ce mot est également utilisé pour souhaiter un joyeux Noël dans l'expression « Have a Holly Jolly Christmas ».

RÉSEAUX SOCIAUX & SITE WEB

Site web officiel : www.jillramsower.com
Page Facebook de Jill : www.facebook.com/
jillramsowerauthor
Groupe de lecture : Jill's Ravenous Readers
Suivez Jill sur Instagram : @jillramsowerauthor
Suivez Jill sur TikTok : @JillRamsowerauthor

À PROPOS DE L'AUTEURE

Jill Ramsower est texane depuis toujours — née à Houston, élevée à Austin et résidant actuellement dans l'ouest du Texas. Elle a fréquenté l'Université Baylor, puis l'école de droit de Baylor pour obtenir ses BA et JD. Elle a passé les quatorze années suivantes à pratiquer le droit et à élever ses trois enfants jusqu'au jour fatidique où elle s'est éloignée du droit chemin sur lequel elle marchait et s'est assise pour écrire un livre. Accro au stylo, elle écrit comme une forcenée. Sa passion dans la vie ? Raconter des histoires.